-LA- REINA MALDITA

- **Título original:** *The Cursed Queen*
- **Dirección editorial:** Marcela Luza
- **Coordinación de diseño:** Marianela Acuña
- **Edición:** Leonel Teti con Erika Wrede
- **Armado:** Leda Rensin sobre maqueta de Silvana López
- **Diseño de tapa:** Luis Tinoco
- **Imágenes de cubierta:** mbefoto/Shutterstock.com;
  Captblack76/Shutterstock.com

un sello de
V&R Editoras

© 2017 Sarah Fine
© 2017 V&R Editoras
www.vreditoras.com

ARGENTINA:
San Martín 969 piso 10 (C1004AAS)
Buenos Aires
Tel./Fax: (54-11) 5352-9444
y rotativas
e-mail: editorial@vreditoras.com

MÉXICO:
Dakota 274, Colonia Nápoles, CP 03810,
Del. Benito Juárez, Ciudad de México
Tel./Fax: (5255) 5220-6620/6621
01800-543-4995
e-mail: editoras@vergarariba.com.mx

ISBN: 978-987-747-304-9
Impreso en México, julio de 2017
Litográfica Ingramex S.A. de C.V.

Fine, Sarah
La reina maldita / Sarah Fine. - 1a ed. - Ciudad Autónoma
de Buenos Aires: V&R, 2017.
480 p.; 21 x 15 cm.

Traducción de: Gabriela Fabrykant.
ISBN 978-987-747-304-9

1. Literatura Juvenil. 2. Novelas Fantásticas. I. Fabrykant,
Gabriela, trad. II. Título.
CDD 863.9282

-LA-
REINA
MALDITA

- SARAH FINE -

TRADUCCIÓN:
GABRIELA FABRYKANT

*Para Ruta, amable y feroz
con el corazón y la pluma.*

PRÓLOGO

Ella nunca sintió que el fuego pudiera ser un enemigo, no hasta que se deslizó como una serpiente por la hierba hacia donde ella estaba sangrando, no hasta que la alcanzó. E incluso entonces, Lotta no gritó de dolor.

Aunque sí gritó por Ansa. Gritó hasta que el humo ahogó el sonido. Sus lágrimas se secaron y formaron una costra salada mientras luchaba por mantener los ojos abiertos. A pesar de no tener fuerzas para levantarse, sus dedos se clavaron en la tierra ensangrentada mientras observaba a uno de los monstruos arrojar a su hija sobre su enorme hombro.

Tan solo dos días atrás había resuelto esconder para siempre a Ansa y mantenerla a salvo, aunque los sacerdotes de la ciudad llegaban con ofrendas de cobre apiladas sobre los aleros de paja. Tan pronto como esa marca roja en forma de llama había aparecido en la pantorrilla derecha de Ansa, Lotta supo lo que significaba. Cuando la familia de su hermano, que había venido desde la ciudad el día anterior, le llevó la noticia de la muerte de la Valtia, solo confirmó su temor. Había oído los fantásticos relatos sobre cómo se elegía a la Saadella, la heredera de la magia de la Valtia. Sabía que la Saadella vivía lujosamente en el Templo de la Roca. Muchos padres darían cualquier cosa por ofrecerles ese tipo de vida a sus hijos.

Pero una vez que la Saadella se convertía en Valtia, una vez que poseía la infinita magia del fuego y el hielo que sostenía al pueblo

Kupari, la vida de la niña no se extendía mucho hacia el futuro. Y nunca tendría hijos. Nunca conocería el amor. Nunca más volvería a ver a sus padres, no desde que la entregaran a los ancianos. Pertenecía al pueblo y a los sacerdotes hasta el día de su muerte.

Lotta no había podido soportar la idea de entregar a Ansa.

Aunque ahora, de cualquier modo, la estaba perdiendo.

Los asaltantes habían salido del agua como demonios: las hachas resplandecientes, el sudor en sus rostros manchados de suciedad que brillaban a la luz de las antorchas mientras prendían fuego los edificios más cercanos a las dunas. Aferrando su horca, Anton le había gritado a Lotta que tomara a la pequeña Ansa y huyera por los bosques del norte, pero no habían tenido oportunidad de hacerlo. Anton había sido detenido a no más de cinco pasos de su casa, y Lotta no había llegado mucho más lejos.

Sin embargo, Ansa... Ella había aferrado el cuchillo de su padre y golpeado a sus enemigos. Con lágrimas que corrían por su rostro, y los chillidos saliendo de su garganta, los había esquivado por entre sus piernas, golpeado en sus puntos débiles, se había retorcido lejos de las manos que buscaban sujetarla, y había cortado dedos de gruesos nudillos. Una diminuta niña de cinco años que derramaba la sangre de los bárbaros. A pesar de que la sangre de Lotta corría veloz por sus heridas, se había sentido triunfante al ver la velocidad de su hija, su ferocidad. Esa era Ansa. Nunca podrían detenerla.

Hasta que el de la barba amarilla la atrapó. Ella arañó el rostro que reía y le dio una patada en el pecho mientras la levantaba. El monstruo llamó a uno de sus compañeros en su lengua gutural y confusa, sonriendo, hasta que Ansa le hundió los dientes en el dorso de la mano.

Él gruñó y la dejó caer. El corazón vacilante de Lotta saltó al mismo tiempo que el dolor la devoraba. Pero entonces Ansa echó la cabeza hacia atrás, y sus ojos azules abarcaron la devastación que la rodeaba: la cabaña en llamas, los cerdos que se dirigían hacia la orilla entre chillidos, los demonios que saqueaban su mundo...

No me mires, pensó Lotta. *Sigue corriendo.*

Pero la mirada de Ansa se fijó en ella. Y la imagen de su madre, moribunda entre las llamas, pareció congelar a la niña donde estaba.

Barba Amarilla la levantó de nuevo. Ansa se lamentó, con los delgados brazos extendidos.

—¡Mamá!

Te amo, pensó Lotta mientras la oscuridad se cerraba. *Nunca dejes de pelear.*

Un día serás lo suficientemente poderosa como para matarlos a todos.

Un día nos vengarás.

CAPÍTULO

I

Mientras la bruma del Torden besa mi rostro, recorro con mis dedos las cuatro cicatrices dentadas que adornan la parte superior de mi brazo, y luego los paseo a lo largo del espacio por debajo, donde pronto habrá más. Para cuando el sol haya salido mañana, planeo sangrar hasta el codo al menos, y con suerte la muñeca, aunque eso podría ser demasiado ambicioso. Miro a Sander, a mi izquierda. Cabello oscuro, ojos oscuros, corazón oscuro. Ya lleva marcas de muerte hasta el antebrazo. Una de las últimas es muy reciente y está cubierta por una costra; la ganó en un temerario ataque solitario contra unos viajeros errantes hace una semana.

Sonríe con una mueca cuando me ve mirarlo.

–Llegarán hasta el nudillo en la mañana –dice–. Alcánzame si puedes.

Frunzo el ceño hacia él, separando más los pies para mantener el equilibrio mientras el largo barco entra en un canal. Las velas negras están extendidas al máximo; eso aligera la carga de los remeros y nos lleva a una velocidad feroz. La colisión de la proa con las olas sacude mis huesos, pero lo último que quiero es caer de boca frente al Jefe Lars, que observa a la distancia con ojos entrecerrados, como si ya pudiera ver la península de Kupari. Sus *dos* brazos llevan más de cincuenta cicatrices nacaradas paralelas, desde los hombros hasta la punta de sus dedos medios. Tiene, además, cinco en cada mejilla, debajo de los ojos y sobre el borde de la barba. Las marcas de un verdadero guerrero.

Algún día, pienso. Con esas marcas, nadie se atrevería a cuestionar si pertenezco o no.

Pero hoy me conformaré con las mías.

—Si puedes conseguir tantas muertes hoy sin que te maten a ti, Sander, estaré feliz de cortarte.

Sander se inclina hacia abajo, como si quisiera enfatizar la diferencia de altura, para recordarme la relativa pequeñez de mi cuerpo. Mi corazón se acelera, no de miedo, sino por el triunfo. Él, como tantos otros hombres, no se da cuenta de lo peligroso que es renunciar a la ventaja de la distancia y ponerse dentro de mi rango de ataque. Sería tan fácil desenvainar el cuchillo que llevo en mi antebrazo y clavarlo en su garganta expuesta. Justamente él debería saberlo. En cambio, solo luce divertido.

—Yo haré lo mismo por ti, Ansa, a menos que tengas miedo de que corte demasiado. Tu piel parece bastante delgada.

Me río.

—Y la tuya es tan suculenta como el cordero, si mal no recuerdo —rápida como un pez que salta, me estiro y golpeo la base de su oreja, donde alguna vez colgó la gota blanda y suave de su lóbulo.

Hasta que se lo arranqué de un mordisco.

Él hace una mueca y sus dedos se cierran sobre el mango del hacha que lleva a un costado. Thyra se interpone entre nosotros y le pega un codazo.

—¿Qué creías que iba a ocurrir si la provocabas? ¿No resulta siempre igual?

Él pone los ojos en blanco. Thyra se endereza.

–O se concentran en lo que viene o vuelven a remar –me alcanza con la mirada cuando una ráfaga del lago le quita de la frente el cabello corto castaño claro–. Tú también. Tomen un respiro antes de atacar –retuerce los labios–. Por *una* vez.

Me fuerzo a mantener una expresión seria, aunque lo único que quiero hacer es sonreír cuando ella me mira

–Oh, estoy concentrada: en conseguir tantas marcas de muerte como pueda.

–¿Realmente piensas solo en eso?

–No, claro que no. También pienso en el cobre y la plata que voy a saquear –*pienso en tener tanto que no volveré a querer nunca.*

–Esta gente no tiene ni idea de lo que les espera –murmura–. Pero hay rumores de que...

Levanto la mano.

–No importa lo que nos esté esperando, estoy lista.

–Esperemos que lo estés.

–¿Dudas de mí? –mi mirada baja por la curva delgada de su brazo, donde lleva tres marcas, una de las cuales legítimamente me pertenece. Un regalo prohibido para protegerla. Un secreto que nos une.

–Nunca dudo de ti, Ansa. Únicamente del destino y los planes hechos por cualquier mortal –se desplaza para que no pueda ver las marcas en su piel, pero sus ojos azules son cálidos cuando lo dice.

Tan a su modo.

–No dejes que *él* te escuche decir eso –murmuro, asintiendo con la cabeza hacia la espalda del Jefe Lars. Thyra mira a su padre. Nuestro jefe mantiene ahora una conversación en voz baja con Einar y Cyrill, sus consejeros de guerra. Sus hombros cubiertos por una capa son tan anchos que me impiden ver la cabeza de lobo tallada que sobresale en la proa de esta poderosa nave. Nosotros lideramos la flota, pero los otros, casi ciento cincuenta en total, se esparcen por detrás, a cada lado, como una inmensa bandada de aves letales. Con una tripulación y media en cada uno, suficiente para que todos tengamos un descanso de los remos durante parte del viaje, somos una fuerza de más de cuatro mil: tribus reunidas de todas partes del norte y unidas bajo Lars. En ningún lugar de este mundo hay un ejército más dominante o mortal, y nos abriremos paso ante cualquier resistencia Kupari, como lobos frente a un gran rebaño de ovejas.

No por primera vez, me confunde por qué Thyra no se enorgullece más de todo esto.

Ella será jefa un día. El único otro candidato legítimo al trono, Nisse, el hermano de Lars, fue desterrado de manera vergonzosa el invierno pasado. Thyra es nuestro futuro.

Ella ve mi frustración, creo. Algo desafiante y audaz llamea detrás de sus ojos.

—No nos deseo más que sangre y victoria —dice, en su voz un tono dominante que envidio y anhelo al mismo tiempo.

—Sangre y victoria —repito.

—Nos llaman Soturi, he oído —comenta—. Cyrill me dijo que significa "guerrero" en su idioma.

Supuse que Cyrill lo sabría. Tiene una esclava Kupari en su casa.

—Eso es bueno. Me alegra saber que eso no quiere decir "comedores de estiércol".

Me lanza una media sonrisa, y yo miro su rostro. Es unos cuantos centímetros más alta que yo, pero de puntillas puedo emparejar nuestras alturas y así acercarnos mucho. Aunque después de que me empujara lejos la vez que lo intenté, no lo hice de nuevo.

Deseo tanto hacerlo de nuevo.

–¡Bote a la vista! –avisa nuestro vigía, su voz casi perdida en el viento mientras grita desde su puesto elevado en el mástil.

–Probablemente una nave de pesca –dice Einar, las trenzas de su barba se balancean mientras se vuelve hacia Lars–. Podrían advertirles que estamos llegando –me mira y me guiña un ojo, y yo sonrío. Ha sido como un padre para mí, y es el único al que reconozco como tal. Mi verdadero padre no fue lo suficientemente fuerte como para protegerme, y en las malas noches sus ojos vacíos y su cuerpo sangrante acechan mis sueños. Nunca me escucha gritar.

–¿Sabemos el tamaño de su milicia? –pregunta Cyrill, y me saca del recuerdo indeseable–. Ninguno de nuestros asaltantes se ha encontrado con ellos.

–Lo que sea que tengan, no pueden igualarnos. Una advertencia no cambiará nada –resuena la voz de Lars.

Thyra frunce el ceño, y la golpeo con el hombro.

–Es verdad –digo–. Piensa en los relatos de Vasterut.

Ella pone los ojos en blanco.

–Y estoy segura de que las historias de la sencilla conquista de Nisse de ningún modo fueron exageradas.

Me muerdo el labio. Nisse ahora ocupa el trono de Vasterut después de tomar posesión de la ciudad-estado meridional justo antes de la primavera. Aunque solo quería darme confianza, probablemente mencionarlo fue un error. Había rumores de que estaba planeando asesinar a Lars, ya que nunca podría ser mejor que él en el círculo de combate. Thyra sabe algo más, pero se niega a hablar conmigo al respecto. Una mañana nos despertamos y descubrimos que Nisse había huido en la noche, desterrado de la tribu. Lars le permitió marcharse con aquellos leales a él, tal vez porque no podía convencerse de matar a su hermano menor, tal vez para evitar que todos nos matásemos. Con tantas tribus reunidas y posiciones para tomar, habría sido costoso. Casi uno de cada cinco se fue con Nisse, incluido su único hijo, Jaspar. Siento un agujero en mi estómago cada vez que pienso en él, aunque no he pronunciado su nombre en meses. Todos supusimos que él y los suyos estaban en camino a su muerte en lo profundo del invierno, así que cuando llegó la noticia de la victoria y las riquezas que Nisse había ganado tan fácilmente, fue como un desafío abierto para Lars.

El invierno se avecina nuevamente, y Lars nos ha prometido que lo pasaremos confortables, gordos y ricos.

–¿Has oído las historias de la reina bruja de los Kupari? –pregunta Thyra en voz baja. Se acerca, y el suave soplo de su aliento en mi oído me pone la piel de gallina.

No presto atención al hormigueo.

–Dudas de los relatos de Vasterut, pero ¿estás dispuesta a creer *esas* locas historias?

Sus mejillas bronceadas se sonrojan.

–No dije que creyera en ellas.

–Mejor –le digo. Todos hemos oído historias sobre la fuente del bienestar de los Kupari y su supuesta fuerza. No es un arsenal, ni un ejército, sino una bruja–. Pero si intenta usar su maldita magia sobre nosotros, terminará con su cabeza en el extremo de la lanza de Lars.

Thyra da un rápido asentimiento.

–De todos modos, podría resultar así. La sospecha de brujería es suficiente.

—Ese pequeño bote definitivamente está corriendo —dice Cyrill con una carcajada. De pie en la parte delantera junto a Lars y Einar se reclina sobre su lanza, y su punta afilada para matar brilla como un faro—. Creo que nos va a resultar difícil pasar inadvertidos.

Hace grandes ademanes ante los buques de guerra en formación detrás de nosotros, y los guerreros a mi alrededor ríen. Yo también, más fuerte que el resto. Mi sangre canta mientras siento su fuerza, la simple *vitalidad* que tenemos.

Estoy muy orgullosa de estar entre estos hombres y mujeres. Yo no nací siendo una Krigere, y he pasado los últimos años tratando de hacer que la gente se olvide de eso. Lo que debe importar es mi espíritu, mi disposición a luchar. Todos sangramos color rojo, como dice siempre Lars, y confío en que lo diga en serio.

Thyra sonríe, pero no ríe como el resto de nosotros. Y no puedo evitarlo… la aferro por los hombros y la sacudo un poco.

—¡Vamos! —digo entre risas—. No me digas que no estás deseando clavar tu daga en uno de esos gordos comerciantes. Las marcas de muerte más simples que jamás podrás ganar.

—¿Son las únicas cosas que hacen a un guerrero? —pregunta en voz baja.

La irritación me atraviesa, y aferro la empuñadura de su daga. Sus dedos se cierran sobre mi muñeca, con fuerza.

—Cuidado —dice con voz áspera—. No aquí. No ahora —hay una suerte de súplica en sus ojos.

Me hace querer empujarla. Quiero reemplazar esa súplica con *fuego*. Thyra no es una luchadora ambiciosa como yo, pero cuando se compenetra, se vuelve de una belleza cortante y absoluta, y ansío verla. Busco su arma con la otra mano y vuelve a atajarme, justo cuando sujeto la empuñadura. Presiona mi muñeca contra su costado cuando Sander se inclina para mirar.

–Bueno, tú le dijiste a Ansa que se concentrara –comenta con un brillo astuto en los ojos–. Y nunca se concentra mejor que cuando se fija en ti, Thyra.

Con una mirada casi frenética a su padre, ella me empuja tan abruptamente que casi tropiezo con la primera fila de remos.

Mis mejillas arden, y yo también.

–Dilo de nuevo y te destriparé, Sander.

Él comienza a rodear a Thyra para llegar hasta mí.

–Solo inténtalo, pequeña y huesuda...

–Basta –ruge Lars, volviéndose hacia nosotros como un bisonte listo para cargar–. Dorte, Keld... tomen un descanso. Dejen que estos dos cachorros desahoguen algo de su sed de sangre en los remos.

Einar me echa una mirada exasperada.

–¿Puedes por lo menos *intentar* no matar a nadie hasta que lleguemos a tierra? –pregunta, aunque parece a punto de echarse a reír.

–Lo intentaré –gruño.

Dorte y Keld, que han estado resoplando de espaldas a nosotros, levantan sus remos mientras los otros continúan remando. Avanzo y tomo el remo de Dorte, aunque se supone que mi descanso termina recién cuando el sol se hunda un cuarto en el cielo. No quiero llegar a la orilla fatigada, pero quejarme al respecto es impensable. Einar probablemente me arrojaría al agua de pura vergüenza.

Dorte me aprieta el brazo con sus dedos llenos de cicatrices.

–Al anochecer le mostrarás de lo que eres capaz –dice, mientras mira a Sander por el rabillo del ojo.

–Suponiendo que lo deje vivir hasta entonces.

Ella deja escapar una risa áspera que arruga su rostro húmedo, mientras levanta mi codo y examina las cuatro marcas de muerte.

—Espero que me concedas el honor de hacer uno de los nuevos cortes después de haber calculado el total.

—Si me dejas hacer lo mismo.

—Quizás incluso dos —me guiña el ojo.

Me dejo caer en la banca y coloco mis callosas palmas sobre la madera del remo, que conserva el calor de sus manos. La sencilla confianza que Dorte tiene en mí casi me hace olvidar el insulto de Sander y el empujón de Thyra. Casi, pero no del todo. Miro por encima de mi hombro. Thyra está de pie junto a su padre ahora, de espaldas a mí, y su postura es rígida.

Vuelvo a mirar hacia atrás, me digo que no debo observarla. No debo preocuparme de lo que piense, no debo preocuparme por ella. La frustración alimenta cada tirón del remo. Gotas de sudor brotan en mi frente y resplandecen en el fino vello entre dorado y cobrizo de mis brazos. He oído que los Kupari adoran el cobre. Me pregunto qué pensarán de mí, la guerrera del cabello como el fuego que descenderá sobre ellos como un lobo hambriento.

No me engaño. Mi imagen no inspira miedo.

Pero debería. Cualquiera que haya entrado en el círculo de combate conmigo lo sabe. Especialmente Sander, aunque nunca lo admitiría. Miro hacia él, que observa la vasta flota de barcos que siguen al nuestro, los músculos de sus brazos, duros y tensos.

—Mantén el ritmo, renacuaja —ladra para recordarme mi tarea.

Me duele la espalda al empujar el remo hacia delante para que coincida con el ritmo del remero líder y jalarlo hacia mi estómago al mismo tiempo que todos los demás. Aprecio la brisa fresca del Torden y me concentro en hacerme una con los demás, mientras todos nos movemos al mismo tiempo, como los músculos del lomo de un caballo poderoso. Nunca he remado esta distancia antes. Algunos de los guerreros que me rodean lo han hecho. Algunos han hecho el viaje al menos una docena de veces. Cada vez traían ganado y herramientas como nunca habíamos visto. Cada vez, nos contaban historias de una tierra tan rica que prácticamente sangraba cobre. Unas cuantas veces trajeron esclavos que lloriqueaban sobre cómo su reina bruja, a quien llaman la Valima o Voltana o algún nombre así de ridículo, los salvaría. Los vengaría.

Sorpresa, sorpresa, nunca lo hizo.

Espero poder estar allí cuando Lars entre en su sala del trono, cuando ella suplique misericordia. No se la ofrecerá. Si quieres vivir, debes ganarte el privilegio de hacerlo. Aprendí esa lección a muy temprana edad.

Vuelvo a echar un vistazo por encima de mi hombro a Thyra, y resoplo antes de dar otro golpe de remo. Quiero que se vuelva y me mire, que me castigue por provocarla. Quiero que cargue contra mí, que me tumbe aquí en la cubierta. Que me clave al suelo, los huesos de su cadera contra los míos. Quiero sentir su fuerza y saber que está dispuesta a hacer lo que sea necesario. Quiero sacar la violencia que hay en ella, incluso si eso significa sangrar en sus manos. Pintaría sobre su piel remolinos rojos para endurecer su espina dorsal y despertar su sed de violencia. Tiene que estar en ella. Lars es el guerrero más grande que los Krigere jamás hayan producido, y la madre de Thyra pudo haber sido una mujer de pueblo, no una guerrera, pero era una herrera experta capaz de arreglar cualquier hoja afilada y rebanar a cualquier persona que no estuviera dispuesta a negociar de manera justa sus servicios.

Thyra lleva esta ferocidad en algún lugar dentro de ella. Sé que es así. Será una magnífica jefa algún día si puede sacar eso fuera. Mi corazón se contrae mientras recorre con su mano el vello de su nuca. Lo corté yo misma, hace unos días, y ella me devolvió el favor. Lo dejaríamos crecer un poco en los meses de verano, cuando el aire se hacía demasiado cálido como para montar e ir al asalto, cuando nos escapábamos en las mañanas y encontramos un lugar bonito entre las dunas para luchar en broma y comer la carne salada y las galletas que habíamos robado del campamento. En esos momentos, solas, sin ojos sobre nosotras, Thyra me tocaba. Solo una mano en mi espalda, o me rozaba con las yemas de sus dedos para quitarme el cabello de los ojos. Algo innecesario, no solicitado, pero tan, tan anhelado. Ella me dio esperanza. Ella me hizo desear.

Hasta que intenté hacer realidad ese deseo.

Todavía estoy tratando de entender si me empujó lejos porque no siente lo mismo que yo, o si solamente desearía no hacerlo. De hecho, pienso demasiado en eso. En especial, porque es inútil.

No podremos estar juntas. Ahora ambas somos guerreras, pero no tenemos el mismo estatus. Yo fui el botín de una redada en tres ocasiones, pasé de un vencedor a otro. No tengo idea de dónde vengo, solo recuerdo las llamas y la sangre. Mi historia es tan violenta que algunos dicen que explica la marca roja en mi pantorrilla derecha, que tiene la forma de una llamarada. No lo niego. Por lo general, agrego que también explica cómo sobreviví: estoy hecha de fuego y sangre, y es por eso que lucho tan bien. He peleado y matado para ganar mi lugar en esta tribu, porque si no tengo eso, no tengo nada. No *soy* nada.

Thyra, por otro lado... Es hija de un gran jefe, criada para la guerra. Necesita un ayudante con ella, que mantenga sus hojas afiladas, su fuego encendido, su estómago lleno, sus heridas vendadas, su cama caliente.

Una de nosotras tendría que dejar sus armas a un lado para que la otra pueda pelear. Está prohibido y es una tontería no hacerlo: ningún guerrero puede sobrevivir sin un ayudante que lo apoye, y ambas debemos escoger uno pronto para establecer nuestros propios hogares ahora que hemos alcanzado nuestro decimoséptimo año. Sander ya lo hizo, un botín de una redada como yo, capturada en el norte. Todavía podía ganar el corazón de Hilma, la hermana de Thyra. No ha sido el mismo desde que ella murió cerca del final del invierno, llevando a su hijo no nacido con ella.

En cuanto a mí, he luchado demasiado por mi estatus para darme por vencida, pero la idea de la piel de Thyra contra la mía, de cuidarla y tenerla a mi cargo, es tentadora. Mi corazón salta mientras miro por encima de mi hombro una vez más para corroborar que me mira, como si sintiera el golpe de mis pensamientos.

–¡Tres botes más por delante! –grita el vigía–. ¡Vienen hacia aquí!

–¿Estás seguro? –pregunta el Jefe Lars–. ¿Vienen *hacia* nosotros?

Sin dejar de remar me doy la vuelta tanto como el movimiento del remo lo permite. El agua es de un azul penetrante bajo el cielo claro y el brillante sol de otoño, y es posible distinguir unas manchas en el horizonte. Incluso creo que puedo ver la distante sombra de la tierra varios kilómetros detrás.

–Más cerca ahora –anuncia el vigía–. Definitivamente se acercan rápido.

–Es extraño –dice Einar–. Están viniendo contra el viento.

–Tal vez es su marina de guerra –sugiere Dorte, haciendo reír al resto de nosotros. Compruebo si Thyra se une, si por una vez deja a un lado su seriedad y se divierte.

Se encoge y se limpia el rostro, luego alza la vista al cielo.

–¿Te ensució un pájaro? –le sonrío, espero aliviar la tensión entre nosotras.

Se vuelve hacia mí con el ceño fruncido.

–Una gota de lluvia.

El remero delante de mí levanta la cabeza hacia el cielo limpio sobre nosotros.

–No estoy seguro de cómo llegó a esa conclusión.

Me tenso al sentir una gota en la mejilla, y otra en el brazo. Una sombra pasa sobre el barco, como una mano que se cerrara alrededor del sol.

–¿Qué es *eso*? –dice el vigía, con voz quebrada por la alarma.

–¡Todos los remeros descansen! –grita Lars; me doy la vuelta y miro hacia delante mientras él observa el cielo.

Dejamos de remar, y nuestro barco sigue avanzando a través de las olas, impulsado por una súbita ráfaga de viento que llena nuestra vela por completo. Detrás de nosotros, oigo a los capitanes de las otras embarcaciones pidiendo a sus remeros que levanten sus remos del agua y esperen. En el lapso de un par de minutos, el cielo cambia de color, de azul a púrpura, a un verde muy débil. Ahora las nubes surgen de la nada y giran con el viento alrededor de un centro oscuro.

–¿Qué está ocurriendo? –susurro.

–Una tormenta horrible –murmura un guerrero detrás de mí–. Mala suerte.

–¡Los botes siguen avanzando a toda velocidad! –grita nuestro vigía.

Observo las tres siluetas mucho más cerca de lo que estaban antes. Es imposible, pero parecen haber cubierto por lo menos un kilómetro y medio en los últimos minutos. La proa del barco principal está magníficamente decorada con una columna de cobre que brilla bajo los relámpagos que cruzan el cielo. No entiendo... ¿esta es su marina de guerra? Y...

Un estrépito ensordecedor me hace gritar mientras la lluvia golpea mi rostro. Thyra aferra el brazo de su padre para mantenerse en pie. Una ola repentina agita nuestro bote, y otra la sigue inmediatamente después.

Parpadeo para quitarme la lluvia de los ojos: los botes de los forasteros están aún más cerca ahora, y me quedo boquiabierta ante el primero. La columna de cobre no es una decoración de proa, me doy cuenta. Es una mujer, la piel blanca como el invierno, el cabello tan rojo como el mío. Su vestido se agita en pliegues brillantes por detrás mientras ella alza sus brazos.

Es lo último que veo antes de que un relámpago caiga desde el cielo como una daga de los Krigere, partiendo el mundo en dos.

CAPÍTULO

II

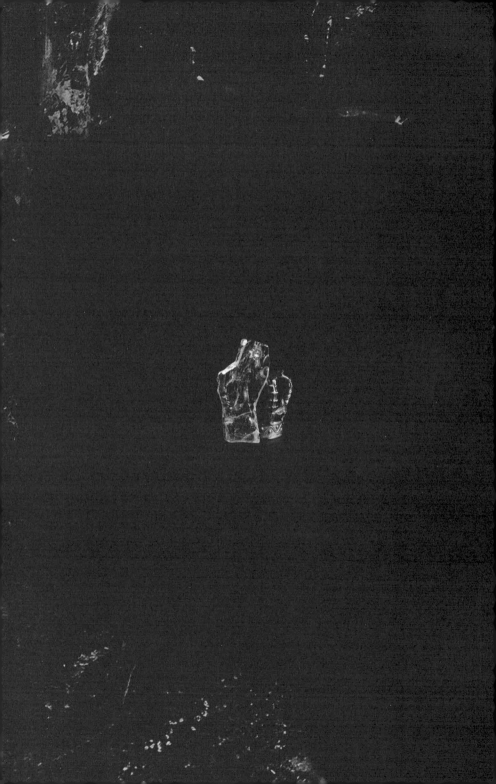

C aigo de mi banca cuando el grito de nuestro vigía deja de oírse. El barco estalla en llamas, una llamarada anaranjada de calor cruza por encima de mí. Los guerreros gritan de miedo mientras las violentas olas sacuden nuestro barco. Vuelvo como puedo a mi lugar, y sé por los gruñidos a mi alrededor que otros están haciendo lo mismo. Mi cabeza late y mis oídos zumban.

Cuando el resplandor blanco desaparece de mi vista, observo. No el caos a mi alrededor, sino a la mujer en el bote. Ella se alza con serenidad en la proa, una corona cobriza en su cabello también cobrizo. Su barco y los otros dos que lo acompañan están flotando en una porción de agua completamente tranquila, a la distancia, bajo un claro rayo de sol. Me quito la lluvia y los trozos de hielo del rostro, incapaz de comprender lo que veo.

Cuando mis manos caen a mi regazo, ella sigue ahí. Brazos en alto, mira hacia el cielo como si fuera un querido camarada. En una de sus muñecas hay un grueso brazalete de cobre que lanza destellos rojizos bajo el rayo de sol.

—¡Es *ella*! —grita Einar, con voz tensa mientras se aferra a un aparejo. Chispas de fuego de la vela que arde llueven a su alrededor y se mezclan con la lluvia helada—. ¡La reina bruja!

–¡Remeros de estribor! –exclama Lars–. Tormenta o no, le daremos una bienvenida al estilo Krigere.

Giro en mi asiento y hundo mi remo en el agua, junto con todos los remeros de mi lado del barco. No estamos completamente acompasados, pero nuestros esfuerzos son suficientes para dar vuelta el barco de modo que la proa enfrente las olas. Estamos quizás a unos cien metros de la bruja y su pacífica parcela del Torden, pero las olas nos empujan hacia atrás.

–Ella está haciendo esto –grita Cyrill–. ¡Está convocando la tormenta! ¡Mírenla!

Estiro mi cuello, como casi todos los demás en el barco. ¿Cómo podría *una persona* causar una tormenta? Y sin embargo, allí está ella en su círculo de luz solar, sin que el vendaval la toque, con el brazo adornado por el brazalete de cobre carmesí que apunta al cielo. Gira lentamente la yema de los dedos, mientras las nubes por encima coinciden con el movimiento.

–¡Todos los remeros, a remar! –ruge Lars.

–¿Vas a embestirla? –pregunta Thyra, con voz chirriante y temblorosa.

Cierro los ojos ante el sonido de su voz. Ella está justo detrás de mí. Podría estirarme hacia atrás y tocarla, pero sigo remando. Dejo salir un grito de guerra que todos mis compañeros en los remos responden. El amor por nuestro jefe late fuerte y orgulloso dentro de mí. Pase lo que pase, él pelea. Lo seguiremos a la eternidad. Nada puede detenernos.

–La aplastaremos –grita Lars–. ¡Remen! ¡Re...!

Su poderosa voz es silenciada por un crujido enfermizo, una ola de calor y una convulsión estremecedora que me arroja sobre el remero que tengo delante. El trueno se estrella contra nosotros mientras un relámpago ilumina el cielo, y me vuelvo hacia el sonido penetrante de Thyra que grita por su padre.

Toda la proa de nuestra nave está en llamas, incluido el lobo tallado, y vemos una masa ennegrecida que parece salida del infierno.

Es Lars.

La espalda de Thyra presiona mi banca. Sus ojos azules muy abiertos reflejan las llamas que devoran a su padre. Einar y Cyrill están tumbados delante de ella, aturdidos y chamuscados.

Por un momento, hay una especie de silencio, aturdidos gritos de guerra ahogados ante el descubrimiento de que nuestro jefe ya no está. Mis manos se mueven solas, la buscan. Mis dedos recorren la piel suave y helada de la garganta de Thyra, mis dedos se deslizan bajo el borde del cuello de su túnica, le ofrecen fuerza. La confortan. Sus palmas cubren el dorso de mis manos, presionan mi carne contra la suya por un momento. Pero solo un momento.

Siento el instante en que se transforma. Sus músculos se tensan y el calor flamea sobre su piel. Me aprieta las manos y las hace a un lado mientras se pone de pie y se vuelve hacia todos nosotros.

—Ya lo escucharon —exclama mientras las llamas de nuestra nave se alzan muy alto detrás de ella, el humo elevándose hacia el cielo—. ¡Remen!

Mi adoración por ella es como una espada en mi corazón. Me volteo y hundo mi remo en el agitado Torden. Pero una inmensa ola golpea mi espalda un momento después, el agua llega hasta mi pecho y casi me tira de la banca. Dorte grita mientras es arrastrada por un costado y cae en el furioso lago. El vapor silba mientras el fuego detrás de mí se extingue. Thyra se tambalea hacia delante y se aferra a mí cuando el lago trata de tomarla a ella también, así que envuelvo mi brazo alrededor del suyo e intento remar con una sola mano. Sin embargo, no soy lo suficientemente fuerte, y el mango del remo golpea mi pecho. Nos tumba a ambas hacia atrás a medida que la ola retrocede, y termino junto a Thyra en la cubierta.

Ya no hay nadie más que nosotros aquí. Einar y Cyrill también han sido arrastrados al agua. Un rugido a mi izquierda atrae mi mirada hacia una enorme tromba de agua que brota desde lo profundo e inunda dos buques de guerra cuando se eleva para lamer el cielo. El Torden está furioso ahora, con olas del tamaño de grandes colinas que se sacuden, volteando nuestros poderosos barcos como si fueran juguetes. Los gritos roncos de miedo y horror nos enfrentan a la terrible verdad: es un enemigo para el que no estábamos preparados.

–¡Remen! –grita Thyra, todavía aferrada a mí–. ¡Si la bruja controla la tormenta, debemos destruirla antes de que ella nos destruya a nosotros!

–¡Vamos! –ruge Sander–. ¡Sangre y victoria!

–Sangre y victoria –repiten los demás, aunque oigo el temblor y la tensión de sus gritos. Al levantarme veo que varios de nuestros remeros y guerreros ya no están, arrastrados por la ola que apagó el fuego. Nuestra proa quemada se eleva mientras otra ola nos embiste. Los dedos de Thyra se enrollan en mi túnica buscando equilibrio, se sienta sobre sus rodillas y ruge para que cada uno dé todo lo que tiene. Si no lo hacemos, nos hundimos. Necesito volver a mi banca, pero no quiero dejarla sola aquí arriba. Si el agua negra que se eleva sobre nosotros es nuestra muerte, quiero irme con ella en mis brazos.

Logramos superar la cresta de la ola y caemos de manera pesada y caótica hacia abajo. Aunque antes de descender, logro vislumbrar a la bruja.

—No estamos lejos —le grito a Thyra mientras comienzan a caer agujas de hielo que nos cortan la piel. Protejo mi rostro mientras nuestros remeros pelean contra el Torden, cada uno encorvado para evitar el hielo que les aguijonea la carne. Nuestra tripulación asediada logra superar dos olas gigantescas, y el agua gélida nos empuja desde todos lados.

Y luego pasamos otra ola, y ahí está ella. La reina bruja nos mira tranquilamente, espera en su pequeño bote, en su diminuto parche de aguas calmas. Está a solo veinte metros de distancia, o aún menos.

Thyra se aleja de mí y desenvaina su daga. Se tambalea hacia delante y echa su brazo hacia atrás justo cuando los ojos pálidos de la reina bruja se encuentran con los míos. La cabeza de la bruja se inclina repentinamente, como presa de una fría curiosidad. Entrecierra los ojos. Siento su mirada dentro de mí, una mano que aferra mi corazón, unos dedos que resbalan sobre el músculo suave que late. El agua que nos rodea se calma de repente, aunque la tormenta sigue rugiendo detrás de nosotros, con todos nuestros barcos atrapados en las fauces del poderoso lago.

Thyra se afirma sobre sus pies, se prepara para lanzar su daga. Es devastadoramente precisa a esta distancia, pero siento una extraña incertidumbre, como si el viento hubiera susurrado una advertencia a mi oído.

Los ojos de la bruja se deslizan de los míos a los suyos. Y en ese momento, sé lo que va a pasar. Mientras el cuerpo de Thyra se tensa para disparar, engancho mi brazo alrededor de su cintura y me arrojo de modo que caemos en el estrecho espacio entre dos bancas de remo, justo cuando un rayo golpea la cubierta donde ella se encontraba de pie. Un extraño olor metálico llena el aire y la proa comienza a arder de nuevo.

–Quédate abajo –digo bruscamente mientras le quito la daga de la mano.

Thyra lucha bajo mi peso.

–¡Cómo te atreves! –exclama ella–. Esta muerte es mía.

La empujo contra los tablones debajo de nosotras.

–Se llevó a tu padre hace solo unos minutos, junto con sus consejeros de guerra. Si te golpea a ti también, ya no tendremos ningún jefe. ¡Conserva tu vida para dirigirnos!

Me inclino sobre ella mientras las olas comienzan a golpearnos de nuevo. Mis labios rozan su mejilla.

–Además –digo–, soy mucho mejor nadadora.

–¿Qué? –grita Thyra.

Antes de que pueda detenerme, me levanto y voy hacia la proa en llamas. A través del humo, el rostro de la bruja brilla blanco y sin miedo. Sus ojos son como astillas de hielo. Un odio crudo hacia ella me quema por dentro, más caliente que las llamas que carcomen nuestra nave. La brujería es una abominación anormal y diabólica, y claramente rezuma de ella. Si no puedo matarla, nos matará a todos. Si mi muerte es el precio de la victoria, estaré feliz de pagarlo.

Justo cuando nos deslizamos hacia abajo, me arranco la capa, sujeto la daga de Thyra en mi mano y me zambullo por un costado del barco, rezando para llegar hasta el casco. Oigo que gritan mi nombre justo antes de que el agua se cierre alrededor de mí, en medio de un frío helado. Mis pulmones piden aire mientras mi cuerpo cae en la oscuridad, hacia lo profundo. El pánico se apodera de mí. No puedo encontrar el cielo. Mis dedos sujetan la daga, y yo me agito con desesperación para abrirme camino de regreso al aire. Un relámpago destella bajo mis pies y me dice que estoy al revés, así que pataleo hacia el vórtice verde que parpadea sobre mí. Mi rostro irrumpe en la superficie, y yo jadeo y pataleo frenéticamente para mantenerme a flote. Aunque mis armas –los cuchillos que llevo en mis botas y atados a mis brazos– no son pesadas, la suma de eso y mi ropa me arrastra hacia abajo. Pero estoy lo suficientemente cerca de la bruja como para que no haya olas, no como las que hay dentro de la tormenta.

Mientras intento aferrarme a algo, una ola golpea nuestra nave a babor, haciendo que vacile. Desde aquí puedo ver el daño, el mástil roto y la vela quemada, la proa carbonizada y destruida, la mitad de los remos faltan o cuelgan inútiles junto a las bancas de remo vacías, todos los escudos arrancados de los lados por el hambriento Torden. Thyra se aferra a mi banca y grita órdenes, todavía intenta conseguir que nuestra tripulación embista a la bruja, pero no pueden controlarla. Están a merced del vendaval y de las olas. Justo allí, tan cerca de mí, y aun así fuera de alcance. La furia me calienta los huesos helados, y me froto con fuerza para recuperarme, para lograr tener al enemigo a la vista.

Ahí está ella. Observa nuestra derrota con una pequeña sonrisa en su rostro. Disfruta de esto.

Aprieto los dientes y nado tan fuerte como nunca lo he hecho. Puedo ver la pared de luz que separa a la bruja y sus barcos de nuestro peligro. A solo unos metros de distancia. Antes de que sepa que estoy allí, emergeré del agua y abriré un tajo en sus piernas. Cuando caiga, clavaré la daga de Thyra en su barriga. Veremos cómo hace llover cuando se esté ahogando en su propia sangre.

Estos pensamientos felices y salvajes me conducen a través del agua, cada músculo encendido por la determinación. Apenas me doy cuenta del frío hasta que una ráfaga de calor me encierra. La oscuridad retrocede, y ya estoy en su columna de luz. El agua aquí es calma, no hay olas que me detengan cuando llego a su flanco. Su bote está a tres brazadas de distancia, y ella no me ve.

–¡Valtia! –grita un hombre calvo y vestido de negro desde otro de los botes. Me agito y lo veo levantar el brazo, su dedo regordete apunta directamente hacia mí. Mis ojos se empapan cuando el aire a mi alrededor parece deformarse por el calor, y el lago hierve. Bufo de dolor y me retuerzo confundida para alejarme, desesperada por volver al hielo de la tormenta. Esta agua me está cocinando. Enfrento al cielo, mis piernas patalean.

La bruja se vuelve y me mira mientras me retuerzo como un pez recién pescado. Frunce el ceño. Su rostro está extrañamente agrietado, la blancura se descascara en algunos lugares y revela la piel rosada que hay debajo. La imagen me recuerda mi propósito, y salto hacia el casco de su bote, aunque mi carne ya empieza a ampollarse. No importa, siempre que la mate antes de morir.

Mi mano en carne viva se aferra a la proa del bote. Con su brazo adornado de cobre aún elevado al cielo, la bruja me mira a los ojos. No parece asustada. Una comisura de su boca se levanta en una pequeña sonrisa victoriosa, pero juro que hay una guerra completamente diferente en su mirada azul pálida.

Otro hombre calvo de túnica negra, sentado en la popa, me señala perezosamente con la mano y habla con la bruja en un extraño lenguaje que reconozco como Kupari. No parece perturbado. Como si yo no fuera una amenaza, sino apenas un inconveniente.

Mi combustible es el odio. Mi mano derecha levanta la hoja sobre la superficie del lago mientras lucho por escapar del agua abrasadora, subirme al bote y hacer correr la sangre.

Pero la bruja luce pensativa y apenas me tiene en cuenta mientras lucho.

–Te equivocas. *No es* un chico –dice suavemente, casi para sí misma.

Estoy atrapada por el sonido de su voz... *y el hecho de haber entendido lo que dijo.* Como ocurrió con su mirada antes, su voz llega dentro de mí, y esta vez siento cuando se apodera, cuando oprime. Mi pecho está lleno de un sentimiento que no puedo nombrar, tan poderoso que me roba la voluntad. No puedo matarla. No puedo hacerle el más mínimo daño. Mi boca se abre y la daga cae de mi puño levantado.

El hombre de túnica negra le grita, trenza palabras ásperas y odiosas y muestra los dientes. Creo que le está diciendo que me mate.

La bruja mira por encima de su hombro hacia su oscuro compañero.

–Yo... no puedo –suena tan desconcertada como yo me siento.

Él escupe algunas palabras más entre sus dientes, y una bola de fuego estalla desde la palma de su mano.

No tengo tiempo para sorprenderme. La bruja gira de nuevo y, antes de que pueda parpadear, empuja su palma hacia mí. Una ola de frío se eleva desde abajo, me aleja del bote y me lleva hacia arriba. Puedo ver un poco más de su pálido rostro y el brillo de su brazalete de cobre color carmesí antes de hundirme de nuevo en las fauces de la tormenta. Una ola amarga se desploma sobre mí, me hace caer de cabeza, indefensa, perdida y cruelmente segura de una sola cosa.

He fallado.

CAPÍTULO

III

S ubo a la superficie, tomo aire entre jadeos, y veo los barcos en llamas y a medio hundir, los cuerpos a mi alrededor, vaciados de los nobles espíritus que una vez residieron allí. El lago los hunde, ayudado por el peso de sus hachas, sus cascos, sus capas. Cuando una nueva ola me aplasta, un relámpago revela un lago lleno de brazos y piernas.

Y yo lucho para tomar aire, combato contra la tormenta y mi propia desesperación. Rendirse es debilidad. Nado hacia uno de los pocos largos barcos que todavía flotan, solo para ver un grueso rayo de luz blanca que lo rompe en dos y envía guerreros volando por el aire con llamaradas para amortiguar la caída. Otra ola me golpea justo en la espalda, empuja mi rostro hacia el agua y lleva mis piernas hacia arriba. Me envía a las profundidades una vez más. Algo fuerte me golpea la cabeza, un mástil astillado o una banca de remo, tal vez, decorando el agua con mi sangre. Mi boca se abre en un jadeo, y yo inhalo el Torden, que quema mis pulmones mientras todo mi cuerpo se retuerce. La oscuridad enturbia mi vista y luego ya no veo más nada.

Una idea resplandece en mi cabeza. *Ríndete. Ya está.*

Pero me recuerdo: a un Krigere se le concede la entrada al cielo solo después de una victoria, o si muere luchando. Aunque mi único enemigo ahora es el lago, lo combatiré hasta el final.

Doy brazadas y pataleo entre las convulsiones. Mis compañeros guerreros hacen lo mismo. El agua invade y conquista, y mientras lucho, veo que muchos de mis hermanos y hermanas pierden la pelea. Sé que mi tiempo está llegando también, pero yo no...

El viento se calma tan rápido que es como una manta pesada ahogando una fogata. Las olas se hunden en las profundidades. Las pesadas y violentas nubes se convierten en nada. La tempestad se dobla sobre sí misma como un cristal de hielo que se derrite, y luego ya no está. Parpadeo hacia el sol. Su belleza hace que mis ojos ardan, y dejo escapar un gruñido de risa. Floto sobre mi espalda hasta que la exaltación que viene con la vida después de la certeza de la muerte da lugar a un pensamiento completamente distinto. De alguna manera, sé que debo mantener mis ojos en el cielo. Si miro el mundo como es ahora, será un golpe fatal y aplastante. Ya el silencio solo es prueba de la totalidad de nuestra destrucción.

Debería dejar que el agua me lleve. A veces, las heridas sangran demasiado. Una guerrera puede morir victoriosa en el campo de batalla si ha luchado hasta el final, si dio todo lo que tenía. Y eso hice. Di todo, incluyendo la oportunidad de morir en brazos de Thyra, de ver su rostro una vez más. Seguramente puedo tan solo dejarme ir...

–¡Ansa!

Una palabra, un grito, una voz me saca del borde del abismo.

–¡Ansa! Contéstame o juro que te cortaré la garganta.

Vuelvo la cabeza. Thyra rema con sus manos hacia mí, montada en un gran trozo del casco, su rostro manchado y empapado, sus ojos brillantes de horror. Sander está detrás de ella. Sangra por un corte en la sien, la sangre mancha su mandíbula y gotea hacia el cuello de su túnica, pero todavía se ve fuerte mientras conduce la balsa improvisada con un remo roto. Cyrill tiene medio cuerpo desnudo, la mitad de su barba rubia se ha ido. Su rostro, antes hermoso, es un desorden de manchas negras y ampollas.

Busco la mano extendida de Thyra, tan agradecida de estar viva que no puedo pronunciar palabra. Ella aferra mis dedos húmedos y escaldados y me sube a la rastra, mientras Sander deja el remo y me ayuda a subir a la balsa. Aprieto los dientes para no gritar. Parece que estuviera a punto de cambiar de piel, y ahora mismo me gustaría poder hacerlo.

—No podemos cargar más peso. Nos hundiremos —dice Sander, mientras Thyra se inclina sobre mí.

Ella asiente, luego toca mi frente con la suya, sus palmas en mis mejillas.

—Nunca intentes volver a robarme una muerte que me corresponde —susurra de modo áspero, pero luego planta un fuerte beso en la parte superior de mi cabeza.

—Lo siento —digo, con la voz tan rota como el resto de mí—. Te he fallado.

Ella deja escapar una risita tensa mientras se sienta y mira a su alrededor.

—Todos fallamos.

Haciendo un gesto de dolor, me incorporo sobre un codo. Flotamos en un mar de cuerpos y escombros, bajo un vivo cielo azul y un temprano sol de otoño que se pone. Una brisa fresca me revuelve el cabello, pero no es eso lo que envía un escalofrío cruel por mi espalda. Ni una sola nave sobrevivió. A lo lejos, puedo ver a un par de guerreros en otra sección de un casco astillado, que suben un cuerpo inerte a cubierta. Pero cuando lo logran, una sección del casco se sumerge, y todos ellos se deslizan hacia el lago. Sueltan gritos débiles mientras luchan para volver a subir a la seguridad de su balsa improvisada.

–Tenemos que tratar de llegar hasta allí –dice Thyra.

–¿Estás loca? –replica Sander bruscamente–. Tendremos suerte si no enfrentamos el mismo destino.

Ella lo mira.

–Había miles de nosotros en estas aguas. Y tenemos a los ayudantes en casa esperando noticias... y protección.

Sander ríe.

–¿Protección? Thyra, mira a tu alrededor. Estamos muertos.

–Aún no –dice ella, y empieza a remar hacia los supervivientes. Sus ojos exploran las aguas buscando a otros.

A mi lado, Cyrill gime. Coloco una mano en su espalda.

–Sigue respirando. Sigue luchando.

–Sangre y victoria –dice débilmente.

Mi garganta se cierra.

–Sangre y victoria –pero sé que Sander tiene razón. Somos cadáveres con un corazón que aún late. Miro en el horizonte. Tres manchas diminutas retroceden en el azul profundo–. Allí están. La bruja y sus oscuros súbditos.

Thyra deja de remar y hace una pausa, quita sus brazos empapados del lago. La luz del sol poniente hace brillar sus marcas de muerte nacaradas. Si su mirada fuera una flecha, golpearía de manera letal.

–Por un momento, pensé que podía dar en el blanco –murmura.

Funciona como una acusación.

–Y si hubieras permanecido ahí parada el tiempo suficiente para lanzar la daga, habrías terminado como tu padre –digo. El esfuerzo de pronunciar tantas palabras me hace toser.

–Y hete aquí que pensé que tu más profundo deseo era verme matar –susurra.

–¿Cómo supiste del peligro? –pregunta Sander–. Te abalanzaste sobre ella justo a tiempo.

–Instinto, supongo. La bruja acababa de atacar a Lars de la misma manera. Vi que estaba mirando a Thyra.

–¿Pudiste verla tan claro?

Me vuelvo hacia Sander, la irritación me quema detrás de la lengua.

–Y Thyra también. Estábamos cerca.

–Si hubiéramos tenido suficientes remeros, podríamos haberla embestido –dice amargamente.

Otra acusación.

–Nunca la hubiéramos alcanzado. No lo habría permitido.

–Si realmente pensabas eso, ¿por qué nadaste hacia ella? ¿O simplemente saltaste por la borda para salvarte? –dice él con una ceja arqueada, lleno de sospechas.

Frunzo el ceño y miro a Thyra.

–El barco fue destruido un minuto después de que saltaste –dice ella en voz baja.

–¿También sabías eso por instinto? ¡Te necesitábamos a bordo! –Sander aferra el remo como si quisiera golpearme con él.

Sujeto uno de mis cuchillos de la vaina en mi muñeca, pero Thyra aferra mi brazo, lo que me hace chillar de dolor.

–Ya basta, ustedes dos –ladra–. Si nos arrojas al agua, te mataré antes de que tengas la oportunidad de ahogarte.

–Tantas graves amenazas, Thyra –señala Sander–. ¿De verdad esperas que te creamos?

Sus ojos se abren como platos ante su insolencia. Nunca se había atrevido a hablarle a Thyra así. Nadie lo había hecho. Pero su padre ahora está muerto.

Me quita el cuchillo de la empuñadura y en un instante está apuntando a Sander.

—Dije que basta —clava la hoja en la madera del casco, la empuñadura sobresale a pocos centímetros de la rodilla de Sander—. Aunque elijo no derramar sangre a menudo, no significa que no lo haga.

—Solo me pregunto qué estaba haciendo realmente Ansa mientras toda nuestra tripulación luchaba contra la tormenta.

Thyra abre la boca, probablemente para amenazarlo de nuevo, pero la cierra cuando murmuro:

—Llegué hasta su bote.

Cyrill detiene sus gemidos y gira su cabeza para mirarme. Mis mejillas arden mientras miro las tres manchas negras en el horizonte.

—Casi la tenía, pero el agua... De algún modo hicieron que se calentara —les muestro mis brazos y manos rojas y ampolladas—. Y uno de sus asistentes tenía fuego en la palma de la mano.

—Las *dos* están dementes —Sander pone los ojos en blanco.

—Nuestro mundo fue destruido por una tormenta creada por una bruja —dice Thyra en voz baja—. ¿Qué hay más demente que eso?

Sander se inclina hacia delante. Una gota de sangre de su barbilla cae sobre la túnica empapada de Cyrill.

—El hecho de que Ansa todavía respire... Si se acercó tanto a la bruja, ¿cómo es que aún está viva?

Todos me miran fijo de nuevo, y lucho contra una extraña agitación al recordar el rostro de la reina bruja, la forma en que me miraba antes del final.

–No lo sé –murmuro–. Traté de atacar, pero entonces... –me trago las siguientes palabras, y tienen el sabor de la vergüenza. Dejé caer el arma sin motivo. Tuve la oportunidad y la fuerza. Podría haber resultado herida, pero nada grave. Si me hubiera arrojado hacia ella, podría haber hundido la daga en su muslo. Estaba así de cerca. Pero mi corazón se conmovió de repente. Y si admito eso, podría perder lo más importante para mí en este mundo, más importante que mi propia vida.

El respeto de otros guerreros.

–Una ola me atrapó y me alejó –digo rápidamente, aunque me doy cuenta de que he permanecido en silencio durante demasiados segundos.

–¿Por qué no hizo caer un rayo del cielo para cocinarte en el agua? –pregunta Sander–. Esa parece ser su estrategia para eliminar amenazas.

–De nuevo, no lo sé –excepto... No creo que ella quisiera matarme. Sus asistentes parecían querer que hiciera exactamente eso. El que estaba en su bote, con fuego en las manos, iba a hacerlo él mismo. En cambio, en lugar de matarme, generó la ola que me llevó lejos.

Ella *me salvó*.

Esa idea me revuelve el estómago y me inclino hacia el lago, devolviéndole parte del agua que tragué mientras me ahogaba. Presiono la frente contra el casco húmedo y escucho la respiración entrecortada de Cyrill; no quiero levantar la cabeza y ver cómo me miran mis tres colegas guerreros. Mi piel está caliente y fría al mismo tiempo, y los escalofríos me hacen temblar. Un punto en mi pierna late y envía ráfagas heladas hacia arriba por el muslo. Asustada, me bajo el borde de la bota hasta la pantorrilla.

–¿Estás herida? –pregunta Thyra.

Bajo la vista a mi marca de nacimiento roja, que ahora late y está caliente, y sacudo la cabeza mientras tiro de la bota para volver a cubrirla.

–No es nada.

Thyra maldice.

–Han desaparecido.

Levanto lentamente la cabeza y miro hacia el campo de batalla acuático. El único sonido son los chillidos de las gaviotas encima de nosotros. Algunas han descendido sobre nuestros muertos. Los guerreros que vimos caer de su balsa improvisada no están por ninguna parte. Una furia repentina me recorre y arranco mi cuchillo del casco. Me vuelvo para lanzarlo a uno de esos pájaros odiosos y casi caigo al agua, pero Sander levanta su remo y me golpea fuerte entre los hombros, enviándome hacia abajo con un bufido encima de Cyrill.

–La maldición de sobrevivir con solo tres guerreros bebés como aliados –dice con un gemido.

–Tranquilo, Cyrill –responde Thyra con voz de mando–. Tus ojos estarían en el estómago de una gaviota si no fuera por nosotros –pero también le aprieta el hombro, y él ofrece una sonrisa cansada.

–¿Y ahora qué? –pregunta Sander–. Si hay más sobrevivientes, ya estarán demasiado lejos como para que los encontremos.

Thyra mira fijo hacia las olas que se mecen suavemente, alejando a nuestros muertos y los restos de nuestra fuerza invasora más adentro por el Torden.

–Vamos a casa –dice ella. Sander ríe.

–Nos tomó casi medio día llegar hasta aquí, ¡y eso fue con el viento a nuestras espaldas y doce pares de remos!

Blande su remo roto, pero Thyra se levanta sobre sus rodillas con un brillo amenazante en sus ojos.

–¿Y qué prefieres hacer, Sander? ¿Acostarte como un cobarde y dejar que el Torden te arrulle hasta que te duermas? –le arrebata el remo antes de que pueda pensar siquiera en detenerla–. Entonces toma un lugar junto a Cyrill. Acuéstate y descansa.

–Oye, no estoy cortado por la misma tijera que este cachorro –gruñe Cyrill. Intenta enderezarse sobre los tablones, pero luego gime y vuelve a echarse–. Si no estuviera tan roto, te ayudaría a remar.

Ella sonríe con una mueca.

–Quédate donde estás –odio la mirada en sus ojos, la preocupación y la desesperación que intenta ocultar. Sus labios apretados y el fulgor de sus ojos, así se veía cuando se paró junto al viejo caído que lloraba en esa aldea costera durante la incursión de principios de verano. Cuando su mano tembló, cuando dijo en un susurro quebrado: *me arriesgaré a sufrir la ira de mi padre. Este hombre no ha hecho nada para justificar semejante muerte.* Cuando al ver su vacilación y su vergüenza desenvainé mi propia hoja y la clavé en su costado. Aunque está prohibido, le entregué esa marca de muerte: su padre le había dicho que no volviera a casa sin una nueva.

Como entonces, no puedo evitar salvarla. Tomo un tablón que flota en el agua y lo sostengo como si fuera un remo. Cuando Thyra hunde su remo roto en el Torden, hago lo mismo, y juntas movemos esta balsa, el casco destrozado de lo que solía ser una gran nave de guerra, unos metros más cerca de casa. El viento empuja mi cabello lejos de la frente y la busco con la mirada. La encuentro mirándome de una manera que me llena de calidez.

Con las mejillas rojas, Sander consigue otro remo roto y se une a nosotros. Está en la "proa" de nuestro bote pequeño e inestable, así que se sienta sobre sus rodillas y se echa hacia adelante e inserta el borde dentado en el agua. Los tres remamos en silencio mientras el sol cae a nuestras espaldas y el cielo vuelve a oscurecerse una vez más, esta vez por la noche. Las estrellas alegres y burlonas brillan desde la seguridad del mundo exterior, mientras nos acercamos lentamente a nuestra costa natal, en el noreste. La luna ilumina nuestro camino, pero vemos solo aguas negras a nuestro alrededor.

Thyra es la primera en notar que el espíritu de Cyrill ha partido hacia la eternidad. Se detiene en medio de una brazada y presiona sus dedos contra el cuello de él, luego inclina la cabeza.

–Deténganse por un momento.

Sander se sienta y arroja a un lado su remo roto. Balancea los hombros mientras hace una mueca de dolor.

–¿Qué ocurre?

–Cyrill se ha ido –digo con voz quebrada. Dejo escapar un suspiro entrecortado y apoyo las manos en los tablones. La marca de nacimiento en mi pierna ahora late a un ritmo parejo, y me resulta doloroso. No me doy cuenta de si es por calor o por frío, solo sé que quema. Thyra me echa una mirada de preocupación, pero finjo que no es nada–. Estoy bien –al menos, eso creo. Los escalofríos no se han detenido, aunque estoy sudando. Quizás son las quemaduras del agua. Tuve fiebres antes, pero nunca me he sentido así. Algo dentro de mí se ha vuelto inestable y frágil, a punto de romperse.

–Tenemos que deshacernos de él –dice Sander–. Así seremos más livianos –alarga la mano y toma la daga de Cyrill de la vaina en su costado, y siento un recuerdo punzante. La noche anterior, con la barba goteando hidromiel y una sonrisa ebria en su boca, Cyrill empuñó esa daga y bromeó sobre cómo la metería en las tripas de cualquier Kupari que se interpusiera entre él y los veinte hermosos caballos que planeaba poseer antes de terminar la invasión. Su ayudante, Gry, rio y lo besó. Los dedos de ella retorcían su barba con una alegría, un orgullo y un amor tan grandes que todos pudimos sentirlo.

–Envaina esa daga –digo en voz baja. Desearía poder dejar de temblar. Repentinamente, siento la boca demasiado seca, como si pudiera beberme todo el Torden y aun así estar sedienta.

–¿Por qué? –pregunta Sander–. Tiene una hoja excelente, y me servirá mucho más que a él.

–Es *suya* –digo bruscamente–. Y a un guerrero se lo entierra con sus armas –en caso contrario, llega al campo de batalla celestial desarmado y lleno de vergüenza.

–No vamos a enterrarlo, Ansa... ¿acaso ves tierra por aquí? –exclama Sander, con la voz quebrada y los nudillos blancos aferrando la empuñadura de la daga de Cyrill.

–¡Murió con honor!

–Basta, ustedes... –comienza Thyra.

–La muerte es patética, no importa cómo llegue, ¡y Cyrill murió indefenso, herido y débil! –grita Sander.

–¿Como Hilma? –pregunto en voz baja.

Sander me arroja su remo destrozado, pero me inclino y saco mi daga de los tablones. Su hoja refleja la luna, aunque mi palma está tan sudorosa que casi la dejo caer.

–Deja de permitir que el dolor te confunda, Sander. ¡Cyrill se ganó tu respeto en vida, y no dejaré que se lo faltes ahora!

—¿Cómo me detendrás, renacuaja? Si parece que estás a punto de unirte a él.

—Tú primero.

Thyra aúlla cuando Sander ataca con la daga de Cyrill, pero tomo un segundo cuchillo de la vaina en mi pantorrilla. Bloqueo su golpe con el dorso de mi antebrazo, el impacto me hace entrechocar los dientes, pero obliga a Sander a sostenerse con la otra mano para evitar caer al lago. Aprovechando su tropiezo, monto sobre la espalda de Cyrill y deslizo mi daga contra la garganta de Sander.

—Suéltala —gruño. Mis dientes castañetean. Siento como si alguien me estuviera marcando con un hierro al rojo vivo en la pantorrilla, y es todo lo que puedo hacer para no gemir.

—Hazlo —Sander sonríe mientras la hoja muerde su piel, y se inclina hacia delante para mostrar que no tiene miedo. Sus ojos oscuros están llenos de rabia y desafío—. Hazlo antes de que te arranque el cuchillo y te abra la barriga.

Ahora tiemblo de manera tan violenta que no puedo sostener la daga. Sander sonríe.

—Todos vamos a morir —susurra, aunque su sonrisa se arruga formando una mueca—. ¿Crees que ella me estará esperando?

—Sander... —Thyra busca la daga de Cyrill, que él todavía tiene aferrada.

—Cállate, *jefa* —dice Sander, con ojos brillantes.

Nos sostenemos la mirada. Él está más allá de la preocupación, del respeto, de la esperanza. De repente, el impulso de matarlo es casi tan poderoso como esa *cosa* inmensa y trémula que me ha crecido dentro, apoderándose de mí. Sander solía estar lleno de luz y vida, y ahora corteja la muerte como si la quisiera de compañera. Me preparo para hacer el corte antes de caer en pedazos, pero Sander retrocede, tal vez porque su cuerpo quiere sobrevivir a pesar de que él haya perdido la voluntad de vivir. Pero su peso y el movimiento repentino hacen que el otro extremo del casco se levante en el aire. Cuando el cuerpo de Cyrill comienza a deslizarse, me arrojo hacia el extremo elevado mientras Thyra cae del otro lado. Con un grito y el ruido de un chapuzón, Sander cae también al lago, y el cuerpo de Cyrill aterriza rápidamente encima de él. El casco salpica al volver al agua y me empapa. Oigo que Thyra comienza a gritarle a Sander, pero un rugido llena mis oídos y me ensordece.

Jadeo mientras algo monstruoso en mí se abre y extiende sus alas, dibujando sus garras a lo largo de mis costillas. Mi marca roja aún late, y arranca un grito de mi boca.

–Thyra –digo. O al menos creo que lo digo. No estoy segura de que el sonido salga de mi boca. Una fuerza invisible me pone de espaldas y me golpea contra el casco. Mis ojos se abren de par en par, pero estoy ciega, veo todo blanco. Es como si la mano de un gigante hubiera descendido del cielo y me impidiera moverme. Mi corazón late tan rápido que siento una opresión dolorosa y continua. El pánico y el terror son tan intensos que me queman por dentro. ¿La reina bruja ha vuelto por nosotros? ¿Por mí? ¿Es esta su victoria final?

Mi espina dorsal se arquea, mi pecho y caderas se levantan mientras mis hombros y piernas permanecen clavados contra la cubierta. No puedo controlar en absoluto mi cuerpo. El fuego irrumpe dentro de mi mente, seguido muy de cerca por cuchillos de hielo que rebanan mis pensamientos. Estoy en una jaula de llamas y remolinos de nieve, extremos que me desgarran y me unen de nuevo, una y otra vez. La sensación de ser desgarrada por dentro es insoportable, pero la fuerza en mí es tan grande que no puede ser negada ni contenida. Crece y crece y anida en mi pecho, expulsando todo lo que pensé que era. Las lágrimas se convierten en cristales de hielo en mis mejillas, luego chisporrotean sobre mi piel. El dolor sigue y sigue. Ahora soy *yo* quien anhela la muerte como compañera.

La sensación se va tan rápido como llegó. Con un golpe repentino me deja inerte sobre la cubierta. Mi cabeza golpea contra la madera. Mis ojos parpadean.

Estoy sola en la balsa. Me levanto y miro alrededor, aunque veo todo borroso.

A unos dos metros de la nave improvisada, dos cabezas flotan sobre el agua oscura. Thyra y Sander. Ambos me miran con ojos muy abiertos por el terror.

—¿Qué ocurrió? —pregunto, todavía sacudida por las réplicas de lo que sea que fue eso.

—Tú... tú... —Thyra traga saliva.

—Un rayo cayó sobre ti —dice Sander débilmente.

Bajo la vista y me miro. Caigo hacia atrás, porque estoy demasiado débil para mantenerme erguida, pero mi ropa está intacta. No hay nada chamuscado. Lo único que arde es la marca en mi pantorrilla.

—No, no puede ser.

—Sí, así fue —asiente Thyra, con voz alta y trémula. Nada hacia la balsa—. Mantente quieta. Voy a subir a bordo.

—Yo también —afirma Sander.

Ella le lanza una mirada dura.

—No más peleas esta noche. Si realmente quieres unirte a mi hermana tan pronto, quédate en el agua.

Sander deja escapar un resoplido molesto y se suben uno a cada lado. Aterrizan al mismo tiempo y, de alguna manera, logran no desestabilizar la balsa. Sus ropas me empapan, quedo temblando entre ellos mientras miramos las crueles estrellas ahí arriba, jadeantes.

–Perdimos nuestros remos –murmura Thyra–. Flotaron a la deriva cuando caímos al agua.

–Y tus dos dagas. Y la de Cyrill. Lo siento –masculla Sander.

–Está bien por mí, ya que lo único que hacían ustedes dos era amenazar con matarse mutuamente –responde Thyra. Vuelve la cabeza–. No puedo creer que estés viva. Cuando vi el rayo caer del cielo, pensé... –cierra los ojos, y sé que ve a su padre, carbonizado y arruinado entre el fuego. Nuestros rostros están a solo unos centímetros de distancia. En cualquier otra ocasión, esto me haría insoportablemente feliz. Pero ahora es demasiado triste. Estamos flotando en una extensión de negrura sin fin, y no conocemos el camino a casa.

Yo daría todo lo que tengo por volver. Besaría la playa pedregosa, hundiría los dedos hasta que se me metiera la arena bajo las uñas. Rozaría con mis manos las largas hojas de hierba que marcan el borde de las dunas. Me acostaría junto a un fuego cálido y echaría miradas furtivas al rostro de Thyra cuando ella esté dormida.

–Confieso que esta no es la forma en la que quería morir –dice Sander en voz baja. La desesperación se ha ido de su voz, y suena de nuevo como un niño, ese del que fui amiga antes de que perdiera a su amor y se volviera cruel y descuidado–. No quería tener tanto tiempo para pensar en ello.

–Sé a lo que te refieres –dejo escapar un suspiro tembloroso. Nunca he estado ansiosa por morir, pero siempre me imaginé que sería rápido, un corte súbito y despiadado en lugar de una resolución lenta.

–Todavía tengo un cuchillo en mi bota –susurra Thyra.

Cierro los ojos con fuerza.

–No. No voy a llegar a eso –busco su mano y la aprieto con firmeza. Sus dedos están rígidos como carámbanos, y la sensación me hace arder los ojos. Lo que no daría por un buen viento, una cálida y bendita brisa que nos lleve a la orilla.

Mi cabello revolotea cuando una ráfaga corre sobre nosotros, como un soplo de verano.

–Oh, eso estuvo bien –dice Thyra, acercándose un poco más a mí para que nuestros brazos desnudos se toquen–. Tengo tanto frío.

Si Sander no estuviera aquí, ofrecería mi abrazo y correría el riesgo de ser rechazada. Pero como aquí está él, y con todo lo que ha ocurrido hoy, no creo que pueda soportar otro fracaso sin quebrarme. Me conformo con imaginar que el viento es un aliado que secará su ropa y calentará su piel mientras nos mueve sobre la superficie uniforme del plácido lago. Cierro los ojos y aferro su mano, me concentro tanto en ese deseo que es casi como si pudiera sentirlo acariciándome. Me pierdo en ese sueño, a pesar de que no estoy dormida. Estoy demasiado absorta en la sensación de la piel de Thyra, la forma en que acaricia el dorso de mi mano con su pulgar, la forma en que me mira como si nunca quisiera apartar la mirada. Si me muevo, si duermo, perderé este regalo final.

–No lo creo –murmura Sander a mi lado–. ¿Esto realmente está sucediendo?

Levanto la cabeza, pero mi vista se desdibuja por el mareo, así que me dejo caer de nuevo sobre los tablones. Las oleadas de frío me acalambran los músculos, pero tan pronto como el dolor me hace querer gritar, el frío es reemplazado por destellos de calor que me hacen sudar. Me estremezco.

–Lo siento. Todavía me estoy recuperando de lo que pasó antes. Todo se está moviendo y girando.

–Nos *estamos* moviendo –dice Thyra, cuya mano se desliza de la mía.

Mis ojos buscan los suyos.

–¿Qué?

Las puntas de su cabello se elevan, gracias al viento cálido que ahora sopla de modo constante. Sus ojos pálidos están muy abiertos, pero ya no llenos de miedo y horror. En cambio, están llenos de asombro y esperanza.

–Este viento –dice suavemente–. Este viento... Nos lleva hacia el noreste.

Me enderezo, sujeto mi cabeza dolorida y miro a mi alrededor. Efectivamente, nuestra balsa improvisada está dejando una pequeña estela detrás de sí mientras avanzamos por la superficie del agua. Dejo escapar una risita sorprendida, tiemblo al sentir el aire que acaricia mi rostro. *Más,* pienso. Quiero estar en casa.

Me quedo sentada toda la noche, luchando contra una sensación que me revuelve las tripas, como serpientes retorciéndose debajo de mi piel, temiendo que el milagro termine en cualquier momento. Pero no termina.

Para cuando sale el sol, la orilla está a la vista. El mismo puerto desde el cual lanzamos nuestra inmensa fuerza hace apenas un día. Ya puedo ver gente reunida en los muelles, el pequeño grupo de guerreros que forman la fuerza secundaria y los ayudantes que sacrificaron tanto para prepararnos para entrar en la batalla. Sander mira a Thyra.

–¿Qué vas a hacer? –le pregunta. Suena inquieto.

Ella aprieta la mandíbula y levanta la barbilla.

—Voy a liderar.

Sander le echa una mirada escéptica, y la ansiedad me revuelve el estómago.

Les prometimos una victoria. Les prometimos riquezas.

En su lugar, traemos la ruina. Hemos sobrevivido a una tormenta mortal, pero estamos a punto de enfrentarnos a otra.

CAPÍTULO
IV

Al caer la tarde, el cielo es color pizarra y escupe gotas heladas sobre el extenso asentamiento; el desprecio de los cielos. Envuelta en una gruesa manta me siento junto al fuego en el gran refugio para guerreros que aún no tienen pareja. Tiemblo de debilidad, sabiendo que merezco cada húmedo recordatorio de la derrota que me alcanza a través del fangoso techo de paja. Estoy sola aquí, la mayoría de los jóvenes guerreros que compartieron conmigo este refugio viajaron en la primera oleada. Estábamos ansiosos de probarnos a nosotros mismos, y luchamos por nuestros lugares en los barcos. Ahora, la mayoría de las personas que conocí, con las que peleé y reí hace solo dos días, duermen para siempre en el fondo del Torden.

Thyra ha estado en el albergue del consejo durante horas, explicando nuestra catastrófica derrota a los guerreros que quedan, los pocos cientos más viejos o más débiles que se quedaron para proteger a los ayudantes, encabezados por un guerrero de barba gris y cuerpo grueso llamado Edvin. Le rogué a Thyra que me permitiera estar a su lado cuando tomara su lugar en la silla del jefe, tropezando tras ella sobre mis piernas vacilantes en cuanto nuestra balsa improvisada llegó a la orilla. En cambio, me rodeó con el brazo y me condujo hasta aquí.

Me dejó estupefacta y avergonzada por no tener fuerzas para seguirla.

Afuera, los ayudantes están llorando, su tranquila fortaleza destrozada. Sus guerreros no regresarán a casa. Las viudas no pueden cortarse y sangrar una última vez sobre sus amores perdidos. No pueden enterrar a sus compañeros con sus espadas en el pecho, listos para enfrentar la eternidad. Esto es peor que la muerte, peor que la pérdida: es la nada. Derrota total. Y hay más que dolor en sus gritos: puedo oír su miedo. Con miles de personas acampando en estas costas, desde Punta Ulvi hasta Puerto Sikka, el extremo más meridional de nuestro territorio y punto de lanzamiento de nuestras naves, hemos sido inatacables, un pueblo merodeador que duerme seguro, sin temor a las tribus nómadas que hacen sus refugios tan cerca de la orilla del lago como se atreven.

Ahora, sin embargo... Mientras cae el invierno, y a medida que la noticia de nuestra devastación se extiende, nosotros seremos los perseguidos.

Levanto la cabeza cuando Sander y Aksel, el único hijo de Edvin y otro de los guerreros de la segunda ola, entran en el refugio. Sander tiene un odre de vino en sus manos, y lo levanta cuando me ve acurrucada junto al fuego.

Sacudo la cabeza y frunce el ceño.

–¿Ya comiste?

–No tengo hambre. Y debemos ahorrar lo que podamos –observo fijamente el fuego para evitar sus miradas, y las llamas bailan para mí, entrelazadas como los dedos de los amantes.

–Hay bastante –dice Aksel, y sacude las gotas de lluvia de su melena de cabello castaño enmarañado. No nos recuerda que el excedente es porque la mitad de nuestra gente está muerta, pero no tengo dudas de que lo está pensando, igual que yo.

—Lo necesitaremos cuando venga la nieve.

—No significa que debas morir de hambre hoy. Si esperas poder ayudar con la vigilancia, no puedes estar débil y al borde del desmayo —la voz de Sander es afilada como la hoja de su hacha—. A menos que la debilidad sea tu nuevo estado preferido.

Una cólera helada recorre mi piel, tan fría que imagino que puedo ver mi propia respiración mientras exhalo. Casi digo *¿no era el tuyo, hace tan solo unas horas?* Pero no tengo la energía ni la fuerza como para pelear con él ahora, así que en vez de eso, murmuro:

—¿Cuándo he evitado mi deber?

Aksel se deja caer junto a mí y golpea suavemente mi brazo cubierto por la manta con su hombro desnudo y fibroso. Una marca de muerte adorna la parte superior de su brazo, y los magullones se abren como flores nocturnas alrededor de su ojo izquierdo. Luchó como un animal enloquecido para ganar un lugar en la primera oleada, pero ahora me pregunto si está contento de que él y su padre perdieran. Me lanza una media sonrisa y me ofrece un trozo de pan.

—Pon eso en tu estómago. Te necesitamos ahí afuera.

Lo tomo, y me encuentro con los ojos oscuros de Sander antes de desviar la vista otra vez. Se sienta al otro lado del fuego.

—Thyra todavía está en el albergue del consejo —dice él, mientras se pasa una mano por el cabello corto y negro—. No va a ser capaz de mantenernos enteros.

Me enderezo, el pan duro apretado en mi puño.

—No la subestimes.

Aksel se mueve incómodamente junto a mí.

—Mi padre dice que pronto se enfrentará a un desafío —comenta. Le echo una mirada de disgusto.

–Tu padre debería contener la lengua. Esa clase de comentarios escupe sobre el recuerdo de Lars... y podría separarnos.

–O unirnos –Sander se inclina repentinamente hacia delante, y me mira a través de las llamas danzantes.

Las llamas entre nosotros se elevan cuando una ráfaga de viento frío llega desde el exterior.

–Detrás de ella, espero que quieras decir. Tú la has visto pelear, Sander. Ya sabes lo hábil que es.

–Oh, todos lo sabemos –murmura–. ¿Te has preguntado alguna vez si es demasiado hábil?

Jaspar, el hijo de Nisse, solía decir eso todo el tiempo.

–Detente. Ella es una fuerza a la que debes respetar. Su padre ciertamente la respetaba, y eso debería ser suficiente para ti.

Sander observa el fuego.

–¿Y si no nos conduce por el camino que él habría elegido?

Miro a Aksel, que parece estudiar sus botas.

–Thyra es nuestra nueva jefa –digo–. Ahora es ella quien debe elegir el camino.

–Nuestra tribu está rota –suspira Aksel.

–Suenas como un cobarde –digo salvajemente. El pánico me golpea. Esta tribu es todo lo que tengo.

Los puños de Aksel se aprietan, pero vuelve a relajarse mientras contempla mi rostro sudoroso.

–No me gusta más que a ti, pero algunos ya están hablando de tomar a sus ayudantes y golpear por su cuenta. Un asentamiento tan grande, con tan pocos guerreros para protegerlo... Piensan que podría ser más seguro dirigirse hacia el noroeste. O al sur.

–¿Hacia Vasterut?

–El Jefe Nisse podría llevarnos.

–O podría despellejarnos vivos y convertir nuestros cueros en sillas de montar –me burlo–. ¡Es una serpiente, y de las venenosas! Podemos haber sufrido pérdidas, pero no estamos derrotados. ¿Por qué deberíamos arrastrarnos hacia él?

Sander aprieta la mandíbula y arroja una piedra al fuego, haciendo saltar chispas por el aire.

–¡Porque podríamos no sobrevivir al invierno si no lo hacemos! –gesticula airosamente hacia afuera, donde un grupo de ayudantes, casi todas las mujeres, se golpean los pechos y aúllan al cielo, mientras sus niños envueltos en trapos miran con ojos solemnes desde dentro de los refugios–. ¡Tenemos manadas de caballos pero no hay jinetes! ¡Tenemos miles de bocas para alimentar, pero no hay asaltantes para saquear!

Aksel mira por fuera de la puerta del refugio.

–Thyra piensa que debemos quedarnos aquí, usar los suministros que tenemos escondidos para el invierno, y plantar en la primavera. ¡Como unos malditos campesinos! Sonaba como una ayudante. Varios guerreros se fueron de la reunión.

–Incluyendo a ustedes dos –ahora entiendo por qué están aquí, y por qué Thyra no. Sander asiente con la cabeza.

–No podíamos soportarlo.

–Debes haber malinterpretado lo que estaba sugiriendo –digo–. Somos Krigere, y ella lo sabe.

No nos enraizamos en la tierra, la gobernamos, tomamos lo que queremos cuando queremos.

Aksel sacude la cabeza, se quita los rizos enredados de la frente.

–Ella quiere ser una oveja, no un lobo.

–Tú lo sabes, Ansa. Simplemente no quieres verlo –dice Sander mirándome fijamente.

Hace salir la diminuta voz de la duda que hay dentro de mí, y lo odio por eso.

–¿Estás atacando solo porque conocemos *tu* desesperación y *tu* patética debilidad después de la batalla?

Sander le echa una intranquila mirada de soslayo a Aksel.

–Mi debilidad fue momentánea. La de Thyra es parte de lo que · ella es. No tiene sed de sangre. Los otros lo ven. También te habrías ido si hubieras oído lo que ella estaba sugiriendo. Seas lo que seas, Ansa, no eres una oveja.

Muestro los dientes.

–La primera cosa inteligente que has dicho desde que viniste aquí. Pero Thyra tiene mi lealtad y mis cuchillos –mis mejillas arden–. Tan pronto como me gane unos nuevos –murmuro.

–No tendrás que ganártelos –dice Aksel, su rostro ancho cuelga triste–. Hemos perdido a diecinueve de cada veinte guerreros, y muchos de ellos habrán dejado sus armas atrás.

La idea de todos esos cuchillos, hechos para hombres y mujeres vitales y feroces que murieron asustados e indefensos, es como una bola de hielo en mi estómago. Me encorvo hacia delante, mis ojos arden.

Aksel maldice.

–Mis dientes castañetean tanto que van a salirse de mi cráneo. Voy a conseguir más leña para el fuego –escucho sus pisadas cuando sale.

–Estaría más cálido si estuviéramos aquí con todos nuestros hermanos y hermanas –dice Sander a nadie en particular–. Lo menos que podemos hacer es honrar sus recuerdos en lugar de orinar sobre ellos.

–¿*Ahora* honrar a los muertos es importante para ti? –el crujido del fuego coincide con la oleada de irritación en mis venas. Levanto la cabeza–. Otra insinuación desagradable sobre Thyra y te arrancaré la garganta –el fuego arde tan alto que ennegrece el techo de paja por encima de nuestras cabezas, pero se desvanece cuando me caigo, como si de alguna manera conociera mi estado de ánimo–. No voy a creer nada de lo que has dicho hasta que hable con Thyra –le digo, repentinamente exhausta.

–Suena justo –Sander mira el fuego y luego me mira a mí–. No te ves bien, Ansa.

Acomodo mi manta junto al borde del fuego y me hundo en ella.

–Estoy bien. Solo cansada. ¿No estás cansado tú?

–Claro. Pero... –nos miramos a los ojos–. No me cayó un rayo.

–Obviamente sobreviví. Así que obviamente no fue un rayo.

–Tus ojos brillaron como farolas. Tu cuerpo se arqueó como si estuviera a punto de partirse por la mitad. La luz era tan brillante que casi me cegó –hace un ruido impaciente mientras se acuesta al otro lado del fuego–. Si no fue un rayo, ¿qué era?

Tengo tanto sueño que apenas lo oigo.

–Ahora no importa –murmuro. Hubiera querido permanecer despierta hasta que Thyra regresara, pero no puedo. El agotamiento me hunde bajo sus olas. Me sumerjo en la oscuridad, feliz por un respiro momentáneo de los recuerdos de barcos destrozados, cadáveres que se arremolinan y el cuerpo ardiente de Lars perdido en el fuego.

Fuego.

Una chispa, en verdad. En el pozo oscuro de mi descanso, se convierte en vida, naranja y brillante. Me quedo mirando, fascinada, mientras se quema sin combustible, crece lentamente y lame el aire a mi alrededor con su lengua de serpiente. Nunca he visto el sol arder en la noche, pero me imagino que así debería verse. El calor se desliza sobre mi rostro. Es un alivio después de tanta fría desesperación, pero cuando el sudor comienza a perlar mi frente me gustaría poder escapar de él. Crece a cada segundo, expandiéndose en mi espacio. Me encojo hacia atrás, lloriqueando, mientras me pincha los dedos de los pies, la punta de la nariz, mis pestañas y cabello.

Grito mientras me lame el estómago y el pecho, mientras presiona contra mí, me envuelve entre llamas, hierve mi sangre y cocina mis ojos. El sonido estridente de mi propio grito atraviesa los crujidos, pero las llamas saltan y bajan por mi garganta, y luego están dentro de mí, llenándome.

–¡Ansa!

Mis ojos se abren para ver que mi sueño es real. El aire está lleno de chispas, humo y gritos. La silueta de Sander llena la puerta del refugio, y me llama para que vaya hacia él mientras sostiene un paño sobre su boca. Entre nosotros hay un muro de llamas. Estoy rodeada de fuego. Si me quedo aquí, me quemaré viva, pero mi única alternativa es correr a través del fuego. No hay nada entre mi piel y esas llamas, y esa idea hace correr un escalofrío helado por mi cuerpo. Incluso en este infierno, me estremezco. Es como si la escarcha me cubriera la piel.

No pierdo más tiempo pensando en eso. Cuando del techo empiezan a llover trozos de paja ardiente y astillas de madera, salto a través de la pared de fuego. Sander me aferra por los hombros y me lanza por la entrada del refugio. Caigo en el lodo y ruedo.

La noche se ilumina con las llamas anaranjadas que brotan del techo del refugio. Los ayudantes corren y gritan a mi alrededor, evacuando sus propios refugios por temor a que el incendio se extienda. Algunos lanzan cubetas de agua sobre el fuego, y el tiempo ayuda: la lluvia se intensifica, empapándonos a todos. Deslizo la mano sobre mi cabello corto y me siento.

Sander se pone en cuclillas a mi lado, con una mirada extraña en su rostro. No es miedo, exactamente, pero parece algún pariente cercano.

–¿Por qué me estás mirando así? –le pregunto con impaciencia, mientras él me ayuda a ponerme de pie.

–Estabas completamente rodeada por ese fuego –dice mientras me aparto de él de un empujón.

–¿Y eso qué?

Señala con un gesto mi túnica y mis pantalones, mi capa que cuelga lodosa y húmeda sobre los hombros.

–Ni siquiera estás chamuscada.

Tropiezo hacia atrás cuando el aire se vuelve repentinamente demasiado espeso para respirar.

–Ni siquiera sé qué sucedió.

–Estabas dando vueltas en sueños, y entonces tu manta se prendió fuego –da un paso lejos de mí cuando el viento trae una gruesa ráfaga de humo entre nosotros–. Eres la Krigere más afortunada del mundo, escapaste de la muerte varias veces en el transcurso de un solo día.

De repente, necesito alejarme de sus ojos curiosos. Siento cada mirada como una acusación, y voy a matarlo si me mira una vez más. Doy la vuelta y camino hacia la orilla, necesitada de aire fresco y silencio. Mientras camino, la lluvia se afina en apenas una neblina. Los ayudantes pasan a mi lado cada pocos segundos, llevando cubos llenos de agua desde el lago. Al otro lado del muelle hay una hondonada silenciosa, y me dirijo hacia allí, desesperada por alejarme de los gritos de miedo que resuenan detrás de mí. El olor a madera ardiente es agudo y abundante, y tal como la mirada de Sander, es como un dedo apuntando directamente a mi pecho. Tambaleándome entre el pánico y la confusión crecientes, alcanzo el borde rocoso y me deslizo por el sendero pedregoso hacia la cala oculta. A mitad de camino, pierdo el equilibrio y choco con alguien que sube por el sendero. Caigo sobre mi espalda, y me quedo mirando fijamente el rostro de Thyra, iluminado por el débil resplandor del infierno en el asentamiento.

–¿Qué estás haciendo aquí? ¿Hay problemas? –pregunta. Su voz suena alarmada–. Oí gritos.

–Mi refugio se incendió –le respondo–. Es bueno verte, por cierto. ¿Cómo estás? –sueno mucho más tranquila de lo que me siento.

–No quieres saberlo –suelta una risa estrangulada–. Vine aquí para pensar –sujeta mis hombros y me pone en pie–. ¿Estás bien? –su mirada recorre mi cuerpo–. ¿No te has quemado?

Sacudo la cabeza, lucho contra el impulso de apretarme contra ella, envolver mis brazos alrededor de su cintura y aferrarla.

–Estoy bien. Y la lluvia está ayudando –como si me oyeran, las gotas se hacen más frías, y mi aliento se empaña.

–Debería ir a ayudar –dice cansada.

Mis manos la aferran de los codos, los dedos clavados en los músculos delgados de sus brazos.

–No te vayas.

–¿Por qué no?

–Yo... –mi boca queda entreabierta, no encuentro las palabras–. Sander y algunos otros entraron en el refugio hace un rato... –su mandíbula está tensa como una daga–. Quieren correr hacia Nisse. Y me acusan a *mí* de cobarde.

–¿De verdad te dijeron eso? –¿*y por qué no les arrancaste el corazón?*

Me lanza una mirada que indica que ha oído mis pensamientos.

–Nadie está diciendo nada en voz alta –me suelta y se pasa ambas manos a través del cabello mojado–. No habría hablado como lo hice, sobre todo tan pronto, pero la sugerencia de que nos arrodillemos ante mi tío, después de lo que intentó hacer...

–Lo sé –trago saliva con fuerza–. Estoy contigo. No importa lo que quieras hacer.

Sus manos caen a los costados.

–Puede que no dijeras eso si supieras lo que he hecho...

–Sander me contó lo que propusiste.

–Oh... cierto –cierra los ojos–. Ansa, no sé si puedo hacer esto.

–Por supuesto que puedes. ¡Tú eres la hija de Lars, y has nacido para ser una gran guerrera!

–A veces siento que es solo una piel que visto.

Levanto la mirada hacia ella.

–¿Cómo puedes decir eso? Está en tu sangre y en tus huesos. Todo lo que tienes que hacer es asumirlo –digo. Ella me mira con inquietud.

–¿Y qué sería, exactamente, lo que está en mi sangre y en mis huesos? ¿La guerra? ¿El dar muerte?

Odio el disgusto con el que dice esas palabras.

–La emoción de la conquista. Territorio y triunfo. Sangre *y* victoria –río, pero con cierta frustración.

–¿Cómo puede ser suficiente para ti, Ansa? Ciertamente no es suficiente para mí.

–La tribu, entonces –grito–. Tú naciste para liderar esta tribu. Naciste para mantenernos fuertes. Y si no lo haces... –cierro los labios y me vuelvo–. Devuélvenos nuestro orgullo. Reconstrúyenos. Recuérdanos quiénes somos. Planea nuestra venganza contra los Kupari. Pero no dejes que nos volvamos presas.

Por favor. Me abrazo cuando el recuerdo de la sangre, el fuego y los ojos vacíos de mis padres me hacen sentir pequeña, tan pequeña que cualquier cosa podría arrebatarme y llevarme lejos de todo lo que amo.

–Ansa –Thyra toca mi brazo–. *Ansa.*

–Haz lo que tengas que hacer –digo con voz ahogada.

–Siempre lo he hecho –sus ojos azules están muy abiertos y desenfocados cuando mira el lago–. Pero... –parpadea y me lanza una sonrisa rápida y triste–. No importa.

–Vas a triunfar. Lo sé –susurro, y busco tocar su mejilla hueca. Tal vez, si siente mi fe en ella, encontrará la fuerza que necesita para luchar, para mantenernos enteros.

–Tus manos son tan cálidas. Como si hubieras traído el fuego contigo –dice. Una sonrisa cansada surge en sus labios. *Eso es lo que me haces sentir,* quiero decirle. Pero no quiero que me aleje.

–Si lo hice, me alegro. Al menos puedo decir que hice *algo* por ti esta noche –respondo. Inclina la cabeza y presiona su palma sobre mi mano, sujetándola a su mejilla.

–En el último día he visto morir a casi todos los que amo –dice en voz baja–. Y sospeché que lo que tenía que decir esta noche podía hacer que el resto se alejara de mí, pero era un riesgo que debía tomar. Pero no podría soportar que... –me mira a través de las pestañas que destellan entre la niebla y la luz del fuego–. Si *tú* me miraras con disconformidad, si *tú* te alejaras... –su voz es tan suave que tengo que acercarme para capturar sus palabras, la mirada concentrada en su boca.

Soy tu lobo. Tu fuego. Tu cuchillo, tu manta. Si solo me lo pidieras.

–Todo lo que veo cuando te miro es a mi jefa.

–¿Es realmente todo lo que ves?

–¿Quieres toda mi honestidad?

–Sí –murmura ella, y entonces lentamente, muy lentamente, gira su cabeza y besa mi palma. Una pequeña pero potente punzada de éxtasis se extiende a lo largo de mi brazo y directamente hacia el centro de mí, como un rayo de sol enfocado a través de una gota de rocío cristalina: despierta un incendio interior.

Mi corazón galopa y envía una ola de calor que palpita por mis extremidades. Atrapada en una tormenta ardiente de esperanza y necesidad, me pongo de puntillas.

–¿Tienes fiebre? –pregunta Thyra con una risa sorprendida, jadeando y alejándose de mí, su mano apretada sobre su propia mejilla, la mía suspendida entre nosotras, buscándola.

Entierro mi mano entre los pliegues de mi capa.

–¿Qué? No. ¿Por qué piensas eso?

–Creo que me quemaste –se señala la mejilla, con una sonrisa perpleja. Hay un contorno rojizo en ese lado de su rostro, su pálida piel enrojecida por el calor. Parpadeo, me digo que es solo una sombra mientras ella empieza a caminar por el estrecho sendero hacia el asentamiento–. Voy a ayudar a que las cosas se calmen. ¿Vienes?

Asiento, pero cuando me da la espalda, bajo la vista a mi mano. Miro mis dedos.

Y las diminutas lenguas de fuego que giran alegremente en el centro de mi palma.

CAPÍTULO
V

Ahora entiendo por qué la bruja me dejó vivir. Es lo único que tiene sentido. Y a medida que entiendo la verdad, impulsa mi odio hacia ella profundamente dentro de mis huesos.

Me maldijo. En lugar de darme una muerte honorable, me llenó de su veneno y me envió de vuelta a nuestro pueblo. Mató a todos nuestros guerreros, pero no fue suficiente para ella. Creí que el cálido viento que se elevaba de la nada para impulsar la balsa a nuestra costa era un regalo del cielo.

Era solo una parte de su plan para matarnos a todos. Ella quiere usarme como una espada contra los míos, pero no la dejaré.

Me inclino entre las dunas y miro a través del agua. El cuchillo se desliza en mi palma sudorosa. Mi cabeza zumba por la falta de sueño: no me he permitido más que dormitar desde el segundo incendio.

Un refugio quemado es un accidente. Pero dos hacen que la gente se haga preguntas. Un tercero lo hará, seguro. *Brujería*, susurrarán. *Bruja*, pensarán cuando me miren. En los cinco días que pasaron desde que fuimos aplastados, la superstición ha brotado como hongos en la tierra de un cementerio vacío, embrujado por guerreros que nunca serán debidamente enterrados. Thyra ha estado trabajando con las viudas de nuestros guerreros más antiguos para planear una ceremonia de despedida que alivie nuestra incomodidad y dolor.

No podremos compartir nuestra sangre con nuestros hermanos y hermanas perdidos una última vez, ni podremos armarlos para la batalla eterna, pero Thyra dice que nuestros espíritus y recuerdos serán el viento que los impulse a su victoria final.

Aunque no puede acallar los susurros, ni puede calmar el miedo. Los lobos del cielo ya no nos guardan. Ahora somos presas. Hemos sido maldecidos.

Y todos estamos buscando dónde echar la culpa.

Un sollozo bajo brota de mi boca. No podría soportar que supieran que estoy maldita, pero lo estoy. Lo sé. El fuego gotea de mis dedos si no me concentro en evitarlo. Y tan malo como eso, el frío trepa por mis brazos y forma remolinos helados a mi alrededor en los peores momentos. Hasta ahora, todos se echan las capas alrededor de los hombros y culpan al invierno que se avecina, pero pronto se darán cuenta de que viene de mí. Siento el hielo *dentro*. Es una hoja contra una piedra de afilar, más filosa cada día, destruyéndome.

Jalo el cuello de mi túnica y sostengo la daga inclinada hacia abajo, con la punta tocando la piel suave en la base de mi garganta. Si la clavo con fuerza, me perforaría el corazón. Sé cuán fuerte debo clavarla. He sentido la carne ceder, la vibración del golpe subir por mi palma a través de la empuñadura hasta el brazo. He sentido la resistencia del hueso, la blandura del cartílago, la apertura de las vísceras. Sé cómo retorcer el cuchillo para no dejar nada intacto a mi paso, destrozar y desgarrar sin dejar ninguna posibilidad de recuperación. Hoy ganaré una marca de muerte más, aunque no viviré para reclamarla.

Aprieto los párpados y vuelvo mi rostro hacia el cielo. ¿Por qué yo? Ese día había miles de guerreros en el Torden. ¿Por qué fui *yo* enviada a herir a mi pueblo? ¿Sabía ella lo duro que había luchado para ser uno de ellos? ¿Sabía que mi tribu significa más para mí que cualquier otra cosa?

Envuelvo mi otra mano alrededor de la que sujeta la empuñadura. Todo terminará pronto.

—Creí que te había visto escabullirte.

Volteo sobre las puntas de mis pies, escondo el cuchillo detrás de mí.

—No me he escapado —digo sin aliento mientras Sander aparece ante mi vista.

—¿Estás llorando? —su frente se arruga mientras examina mi rostro

Hago una mueca y paso mi mano por mis mejillas.

—¿Estás demente?

—Se suponía que montaríamos guardia esta tarde, pero...

Pero yo tenía planeado estar muerta para entonces.

—Sí, esta *tarde*. Así que déjame en paz.

—¿De qué te estás escondiendo? ¿Por qué no estuviste en la comida del mediodía?

Me enderezo, la irritación me recorre todo el cuerpo. Pero el miedo sigue allí cuando siento el calor brotar de mis dedos. Aprieto los puños y mi frente se perla de sudor mientras lucho contra la maldición.

—¿Solo porque quería alejarme de la pesadumbre que reina en el campamento crees que me estoy escondiendo?

—No has vuelto a ser la misma desde que regresamos —se frota la palma por la nuca.

—No puedo imaginar por qué. Solo vi todo lo que amaba quebrarse y arder, y no hubo nada que pudiera hacer para detenerlo —mis labios se curvan—. Creo que una pregunta mejor es por qué de repente eres el guerrero perfecto, Sander. ¿Te has dado cuenta de que Hilma te habría considerado un cobarde, por la forma en que actuaste en el Torden?

Con un gruñido estrangulado, me empuja hacia atrás. Me hago a un lado, pero él aferra mi túnica y me hace tropezar en la arena y caer sobre sus piernas. Me alejo mientras trata de echarse sobre mí, luego le conecto una patada a un lado de su cabeza cuando viene de nuevo por mí. Él gruñe y se acuclilla, listo para atacar. Pero mientras lo hace, le lanzo un puñado de arena a la cara.

–¡Pequeña renacuaja!

–Quizás no haya cambiado tanto como pensabas.

Sander ríe mientras parpadea para quitarse la arena de los ojos.

–Oh, sí que has cambiado. Tu propia manta se prende fuego dos noches seguidas, ¿y de algún modo no te quemas? ¿Dando vueltas los últimos días con una nube de frío amargo alrededor de ti? No creas que no me he dado cuenta.

Esta vez soy yo quien ataca, por puro terror ante sus palabras. Me arrastro hacia él, envuelvo mis dedos alrededor de su garganta por un instante antes de que gruña de dolor y aferre mis muñecas. Golpeo mi frente contra su rostro. Maldiciendo, me retuerce las manos detrás de la espalda, y evita por poco el chasquido de mis dientes.

–¡Ya basta, Ansa!

–¿Por qué debería hacerlo? –todavía peleo, tratando de acomodar mis piernas para poder clavar mi rodilla en su entrepierna–. ¿Estás reviviendo nuestro último turno en el círculo de combate? Esta vez podría traerte la muerte si quieres. Si peleas lo suficientemente duro, Hilma podría darte la bienvenida en el cielo.

Él me empuja a un lado, y aterrizo de espaldas en la arena, sabiendo que he hurgado una herida abierta pero demasiado desgarrada como para que realmente importe. Necesito que venga contra mí, que me dé una razón. Espero que recuerde ese brillante día de primavera, cuando pensó que yo era pan comido, cuando me golpeó hasta que apenas pude mantenerme en pie... Cuando me dio la espalda y me otorgó el momento que necesitaba. Logro ponerme de pie, veo que la sangre gotea de su labio superior mientras él tantea cuidadosamente varias marcas rojas que bajan por su garganta. Bajo la vista a mis manos y las oculto en mi túnica. ¿Acabo de quemarlo?

—Tus dedos... —dice lentamente mientras sus manos caen a los costados.

Mi corazón late al ritmo del pánico.

—He tenido fiebre últimamente.

—Estaban tan fríos que pensé que mi sangre se convertiría en hielo —dice mientras me mira de reojo.

La saliva llena mi boca y casi vomito.

—Acababa de lavarlos en el lago.

—Mentirosa —dice en voz baja, luego levanta sus manos mientras arremeto de nuevo hacia delante. Sus pasos son rápidos, como si estuviera nervioso. Y debería estarlo. Si me acusa de brujería, voy a matarlo—. Ansa, no he venido aquí para luchar contigo —exclama.

—¿Y quién miente ahora?

—¡Es Thyra! He venido a decirte... ¡escucha! —coloca sus manos por delante mientras me acerco. La alarma suena como una campana en mis oídos—. Me pidió que viniera a buscarte. Ha sido desafiada.

—¿Qué? ¿Por quién?

Mira por encima del hombro, hacia el campamento.

—Edvin anunció que reclamaba el trono de jefe durante la comida del mediodía.

–¿El comandante de la segunda oleada cree que puede hacerlo mejor que ella?

–Dijo que no dejaría que Thyra nos convirtiera en hombres de tierra. Iban directamente al círculo. Y yo sabía que tú...

Ahora corro, lo único que pienso es en llegar a Thyra. Sander me alcanza cuando llego al camino. Mi mente es un torbellino de preguntas, pero estoy demasiado asustada para hacerlas. Mis pies golpean el sendero rocoso mientras acelero hacia el campamento. Ya puedo oír los gritos que vienen de la gran área abierta frente al albergue del consejo, donde se encuentra el círculo de combate.

Debería haber estado a su lado. ¡Ella dijo que me necesitaba! En lugar de eso, me arrastré como una cobarde, demasiado concentrada en mis propios problemas para cuidarla. Cuando llego hasta la multitud, uso mi pequeño tamaño como ventaja, me escurro entre hombros, caderas y piernas para llegar al límite del círculo. Sander queda atrapado entre la gente. Lo oigo gruñir mientras intenta abrirse paso. Pero no me detengo a esperar. No puedo soportar la idea de Thyra enfrentando esto a solas.

Pero ya es tarde. Cuando llego al círculo limitado por cuerdas, ella está de pie en el centro, con sus botas y pantalones, con su pecho apenas cubierto por sus interiores. Sus marcas de muerte parecen de nácar sobre su piel bronceada, y los músculos delgados de sus brazos se tensan al enfrentarse a Edvin, un viejo guerrero con torso de barril y brazos del tamaño de robles jóvenes. Él sujeta su hacha de batalla y se mueve en lentos círculos alrededor de ella. Pesa fácilmente el doble que ella, pero Thyra es casi tan alta como él. Su pecho sube y baja despacio mientras espera que él ataque, y aferra suavemente una daga en su mano derecha.

A nuestro alrededor, los guerreros y ayudantes gritan y animan. Algunos a favor de Thyra, otros de Edvin, la mayoría por la sencilla seguridad y tranquilidad que trasmite la sangre, sospecho. La ayudante de Edvin se sienta orgullosa cerca de la entrada del círculo, segura de la victoria de su compañero. Aksel está junto a ella, sus ojos color café brillan con orgullo mientras mira a su padre. No hay nadie allí junto a Thyra: sus padres están muertos. No tiene hermanos ni hermanas. Ya no. Nuestra jefa está sola. Estoy desesperada por llegar hasta allí, pero no quiero distraerla ahora que el desafío ha comenzado.

La mayoría de las peleas en este círculo son por deporte. O para obtener estatus. Allí me enfrenté con Sander el día en que me convertí en guerrera, en el momento en que escupí una parte de su oreja en la tierra y le sonreí con los dientes llenos de sangre mientras Lars rugía de risa.

Los guerreros suelen enlazar sus brazos al final. Todos sangramos color rojo.

Pero en una pelea por el trono del jefe, solo uno saldrá del círculo. Es una pelea a muerte.

—Lo haré rápido, Thyra —dice Edvin, con su voz rasposa de arena y agua de lago—. Yo respetaba a tu padre.

Los ojos de Thyra parpadean de dolor.

—Deberías haber tenido fe en mí, Edvin. Ni siquiera me has dado una temporada para probarme.

—Hay demasiado en juego para eso —él hace girar su hacha, y la hoja refleja la luz del sol.

El frío emana de la bola de hielo dentro de mí, y envía un escalofrío por mi espalda. Una helada ráfaga de viento sopla sobre nosotros, haciendo que la gente junto a mí encorve sus hombros y envuelva los brazos alrededor del cuerpo. Veo que Sander me echa una mirada extraña mientras acomoda su ropa para cubrir las marcas rojas y ampolladas que dejé en su garganta. Trago saliva y me concentro otra vez en el círculo de combate.

—Edvin va a confiar en la fuerza bruta. Siempre lo ha hecho. Thyra debería salir bien parada si... —me dice Sander.

—Shh —no puedo escuchar sus observaciones desapegadas y pomposas en este momento. Esta no es una pelea ordinaria.

Thyra se ve tan delgada y frágil cuando Edvin se mueve hacia ella, pero al adoptar su postura de lucha, el frío dentro de mí se disipa. Su rostro es solemne y tranquilo cuando él deja escapar un grito de guerra y hace girar su hacha en un golpe lateral, como si fuera a derribar un árbol. Thyra se lanza a tierra y rueda antes de saltar de nuevo; sus movimientos son flexibles y graciosos. Nunca le quita los ojos de encima. Edvin respira con dificultad, y su gruesa barba grisácea brilla con una ráfaga de brisa cálida. Él golpea otra vez, apuntando claramente hacia su costado: a una altura imposible de saltar por encima y difícil de esquivar por debajo, demasiado rápido para hacerse a un lado. Pero en lugar de hacer cualquiera de esas cosas, en un instante, Thyra gira *dentro* de su guardia y deja una corte en sus costillas antes de alejarse. Como si estuviera bailando, graciosa y controlada. Edvin se tambalea, la boca entreabierta mientras se toca el costado con los dedos. Ríe cuando ve que quedan cubiertos de sangre.

—¡Lars estaría tan orgulloso! Se jactaba de ti cuando metía la nariz en su copa.

—No habría querido ver esto —dice ella, todavía en su guardia, lista para su próximo ataque.

–¡Acábala, Edvin! –grita un viejo guerrero gris, con los labios arrugados curvándose sobre los dientes que faltan–. Deja de jugar con la niña.

Edvin arremete de nuevo, esta vez mantiene el hacha más cerca y protege su cuerpo mientras se balancea. Aprieto los dientes. Thyra podría lanzar la daga, pero el golpe no sería más que un amague, quedaría desarmada. En lugar de eso, esquiva un golpe por debajo y bloquea otro, pero el impulso la hace tropezar. Edvin avanza y golpea con su hacha en un ataque dirigido a partir su espina dorsal, pero ella salta a un lado y la hoja se entierra profundamente en el suelo fangoso.

Thyra se mueve antes de que Edvin pueda extraer su hacha de la tierra. Aksel grita una advertencia a su padre, pero no alcanza. La daga corta la garganta de Edvin justo por encima de su cuello, y las gotas rojas vuelan mientras ella la desentierra y se inclina por detrás de él. Pasa su arma a la otra mano. Y lo golpea de nuevo desde el otro lado, una puñalada rápida y despiadada. Y luego se pone de espaldas a él, un signo de pura confianza –o desprecio– y mira fijamente al viejo guerrero arrugado que reclamó para ella una muerte rápida, mientras la sangre de Edvin se desliza a lo largo de su daga, goteando en la punta de su bota.

Edvin cae de rodillas, con los ojos muy abiertos y la mirada aturdida. Thyra se da la vuelta y se coloca detrás de él mientras sus manos sueltan el mango del hacha, que queda hundida en la tierra. El padre de Aksel emite unos ruidos horrorosos, chillidos y gruñidos animales. Tantea sus heridas, tal vez intenta tomar algo de aire mientras se ahoga. Thyra se cruza con los ojos de la ayudante de Edvin, una mujer de la misma edad que su madre tendría de haber vivido.

–Te ofrezco misericordia –le dice a la mujer, que inclina la cabeza cuando Aksel queda congelado junto a ella, blanco por el shock. Finalmente, Edvin suelta otra tos dolorida y su compañera asiente con un repentino movimiento de cabeza.

Thyra aferra un puñado de cabello de Edvin, echa su cabeza hacia atrás y le corta la garganta. Él se derrumba sobre su estómago y su compañera grita su dolor, mientras cae en los brazos de su hijo. Thyra se arrodilla junto al guerrero caído y murmura algo en su oído, luego se levanta y se dirige a la multitud.

–Estaré en el albergue del consejo si alguien más quiere desafiarme.

Un silencio extraño ha caído sobre nosotros. Por lo general, al final de una pelea, hay celebración y bebida. Sangre y victoria. Pero esto... Hay cierto miedo en el aire. Nunca había visto una batalla por el trono: Lars ya era jefe cuando me trajeron a este campamento, y nadie nunca se atrevió a desafiarlo, ni siquiera su ambicioso hermano menor. Pero aun así, me imagino que alguien celebraría, ¿no?

Me abro camino a lo largo del borde del círculo de combate, pero nadie opone ninguna resistencia. Todo el mundo parece subyugado cuando Preben y Bertel, los camaradas más queridos de Edvin, entran en el círculo para llevarse su cuerpo. Al pasar, Aksel me mira con una inexpresividad fría y nueva en sus ojos. Me las arreglo para alcanzar a Thyra justo antes de que entre en el albergue del consejo. Tiene la cabeza inclinada mientras limpia distraídamente la daga en sus pantalones y vuelve a envainarla en su cadera.

–¡Thyra!

Se vuelve mientras corro hacia ella.

–¿Dónde has estado?

–¿A quién le importa? ¿Estás bien?

Por un momento, sus mejillas se contraen y sus ojos parecen más brillantes, pero entonces toma aire profundamente y lo deja salir.

—Edvin luchó junto a mi padre desde antes de que yo naciera.

—Pero él te desafió. No tenías elección.

—Solo nos quedan doscientos guerreros. Necesitamos cada brazo armado que tengamos. Incluso a los viejos.

—No si esos brazos se levantan desafiantes contra ti.

—Siempre haces que la muerte suene tan sencilla —suelta una risa aguda y sacude la cabeza.

—Y tú lo haces innecesariamente difícil.

—Tal vez debería serlo, a veces —voltea para alejarse, pero yo la sujeto del brazo.

—Te haré la marca de muerte.

—No la quiero —dice ella, y desprende su brazo de mis manos. Sus ojos azules se encuentran con los míos—. Tengo que ir a reunirme con los guerreros ancianos para hablar sobre la distribución y almacenamiento de nuestras provisiones para el invierno, y luego debo reunirme con los ayudantes para hacer la planificación final de la ceremonia de despedida. Necesitan cualquier medida de paz que pueda ofrecerles.

—Iré contigo.

—Te aburrirías. De todos modos, te necesitamos en tu puesto de guardia —me aleja otra vez, y eso me desespera.

—Estuviste brillante, Thyra —afirmo—. Lars realmente habría estado orgulloso. Todo el mundo lo pensará dos veces antes de desafiarte de nuevo. Has demostrado que matarás sin dudar —ella hace una mueca, y sé que he dicho algo que está mal, aunque no sé *por qué* está mal.

—Ese era el punto —ella dice en voz baja.

–¿Qué le dijiste cuando murió?

Ella baja la vista a la salpicadura de la sangre de Edvin en su bota.

–Le dije que me encargaría de su familia.

Cuidadosamente me estiro y toco su brazo, me concentro en mantener mi piel fresca. Normal.

–Eres una jefa noble. Acabas de unir a la tribu ganándote su respeto.

–Puede que los haya unido, pero no estoy segura de haberlos ganado. Esas son dos cosas diferentes, y necesito las dos para mantenernos enteros.

–Te mereces el trono.

–Debo ganarme el trono todos los días. Y pienso hacerlo. Es la única manera de hacer crecer su fe en mí, y en sí mismos.

»Pero te necesito a mi lado la próxima vez –dice con voz quebrada, mientras se limpia la nariz en el cuello de su capa–. Tuve que enviar a Sander para que te encontrara. No vuelvas a desaparecer.

–¿Porque yo aliento más fuerte que el resto? –sonrío, ansiosa por levantarle el ánimo.

Su pequeña sonrisa reacia es la mejor recompensa.

–Por la forma en que me miras.

–Creo que tal vez entiendo eso –respondo. Porque la forma en que me mira ahora me hace sentir como si pudiera volar–. Volveré a buscarte después de terminar mi turno de guardia.

–Bien. Cenaremos juntas –suena tan cansada. Prometería custodiar su sueño esta noche, si me lo permitiera. De todos modos, no voy a dormir. Debo estar alerta para mantener a raya la maldición. Ahora todos mis pensamientos de matarme se han evaporado. Thyra me necesita. Tengo que encontrar una manera de controlar esto, y de mantenerlo en secreto, para poder respaldarla mientras ella establece su liderazgo. Lo último que quiero hacer es avergonzarla o distraerla, sobre todo cuando su sonrisa gana un delicado calor que siento en mis huesos.

–Jefa Thyra –grita un guardia mientras corre por el sendero–. ¡Se acercan jinetes armados!

Thyra voltea rápidamente, sus movimientos son cortantes.

–¿Cuántos? –ladra mientras otros guerreros corren y se reúnen a su alrededor, a la espera de instrucciones.

–Docenas.

–¿Hostiles? –pregunta. El guardia se pone las manos sobre las rodillas, respira con dificultad.

–Llevan desplegada una bandera amarilla y blanca.

–Son de Vasterut –dice con voz queda mientras los hombres y las mujeres que nos rodean comienzan a murmurar entre ellos, incluso cuando el estrépito de cascos nos llega desde el límite del campamento.

–¡A mí! –grita Thyra, y empuña la daga otra vez.

Tomo un cuchillo de mi bota, el que estaba planeando usar contra mí misma no hace mucho. Nos paramos hombro con hombro cuando los jinetes se acercan, y un viento frío sopla mientras Sander se abre camino a mi lado.

–¿Hace frío, no? –pregunta, y me echa una mirada penetrante.

Aprieto los dientes y empujo ese frío maldito hacia abajo mientras el primer jinete aparece a la vista. Cruza el camino con sus seguidores justo detrás de él. Su cabello dorado brilla con jirones rojos a la luz del sol, y aunque todavía está a metros de distancia, sé que sus ojos son verdes, verdes, verdes.

—Jaspar —susurra Thyra. La inquietud me revuelve las tripas cuando él refrena su caballo y se detiene a unos diez metros de nuestros guerreros.

—Saludos, prima Thyra —saluda él.

—Es Jefa Thyra —rujo.

Los ojos de Jaspar parpadean y su mirada se desplaza hacia mí. Una comisura de su boca se eleva, y los recuerdos me hacen arder las mejillas.

—Ah. Así que la hija de Lars ha reclamado el trono —inclina su cabeza, un gesto de respeto que de alguna manera parece rezumar desafío—. Como siempre lo quiso, y como siempre supimos que lo haría.

—¿Por qué estás aquí? —Thyra aferra su daga con tanta fuerza que su mano tiembla.

—Hemos oído hablar de tu desgracia a manos de la reina bruja de los Kupari.

—¿Y viniste a terminar el trabajo?

—Todo lo contrario. He recibido órdenes de mi padre. Te escoltaremos a ti y a tu tribu a Vasterut inmediatamente, *Jefa* Thyra —observa nuestra fuerza, unos cientos de guerreros menores y los tres que sobrevivimos a la tormenta, y luego echa una mirada sobre su hombro. Al menos cuarenta jinetes guerreros forman a sus espaldas, todos ellos con gruesas espadas sujetas a sus cinturas y escudos atados a sus espaldas. Reconozco a muchos como fuertes luchadores, jóvenes y llenos de músculos. Aunque los superamos en número de cinco a uno, en una batalla contra esos jinetes a caballo seríamos masacrados, y los miles de ayudantes y niños que protegemos estarían a su merced.

—Vasterut no es una opción —grita Thyra—. Acabamos de perder *cuatro mil* guerreros, y estamos preparando una despedida final para sus almas. Pero no solo eso... estamos asentados a lo largo de esta orilla hasta llegar a Punta Ulvi, si recuerdas, y con muchas viudas y huérfanos, así que la prioridad es...

—El Jefe Nisse está dispuesto a proveer por todos ustedes en Vasterut –la sonrisa de Jaspar es cálida, pero no hay duda del peligro–. Él está ansioso por ver nuestras tribus unidas de nuevo –se inclina hacia delante, su mirada fija en Thyra–. Y estará particularmente encantado de darte *a ti* la bienvenida dentro de sus muros.

CAPÍTULO VI

No habrá ceremonia de despedida. Jaspar insiste en que salgamos a la luz del día, para que no haya ninguna posibilidad de que la nieve nos atrape en medio del viaje. No tenemos otra opción más que obedecer, y Thyra se da cuenta de eso rápidamente en cuanto ve el tamaño de la fuerza que ha traído Jaspar. Ninguno de nosotros discute, porque la mayoría también se da cuenta, y los demás querían este resultado desde el momento en que nuestra balsa improvisada tocó tierra.

Thyra se ve pálida y preocupada, pero mantiene la frente en alto mientras ordena a los guerreros que preparen las pertenencias de sus propios hogares para el viaje y luego asistan a los ayudantes viudos en sus preparativos. Es una cantidad increíble de trabajo, pero Jaspar ordena a sus guerreros que ayuden.

Una mirada a los ojos de Thyra me dice que está atrapada en otra tormenta, que la está destrozando por dentro.

–¿Qué puedo hacer? –pregunto.

–Descubre sus verdaderas intenciones –murmura mientras su mirada sigue a Jaspar, que ya está hablando con Preben y Bertel, que aún no se han lavado la sangre de Edvin de sus manos. Su sonrisa destella cuando les muestra su espada, una hoja magnífica que probablemente es de Vasterut, con un sistema de ranuras largas para que la sangre corra hacia abajo por el centro.

–¿Por qué yo? ¿No sería mejor que fuera Sander? –él ya se ha dirigido a admirar el arma, y Jaspar le da una palmada en la espalda. Recuerdo la primera vez que se enfrentaron en el círculo de combate, dos larguiruchos de once años de edad decididos a probarse a sí mismos. Una hora después salieron tambaleándose, ahora amigos de sangre.

–Sander probablemente se habría ido con los rebeldes de Nisse si no hubiera formado pareja con mi hermana, y si no hubiera estado esperando un hijo –Hilma murió de fiebre solo un mes después, y sé que Thyra se pregunta si está arrepentido de haberse quedado.

Me toca el brazo.

–Pero sé que puedo confiar en ti –su mirada azul pierde su calidez–. Y Jaspar ve en ti encantos que Sander no tiene.

Mi boca se seca cuando Jaspar nos mira de reojo y desvía la mirada con la misma rapidez, como si quisiera saber si lo habíamos estado mirando.

–Por favor, Thyra. Déjame quedarme contigo.

–Tonterías –me lanza una sonrisa triste–. Será como los viejos tiempos.

La humillación me congela la lengua en la boca. Los dedos de Thyra aprietan mi brazo.

–Ahora aparta a Jaspar de aquí. Debo tener la oportunidad de hablar con Preben y Bertel antes de que él los conquiste. Su apoyo será importante al comenzar este viaje. Si están conmigo, los demás se sentirán más seguros.

Percibo la súplica en la voz de Thyra, la nota de desesperación bajo la firmeza autoritaria que está tratando de proyectar. Si no hacemos este viaje unidos, cuando lleguemos a Vasterut, Nisse se volverá nuestro jefe. Un traidor y asesino en potencia será nuestro nuevo amo. El honor no nos protegerá, ni tampoco las reglas. Y Thyra, como jefa de la tribu derrotada, correrá el mayor peligro. Entiendo claramente que la única razón por la que acepta hacer este viaje es para salvar nuestras vidas.

Echo hacia atrás mis hombros, aunque la desconfianza me quema por dentro.

—Como desees.

—Haz que recuerde —se inclina hacia mí—. Porque yo nunca lo olvidaré.

Qué tonto fue creer que cuando Jaspar huyó junto a su padre y los otros guerreros traidores se llevó nuestro pasado con él.

—Como quieras —susurro de nuevo.

—No se lo hagas demasiado fácil. Se dará cuenta de que no actúas como solías hacerlo.

Es que no me siento como solía sentirme. He sido maldecida por una bruja. Bajo la vista a mis manos, que están rígidas de frío. Mis venas azules bajo mi pálida piel.

—¿Has perdido algo, Ansa?

El sonido de la voz afable de Jaspar me hace levantar la cabeza. *No se lo hagas demasiado fácil.* Frunzo el ceño.

—Nada que no pueda ser recuperado con sangre.

—No has cambiado —dice, y su risa resuena en el campamento.

—No sabes nada —le lanzo una última mirada a Thyra y luego paso junto a Jaspar y los otros, en dirección al refugio donde me he mantenido despierta por las noches mientras los demás duermen. El crujido de sus pasos en el sendero detrás de mí me llena de triunfo y temor a la vez.

–Sé que tu temperamento es tan dulce como siempre –dice mientras acompasa su andar con el mío.

–¿Se supone que debo recibirte con los brazos abiertos?

–Eso podría haber sido agradable.

–¿Por qué me estás siguiendo? –le echo una mirada de soslayo–. Pensé que estabas ocupado mostrándoles tu gran espada a los otros chicos.

Esa risa. Cierro los ojos y empujo a un lado los recuerdos mientras me dice:

–Te la enseñaría a ti también, si no creyera que me la quitarías y me cortarías la cabeza.

Entro en el refugio y miro alrededor, dándome cuenta de que no tengo ninguna buena razón para estar aquí. Después de unos pasos vacilantes, me dirijo a mi pequeña pila de pertenencias acumuladas en el rincón más alejado, con la intención de empacarlas para el viaje.

–¿Cuánto dura la marcha hacia Vasterut?

–Solo cuatro largos días de montar a caballo, pero a pie, con los ayudantes y los niños a remolque, tomará por lo menos dos semanas. Con suerte, podríamos hacerlo antes de que llegue la nieve.

–Nisse se movió con rapidez para enviarte aquí.

–Jefe Nisse, Ansa –dice en voz baja–. Él es el líder de Vasterut ahora, y merece respeto. Y también yo, su heredero.

Me vuelvo hacia él, deseando ser más alta para poder mirarlo a los ojos.

–¿Y quién lo pagará?

–Thyra será tratada de acuerdo a su rango. Lo prometo. ¿Es eso lo que te preocupa? –estira la mano para acomodar el cabello que cubre mi frente, pero doy un paso atrás fuera de su alcance. Su mano cae a un lado, y suspira–. Supongo que ya no somos aliados. Pero quiero que lo seamos. Y solo quiero lo mejor para los Krigere. Nuestros guerreros son demasiado valiosos para ser abandonados al invierno.

–Estaremos bien aquí.

–He estado en este campamento menos de un cuarto de día, y el hedor de la desesperación está en todas partes. No me digas que estás bien... Y no finjas que una pequeña ceremonia patética servirá para nada más que aliviar la culpa de tu jefa.

Miro fijamente hacia afuera de la puerta del refugio: el bullicio del campamento, todos moviéndose juntos otra vez, tal como en la mañana de nuestra gran invasión.

–Así que la solución es marchar hacia Vasterut y arrodillarse ante un... –cierro los labios sobre la palabra *traidor*.

–Ansa, Vasterut está a solo una marcha rápida de cuatro días de Kupari. Dos días a caballo. Cinco horas con los remos, desde el sur.

El rostro terrible y hermoso de la reina bruja surge en mi memoria. Cuando Jaspar ve la mirada en mi rostro, asiente con la mandíbula tensa.

–Piensa en las posibilidades.

–Dímelas –respondo en voz baja.

Él levanta las cejas y da unos pasos atrás.

–En buena hora. Pero creo que tal vez esta conversación esté reservada para nuestros jefes, ¿eh? –me echa una sonrisa traviesa–. Por lo que recuerdo, a Thyra no le gustan las sorpresas.

El fuego en el centro del refugio se eleva tan alto que la luz enmarca a Jaspar. Se vuelve cuando siente el calor a su espalda y pone un poco de distancia entre él y las llamas que parecen buscarlo.

Me da un momento para pensar en frío.

—Entonces ve a hablar con ella —le digo.

Su mirada de sorpresa se relaja y se convierte en una sonrisa familiar y burlona.

—Cuando esté lista. Debería ir a presentar mis respetos a sus guerreros sobrevivientes más viejos —sus dedos se cierran sobre la empuñadura de su espada—. Espero que tengamos más tiempo para hablar mientras viajamos.

La súplica de Thyra para que averigüe su verdadero propósito todavía está en mi cabeza.

—Podríamos.

—Lo haremos —me mira con ojos tan audaces como dedos que acarician—. Te extrañé, Ansa. Más de lo que esperaba.

Se da la vuelta y se aleja, dejándome con un recuerdo: una tarde de otoño, mi sangre cantaba victoria después de mi primera muerte en una incursión. La curva de la boca de Jaspar cuando me preguntó si podía hacerme el corte, mi primer corte. La sensación de dolor, el cálido hilo rojo por mi brazo desnudo, la forma en que sus dedos se cerraron sobre mi codo. Y luego nos estábamos besando y no supe bien cómo había sucedido, solo que *ocurría*. Y fue *todo* lo que ocurrió. Yo solo había deseado ese momento, estaba excitada por el combate y necesitaba algo vital para igualar la lujuria de la batalla que aún latía en mis sienes. Jaspar sabía a sudor y calor cuando me empujó contra ese árbol y su cuchillo cayó al suelo, con mi sangre todavía sobre la hoja.

Fue apenas un momento. Nada más que eso. Pero cuando oí el crujido de unas botas sobre las hojas caídas, empujé a Jaspar lejos de mí y vi a Thyra de pie, congelada, al otro lado del claro.

Nunca olvidaré la mirada en su rostro. Su expresión en blanco, sus grandes y solemnes ojos azules... La sensación de que algo se hundía en mí, un vacío que duró varios días.

Pero ella fingió que no importaba. Como si le diera lo mismo. Como si nunca hubiera sucedido, siquiera.

Hasta hoy.

Me siento a solo unos cuantos metros de donde se encuentra Thyra, que observa las brasas resplandecientes de la fogata proyectar sombras sobre su frente. Ella merece este descanso. Lo necesita. Y la protegeré para que sepa que está a salvo.

Soy su lobo.

Yo también necesito dormir. Estoy aturdida y enloquecida después de tantas noches de vigilia por miedo a hundirme demasiado profundo. El sueño es peligroso ahora, por tantas razones.

Pasé el resto del día dando una mano a los ayudantes en los refugios cercanos al mío para prepararse para el viaje. Acomodé las provisiones en mantas, y disimuladamente guardé algunas dagas abandonadas en las vainas que llevo en mis botas y brazos. Siempre me siento mejor cuando estoy armada. Observé a Thyra durante la cena, cuando quitamos la cuerda del círculo de combate y nos reunimos allí como una tribu. Ella se colocó justo sobre la tierra ensangrentada que señalaba el lugar donde Edvin había caído, como para recordarles a los otros guerreros cómo se había ganado su rango. Habló con Jaspar y algunos de los otros con voz suave y segura. Pero cuando se retiró al refugio, vi cautela en su mirada. También vi cansancio.

Se siente perseguida. Cuando le dije que Jaspar había jurado que sería tratada según su estatus, se burló.

–Es algo deliberadamente impreciso para decir, si lo piensas.

–Tú eres la hija de su hermano caído. Seguramente eso significa algo.

Su risa fue seca como arena de verano.

–Oh, seguramente –luego se pasó las manos por el rostro–. Solo valgo si tengo a mis guerreros detrás de mí. Este viaje determinará si llego a Vasterut como ama o esclava.

Me acerco unos centímetros más a ella. Estamos en el refugio del consejo: el trono tallado del jefe está al otro lado. Hay guardias en los perímetros, y Jaspar y sus guerreros han establecido sus campamentos en los senderos de caza que llevan al norte y al oeste, alegando que así nos ofrecen protección. Creo que tratan de asegurarse de que no podamos escapar.

Ya ha comenzado. Eso es lo que Thyra me dijo, justo antes de quedarse dormida. Y ahora respira lento y parejo, y espero que eso signifique que ha dejado ir el dolor punzante de la derrota, que sus sueños están llenos de victoria. Un dolor se extiende a través de mi pecho mientras pienso en lo hermosa que estuvo hoy, la extensión de sus brazos ligeros, el golpe elegante de su espada, su forma de hacer que pareciera una danza. Sospecho que yo parezco un animal cuando lucho, dientes al descubierto y movimientos frenéticos, pero Thyra, no. Es alta y esbelta, y de una gracia letal. Y ahora se ve obligada a llevarnos a lo desconocido, porque no hay otra opción.

Me estiro y tomo su mano floja.

"Estoy contigo", susurro. "Siempre he estado contigo".

Si alguna vez me hubiera preguntado por Jaspar, se lo habría explicado. Pero ella nunca actuó como si quisiera o necesitara eso, así que me habría sentido estúpida diciéndolo en voz alta. Ella es tan reservada, incluso conmigo, no importa cuánto me estrelle contra sus paredes. Hasta que la reina bruja nos sumergió en un nuevo mundo del revés, Thyra no dejó espacio para estos sentimientos, así que permanecieron metidos dentro de mí, ardientes. *Si hubieras sido tú, no te habría dejado ir.* He querido decirle esto durante tanto tiempo. *Si tú hubieras hecho el corte, habría estado de rodillas. Te habría arrastrado hacia abajo conmigo. Te habría lastimado por aferrarte demasiado fuerte.*

Thyra se estremece y se pasa la mano por la frente, empapada de sudor. Saco mi mano de la suya mientras el calor deforma el aire entre nosotras. Un gemido brota de mi garganta cuando me doy cuenta de que lo estoy haciendo de nuevo. El fuego besa mis dedos mientras me pongo de pie, mis ojos ardientes, el horror que me aplasta como una ola de tormenta.

¿Por qué creo que puedo protegerla? Está enfrentando la pelea de su vida. Necesita toda su astucia; la supervivencia de nuestra tribu depende de ello. Lo que no necesita: una sospecha de brujería que haga que la gente dude y se haga preguntas.

Y estoy a punto de quemarla viva con la maldición de una bruja.

Acomodo mi capa y camino hacia la puerta, desesperada por algo de aire libre.

Una mano se cierra sobre mi hombro, y me doy la vuelta. El miedo es como hielo en mis venas. Thyra aúlla y se tambalea hacia atrás cuando nuestro fuego se apaga con una ráfaga helada de viento, y luego vuelve a la vida cuando mi mirada se desliza hacia el fogón. Cuando la luz vuelve a llenar el refugio, las llamas se reflejan en los ojos redondos de Thyra.

–El fuego –dice con voz quebrada.

Es enorme, lame la paja, y le lanzo una mirada suplicante. Las llamas se encogen como si acabara de reprenderlas, y Thyra jadea. Sus dedos están clavados en su capa.

—Ansa. ¿Tú has hecho eso? —su voz tiembla—. Los dos refugios que se incendiaron...

Mi espalda golpea el marco de la puerta del refugio.

—Lo siento.

—Pero esto es... —ella se estremece cuando el aire se vuelve tan frío que me duelen los huesos—. ¿Estás haciendo esto a propósito?

—La reina bruja me maldijo —aprieto los puños porque puedo sentir el hielo y el fuego tratando de filtrarse por mi piel. Me ha tomado por completo. Las lágrimas desbordan y corren por mi rostro.

—Thyra, lo siento.

Y entonces corro, mis pies golpean la tierra y mi corazón duele en el pecho.

CAPÍTULO
VII

Corro hacia el agua, desenvaino una daga mientras huyo, la maldita marca roja en mi pierna palpita con fuego helado. Cada paso me recuerda lo que hizo la bruja, cómo tomó la única cosa por la que siempre he luchado: mi familia, mi tribu. Mientras corro, el recuerdo ardiente surge como si la bruja lo llamara; la mano extendida de mi madre, los monstruos a su alrededor, sus espadas brillando en las llamas. Indefensa, la veo morir.

Nunca quise volver a estar indefensa. Me *niego* a estar desamparada. No dejaré que la bruja gane.

Thyra me golpea tan fuerte que la daga vuela de mi puño, y luego estamos en el suelo, derrapamos a través de la piedra suelta cerca de la orilla. Trato de alcanzar el arma, pero Thyra aferra mis muñecas y me presiona contra la tierra fría.

–¿Has perdido la cabeza? –me dice al oído.

El sonido de su voz solo agudiza el dolor. Me golpeo la frente contra la piedra.

–Quítate de encima antes de que te lastime –ella suelta una carcajada.

–Inténtalo.

Corcoveo, súbita y brutal, y mi hombro golpea su pecho. Ella se desliza, yo salto hacia delante y me doy la vuelta para enfrentarla.

Me encorvo, salvaje y jadeante, mientras se pone de pie, frotando un punto encima de sus pechos. La mirada cautelosa en su rostro hace subir la bilis a mi garganta.

—Aléjate de mí, Thyra.

—No hasta que me digas qué te está sucediendo.

—¡No lo sé!

—Dijiste que te maldijo. ¿Cómo lo sabes?

Caigo sobre mis manos y rodillas, siento el agotamiento que hace mis miembros cada vez más pesados.

—No hay otra explicación. El fuego brota de mis manos, no importa cuánto trato de retenerlo, y vi a uno de sus secuaces de túnica negra hacer lo mismo en el Torden. El frío surge de mí como un vendaval de invierno, ¡y no puedo controlarlo! Pero te juro, Thyra, que no estoy haciendo brujería a propósito. Simplemente... sucede.

—Así que fue eso —susurra. Mi cabeza se levanta bruscamente y hace un gesto con sus manos como para calmarme—. Yo lo vi suceder, Ansa. Ese rayo de luz se arqueaba sobre el lago desde el sur, no hacia el cielo, sino como algo arrojado desde el otro lado del agua. Nunca había visto nada parecido.

Mi respiración se nubla, helada por la confusión y la traición. Thyra me observa con los ojos muy abiertos.

—¿Por qué no me lo contaste? —pregunto—. ¡Dijiste que fue un rayo!

—Sander dijo eso, y yo no sabía qué otra cosa podía ser. Me alegré de que estuvieras viva —da un paso cauteloso hacia mí.

—Sander sabe que algo anda mal conmigo.

—Lo sé. Él vino a mí esta tarde. Me habló de cómo escapaste de los incendios en el refugio: yo no me había dado cuenta de que estabas tan cerca de las llamas. Y vi su garganta. Dijo que sintió que su sangre se enfriaba cuando lo atacaste. No quería creerlo –pone los ojos en blanco–. Su inestabilidad después de la batalla hizo que fuera más fácil no prestarle atención, no importa lo sólido que haya estado desde entonces.

–¿Cuál era su teoría? –me paso la mano por el cabello.

–Estaba confundido. Pero también pensó que podría haber sido el arco de luz que te golpeó. No parecía pensar que lo hacías de manera intencional.

–Si le dice a alguien, de todos modos estoy muerta, Thyra. Has escuchado lo que se dice en torno al campamento. Me apedrearían con alegría solo para sentirse un poco más seguros –nuestros ojos se encuentran–. Tal vez debería dejarlos.

–Basta de eso. Sander no se lo ha dicho a nadie. Le ordené que permaneciera en silencio, o lo mataría por mentiroso.

–Él no estaría mintiendo –me inclino apenas hacia atrás, miro alrededor, en busca de mi daga. Era la más afilada.

–¿Buscabas esto? –la desliza de entre los pliegues de su capa.

–A veces te odio.

–No, no me odias –la comisura de su boca se eleva en una media sonrisa.

Mi mirada baja a sus labios y luego se aleja, porque lo que veo debilita mi resolución.

–No puedo quedarme, Thyra. Soy peligrosa.

–Siempre has sido peligrosa –su voz es pesada y me hace temblar.

–No puedo controlar esto –gesticulo en dirección al campamento, hacia los restos chamuscados de los dos refugios que arrasé con mi sueño ardiente–. Es un milagro que no haya matado a alguien todavía. Creo que eso es lo que ella quería –me pongo de pie, tomo una daga sin filo de mi bota mientras me levanto–. Es por eso que me dejó vivir. Me envió aquí para herir a nuestra gente. Pero no dejaré que me use.

Thyra envaina la daga que dejé caer, la mete debajo del cinturón de cuerda que sostiene sus pantalones. Me observa con cautela, una mirada que reconozco del círculo de combate. Está esperando que me mueva.

–¿Hay alguna posibilidad de que desaparezca? ¿Que disminuya?

Pienso en cómo mi marca de nacimiento roja palpita mientras el maldito hielo y el fuego se precipitan a través de mí.

–Está dentro de mí, Thyra. Como una fiebre.

–Es posible superar la fiebre –dice. Dejo escapar una risa amarga.

–¿Como la que mató a tu madre y a Hilma?

–Pero mi padre y yo sobrevivimos. Muchos otros también. Los que eran lo suficientemente fuertes –replica. Doy un paso atrás.

–Hay algunas cosas que no se pueden soportar ni sobrevivir, no importa cuán fuerte sea el guerrero. Algunas heridas son fatales.

–¿Te estás sintiendo enferma? –frunce el ceño–. Te ves realmente mal.

–Esta será mi cuarta noche sin dormir –digo en voz baja.

–No puedes pretender estar bien y ser fuerte si no descansas.

–Cuando descanso, las cosas se prenden fuego. Cuando estoy asustada, las cosas se congelan. Cuando deseo viento, se levanta de la nada y ruge fuerte sobre el campamento –hago girar la daga en el aire, una ardiente frustración me recorre–. ¡Eso sucede incluso cuando *no* lo deseo!

Como si se burlara de mí, una ráfaga de viento caliente gira alrededor de Thyra, despeina su cabello corto. Parpadea mientras agita su capa.

–No sé qué pensar de esto –dice insegura–. ¿Realmente hiciste eso?

–No fue a propósito.

–¿No puedes controlarlo en absoluto? –pregunta. Me muerdo el labio y me doy la vuelta.

–Como has señalado muchas veces, el control no es mi fuerte.

–Pero tal vez si tú... ¿lo intentas? Recién hiciste que las llamas bajaran en el refugio.

–¡No les hice hacer nada! ¡Solo las miré!

–¿Has hecho un esfuerzo *de verdad*? –da unos cuantos pasos lentos para acercarse a mí, y no puedo alejarme–. Eres tan fuerte, Ansa. ¿Quizás puedas mantenerlo encerrado dentro?

–Lo estoy intentando –las lágrimas me queman los ojos.

Sus ojos se arrugan con lo que parece compasión, y acorta la distancia entre nosotras. Me sujeta la muñeca, sus dedos resbalan hasta los míos, que aferran firmemente la daga.

–No hagas que te quite otra arma esta noche.

–Tienes que dejarme ir –susurro, incluso mientras lucho para no reclinar mi cabeza en su hombro.

Las yemas de sus dedos acomodan el cabello de mi frente, y la dejo hacer lo que no le permití a Jaspar.

–Tu piel es tan cálida –murmura–. Siempre lo ha sido.

–Solo cuando tú la tocas –susurro. Apenas le doy sonido al pensamiento.

–No te dejaré ir tan fácilmente, Ansa. No puedo.

Miro su rostro, iluminado por la luz de la luna.

–Tu liderazgo está siendo puesto a prueba a cada momento. ¿Cómo puedes...?

–Es por esto que no puedo –su frente toca la mía, y mis dedos se aflojan, dejando caer la daga sin filo–. Eres la única persona en quien confío en todo el campamento.

No puedo respirar. Estoy demasiado agitada por dentro, por el esfuerzo de mantener el hielo y el fuego enjaulados.

–Si me abandonas, no creo que pueda lograrlo –susurra. Mis ojos se cierran, y mi garganta se contrae mientras ella seca las lágrimas calientes que corren por mis mejillas. Le tomo las manos y las alejo de mi rostro. Los guerreros no se comportan como chiquillos mocosos, y me avergüenzo de mí misma. Delante de mi *jefa*.

–Lo siento –digo con voz ronca.

–Sobrevivimos a la tormenta de la reina bruja. Sobrevivimos el viaje de regreso –me sujeta por los hombros, se niega a dejar que me aleje–. Sobreviviremos a esto. Le mostraremos a la reina bruja que su maldición no es lo suficientemente fuerte como para destruir a los Krigere.

–Haces que suene tan fácil –ahogo un sollozo y me aflojo, sintiendo el hielo arrastrarse por mis huesos, empujar a través de mi piel y cristalizar como la escarcha en las hierbas del pantano. Sus ojos brillan de ira.

–Suenas como si ya te hubiera derrotado. ¿Te has rendido antes de luchar hasta el último aliento?

Froto el sudor frío de mis brazos.

–Esto no es un enemigo con una espada.

–¿Que importa? No deja de ser un enemigo. Y tú eres una guerrera –bajo la vista a la daga a mis pies–. ¿Te acuerdas del día en que ganaste ese título? –pregunta.

–Por supuesto que sí.

–Pues en verdad parece que lo hubieras olvidado.

Levanto la daga sin filo del suelo.

—Sander te dejó allí, sangrando en la tierra. Todos pensaron que habías perdido —rememora. Recuerdo los aplausos mientras se alejaba de mí, y luego a Thyra gritando mi nombre, abriéndose paso a través de la niebla de la derrota.

—Se volvió de espaldas porque pensó que no me levantaría —digo. Ella sonríe.

—La imagen de ti saltando sobre su espalda, el sonido que salió de su boca cuando lo mordiste... —su risa derrite el resto de la escarcha en mi piel—. Puede que yo haya sido la única que no se sorprendió.

—Eso fue diferente.

—No es diferente en absoluto. Esta maldición te ha ensangrentado, Ansa, pero aún no estás muerta —inclina la cabeza hasta que la miro de nuevo—. Y hasta que lo estés, no tienes derecho a rendirte si quieres llamarte guerrera.

Mis hombros caen.

—Si llegara a lastimar a nuestra gente...

—No te dejaré hacerlo —me quita la daga y la envaina en mi muñeca antes de colocar su mano en la mía—. Hallaremos una forma de detener esto. Si hay una manera de disipar esta maldición, la encontraremos.

—No tenemos ni idea de lo que estamos enfrentando —mientras lo digo, recuerdo: Cyrill tenía una esclava Kupari. Si puedo encontrarla y preguntarle, tal vez pueda decirme algo más sobre la magia de la reina bruja. El refugio de Cyrill está a cierta distancia, pero quizás...

—Vuelve a mi refugio —dice Thyra—. Necesitamos descansar antes de la partida de mañana.

Cuando dudo, me aferra la mano.

–Dormiremos por turnos. Voy a vigilarte, y luego tú a mí –su sonrisa es vacilante, pero tan dulce que quiero probarla–. Te despertaré si empieza a haber humo.

–Iré contigo, pero debes prometer que me dejarás ir si... –me aprieta la mano.

–Si se trata de eso, hablarás con tu jefa –alza las cejas y la risa estalla sin que pueda evitarlo. Luego me lleva de vuelta a su refugio. Casi puedo sentir las miradas de los guardias de Jaspar mientras caminamos con dificultad junto a sus puestos, pero no levanto la vista. El peso del alivio y la gratitud son tan grandes que apenas puedo levantar mis pies. Thyra me guía hasta su propia manta y me arropa.

–Serás más capaz de librarte de esta maldición si no estás medio muerta de agotamiento. Descansa, Ansa. Dependo de ti.

Si yo confiara en mí misma, tocaría su rostro. Pero me temo que la quemaría.

–Lamento preguntar esto –digo en voz baja–. ¿Cuál es tu plan? –me quedo sin aliento mientras toma mi mejilla en su palma.

–Es una pregunta válida, y no es necesario que lo lamentes –suspira–. Mi padre nunca hubiera querido que un traidor nos liderara. Pero no solo eso... no confío en que Nisse haga lo correcto por nuestras viudas. Él tenía algunas ideas muy atrasadas cuando todavía era miembro de nuestra tribu, y no quiero que nos infecte ahora, especialmente cuando son tan vulnerables. Tenemos un compromiso de honor con nuestros ayudantes, y con el recuerdo de nuestros hermanos y hermanas caídos. Y soy responsable de llevarlo a cabo.

Ahora entiendo por qué discutía para sembrar cosechas en la primavera. ¿De qué otra manera podíamos mantener miles de vientres llenos, con tan pocos guerreros para hacer incursiones y cazar?

—No creo que podamos enviar un contingente de guerreros mientras el resto de nosotros permanezca aquí –digo, y ella sacude la cabeza.

—Jaspar fue muy claro. Nuestros ayudantes son valiosos, y Nisse requiere su presencia en Vasterut.

—¿Es posible que sus intenciones sean buenas?

—No lo sé. Yo solo... Espero que esté dispuesto a dejar atrás el pasado.

Sacude la cabeza, como si se deshiciera de algo pesado, y no por primera vez me pregunto qué ocurrió realmente el invierno pasado, y por qué no habla de eso.

—Vete a dormir –dice ella, volviendo el rostro a un lado–. Lo digo en serio.

Debería estar vigilando su descanso, pero ya no puedo luchar contra mi propio agotamiento. Mañana sí. Voy a buscar una forma de quitarme de encima esta maldición, y la esclava Kupari será el primer paso. Mañana me levantaré y pelearé otra vez.

Pero por ahora... El pulso de fuego y hielo de mi marca roja disminuye hasta ser un latido débil. Me duermo sintiendo la dulce caricia de la palma de Thyra sobre mi cabello, y mis sueños son negros como las aguas profundas del Torden.

Nos levantamos con el sol, y nuestro fuego estalla de nuevo a la vida en el momento en que tiemblo con el frío de la mañana. Thyra echa una mirada alarmada al pozo: no hay combustible allí que pueda arder. Con un estremecimiento me alejo, y siento el momento en el que el calor se desvanece, dejando solo una mancha de humillación en mis mejillas. Cuenta con que logre controlar esto, y que mientras tanto pueda mantenerlo en secreto. Sería un desastre si me revelara como una especie de bruja. Estaría muerta, mi cerebro destrozado y mis huesos rotos... y la próxima sería ella.

Por un momento, pienso en esa clase de muerte. Lo más horrible no sería el dolor. Serían las miradas en sus rostros mientras lanzan sus piedras. Sería el mordisco de su odio, la desesperación de saber que mi tribu ya no era mía.

Si soy honesta, no solo estoy luchando para mantener a Thyra a salvo. No puedo pensar en una agonía peor que la de ser abandonada. Y al pensar en eso, otro recuerdo se arrastra como una serpiente; yo aferrada al monstruo mientras me llevaba al bote. Miré fijamente el resplandor en la cima de la colina, sabiendo que mis padres no podrían alcanzarme. Que no me salvarían. Que me había quedado verdaderamente sola.

Pisoteo el suelo, aplasto salvajemente el pasado bajo el talón de mi bota.

El estado de ánimo en el extenso campamento y sus alrededores es difícil de descifrar. La gente carga los caballos y sus propias espaldas con todas las cosas que poseen, todas las cosas que hemos saqueado y capturado en nuestras incursiones a lo largo de los años. Algunos de los ayudantes han huido con sus familias: varios refugios están vacíos; los fuegos, fríos. Deben haberse escondido a lo largo de la orilla, evitando los caminos bien marcados que Jaspar y sus guerreros vigilaban. Estaban dispuestos a arriesgarse al mordisco del frío para evitar lo que nos espera en Vasterut, y tengo la sensación de que Jaspar estará furioso. Thyra también sentirá la pérdida, los que se fueron podrían haberla apoyado contra Nisse. A pesar de que nuestros ayudantes puede que no sean guerreros, todos ellos tienen habilidades valiosas: forjan y reparan armas, preparan y almacenan alimentos, se ocupan de la crianza de los hijos, tejen y arreglan la ropa, curan y cosen heridas. Ellos saben lo que necesitan los guerreros, y cómo mantenerlos listos para la batalla. Nosotros los protegemos y proveemos para ellos y, a cambio, nos mantienen enteros.

Ahora estamos destrozados. Un pueblo roto frente a muchas posibilidades, pero sin buenas opciones. Nuestra única oportunidad es Thyra.

Paso junto a algunos de los guerreros mayores que debían dirigir nuestra segunda oleada, los que llamaban a Edvin su comandante. Mi estómago se contrae cuando veo a Aksel en discreta charla con Preben, cuya larga barba es del color del hierro húmedo, y Bertel, cuyo cabello se ha vuelto blanco en los últimos años, en contraste con su oscura piel color café. Ninguno de los hombres mayores me ve, pero Aksel me echa una mirada tan fría como el Torden al principio de la primavera, y desvío la vista. No tengo tiempo para conversación ni confrontación. Una vez que salgamos, estaremos repartidos por al menos un kilómetro y medio a lo largo del perímetro del lago, buscando llegar a la orilla sur. Puede que no tenga otra oportunidad de obtener la información que quiero.

Cuando llego al refugio de Cyrill, encuentro a su ayudante, Gry, que viste a sus hijos con tantas capas como puedan llevar: pretende que lleven toda su ropa a la espalda. Su fino cabello rubio cuelga en una trenza lacia mientras se arrodilla frente a su hijo más pequeño, un chico de mejillas rosadas llamado Ebbe, que Cyrill solía llevar por el campamento sobre sus amplios hombros. Ella echa un vistazo mientras me reclino contra el marco de la puerta.

—No, no puedes llevarte ninguna de las dagas de Cyrill —dice bruscamente—. Oí que ayer te las llevabas de los refugios de los muertos.

—Tengo todo lo que necesito.

—Bien. Porque nosotros no —su rostro se contrae y ella se da la vuelta.

Siento un pesado frío en mi pecho, que no tiene que ver con la maldición.

—Cyrill fue un gran guerrero, Gry. Siento que haya caído —ella resopla y envía a Ebbe a jugar con su hermana mayor, que mata el tiempo jugando con unas ramitas.

—No tanto como yo —dice con voz ahogada.

—Nos aseguraremos de que a tu familia no le falte nada.

—Lo sé. Y creo en la Jefa Thyra, no importa lo que digan los demás. Pero —me echa una mirada de dolor— echo de menos la risa de Cyrill. Echo de menos cómo me hacía reír *a mí*.

Me froto el pecho.

—Me hizo reír incluso mientras estaba herido. Estuvo de buen humor hasta el final, Gry.

—¿Estabas con él? —se pasa la manga de su vestido por el rostro.

—Maldijo el hecho de estar atrapado con unos guerreros bebés.

—Gracias por eso —dice con una risa ronca de dolor. Miro a mi alrededor.

—¿Dónde está tu esclava?

—¿Hulda? La envié a recoger leña. ¿Por qué?

Me encojo de hombros.

—Solo esperaba que no se hubiera escapado. Muchos lo han hecho —doy un paso atrás, ya sé adónde debo dirigirme—. Si tú o tus hijos necesitan algo en este viaje, búscame. ¿Está bien?

Ella me echa una sonrisa trémula.

–Gracias, Ansa –luego mira hacia otro lado–. Cyrill siempre hablaba muy bien de ti. Decía que estabas entre los guerreros más feroces que había entrenado.

–Estaré a la altura de eso, lo prometo –me duele la garganta cuando se lo digo.

Corro al otro lado del campamento, al límite del gran bosque. Solía inclinarse sobre la orilla, pero con el paso de los años, mientras construíamos nuestras embarcaciones, se encogió hacia atrás y hacia atrás y hacia atrás, dejando solo un campo fangoso lleno de tocones. Unos pocos ayudantes, esclavos y niños van por allí, buscando ramas y hojas para alimentar los fogones de la mañana para la comida antes de partir. Detecto a Hulda sola en el extremo del claro, justo en el nuevo borde del bosque. Deja caer puñados de ramitas cortas y madera astillada en una bolsa de tela. Frunce su ceño cansado cuando me ve acercarme, y retrocede a los bosques mientras me acerco.

–¡De Cyrill! –chilla.

Tiene miedo de que la reclame como botín. Levanto las manos.

–No. No te quiero.

Me mira con recelo. Es sana y robusta, con el cabello del mismo color que el mío. Y el mismo que la reina bruja.

–Necesito preguntarte algo. Sobre la bruja –lamento haber pronunciado esa palabra cuando la veo fruncir el ceño–. Quiero decir, la... ¿Valtera?

Me lanza una mirada extrañada. Lo intento de nuevo.

–¿La Valia?

–¿Valtia? –pregunta. Se inclina hacia delante para mirarme a los ojos. Asiento con la cabeza.

–Necesito saber sobre su poder.

Por la expresión de su rostro, me doy cuenta de que está tratando de traducir mis palabras.

–Hielo –dice–. Fuego. Ella tiene los dos, igual –su acento es... redondeado. Incluso el idioma de los Kupari es suave y débil. Contengo la sensación de desprecio, al tiempo que recuerdo al secuaz de la bruja con su túnica negra murmurando en esa misma lengua... justo antes de arrojar fuego a mí.

–Hielo y fuego –digo–. ¿Ella controla los dos?

–Ambos. Juntos y –separa sus manos– aparte. De muchas maneras tiene magia.

–Y maldice a la gente –afirmo. Hulda inclina la cabeza.

–¿Maldición?

–Sí –digo con los dientes apretados–. Introduce este hielo y fuego dentro de la gente –gesticulo imitando la forma arqueada del relámpago con el que la bruja me golpeó hace seis noches–. ¿Cómo romper la maldición?

–¿Maldición? –Hulda parpadea y parece dudar–. Valtia tiene hielo y fuego, juntos y separados...

–Sí, lo *sé* –la frustración ya me está haciendo sudar, y me recuerdo que debo mantener la calma–. Pero ¿cómo se deshace la gente de eso?

Parece completamente desconcertada.

–Deshacerte... ¿de magia?

–Claro, si así es como lo llaman ustedes. ¿Cómo lo hacen, una vez que ella los maldice con la magia? –se me ocurre una idea–. Si ella muriera...

Hulda inclina la cabeza.

–Algunos nacen con hielo y fuego, otros no. Pero Valtia... Su poder viene de otra Valtia.

–¿Quieres decir que hay dos de ellas? –Thyra necesita saber esto de inmediato.

–No, no dos –responde. Levanto las manos, irritada.

–Entonces, ¿de qué demonios estás hablando? –la mujer me mira con curiosidad, luego toca su propio cabello cobrizo y señala el mío.

–Primero, la Valtia es una Saadella –dice, aunque nunca he oído esa palabra en mi vida–. Su cabello es de este color. Kupari.

–Mi cabello *no es* Kupari.

–Cobre –dice lentamente. Luego señala mis ojos–. Y sus ojos de ese color –suelta un gruñido divertido–. Podrías ser Saadella.

–¿*Cómo* me llamaste?

Hulda retrocede alarmada cuando una fría ráfaga de viento gira alrededor de nosotros. Sus ojos grises se abren de par en par cuando la brisa azota el cabello cobrizo de su trenza y sus dientes castañetean mientras chilla.

–¡Nada! ¡No dije nada! –tropieza y cae hacia atrás, aterriza pesadamente sobre su trasero. Las lágrimas brillan en sus ojos–. ¡Por favor! ¡Por favor!

Sus gritos atraerán la atención hacia nosotras, lo último que quiero. El odio frío que siento hacia esta estúpida y cobarde esclava me atraviesa, especialmente cuando grita de nuevo. Ahora mira fijamente el suelo y retrocede de a poco, con terror puro grabado en las líneas de su rostro. Bajo la vista para ver qué demonios podría estar asustándola.

Una espesa escarcha de un blanco plateado surge en el suelo a mi alrededor, y se acerca al borde de la falda de Hulda, avanzando como un ejército de hormigas. Jadeo y aprieto los puños, tratando de contener la maldición, pero como el hielo sigue avanzando, me precipito hacia delante e intento acallarla desesperadamente. Si no se calla, todo el campamento llegará corriendo, y luego verán la escarcha. Sabrán que estoy maldita y seré apedreada en el círculo de combate.

Los dedos de Hulda están grises de frío, y tiembla violentamente mientras me señala. Grita algo en su horrible lenguaje una y otra vez, una palabra que suena como el silbido de una serpiente. El sonido se desliza en mis oídos, implacable y enloquecedor, y llena mi cabeza de recuerdos de canciones de cuna y fuego y sangre.

Caigo de rodillas y tapo su boca con mi mano.

CAPÍTULO VIII

Estoy tan desesperada por callar a Hulda que al principio no me doy cuenta de que ya lo he hecho. Mis dedos, rígidos de frío, congelan la húmeda carne de su rostro. Sus manos arañan mis brazos. Pero no lo siento. Miro su rostro, su cabellera cobriza, y oigo su lengua desconocida pero familiar en mi cabeza, y de repente sus ojos ya no son grises. Son azules y suplicantes y la luz en ellos se está desvaneciendo, y no hay nada que pueda hacer.

El lejano gemido de un caballo me arrastra de vuelta al presente. Tiritando y temblando, siento algo duro que cosquillea en mi palma. Bajo la vista y con un grito me echo hacia atrás, y aterrizo en una extensión de hojas húmedas y podridas. Hulda no se mueve. Sus ojos grises están cubiertos de escarcha y su boca está abierta. Sus dedos rígidos intentan aferrar el vacío, como si estuviera pidiendo perdón al cielo.

Con mi aliento empañado, me arrastro hacia delante y toco su brazo. Está congelada.

Dejo escapar un gemido miserable mientras me limpio las palmas en los pantalones.

–No quise hacerlo –le susurro. Y luego me levanto y pateo el cuerpo rígido mientras mi rabia hacia la reina bruja crece lo suficiente como para ahogarme–. ¡No quería hacerte daño!

—¡Hulda! —Gry está llamando a su esclava por todo el claro, y el sonido de su voz casi hace que mi corazón estalle. Si me atrapan aquí, eso es todo. Mis pies se deslizan sobre las hojas enmarañadas mientras corro colina arriba y me adentro más entre los árboles. Casi puedo oír la risa fantasmal de la reina desde el otro lado del Torden. Tal vez siente lo que ha hecho. Tal vez sabe que su trampa ha surtido efecto.

Pero no maté a un Krigere. Maté a uno de los suyos. Una esclava. Una Kupari. No he matado a uno de mi tribu. Me doblo y vomito detrás del tronco fracturado de un árbol caído. No debería sentirme tan mal. Matar es tan natural como comer o dormir. Es el derecho del vencedor sobre el conquistado.

Aprieto los dientes para contener un sollozo y jalo el cuello de mi túnica contra mi garganta con manos temblorosas. Con los ojos cerrados y la cabeza inclinada, me imagino forzando la maldición de la bruja hacia dentro, enterrándola profundamente bajo capas de tierra, cubriéndola con piedras. A pesar de mis esfuerzos frenéticos, se las arregló para liberarse, y no puedo dejar que suceda de nuevo, por mi bien y por Thyra. Tengo que ser su lobo. No puedo ser la espada de la bruja.

Me quedo escondida en el bosque hasta que mi respiración se ralentiza, hasta que vuelve a ser cálida y estable, hasta que me siento de nuevo yo misma. Unos gritos leves a varios cientos de metros detrás de mí me hacen preguntarme si Hulda ha sido hallada, y al pensarlo casi vuelvo a vomitar. Lo mismo ocurre con mi miedo a que alguien descubra lo que he hecho. Camino más profundo dentro del bosque, hacia un arroyo que conduce a la playa, y luego de regreso al campamento de esa manera, por lo que nadie sospechará de dónde vine.

Regreso a mi refugio como un animal cauteloso y apaleado, listo para alejarme al menor indicio de amenaza y, por primera vez, me alegro de que hoy empiece nuestro viaje.

En lo que a mí respecta, no podemos salir demasiado pronto.

Me estremezco, aunque el sudor se filtra por mis hombros y cae en el cuello de mi túnica. Somos una niebla de olor, ruido y pena que se extiende a lo largo de la orilla del lago gris trueno, vagando lentamente hacia el sureste. Miro fijamente las aguas agitadas mientras una brisa fresca envía otro escalofrío por mi espina dorsal.

No puedo dejar de pensar en los ojos de Hulda.

Mi estómago se contrae y olvido mirar dónde piso. Jadeo de dolor cuando mi rodilla golpea una roca. Una mano se desliza alrededor de mi brazo y me levanta como si fuera un saco de grano. Pertenece a Preben, con sus ojos como trozos de carbón.

—Es solo el primer día —dice. A su otro lado, Aksel suelta un gruñido de risa ante la implicación de que ya me cuesta mantener el paso.

Me libero de la mano de Preben de un tirón.

—Y no importa qué día sea, puedo recuperar el equilibrio por mi cuenta —acelero el paso y me coloco por delante de ambos, con las mejillas encendidas.

Más adelante, oigo un silbido. El humo mancha el cielo que se oscurece. Acomodo en mi espalda el bulto con mis pertenencias: manta, túnica de repuesto, piedra de afilar. No es pesado, pero el peso de mi secreto dobla mi espalda hacia el suelo. Con la esperanza de aliviar mi carga, deslizo el bulto hacia mi brazo —está asegurado por un tramo de cuerda y una tira de cuero, la que planeo convertir en un cinturón– y corro hacia delante para buscar a Thyra. Ha estado caminando cerca de Jaspar todo el día, rodeada de sus guerreros y algunos de los nuestros. Creo que tiene miedo de que la engañen si no se cierne sobre ellos como una mosca sobre un cadáver.

Probablemente se está preguntando dónde me encuentro. Ella esperaba que yo marchara a su espalda. Pero durante las primeras horas de nuestro viaje, no confiaba en mí misma lo suficiente como para estar cerca de otras personas.

Tal vez no debería confiar aún, pero tampoco puedo simplemente desaparecer. Soy necesaria.

–¡Ansa! –Thyra agita su mano junto a un círculo de piedras que marcarán el lugar de reunión de esta noche para este campamento. Vamos a tener varios, ya que somos algunos miles los que marchamos. Jaspar ha asignado pequeños escuadrones de sus propios guerreros a cada grupo de personas, para asegurarse de que todos se mueven en la misma dirección. Estamos siendo pastoreados como ovejas, y todavía no sabemos si nuestro destino son nuevos pastos más verdes o la carnicería.

–¿Dónde has estado todo el día? –le echa un vistazo significativo a Jaspar–. Está siendo obstinadamente cauto –susurra–. Pensé que dijiste que quería ser abierto conmigo, pero está lleno de sonrisas y humo, igual que su padre.

Ella quiere que le sonsaque información, lo sé. No tiene ni idea de hasta qué punto le he fallado. Me estremezco, froto mis brazos y frunzo el ceño ante el recuerdo de la helada que se arrastraba a través de hojas podridas, y luego bajo la piel.

–Ha sido un largo día –murmuro. Me mira con preocupación.

–Todavía pareces muy cansada.

–Más de lo que quiero admitir –trago con fuerza mientras veo a la viuda de Dorte, una mujer cuyos miembros delgados desmienten su dura fortaleza, golpeando el pedernal contra una daga vieja para encender las hojas secas colocadas entre la leña del fogón. Aferrada a la parte posterior de su vestido hay una niña de ojos color café, parte del botín de un saqueo que Dorte trajo como regalo dos veranos atrás. Si alguien tiene derecho a estar cansado, es esta viuda. Si alguien merece calor y descanso, es ella. Si alguien merece una recompensa por sus concienzudos golpes contra la piedra y el hierro, es *ella*. Miro fijamente las chispas parpadeantes, y súbitamente crecen. La viuda sonríe mientras las llamas flamean y yo parpadeo en estado de shock. ¿Fue la maldición? ¿Cómo puede una cosa tan mala hacer algo tan misericordioso? Dejo de mirar a la mujer. Fue una coincidencia; o un truco, destinado a calmarme hasta que vuelva a atacar.

Nos pasamos las raciones y atendemos nuestras armas mientras los ayudantes recolectan suficiente madera para que dure toda la noche. Bertel, Preben, Aksel y Sander comparten historias de saqueos con algunos de los guerreros de Jaspar, a unos metros de donde Thyra y yo nos hemos acomodado con nuestros odres de agua y galletas duras. Me siento aliviada de que Jaspar parezca haber desaparecido por un tiempo, y cuando se deja caer entre Thyra y yo, me estremezco.

–¿Tienen ampollas? –pregunta.

Algunas. Pero nuestros caballos están cargados de provisiones porque no tenemos suficientes carros.

–No, ninguna –Thyra contiene una media sonrisa ante mi tono alegre–. Fue un bonito paseo por el lago.

Él se ríe entre dientes y estira sus piernas.

–Bueno, a mí me duelen los pies.

–Podrías pedirle a un ayudante que los frote –dice Thyra–, aunque el olor podría resultar letal –se inclina hacia delante para tomar otra galleta y golpea el odre abierto, lanzando un chorro de agua limpia que salpica el suelo pedregoso y empapa la parte de atrás de mis pantalones.

Lo sujeto para levantarlo, pero es demasiado tarde. El agua se derramó casi por completo. Thyra me lo arrebata.

–Voy a llenarlo de nuevo –me lanza una mirada firme antes de darse la vuelta y caminar hacia el arroyo que quedó varios cientos de metros atrás.

Jaspar la mira alejarse.

–Eso fue... Inusualmente torpe de su parte. Uno pensaría que un jefe tiene mejores cosas que hacer que buscar agua –se vuelve hacia mí–. ¿Me odia tanto? Nunca le hice ningún daño.

No estoy segura de que sea completamente cierto, recuerdo la mirada en el rostro de Thyra cuando nos vio juntos. Pero sacudo la cabeza y me acerco más al fuego, intento secar mis pantalones antes de acostarme en mi manta para pasar la noche. Jaspar se mueve conmigo, permanece muy cerca.

–Así que es la desconfianza lo que la aleja –dice.

–¿Por qué tiene que confiar en ti? Te estás congraciando con sus guerreros y nos llevas a una tierra extranjera, gobernada por un hombre que intentó asesinar a nuestro jefe.

–¿Es eso lo que te contaron? –pregunta.

–Haces que suene como si Lars hubiera contado una historia fantástica, pero él se negó a hablar de ello en absoluto.

–Oh, no creo que fuera Lars quien agregó la fantasía –ríe Jaspar.

—Thyra tampoco habla de eso —sin importar cuántas veces se lo pregunté.

—Pero de algún modo todos ustedes tienen la misma idea, que mi padre es una especie de traidor.

—Si no lo fuera, ¿por qué no desafió abiertamente a Lars? —mis labios se curvan. Recuerdo a Nisse. Siempre en el albergue del consejo, siempre dibujando mapas en la tierra, siempre lleno de planes y estrategias, siempre sediento de conquista; y raramente cabalgando para tomar su parte en la batalla.

—¿Qué te hace pensar que él quería desafiar a Lars? —le echo una mirada escéptica a Jaspar, y él se inclina hacia delante, con la boca apretada—. Cientos eran leales a mi padre, Ansa. ¿Has considerado que él quería protegerlos de las consecuencias de esa lealtad en caso de que muriera, aunque se basara en una acusación infundada e injusta? —se acerca lo suficiente para que sienta su aliento en mi mejilla—. ¿Qué haría Thyra? —ríe entre dientes—. Apuesto a que nunca se imaginó que tendría que enfrentar esa opción.

Me estremezco y me pongo de pie.

—No los compares —digo, y mi voz se vuelve áspera mientras mis pensamientos se tambalean con todo lo que he oído acerca de lo que sucedió durante el invierno. Un frasco de veneno fue descubierto en el refugio de Nisse, junto con la copa de celebración en la que Lars siempre bebía cuando volvía victorioso. El hallazgo lo hizo un esclavo... ¿o un niño? Quienquiera que fuera, llevó la evidencia directamente a Lars y a sus guerreros mayores, si los rumores son ciertos. Miro a Jaspar con recelo, y él me observa con una ceja arqueada. Prefiero apuñalarme en la garganta antes que preguntarle qué sabe.

—Cualquier jefe se sentiría privilegiado de tener un lobo tan leal como tú junto a ella —dice Jaspar—. O junto a él —mis ojos se estrechan, y él sonríe—. Simplemente quería decir que eras tan leal a Lars como a Thyra.

Se forma un nudo en mi garganta ante el recuerdo repentino e inesperado de Lars que ruge de risa al verme escupir el lóbulo de la oreja de Sander a sus pies. Nunca en toda mi vida me había sentido tan poderosa o feroz como cuando Lars me miró con respeto.

—Claro que lo era. Y tú deberías haberlo sido también. Era tu tío.

—Habría sido leal hasta el final, si no me hubiera visto forzado a elegir.

—Eso es la lealtad para ti, zopenco. Una elección —las llamaradas se elevan y me alejo rápidamente. Mi corazón galopa de terror cuando veo que comienzan a buscar a Jaspar. Pero él salta delante de mí.

—No te vayas. Ansa, no me puedes culpar por ir de acuerdo a mi conciencia. Creo en mi padre cuando dice que nunca tuvo la intención de asesinar a su hermano. Apostaría mi vida por eso.

Suelto una exhalación larga y fresca de entre mis labios, trato de aquietar mi corazón.

—Eso es reconfortante —susurro. Y *me confunde*—. Pero no me puedes culpar por no confiar en ti.

—Yo *sí* confío en ti.

Cuando abro los ojos, está a solo unos centímetros de distancia.

—No deberías —murmuro. Su sonrisa es triste.

—No puedo evitarlo. Siempre he confiado en ti. No eres una conspiradora. Usas tus emociones como una capa. Ríes cuando estás feliz y atacas cuando estás enojada. Contigo siempre sé dónde estoy.

—No finjas conocerme. Ha pasado mucho desde que te fuiste.

—Claramente —echa un vistazo a Thyra, que camina hacia nosotros lentamente, cargando un odre lleno y fingiendo que no observa cada uno de nuestros movimientos—. ¿Se ha ganado la lealtad que le brindas?

Empuño una daga.

—¿Estás sugiriendo que ella no lo merece?

—Estoy sugiriendo que *tú* no lo mereces —toma mi muñeca y guía el cuchillo junto a su cuello—. Tu lealtad debería ser recompensada con confianza, Ansa. Pura, inquebrantable confianza a cambio de tu devoción pura e inquebrantable.

—Thyra confía en mí.

—¿Eso crees?

Hago todo lo posible por ocultar la punzada de incertidumbre clavada en mi mente. La mano de Jaspar se desliza hacia la mía, y sujeta mis dedos mientras veo la hoja hundirse en su piel. Si yo apretara, él sangraría.

—*Tanta* devoción —susurra—. Lo puedo ver en tus ojos. Un jefe sueña con un lobo así, y aquí estás —suelta mi mano, y alejo la daga de su carne con cuidado, dolorosamente consciente de mi propia inseguridad.

—Ansa —Thyra me nombra suavemente mientras regresa a nuestro lado—. Por mucho que me gustaría, intenta no matar a mi primo antes de que lleguemos a destino.

Jaspar inclina la cabeza, esconde una sonrisa.

—¡Ah, pero quién podría culparla! —dice con buen humor, mirando a los demás guerreros que se han reunido para compartir el calor del fuego—. Mi propio padre amenaza con matarme a diario.

—¡Sí, pero te lo ganas con tus travesuras! —dice una de sus guerreras riéndose. Es una mujer de cabello largo peinado firmemente hacia atrás y enrollado en la parte posterior de la cabeza. Su dedo medio derecho lleva numerosas marcas de muerte, lo que significa que ya ha comenzado en su brazo izquierdo.

–Sí, Carina, pero... –Jaspar la esquiva cuando ella le arroja una pequeña brasa.

–¡Ahí estás! –dice una voz quebrada, áspera de rabia. Todos nos volvemos para ver a Gry que avanza por el sendero hacia nuestro fuego. Me apunta con el dedo, una lanza acusadora. Lo usa para golpear mi pecho, y siento cada empujón.

–Gry, ¿qué ocurre? –pregunta Thyra, adelantándose.

–Exijo compensación –chilla ella. Su rostro está rojo, y su cabello rubio se ha soltado de la trenza y cuelga en mechones patéticos alrededor de su rostro. Thyra la toma por los hombros y la sacude con delicadeza.

–¿De qué estás hablando?

Gry se inclina alrededor de Thyra, y sus ojos se clavan en los míos.

–Sé lo que hiciste –susurra. La galleta dura se ha convertido en piedra en mi estómago.

–Entonces tal vez podrías compartirlo, porque no tengo ni idea de lo que estás hablando.

Thyra se ve preocupada cuando suelta a Gry, y se queda junto a ella mientras avanza hasta donde estamos Jaspar y yo.

–Dependía de la ayuda de Hulda ahora que he perdido a Cyrill –explica con voz ahogada.

–Gry –dice Thyra–. Cuéntanos lo que ha pasado –la mujer se vuelve hacia ella.

–Hulda no volvió de juntar leña. Fui a buscarla –me mira encendida–. Y la encontré en el bosque.

–¿Muerta, supongo? –pregunta Jaspar. Los otros guerreros alrededor del fuego nos miran fijamente.

Ojalá pudiera derretirme en el suelo como la helada bajo el sol pero, en cambio, estoy congelada en el sitio. Reprimo el recuerdo de los ojos de Hulda en mi mente mientras Gry asiente.

–¿Y crees que yo tengo algo que ver con eso? –pregunto. Odio el temblor en mi voz.

–¡Esta mañana preguntaste dónde estaba! –chilla. Yo fuerzo una risa, aguda y alta.

–¡Solo me preguntaba por qué no estaba en el refugio, ayudándote a prepararte para el viaje!

–Mi hijo mayor te vio seguirla hacia el bosque –dice Gry, y el odio empapa su voz.

Thyra me echa una mirada interrogante, y sacudo la cabeza, aterrorizada por el frío remolino de hielo dentro de mí. Quiero correr, alejarme de Thyra y de todos los que me importan, pero si lo hago, mi inocencia será puesta en duda.

–Fui a ofrecer mi ayuda –explico–. Te dije que ayudaría a cuidar a tu familia.

–¿Y eso incluye dejar a mi esclava muerta en el bosque?

–¡Nunca la vi! –grito. Odio la forma en que Thyra me mira, las preguntas en sus ojos. Su duda es un cuchillo–. Fui a buscarla, pero no estaba en ninguna parte.

Mentiras, mentiras y mentiras. Lo que no daría por volar a través del Torden y cortar la garganta de esa reina bruja.

–¿Cómo murió? –pregunta Jaspar, y me saca de mis sangrientos pensamientos. Echa un vistazo a mis brazos y pantorrillas, donde tengo mis armas envainadas.

La máscara de rabia de Gry se cae.

–No lo sé. Solo sé que estaba muerta.

Una línea de duda se forma entre las cejas de Jaspar.

–Si Ansa la mató, ¿no tendría que haber estado herida? –me señala–. Cuando ella te mata, habitualmente lo notas.

Sander suelta un gruñido a regañadientes, pero todos los demás están en silencio. Miro al otro lado del fuego y veo que me observa. Se pasa la mano por la garganta quemada y yo aparto la vista.

Gry dobla los brazos sobre su pecho.

–No hay heridas. Estaba fría cuando la encontré –afirma. Aprieto los dientes y Thyra frunce el ceño.

–¿Y cuándo fue eso? –pregunta.

–A media mañana. Justo cuando nos íbamos.

–Así que había estado muerta por un tiempo –dice Jaspar, moviéndose junto a mí. Un voto de confianza que se siente como miel sobre mi lengua.

Una confianza que no merezco.

–Ella estaba a solo unos pasos dentro de la línea de los árboles –dice Gry bruscamente, sus ojos agudos fijos en mí–. ¿Cómo pudiste ir al bosque y no verla?

–¿Cómo se supone que lo sepa? –replico yo, con el estómago hecho un pozo de serpientes–. Perdóname por el hecho de que tenía mil cosas más que hacer esta mañana. Cuando no la vi, di media vuelta y me fui. No tengo tiempo para buscar esclavos imprudentes por el bosque.

–¿Podría haber muerto por causas naturales, Gry? –pregunta Thyra con un tono mucho más apropiado para usar con una viuda–. Hulda estaba llegando al final de su mediana edad.

–Y era robusta como un buey –añade Gry. Cierra los ojos y deja escapar un suspiro–. La mirada de su rostro, jefa –su voz se quiebra, y sus ojos se llenan de lágrimas cuando mira a Thyra–. Había tanto terror allí.

–Esa clase de mirada no requiere una fuente externa –digo. Me gano cada segundo que pasaré en el infierno algún día–. Su corazón puede haberle fallado.

Jaspar asiente con la cabeza, pero Thyra sigue mirando fijamente a Gry, cuyas mejillas están hundidas, su nariz, roja. Gry, que solía tener una sonrisa como la salida del sol, cuya risa era un regalo, y cuyo amor por Cyrill era como una antorcha ardiente.

–Así que murió asustada –dice Thyra, acariciando el cabello de Gry–. ¿Hay algo más que sugiera que la mataron, en lugar de una muerte más natural, aunque profundamente desafortunada?

Una lágrima se desliza por el rostro de Gry mientras sus ojos se cruzan con los míos.

–Nada que yo pueda probar –dice, con voz temblorosa–. Pero cuando digo que estaba fría... Aún había escarcha que se derretía sobre su piel. Su cuerpo estaba rígido por el frío –se estremece–. No fue algo natural, jefa.

Un susurro ansioso viene de algún lugar detrás de mí, pero lo oigo como si lo hubieran gritado al oído: *brujería*.

–Muy bien, creo que hemos dejado que esto avance lo suficiente –dice Jaspar en voz alta, y Thyra retrocede de repente, con una mirada de sorpresa en su rostro–. Las acusaciones descuidadas son chispas en yesca seca después de todo lo que esta tribu ha pasado. Gry, vamos a compensarte por la esclava. Y...

Thyra le lanza una mirada imperiosa.

—Gry es de *mi* tribu —replica. Jaspar hace una pausa, su boca todavía medio abierta, y luego sonríe.

—Mi error, Jefa Thyra. Por favor. *Guíanos* —señala a Gry.

Las mejillas de Thyra se sonrojan mientras pasa su brazo alrededor de Gry y la guía lejos del fuego, lejos de las miradas de las docenas de guerreros, de nuevo hacia su campamento, sendero arriba. Se dirige en voz baja a la viuda mientras caminan. Jaspar ríe entre dientes.

—Supongo que las mismas palabras son más dulces dichas con voz tranquila y mano suave —sus guerreros levantan sus odres a modo de saludo, y él sonríe antes de buscar mi hombro y apretarlo—. ¿Estás bien? No todos los días te acusan de asesinar a un esclavo por —frunce el ceño— ¿congelación?

Me estremezco, y suelto una risa amarga.

—Sí. ¿Ves? *Mucho* ha cambiado desde que te fuiste. Ahora no necesito esto —levanto mis brazos, le muestro las dagas envainadas que llevo sujetas entre mis muñecas y codos—. Todo lo que necesito es pensar en frío —repongo. Él ríe.

—Entonces redoblaré mis esfuerzos por inspirar solo calor en ti —observa la figura de Thyra en retirada antes de mirarme de nuevo—. Recuerda lo que dije, Ansa, ¿eh? Piensa en lo que te mereces a cambio de esa férrea lealtad tuya —se aleja de mi lado y se une a sus guerreros.

Me vuelvo y camino hacia el bosque al otro lado del campamento, mis pensamientos hechos un lío de hielo, fuego y pánico. En cuanto llego a los árboles oigo pasos detrás de mí. Thyra camina hacia mí a través de la oscuridad. Lleva la luz de la luna como una corona, y sus ojos son como trozos de cuarzo.

–¿Lo hiciste? –pregunta en un susurro áspero.

–¿Qué? –doy un paso atrás.

–Dijiste que la bruja te maldijo para herir a nuestra gente. ¿Lo hiciste? ¿Ahora eres su arma? –su duda me corta el costado, busca mis órganos vitales. Debería admitir lo que pasó. Debería decírselo. Pero ella me mira como si yo fuera una desconocida, y reconozco la sospecha en sus ojos: era la forma en que me miraba cuando me llevaron al campamento hace tantos años, un mugroso botín que pasó de una tribu a otra. Ella era la hija del jefe, y yo no era mucho más que uno de los perros salvajes que rondaban el campamento en busca de restos. Luché y luché y luché para convertirme en uno de los Krigere, para tener un lugar y un hogar. Pensé que me aceptaba como uno de ellos, completa y totalmente. Ahora su duda corta esa seguridad tan duramente ganada, y me aparta de mi tribu, de mi amor.

–¡Thyra, juro que no lo hice! –la mentira estalla de mis labios antes de que pueda acallarla.

–¿Así que Gry es una mentirosa?

–¡Ni siquiera estaba allí!

Thyra se frota el rostro y deja que sus brazos caigan a los costados.

–Lo siento, Ansa. Lo que describió...

Sé lo que debe haber descripto. Dejé a Hulda congelada, su último aliento fue una bruma de vapor gris que se elevó hacia los árboles. Gry debió haberla encontrado poco después. Mi obra. Mi maldición.

–Entiendo por qué Gry necesita culpar a alguien –es increíble cómo una mentira atrae otra, cómo una vez que empiezas, la verdad perece en una muerte rápida. Thyra suspira.

–La he calmado, pero de todos modos Jaspar logró desacreditarme. Parecía que llevaba la voz cantante esta noche. Y tal vez lo mereciera –me echa una mirada llena de arrepentimiento–. No debí haber dudado tanto de ti, Ansa. Eres la única persona en todo el mundo que sé que me cuidará la espalda. Fue ingrato dudar de ti.

–Yo entiendo por qué –digo–. Pero voy a mantener esta maldición bajo control.

–Y saldrás victoriosa –susurra–. Soy tan afortunada de tener a una guerrera así a mi lado.

Levanto la cabeza y le beso la frente, aunque mi garganta se cierra de vergüenza.

–Y el resto de nosotros tenemos la suerte de tener una jefa que respete la vida de cada Krigere, guerrero o ayudante.

–La mitad de ellos todavía piensa que soy demasiado débil para merecer su respeto.

–Vas a demostrarles que están equivocados –sonrío–. Vamos. Ambas necesitamos descansar –hago una pausa–. Todavía no confío en mi sueño –admito–. ¿Te quedarías a mi lado?

Ella desliza su mano en la mía.

–Nadie podría alejarme.

¿Lo ves, Jaspar?, pienso. *Esta es mi recompensa.*

Juntas, Thyra y yo regresamos junto al fuego.

CAPÍTULO
IX

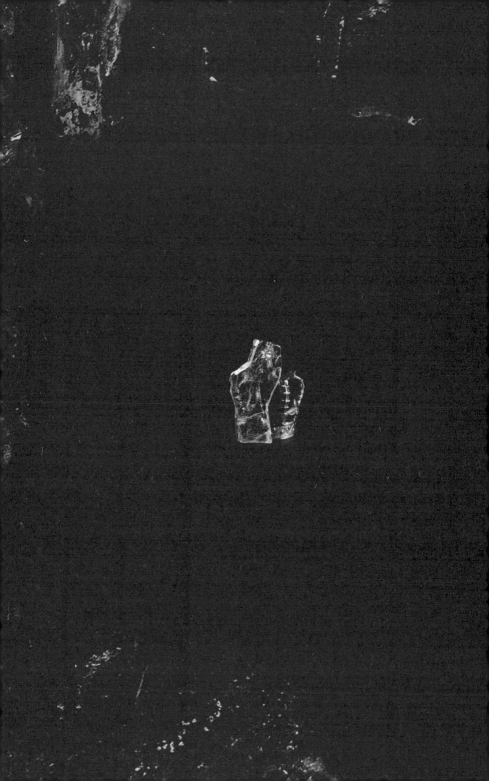

Despertamos con un frío amargo y húmedo que penetró en nuestras mantas y pantalones, y que cuelga de nuestro cabello en gotas heladas. Cuando empacamos justo antes del amanecer y reanudamos nuestra lenta marcha hacia el sureste, siguiendo la orilla del Torden hacia lo desconocido, permanezco cerca de Thyra y me esfuerzo a cada minuto para contener la magia dentro de mí.

Ella tenía razón: luego de unas horas de sueño, estoy más tranquila, soy más capaz de contener mis pensamientos y sentimientos en filas ordenadas, puedo evitar que sus bordes irregulares hagan surgir el hielo o el fuego. Me concentro en la adoración que siento hacia ella, y cómo necesita su fuerza para ganar aliados y tomar decisiones valientes. Llevo el bulto de sus posesiones en mi espalda, junto con el mío. Ella objetó cuando lo tomé de sus hombros esta mañana, pero quería que caminara libre mientras hablaba con nuestros guerreros, asegurándoles que seremos respetados una vez que lleguemos a Vasterut; si no, iremos a saquear el sur. No somos prisioneros.

Le lanzan miradas nerviosas a Jaspar cuando ella se los dice. No estoy segura de que le crean.

—Jaspar dijo que Nisse está planeando una invasión a Kupari por su cuenta —dice Preben. Inclina la cabeza y le habla a Thyra en voz baja mientras avanzan con dificultad cuesta arriba entre las rocas. Las gaviotas que nos siguen revolotean y planean sobre ellos–. Al parecer, ha estado reutilizando algunas de las naves de los Vasterut.

Thyra ríe.

–¿Las naves de los Vasterut? ¿Cuánto apuestas a que son pequeñas balsas de pesca medio podridas? Si Vasterut tuviera una fuerza en el Torden, lo sabríamos.

Preben se rasca la barba.

–Sí, pero Nisse ha estado en Vasterut durante casi tres temporadas completas, así que podría haber construido al menos una docena de barcos largos, tal vez. Depende de si tiene gente de Vasterut trabajando para ellos. Jaspar debería saberlo.

Thyra mira hacia el Torden mientras llega junto a Preben a la cima de las rocas.

–Una docena de barcos no son nada para la bruja. Cincuenta tampoco.

–Suena como si nuestra jefa estuviera asustada –murmura Aksel mientras se abre paso a mi lado. Se acomodó el nido de pájaros que tiene por cabello con una correa de cuero, y aunque el sol y el viento le han castigado las mejillas, su rostro está cargado de dolor y tenso por la amargura–. Por cierto, estoy deseoso de cortar algunas gargantas Kupari.

–Probablemente porque estabas a salvo en casa mientras el resto de nosotros peleábamos por nuestras vidas en el Torden –suelto. Los ojos oscuros de Aksel se achican hasta convertirse en meras rendijas.

–Nunca creí que, de todos los guerreros, tú serías quien se apartara del combate. Supongo que debía haberlo sabido, considerando a quién sirves –echa una mirada hacia la espalda de Thyra.

El calor corre en riachuelos por mis brazos hasta las yemas de mis dedos, y tomo una bocanada de aire fresco del lago, mientras lucho contra mi creciente irritación y el peligro que conlleva.

–No es cobardía reevaluar tu estrategia cuando tu enemigo resulta ser mucho más poderoso de lo que creías –me inclino hacia delante, aferro fuertemente las correas de mis bultos–. No hacerlo, sin embargo, me parece idiota.

–Prefiero morir peleando que retorcerme las manos y *reevaluar*.

–Dejen de discutir como un par de niños –ordena Thyra.

Levanto la vista y la veo observarnos a ambos mientras bajamos por las rocas.

–Disculpas, jefa.

Aksel murmura algo insolente antes de repetir mis palabras. Thyra se detiene en medio del camino, forzando al resto de nosotros a hacer lo mismo.

–Aksel, ve a ver si los ayudantes al final de nuestro grupo necesitan ayuda para llevar algo. Estamos cerca de la comida de mediodía, y seguramente están cansados. Un par de brazos fuertes serán un alivio para ellos.

Aksel queda sorprendido por la orden, pero Thyra la enunció de una manera que no puede ser rechazada sin parecer un estúpido débil y egoísta.

–Sí, jefa –murmura.

Con preocupación, Thyra lo ve alejarse, pero Preben simplemente le echa una mirada divertida antes de volver a su conversación con ella.

–¿Podrás ofrecerle a Nisse alguna información que pueda acelerar la victoria sobre los Kupari? –pregunta–. Eso podría mejorar nuestro estatus dentro de su tribu.

–Todavía no he decidido si vamos a unir nuestra tribu con la suya. Recuerda que es un traidor que se rebajó al asesinato –dice con una voz que promete que cualquier desafío se encontrará con el hierro.

–Sin embargo, es nuestra mejor oportunidad de triunfar –responde Preben.

–Y de matar a la bruja –añado. La esperanza de que su muerte rompa la maldición ha llenado mi cabeza todo el camino, junto con la idea traicionera de que tal vez uniéndonos con Nisse tendremos la fuerza y la estrategia que necesitamos para derrotar a la reina.

–Voy a consultarlo con Nisse –dice Thyra, volteándose para mirarme–. Aunque no puedo decir que aconsejaría otra invasión sobre el Torden. En tierra firme parece más lógico, pero no conozco el terreno –asiente hacia Jaspar, que está varios metros adelante con Sander, intercambiando historias sobre incursiones en tono alto y jovial–. Y creo que confiaré en mis propios ojos más que en promesas ciegas de victoria fácil.

–Lars habría dicho lo mismo –gruñe Preben. No estoy segura de que tenga razón. Mi corazón se hunde mientras pienso en lo confiado que estaba Lars de una victoria sencilla... justo antes de ser golpeado por un rayo. Su anhelo por el saqueo se hizo insaciable después de que Nisse tomó Vasterut. Pero el cumplido de Preben es como una victoria para Thyra, porque ella aprovecha la ventaja.

–Creo que esta es una oportunidad de considerar todas las alternativas antes de precipitarnos a la guerra. Tenemos tantos para abastecer... la estabilidad y la seguridad son mi prioridad.

–Eso no es algo que Lars hubiera dicho –comenta Preben con el ceño fruncido.

Thyra se queda inmóvil, pero solo por un instante.

—Tenía muchas ideas sobre nuestro futuro que no compartía abiertamente. Nunca sabremos lo que habría dicho, si hubiera vuelto de esa batalla.

—La única forma en que podría haber vuelto de esa batalla es victorioso. De ninguna otra manera.

Thyra mira a Preben, con la barbilla levantada en actitud de desafío ante lo que implican sus palabras: tal vez ella tampoco debería haber vuelto.

—Si hubiese significado salvaguardar el futuro de los Krigere, es mejor que creas que mi padre habría hecho cualquier cosa, incluso no desperdiciar despreocupadamente su propia vida. Piensa en la misericordia que demostró hacia Nisse y todos los guerreros que lo siguieron.

Preben se mastica el interior de la mejilla.

—Supongo que tienes razón, jefa —murmura.

—Él habría odiado vernos así —insiste ella—. Pero se habría sentido orgulloso de ver a guerreros como tú que aún son leales a la tribu, y no dejan que la avaricia o el temor a los enemigos y lo desconocido nos separen —ella aferra el brazo de Preben—. Lo siento por Edvin. No habría sido mi elección perder a un guerrero tan fuerte y valioso.

Preben le echa una larga mirada, luego inclina la cabeza.

—Lo sé, jefa. Lo hiciste porque tenías que hacerlo —se quita el brazo de Thyra de encima y continúa caminando.

La mano de Thyra flota en el aire antes de apretar el puño y llevarlo a un costado.

Los días pasan llenos de momentos como ese; ella pierde un metro de terreno por cada dos que gana. Sigue con su cortejo a los guerreros mientras los otros vigilan cautelosamente los signos de cómo será ella como líder. A lo largo del sendero, se conversa constantemente sobre lo que nos espera, un zumbido de especulación sobre Kupari, Vasterut, Nisse y el quedar atrapados dentro de su nuevo reino todo el invierno. Thyra no pierde la oportunidad de hablar con nuestros guerreros mientras Jaspar ríe y bromea con los suyos. Les asegura que está con ellos, que no nos llevará de nuevo a una derrota en el agua. Ella habla de nuestra responsabilidad con las viudas y los huérfanos, y cómo debemos ser creativos y tenaces mientras avanzamos hacia delante. Todo parece resumirse en esto: no está en absoluto ansiosa por atacar Kupari.

Trato de entenderlo. Con la excepción de Sander y yo, ninguno de nuestros guerreros vio lo que sucedió en el Torden ese terrible día. Ninguno de ellos vio flotar los cuerpos de sus camaradas. Ninguno de ellos vio a las gaviotas bajar para alimentarse de sus cadáveres. Ninguno de ellos saboreó la desesperación que vino con la imagen de esas olas que se inclinaban sobre nosotros, la sensación de ser tan pequeños que no hay escape de las mandíbulas de la bestia. Se lo imaginan, sí, pero no lo saben. Ahora están sedientos, no solo de la riqueza de los Kupari, sino de su sangre.

Espero y confío en que Thyra les prometa satisfacción y venganza, pero no lo hace. En cambio, los insta a ser prudentes. A ser pacientes.

Una parte de mí entiende que es una forma sabia de actuar. Pero solo una parte.

El resto de mí anhela el día en que pueda llevar la venganza hasta la puerta de la reina bruja, y posiblemente recupere así mi libertad. Puedo sentir su maldición dentro de mí, labrando mis huesos, serpenteando a través de mis venas, retorciéndose a lo largo de mi espina dorsal, tratando de escapar y matar una vez más. Por la noche se enrolla dentro de mi mente, con escamas como limaduras de hierro, raspando mis partes blandas con cada movimiento del fuego y del hielo. Odio esta sensación, cómo parece creer que tiene derecho a apoderarse de mi cuerpo y hacerlo su hogar.

Me esfuerzo mucho por mantener la calma en todo momento. No permitiré que la maldición me controle, ni que hiera a mi pueblo, ni que me condene, revelándose a Thyra para que dude otra vez de mí. Pero a medida que pasan los días y nos acercamos a los pantanos que marcan el giro hacia el suroeste –los interminables kilómetros del sendero que nos llevará a Vasterut– me pregunto cuánto más difícil se volverá mi tarea.

La mañana que vamos a atravesar los pantanos, los guerreros de Jaspar nos despiertan cuando la luna todavía está en el cielo. Thyra me golpea el hombro, sus dientes castañetean.

–Quieren cruzar mientras el hielo sobre el pantano sigue firme –me dice–. Cuando el sol llega a lo alto, el suelo se vuelve blando otra vez. Tenemos que reunir a todo el mundo antes de que eso suceda.

–Especialmente porque en la parte trasera de la caravana hay una mayoría de viejos y ayudantes con niños –murmuro mientras me levanto y ajusto las vainas de mis dagas a los brazos.

Thyra frunce el ceño mientras intenta encender una antorcha con las brasas cenicientas del fuego de la noche anterior. Cuando el fogón se enciende repentinamente con una llamarada, me mira por encima del hombro.

–¿Fuiste tú?–susurra. Me estremezco. Creo que he sido yo.

–¡No! Te lo dije. Todo está bajo control –miro a mi alrededor para asegurarme de que nadie esté escuchando–. La bruja todavía no me ha ganado.

–¿Se te hace más sencillo?

Todo lo contrario. Pero muestro una sonrisa confiada.

—No he oído un solo murmullo sobre brujería en varios días. ¿Y tú?

—En realidad, no.

—Ahí lo tienes.

Me revuelve el cabello y luego ríe mientras se fija en mi apariencia, probablemente porque ha dejado mi cabello cobrizo de punta.

—Esa es mi Ansa —se da la vuelta y camina hacia Jaspar.

—*Soy* tu Ansa —susurro, y luego la sigo, sintiéndome más ligera y feliz de lo que he estado en días.

El horizonte al este está rosado como un recién nacido cuando llegamos al borde de los pantanos, una extensión lodosa de unos cientos de metros de ancho que se extiende al menos tres kilómetros tierra adentro, según Jaspar. Él nos invita a todos a juntarnos mientras los que estaban al final nos alcanzan.

—El suelo debe ser lo suficientemente firme como para cruzar hasta que el sol llegue a lo alto del cielo —dice en voz alta—. Ya lo hemos cruzado a esta hora en nuestro camino a su campamento.

Thyra pone sus manos en las caderas.

—Pero eso fue con cuarenta guerreros. Ahora somos miles. Quizás deberíamos rodearlo.

—Vadear este pantano agregará al menos un día a nuestro viaje —suspira Jaspar—, probablemente dos, y me han dicho que nos estamos quedando sin raciones —señala hacia el cielo—. Y la primera nieve podría llegar en cualquier momento. Me parece que llegar a Vasterut lo más rápido posible es lo mejor para todos.

Thyra lo mira fijamente.

–Llegar *vivos* es lo mejor para todos. Si vamos a hacer esto, deberíamos acordonarnos.

Jaspar y varios de sus guerreros gimen.

–Cruzar así nos llevará mucho más tiempo.

–Y asegurará que *nadie* se pierda en el pantano.

–Ah, Thyra, tan cuidadosa y calculadora, como siempre –Jaspar ríe–. El riesgo es parte de la vida.

–Pero la imprudencia no tiene por qué serlo. Si tus guerreros están tan atemorizados por el *riesgo* de la nieve y el hambre, entonces tal vez deberías ir por delante y guiarlos. Yo me quedaré y cruzaré a mi gente.

–O se dará la vuelta y volverá corriendo al norte –dice un guerrero moreno de cabello oscuro junto a Jaspar. Varios otros hacen eco de sus sospechas.

Thyra desenvaina una daga.

–Dilo más fuerte, Sten –lo invita–. Por favor, vamos a discutirlo.

El guerrero esboza una sonrisita, pero permanece en silencio, y Jaspar le palmea la espalda.

–Tonterías, Sten. Hasta que no se *pruebe* lo contrario, elegiré creer que Thyra es tan honorable como cautelosa.

Los ojos de Thyra brillan con súbito odio y, para mi sorpresa, un destello de miedo.

–Un insulto envuelto en un cumplido. Qué inusitadamente astuto de tu parte.

Jaspar lanza una risotada seca mientras su mano se mueve a la empuñadura de su daga, y al ver eso entro en acción.

–No tenemos tiempo para discutir –voy hacia uno de nuestros caballos y tomo un rollo de cuerda de su lomo–. Pongámonos a trabajar.

Observo a Thyra mientras enrollo la cuerda alrededor de mi cintura, y ella sonríe. Las personas detrás de nosotras utilizan cinturones o tramos más cortos para unirse a la cuerda principal mientras Jaspar conduce a sus guerreros al frente. Los flancos de los caballos se contraen al escoger su camino entre montones de hierba y tramos de hielo negro, como si notaran el peligro. Yo avanzo, lidero una larga fila de nuestros propios guerreros sobre el terreno traicionero. Conozco los pantanos... los he visto tragarse un buey entero. Primero se hundió hasta las rodillas, luego hasta el cuello, y luego desapareció de repente, su mugido convertido en una silenciosa fuente de burbujas y espuma. En estos lugares hay capas de terreno, espesa vegetación que crece a menos de un metro por debajo de la superficie y es lo suficientemente firme como para mantener el peso; hasta que deja de serlo. Si vamos por el hielo, no hay mucho tiempo antes de que el resto ceda.

Para cuando la primera oleada logró cruzar, el sol gordo y amarillo observa nuestro lento progreso desde lo alto de las copas de los árboles al este. Jaspar y sus guerreros acampan en una colina justo al otro lado del pantano, claramente impacientes por el tiempo que lleva asegurar las cuerdas a cada individuo que va a cruzar. Thyra ignora los ojos en blanco y los comentarios en voz baja... Junto con las quejas de algunos de los nuestros. Está sudando de tanto ir de un lado a otro del pantano con la cuerda y observa el sol naciente como si quisiera hundir una espada en su alegre rostro dorado. Pero el hielo resiste, haciendo que nuestro trabajo sobre la cuerda parezca ilógico y exagerado.

La muchedumbre del lado opuesto crece a medida que el cielo se hace más brillante, y la caravana se achica a medida que los últimos llegan y se preparan para cruzar. Lucho contra la creciente ansiedad que me provoca pensar que la cautela de Thyra sea tomada por debilidad y miedo.

Pero entonces, Gry y su familia emergen de los bosques y llegan al borde del pantano, y mi corazón se acelera por una razón completamente diferente. Ella me mira como si yo fuera una serpiente y sujeta la mano de su hija con la fuerza suficiente para hacer que la niña haga un gesto de dolor. Atravieso la distancia que nos separa cargando el rollo de cuerda alrededor de mi hombro mientras Thyra lleva el resto.

–Solo sé amable con ella –dice Thyra suavemente mientras llegamos al punto medio del pantano–. Está afligida, y solo necesitaba un rostro para descargar su ira.

Fue aterradoramente precisa acerca del rostro que eligió.

–Mientras no vuelva a lanzar acusaciones estúpidas e infundadas, seré tan buena como un cordero –afirmo. Thyra resopla.

–¿Tú, un cordero?

–¡Bee-ee! –mi balido se corta cuando mi pie se hunde a través del hielo. Lo levanto y extiendo los brazos, mientras miro el hielo oscuro por todas partes. Brilla húmedo bajo el sol–. Esto no está bien.

–¡Vamos, jefa! –grita Sten desde el otro lado–. ¡Hemos estado aquí la mitad del día, y aún tenemos terreno que cubrir!

Thyra murmura algo acerca de cubrirlo *a él* de tierra antes de responder.

–Vamos. Ya casi hemos terminado.

–¿Seguro que quieres arriesgarte a cruzar? –sacudo mi bota cubierta de lodo.

Thyra hace una pausa y mira por encima del hombro a la muchedumbre del otro lado.

—Si ordeno un alto por el resto del día con solo cincuenta personas más por cruzar, nunca me dejarán en paz. Me culparán *a mí* por dejar que el sol se ponga demasiado alto.

Tiene razón. Lo que significa que tendremos que arriesgar a los más vulnerables de nuestro grupo. Nos atamos a la cuerda con gesto sombrío y avanzamos cuidadosamente a través del hielo, uno detrás de otro. Con cada paso, siento el jalón de los cincuenta cuerpos atados a la cuerda detrás de mí.

Llego a los tres metros de tierra firme cuando un grito rasga el aire y me siento jalada hacia atrás. Aterrizo sobre el cuerpo de Thyra cuando un crujido terrible resuena a través del pantano.

—¡Mamá! —grita un niño. Me vuelvo para verlo chapotear, sumergido hasta el pecho. Salgo de encima de Thyra justo cuando ella avanza hacia la orilla e intenta apoyar sus pies sobre un parche de hierba. Sus dedos delgados se enroscan alrededor de la cuerda mientras intenta mantener la fila y los otros se mueven para sacar al niño. Pero cuatro ayudantes más caen en el hielo quebradizo, con los rostros blancos de miedo. Varios otros están boca abajo con los brazos extendidos, a medida que el hielo se agrieta y se deshace. Todavía atada a la cuerda, me jalan a varios metros de la orilla y el agua helada empapa mis pantalones. Puedo oír el crujido de pasos y gritos frenéticos detrás de mí, son los guerreros que se apresuran a ayudar. La catástrofe del pantano los ha arrancado de su sopor. Pero se quedan al borde del pantano, temerosos de ser succionados. Alguien grita que traigan más cuerda para atravesar la grieta.

Aunque no llegarán a tiempo para los ayudantes y sus bebés. Los agudos lamentos y sollozos ahogan todo lo demás.

–¡Encuentra un punto firme y empuja! –grita Thyra, mientras sus botas se hunden en el hielo. Se inclina hacia atrás con toda su fuerza, sus dientes apretados y el agua lodosa goteando de su cabello. Pero su voz se pierde en el ruido. La mitad de la fila está hundida al menos hasta los muslos en el agua helada del pantano, y la mayoría parecen no moverse por miedo a hundirse más, aunque quedarse inmóviles signifique congelarse hasta la muerte. No estamos lo suficientemente cerca de la orilla para obtener la ayuda que necesitamos de los otros guerreros, y no somos lo suficientemente fuertes para tirar de todos nuestros ayudantes y sus hijos hasta tierra firme. Mi garganta se contrae al ver a Gry sujetando firmemente a su niño, aunque ella misma está hundida hasta la cintura.

Algo se agita dentro de mí, monstruoso e impredecible. Tenso todos mis músculos, sujetándome a la cuerda mientras lucho para evitar que la maldición se desate en el momento equivocado. Brota el recuerdo de los ojos congelados de Hulda, un espectro horroroso dentro de mi cráneo. El aliento que surge de mi boca tiene el brillo de la helada, y me hace lloriquear. Mis pies se han abierto paso a través del hielo, y el líquido helado penetra en mis botas. La cuerda tensa vibra bajo mis palmas.

Thyra jadea mientras el pantano comienza a succionarla. Sigue jalando de su cuerda, que ya está manchada con la sangre de sus palmas desgarradas. Resistirá hasta que el pantano la devore, solo para darle a su gente la oportunidad de llegar al otro lado. Me lanza una mirada, y sus ojos brillan con las lágrimas que no puede contener.

La ola de frío brota de mí, súbita y espantosa, y aprieto los dientes para intentar sofocarlo, absolutamente concentrada en evitar que la maldición mate a los inocentes de mi tribu.

–Oh, cielos –murmura Thyra cuando oigo un crujido apagado. Abro los ojos y veo la escarcha deslizándose por la superficie antes húmeda del pantano.

–No –susurro. Pero no puedo detenerlo, y rápidamente me canso de luchar contra esto. Lo único que me impide dejarme ir es el recuerdo de los dedos de Hulda, la forma en que su boca se abrió en un grito silencioso. En cualquier momento, Gry tendrá ese aspecto. Thyra también. Voy a matarlos a todos.

–¡Todos ustedes, vengan a mí! –exclama Thyra mientras me sacude por los hombros–. Vamos, si llegamos a la costa, los otros pueden ayudarnos a sacarlos.

Parpadeo y abro los ojos, aturdida y temblorosa. Una gruesa capa de hielo se ha formado sobre el pantano, y los que habían caído están subiendo a la tierra ahora estable. La corteza congelada debajo de mí tiembla cuando nuestra gente se arrastra a salvo, izándose desde la boca negra del pantano y cruzando su piel mortal hacia la costa rocosa. Los suspiros de alivio llenan el aire, pero hasta que alguien me arroja sobre el suelo no me doy cuenta de que todavía estoy de espaldas, aferrada a la cuerda como si de ello dependiera mi vida.

–¿Estás bien? –los ojos pálidos de Thyra me miran fijamente.

Bajo la vista a mis manos cubiertas de lodo, mis botas y pantalones empapados. Mis brazos tiritan por el ardor de la helada, pero el dolor es soportable.

–Creo que sí.

Ella sonríe.

–También ellos –dice, y señala hacia un grupo húmedo y tembloroso de niños y ayudantes. Otros se han acercado para envolverlos en mantas y secar sus cabellos que gotean. Vuelvo la vista hacia el pantano.

Los agujeros hechos por los cuerpos están cubiertos de hielo, y el resto del pantano está revestido de escarcha blanca. El viento frío sopla en mi cabello y me hace temblar. Thyra desliza su mano en la mía y ríe, un sonido tenso y roto–. Por lo general, tu piel es tan cálida.

Estamos detrás de la muchedumbre, y hay muchos que protestan por los que casi perdimos mientras el resto ya está caminando hacia adelante. Jaspar y sus guerreros no querían reconocer que Thyra tenía razón al usar las cuerdas, o bien estaban tan concentrados en seguir avanzando que no les importó. Pero veo a Sander de pie en la cima de la colina, y me mira fijamente antes de desaparecer por el otro lado.

Empiezo a avanzar con el grupo, pero Thyra me detiene.

–Todos habrían muerto –me voltea para que la enfrente–. Pero llamaste al hielo, ¿verdad?

–No. Yo no... –mi corazón salta cuando se acerca.

–Está bien, Ansa –me toca la mejilla–. Sé lo que estás haciendo.

Me quedo boquiabierta, mi mundo se desmorona ante mí.

–Te juro, Thyra...

–De alguna manera lograste usar la espada de la bruja en su contra –murmura, con una media sonrisa–. Me asombras.

Debería decirle la verdad. O por lo menos admitir que tenemos suerte de que no haya matado a todo el mundo allí en el pantano. Que la maldición se liberó y avanzó sobre mi voluntad de retenerla. Pero la forma en que me mira me hace guardar silencio. La chispa de deseo en sus ojos me calienta la sangre. Sus dedos se deslizan por mi mejilla.

–Oh, aquí está la calidez que me faltaba.

Cuando sus labios tocan los míos siento una conmoción explotar dentro de mí. Pero también siento felicidad, pura y feroz. Thyra retrocede rápido y luce sorprendida, posiblemente sea un espejo de mi propia expresión.

—Me he estado diciendo que no debía hacerlo —dice. Y no debería. No soy digna de eso. Pero...

—Solo dame este momento —acepto cualquier concesión. Cualquier cosa que me ofrezca. Necesito sus labios sobre los míos otra vez.

En cuanto asiente, envuelvo mis brazos alrededor de su cintura y atraigo su cuerpo hacia mí. Ella toma mi rostro en sus manos y levanta mi barbilla. Me pongo de puntillas, mi lengua hambrienta se desliza por su labio inferior, nuestros pechos se tocan y todo mi cuerpo hormiguea. *Esto*, pienso. *Es por esto que me mataría, feliz, todos los días de mi vida.* La atraigo hacia mí ansiando más, aunque sé muy bien que si ella supiera de mis mentiras no querría tocarme en absoluto. Es un tesoro robado, y soy el más codicioso de los ladrones.

Thyra suelta un gemido y se echa hacia atrás, apartando mis muñecas de su cuerpo.

—Demasiado calor —jadea. Mi garganta se contrae al ver las marcas de quemaduras negras en su túnica. El horror brota como el agua negra del pantano, apagando las llamas de mi alegría. Le lanzo una mirada de dolor, aún ardo por el beso perdido.

Me regala una sonrisa insegura.

—Sé que todavía estás tratando de entenderlo, y sé que tendrás éxito, tal como supiste cómo salvar a la familia de Gry. Harás que esta maldición se vuelva tu perro. Se inclinará a tus pies.

Miro fijamente la tela negra chamuscada justo encima de su cinturón. Su suave piel está justo debajo, tan frágil. Tan preciosa. Estuve a segundos de prenderla fuego.

Estoy lejos de haber domado esta maldición.

–Por supuesto que lo haré –fuerzo una sonrisa.

Ella me besa la mejilla, siento un destello de dulzura. Su cuerpo está temblando.

–Tal vez todo lo que necesitas es práctica –dice sin respirar, con las mejillas rosadas y encantadoras. Me mira a los ojos por un momento, luego suelta una risa repentina, sorprendida, insoportablemente brillante–. Nunca pensé que volvería a ser feliz después de todo lo que pasó.

Luego se vuelve y se aleja por el sendero.

La sigo, con la esperanza y el temor librando una guerra dentro de mí.

CAPÍTULO
X

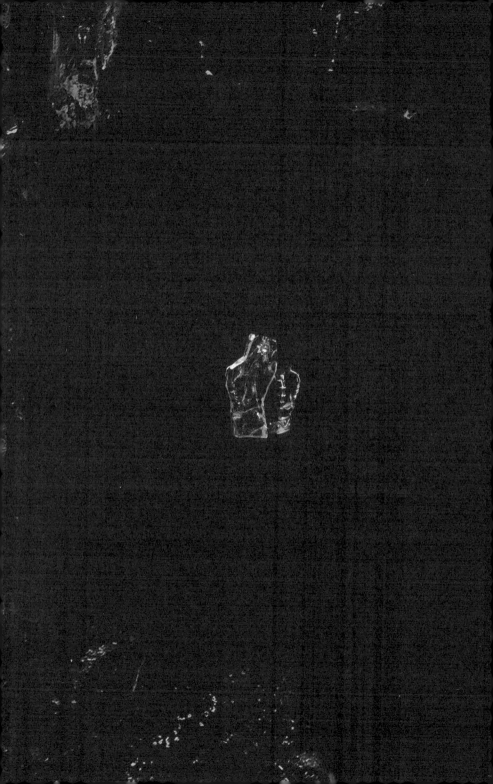

En los días siguientes tengo mucho cuidado, pero Sander me observa cada vez que estamos cerca uno del otro. Aunque no ha dicho nada, y cuanto más avanzamos, más días pasan sin que nadie mencione la brujería, así que empiezo a sentirme casi normal de nuevo. Por fin llegamos a un vasto tramo de dunas, y el sol se pone a nuestra izquierda en lugar de nuestra derecha, y me doy cuenta de que estoy de cara al norte. Hemos recorrido ya medio camino alrededor del gran lago.

—¡Mañana! —anuncia Jaspar mientras los guerreros de nuestro campamento se inclinan delante del fuego principal para la cena—. Después de un último esfuerzo estaremos a las puertas de Vasterut al caer el sol. He enviado a los jinetes por delante para hacerles saber que estamos llegando.

—Así que no hay escape —murmura Bertel mientras calienta sus manos nudosas y mira preocupado a Thyra. En los últimos días parece haberse ganado a muchos. Creo que muchos de los guerreros que quedaron atrás durante la invasión fueron los menos combativos, pero los interminables esfuerzos de Thyra para conectarse con ellos, escuchar y hablar con sabiduría, parecen haber solidificado el apoyo a nuestra tribu. También ayudó el rescate de los ayudantes y los niños en el pantano. Tenía miedo de que la consideraran demasiado cautelosa, pero al final muchos guerreros quedaron avergonzados ante su fracaso para proteger a nuestras viudas, como era su deber para con sus hermanos caídos. Son conscientes de la permanente dedicación de Thyra a esa causa, su disposición a sacrificarse para salvarlos y su firme rechazo a pedir disculpas, y estoy tan orgullosa de ella que me duele el corazón.

No me ha besado de nuevo. No hemos encontrado el momento. Pero se sienta más cerca de mí en las comidas, y se acuesta a mi lado en las noches. Cada vez que su piel toca la mía, me estremezco y me fuerzo a concentrarme. Estoy trabajando para superar el terror de haberla casi quemado, para así ganar el placer de tocarla de nuevo. Es imposible no odiar la maldición por robarme esa alegría.

Su hombro empuja el mío cuando se vuelve para palmear a Bertel en la espalda.

—Nos tenemos el uno al otro, hermano, y enfrentaremos nuestro futuro juntos. Unidos.

Los ojos verdes de Jaspar se encuentran con los míos sobre el fuego, y luego mira a Thyra. Su hermoso rostro se contrae en una mueca mientras arroja un guijarro al fuego, arrojando chispas para todos lados. Me pregunto si siente que algo ha cambiado entre nosotros. No se ha acercado a mí en días.

—Aun quiero que seas su amiga —dice Thyra—. Él sabe más de lo que está dispuesto a compartir. Necesito conocer las intenciones de Nisse.

—¿Cómo sabes que no ha hablado con Sander? Nuestro hermano sin oreja está allí de pie junto al nuevo príncipe de Vasterut —le habla a Jaspar en voz baja mientras lanza miradas sospechosas hacia mí, nada menos. Al otro lado de Sander, Aksel no se molesta en ser discreto. Nos mira fijamente a Thyra y a mí con la mandíbula tensa mientras espera su parte de galleta dura y carne seca. Es la última ración, y mañana tendremos hambre hasta llegar a destino.

–Nunca he estado en una ciudad –le digo a Thyra–. ¿Y tú?

Ella sacude la cabeza.

–Padre dijo que eran como campamentos, pero que los edificios están colocados en bloques de piedra, y algunas veces son altos.

–¿Qué tan altos?

–Como los árboles del bosque –mis ojos se abren de par en par.

–¿Cómo es eso posible?

–Siempre hemos usado la madera para construir barcos, para explorar. Otras tribus la han usado para arraigarse en un solo lugar.

–Que es exactamente lo que habríamos hecho si te hubieses salido con la tuya, ¿verdad? –dice Aksel, dejándose caer a mi izquierda. La sonrisa de Thyra desaparece.

–¿Realmente no ves la diferencia entre un plan para abastecer a la población y el abandono total de lo que somos como pueblo?

–Supongo que no. Ibas a atarnos a los arados como si fuéramos bueyes –responde él con una mirada burlona.

–¿De qué otra manera propones que comamos, considerando que diecinueve de cada veinte de nuestros cazadores y guerreros fueron asesinados? –Thyra se inclina para mirar a Aksel a los ojos–. Debes conformarte, Aksel. Tu padre me desafió. Si hubiera confiado en mi liderazgo, seguiría a tu lado.

Aksel hace una mueca y se pone en pie tan violentamente que tropieza.

–Alguien tenía que hacerlo –murmura.

–¿Qué? –digo bruscamente.

Se aleja con torpeza del fogón. Atrajo la atención de muchos alrededor del fuego, y mira a cada uno a los ojos mientras levanta un odre hacia Jaspar.

–Estoy agradecido de estar en esta compañía –dice en voz alta–. Agradecido de estar bajo el mando de un verdadero líder –sus ojos enrojecidos brillan de dolor y luce desquiciado–. Como Krigere, quiero mantener mi cabeza en alto ¡y mi espada más alta aun!

Es el tipo de declaración que suele saludarse con gritos y aclamaciones, por lo que al recibir solo algunos gruñidos de aprobación queda demostrada la cantidad de trabajo que Thyra ha hecho en este viaje.

Cierro lentamente mis dedos sobre la empuñadura de mi daga mientras Aksel aferra la suya y la levanta hacia el cielo.

–¿Nadie me ha oído? –ruge. Una lágrima resbala por su mejilla y hace brillar su ojo magullado.

–Yo te oigo –responde Thyra.

Alzo la cabeza para mirarla. Se ha puesto de pie y se enfrenta a él. Su rostro luce tranquilo, no tiene las mejillas enrojecidas ni aspecto petulante.

–Estás dolido –le dice–. Y te garantizo una última noche de furia y aullidos –desenvaina un puñal atado a su cinturón de cuerda, y siento que la tensión alrededor del fuego crece como las llamas, que responden a mis propias emociones. Thyra pasa a mi lado y se coloca a escasa distancia de Aksel, mostrando que no se siente intimidada por la mirada salvaje de sus ojos–. Pero no te equivoques, Aksel. Si no puedes dejar esto de lado hasta que lleguemos a las murallas de Vasterut, si no puedes mostrarme el respeto que me debes como tu jefa, dejaré que te ahogues en tu propia sangre ante las puertas de la ciudad –extiende ligeramente los brazos, un gracioso arco que indica que está lista para pelear, lista para atacar–. O podría hacerlo ahora, si eso alivia tu dolor.

El rostro de Aksel es de color carmesí, aunque no sé si se debe a la humillación o a las llamas rugientes. Sus músculos están tensos, y su cabello, todo enmarañado alrededor de su cara mugrienta. Sus nudillos parecen blancos por la fuerza con la que aferra su puñal, y su mano tiembla.

Evalúo las expresiones de los guerreros alrededor del fuego, y sé que ellos ven lo mismo que yo: si Aksel ataca a Thyra, ella lo destruirá. Sí, es más alto, con mejor alcance, aunque no por mucho. Y pesa unos seis kilos más. Pero siempre ha sido un poco más lento que la mayoría de nosotros, y nadie es más rápido que Thyra, o más capaz de adelantarse a los movimientos de su oponente.

–Déjalo, muchacho –dice Bertel, y su voz profunda rompe el tenso silencio–. Es lo último que necesitamos esta noche. Deja que nuestra jefa coma su galleta en paz.

Aksel mira a Jaspar y Sander, que están rígidos como rocas al otro lado del fuego. Sten, el guerrero de cabello oscuro que criticó la decisión de Thyra de utilizar las cuerdas, parece que está de acuerdo con Aksel, pero Jaspar sacude la cabeza y suelta una risita cansada.

–No sé tú, Aksel, pero yo no estoy dispuesto a luchar con el estómago vacío. Usa ese odre para bajar esto –le arroja su propia galleta por encima del fuego, golpeándolo en el pecho.

Aksel parpadea y retrocede abruptamente mientras enfunda su daga. Sonríe como si sus labios fueran jalados por ganchos metálicos.

–Supongo no me haría daño una buena comida. Han pasado días –dice con voz vacilante. Toma la galleta y le sacude la arena–. Muchas gracias, Jaspar.

Guarda el trozo duro de harina, sal y grasa en un bolsillo, y se dirige hacia la orilla con pasos torpes y rígidos.

–Ese muchacho necesita un ayudante. Y lo necesita de *inmediato* –dice la guerrera llamada Carina, haciendo girar su gruesa trenza mientras sacude las caderas, y todo el mundo estalla en carcajadas, probablemente no tanto por la broma sino por el alivio de que la tensión se haya roto.

Thyra sonríe mientras se echa de nuevo en la arena, pero sus músculos todavía están tensos por la expectativa. Acepta los brindis de nuestros guerreros y los gruñidos de asentimiento de algunos de los de Jaspar. Parece que su serena confianza también los ha impresionado.

–Sigue a Aksel –me dice al oído mientras cada uno vuelve su atención a su comida–. Asegúrate de que no pierda la cabeza.

–¿Tienes miedo de que haga algo precipitado? –pregunto, mirándola a los ojos.

–Ha perdido el control de la razón. No me sorprendería que se le ocurriera envenenar mi agua o sabotear a los caballos. Dale espacio, pero vigílalo.

–Soy tu lobo –susurro, y meto el resto de la galleta en mi boca. Tiene el mismo sabor, seguramente, que la arena bajo mis pies. Busco una tira de carne seca de mi bolsillo y la mastico mientras sigo el rastro de Aksel por el campamento, donde la gente se asienta alrededor de pequeñas fogatas entre las dunas. Sus pasos giran bruscamente al límite del campamento y se dirigen hacia la orilla. Observo a mi alrededor y veo a su madre (la viuda de Edvin) reunida con unos cuantos más cerca de un pequeño fogón propio. Ella me lanza una mirada dura mientras desaparezco detrás de una colina de arena inmensa y sigo una pendiente rocosa hacia la playa de guijarros. Hay afloramientos rocosos que se dirigen hacia el agua cada varios metros, y las olas intentan alcanzarlos y se quedan cortas con cada esfuerzo. Aksel no está por ninguna parte.

Miro el suelo y veo césped recién quebrado en un parche de vegetación. Thyra no quería que me acerque demasiado, pero necesito asegurarme de que Aksel no esté volviendo para emboscarla en el extremo oeste del campamento. La sorpresa es su única posibilidad de vencerla. Acelero mis pasos, pero piso rocas grandes para evitar los crujidos que anunciarían que me estoy acercando.

Avanzo despacio, observando cada roca con la esperanza de ver a Aksel, pero se ha ido. Finalmente, cuando el sol besa el agua, me inclino contra una saliente y suspiro. Debo haberle perdido el rastro. Nunca he sido la mejor rastreadora: soy mejor atacando frontalmente y matando. Y es mejor que vuelva. Empiezo a desandar mis pasos.

El golpe viene de arriba, un fuerte puñetazo a un lado de mi rostro que me desparrama sobre la arena. Jadeante, ruedo sobre mi espalda y empuño una daga, parpadeando hacia la forma oscura que desciende sobre mí.

—No eres Thyra, pero me servirás.

Me inclino velozmente hacia un lado mientras oigo el susurro malévolo de una hoja cortando el aire.

—Aksel, basta ya.

La patada aterriza justo en mis costillas, y me deja sin aliento.

—¿Qué es una guerrera sin su lobo? —pregunta con voz baja y temblorosa.

—Aún lo suficientemente fuerte como para matar a una comadreja traidora —digo, poniéndome en pie mientras mis pulmones reclaman aire. La furia atraviesa mis venas, más caliente cada segundo. Me echo hacia atrás cuando Aksel ataca con fuerza, un golpe torpe de su arma, pero juzgo mal la distancia entre las sombras del crepúsculo. El dolor muerde la parte superior de mi antebrazo, obligándome a sofocar un grito.

—¡Por todos los cielos, Aksel, esto no es un círculo de combate!

—Correcto, es el mundo real, Ansa. Y estás sirviendo al amo equivocado —me lanza una puñalada, pero me hago a un lado y esquivo el golpe. Sus ojos oscuros brillan en la oscuridad—. También te traicionará, ¿sabes? En cuanto dejes de serle útil.

—Thyra nunca traicionó a nadie.

—Eso es lo que ella quiere que la gente crea —murmura. Doy un paso atrás.

—Aksel, sé que estás de duelo. Pero Thyra daría su vida por esta tribu —mi garganta se contrae—. Ella no habría viajado a Vasterut si la amenaza para nosotros no hubiera sido grave.

—Por lo que he oído, ¡ella creó esa amenaza!

—¿Con quién has estado hablando? —pero aunque le pregunto, conozco la respuesta. Solo pudieron haber sido Jaspar y sus guerreros. Aksel sonríe con una mueca.

—Ella te ha cegado, Ansa. Pregúntate a ti misma a quién le convenía más el destierro de Nisse.

—¡Deja de culparla por todo y acepta que ahora es nuestra jefa! —grito, pero la acusación lanza chispas en mi pecho como pedernal contra el hierro.

Deja escapar un rugido estrangulado y se lanza hacia mí, y aferro el brazo con el que sujeta su daga mientras caemos rodando sobre la arena suelta. Entra en mis ojos, oídos y boca, pero la ignoro y lo golpeo con la rodilla para quitármelo de encima. Él gruñe y se sacude hacia arriba con el impacto, pero luego se echa sobre de mí. El borde de su daga presiona mi hombro mientras lucho para retenerlo. Me mira fijamente mostrando los dientes.

Mi piel lanza un destello caliente y trato de calmar el fuego que corre por mis venas, pienso en el hielo, la nieve y el agua fría de los pantanos, mientras aferro su muñeca y mantengo la daga a pocos centímetros de mi yugular.

–Detén esto. Lo lamentarás si no lo haces –advierto. Él se ríe, la vibración se extiende de su cuerpo al mío.

–Yo también puedo ser un lobo, Ansa.

Lo aferro más fuerte mientras trata de llevar su daga más cerca de mi garganta.

–Thyra no quiere lo que es mejor para nosotros –dice–. Solo quiere el poder, pero no quiere pelear.

Dejo escapar una risa sorprendida.

–Pues está lista para pelear *contigo*.

–Pero no contra los Kupari.

–¿A quién le importa eso ahora? ¡Está más concentrada en mantenernos enteros en Vasterut! ¿Por quién estás luchando, Aksel? ¿Tú mismo? ¿Tu familia? ¿O alguien más? –los ojos verdes de Jaspar relampaguean en mi mente.

Su única respuesta es empujar la cuchilla hacia mi piel. El pánico me golpea: está decidido a dar un golpe mortal. Aksel, con quien he forcejeado y bromeado desde la niñez, quien fue uno de los primeros en felicitarme cuando me convertí en una guerrera, junto a quien me senté en silencio después de que perdiera la pelea para ser parte de la primera oleada, ambos mirando hacia el agua y anhelando lo que había al otro lado. Y resulta que ahora somos nosotros, luchando por nuestras vidas.

–Detente –susurro mientras el hierro me muerde la garganta. El dolor me golpea como un rayo, recorre mi espina dorsal y despierta un calor como nunca antes lo había sentido. Observo a Aksel y mi mirada se vuelve roja, iluminando su rostro con un resplandor naranja, que me permite ver sus ojos desorbitados y su boca abierta en una mueca.

–¡Tus ojos! –grita.

Aprovechando su sorpresa, ruedo sobre él mientras trata de escaparse.

–Dime por qué estás tan decidido a matar –le ordeno mientras un aliento abrasador brota de mi boca–. ¿A quién has elegido creerle semejantes mentiras?

Aksel grita, y yo mantengo una mano alrededor de su muñeca mientras aprieto mis dedos sobre su garganta. Se estremece debajo de mí y emite un sonido estrangulado, y repentinamente me doy cuenta de que su piel se está ampollando, que chisporrotea, se abre y suelta vapor. Me arrojo hacia atrás, intento frenéticamente calmar los latidos de mi corazón, pero el dolor en mi cuello, el hilo caliente de sangre en mi garganta, la imagen de Aksel serpenteando en la arena sobre su pecho y su estómago... La maldición no se aplacará: se enfurece y ruge. Mi propia carne arde y quema, y luego surge el hielo, que me hace estremecer de dolor. Esta maldición hace su voluntad, aunque intente controlarla en vano.

Los ojos de Aksel están tan abiertos que casi espero que se salgan de las órbitas cuando su cuerpo se arquea y comienza humear. Luego, lentamente, se hunde de nuevo en la tierra, encogiéndose sobre sí mismo. Aún se mueve, pero me doy cuenta de que no es porque esté vivo. Ya no lo está.

Es porque lo he cocinado desde adentro, tensando sus músculos con un calor abrasador.

Me hundo en la arena y aprieto mi palma contra la herida en mi garganta. El aire se llena con el olor a carne cocida, y miro por sobre el risco hacia el campamento. Acabo de hacerlo de nuevo. Perdí el control. Maté a uno de los míos. Aksel selló su propio destino cuando derramó mi sangre, pero si alguien ve esto sabrán que estoy maldita.

Me lamo el dedo y lo levanto en el aire, temblorosa, y casi lloro de alivio cuando me doy cuenta de que el viento está soplando hacia el lago.

Aksel yace inerte, todavía humeante, en una bola patética. Su cabello desordenado ya no está, y su cuero cabelludo es una cúpula carbonizada.

—¿Aksel? —grita una voz desde la playa, despertándome del aturdimiento.

Es Sander.

Me pongo de pie de un salto, sujeto los rígidos y grasientos hombros de Aksel, y lo arrastro hacia atrás, detrás de las rocas que usó para ocultarse de mí. Puedo oír los pasos de Sander sobre los guijarros, no está tratando de ser sigiloso. Grita el nombre de Aksel de nuevo.

Mi corazón late como las alas de una libélula. Sander está cerca de Jaspar. Ya sospecha que tengo algo que ver con la brujería. Si ve que he matado a Aksel —y cómo— la tribu entera podría volverse contra mí... Y también contra Thyra. Un miedo ardiente crece dentro de mí, cuando un resplandor atrae mi mirada hacia mis manos.

Mis dedos están goteando fuego.

—¡Aksel! ¿Dónde estás? —grita Sander. Está justo al otro lado de las rocas. Tengo que decidir cómo manejar esto. Tengo que conseguir controlar esta fuerza malvada dentro de mí antes de volver a matar a alguien.

A menos que Sander también sea un lobo de Jaspar. Eso cambiaría las cosas.

Aprieto los puños en un esfuerzo por contener el fuego maldito. Luego salgo de entre las sombras.

CAPÍTULO XI

S ander se congela en el lugar cuando me ve salir de atrás de las rocas. Yo inhalo el aire espeso de la noche, deseando que un viento frío se lleve el hedor de la carne cocida más allá de las aguas.

El cabello corto y oscuro de Sander revolotea con la brisa. Frunce los ojos y me observa en la oscuridad

—¿Estás sangrando? —bajo la vista a mi túnica, cuyo cuello está rígido de la sangre que se secó con el calor de mi maldición.

—Solo un poco —levanto una de mis dagas—. Perdí el equilibrio después de desenvainarla.

—¿Y casi te cortas la garganta? —dice alzando las cejas.

—El sendero es traicionero en las sombras.

—Eso es verdad —responde con voz llena de sospecha—. ¿Has visto a Aksel?

—No desde que se fue a hacer mohines como un niño —al parecer, cuanto más me pesa la conciencia, más fácil resulta que las mentiras fluyan.

Sander se muerde el interior de la mejilla por un momento.

—¿Alguna posibilidad de que resbalara y también cayera sobre tu daga? —pregunta. Lanzo una risa fea y ruidosa.

—Él siempre fue un poco torpe —mi estómago se vuelve cuando siento su olor—. Pero estoy segura de que está por aquí en alguna parte.

Sander camina hacia mí como si quisiera dar la vuelta a las rocas, y me muevo para bloquearle el paso.

–Definitivamente no está allí. Acabo de venir por ese tramo. Era la única alma viviente en varios kilómetros a la redonda –sonrío y oculto mi brazo detrás de la espalda, el que Aksel hirió cuando me atacó–. ¿Por qué buscas a Aksel? Thyra me envió *a mí* a buscarlo.

–Estaba preocupado por él. Actuó de manera imprudente en la fogata.

Fuerzo la vista hacia su rostro, tratando de descifrar su expresión a la tenue luz de las estrellas titilantes.

–Creo que Thyra prefiere que le digan esas cosas a la cara y no que las susurren a sus espaldas. Aunque parece que hay mucho de eso –digo, pero él no muerde la carnada.

–Por supuesto que prefiere el desafío abierto, especialmente de alguien como Aksel. Le permite demostrar su valentía delante de todos, a costa de él.

–¿Qué habrías hecho tú? –me burlo.

–Hubiera evitado la necesidad de demostrar mi valor en primer lugar.

–¿Sigues dudando de Thyra? ¿Jaspar te ha arrastrado a su nido de intrigas?

–Jaspar solo quiere lo que todos queremos. Victoria –Sander adelanta el mentón–. Si nuestras tribus están unidas, podremos atacar a los Kupari en primavera.

–Y sin duda ve a Thyra como una barrera, especialmente ahora que ha ganado la lealtad de los compañeros más cercanos a Edvin.

–Tú lo has dicho. No yo.

Mis puños están firmemente apretados, sujetando dentro las llamas, pero por poco.

—Pero lo estás pensando.

—No sé lo que estoy pensando, Ansa —suspira—. Todo se ha desmoronado. Solo quiero ser parte de algo poderoso de nuevo. Y no me gustan las intrigas. Prefiero las cosas simples. ¿Tú no?

—Por supuesto. Pero eso no significa acurrucarme en brazos de un traidor.

—Jaspar me dijo que hay más en esa historia de lo que nos contaron —cava un surco en la arena con el tacón de su bota—. Insinuó que Thyra estaba involucrada.

—Suenas como Aksel —gruño—. Tal vez Jaspar solo trata de sembrar la duda entre nosotros, de deshacer el trabajo de Thyra.

—¡O tal vez nos mintieron! —sacude la cabeza y se vuelve para mirar el agua—. ¿No te has preguntado si Thyra nos está escondiendo algo? Nisse es un líder fuerte, Ansa. Uno de los mejores estrategas que hemos tenido. Lars lo *escuchaba*.

—¡Lars también escuchaba a Thyra!

—Aunque Thyra siempre estaba tratando de hacer agujeros en sus planes. Nisse y Lars no estaban en desacuerdo.

—Pero Nisse quería el trono para sí.

Se vuelve hacia mí, mirándome silenciosamente por un momento antes de señalar:

—O alguien quiso que Lars creyera eso.

—Eso que dices es peligroso, Sander. Será mejor que lo sepas antes de repetirlo.

—Solo estoy seguro de una cosa, Ansa. Quiero ser fuerte otra vez. Quiero sangre Kupari sobre mis armas. Quiero que sufran por lo que hizo su reina bruja. Quiero ver su cabeza en el extremo de una lanza.

–Yo también –le digo, recordando su terrible rostro blanco. Es su culpa que Hulda y Aksel estén muertos. Matarla puede ser la única forma de liberarme.

–Y serviré al jefe que pueda llevarme hasta su umbral.

–Eso es lo que hacemos –espero.

–¿Y si Thyra no tiene el coraje necesario? –pregunta, poniendo en palabras mi temor–. Cada vez que surge el tema, es ella quien nos recuerda lo que pasó, en vez de planear cómo cambiar el resultado la próxima vez.

–Ella nunca dijo que no quisiera derrotarlos. Solo nos ha instado a la prudencia para que no seamos diezmados de nuevo. Jaspar y Nisse deberían estar agradecidos –observo su perfil recortado contra la luz de la luna–. Y tú también. Solo por la gracia del cielo sobrevivimos a la primera invasión.

–Quizás eso corra para mí. Pero puede que tú hayas sobrevivido por una razón distinta.

Todo en mí se queda quieto.

–No tengo ni idea de lo que estás hablando.

–Sí, lo sabes –me mira por el rabillo del ojo–. La bruja dejó su marca en ti.

–¿Te has golpeado en la cabeza? –me burlo. Se rasca la barba oscura y corta que ha crecido durante nuestro viaje.

–No quiero pelear contra ti. Pero lo haré si te conviertes en nuestro enemigo.

Cierro los ojos mientras el fuego dentro de mí se enfurece, hambriento y caliente. Lo contengo con firmeza, pero otra vez el control está escapando de mis manos.

–Si vas por ahí contando mentiras, te mataré.

Los pasos de Sander crujen sobre los guijarros mientras se aleja de mí.

—¿Así puedes añadirme a la lista?

Mis párpados se abren de par en par, mis ojos están calientes y doloridos.

—¿Es una acusación?

—No tengo pruebas aún, aparte del hecho de que has amenazado con asesinarme.

—Yo amenazo con asesinar a la gente todo el tiempo. ¿Cómo puedes considerarlo una prueba?

—Si mis preocupaciones son infundadas, ¿por qué quieres hacerme callar?

—¿Tienes idea de lo que estamos por enfrentar en Vasterut? Cualquier rumor que difundas nos debilitará, por infundado que sea. Y ya estás haciendo exactamente eso, repitiendo historias estúpidas para tenderle una trampa a Thyra y absolver a Nisse, ¡solo para que le resulte más fácil dominarnos!

—¿Así que debería quedarme quieto y dejar que el puñal envenenado de la bruja se acerque más al trono de Vasterut, y al hogar de los guerreros Krigere que aún viven? ¿Thyra sospecha que la bruja te ha manchado? ¿Te querría a su lado si lo supiera?

—¡Nunca haría daño a nuestra gente! —grito, y lágrimas frías brotan de mis ojos al darme cuenta de que ya lo he hecho. Primero hielo, y ahora fuego. La tormenta del Torden no fue nada comparada con el vendaval que ruge dentro de mi cuerpo—. Sander, tienes que alejarte de mí.

—¿Por qué, Ansa? ¿Qué harás si no lo hago? —pregunta. Yo me acuclillo y coloco mis brazos alrededor de las rodillas.

–Nada –susurro. El peso de la muerte amenaza con tirarme directamente al suelo–. Nada –repito–. Solo que ahora necesito estar sola.

Sander mira por encima del hombro.

–Qué lástima. Saludos, jefa –grita, y avanza hacia la orilla desde donde Thyra viene caminando hacia nosotros, con una antorcha en las manos.

Ella me ve y comienza a correr.

–Ansa, ¿estás herida? –pregunta. Sander ríe.

–Dice haber tenido un pequeño accidente con su propia daga –responde por mí. Los ojos de Thyra se abren de par en par.

–¿Por accidente o a propósito?

Sander se ve sorprendido y preocupado al bajar la vista hacia mí, y entierro la cabeza entre las rodillas para ocultar el ardor en mis mejillas.

–No me di cuenta de que... –comienzo.

–Sander, vuelve al campamento –le pide Thyra en voz baja–. Me ocuparé de Ansa.

Levanto la cabeza para verla sujetar su brazo cuando él se dispone a irse.

–Considera tus lealtades, Sander –dice en voz baja–. Pase lo que pase ahora, por favor recuerda que amo a nuestra tribu, y moriré antes de permitir que sufran ningún daño. Tú y Ansa son mis únicos guerreros de la primera oleada, y no lo lograré sin su fuerza... y su discreción. Mi hermana te espera en los campos eternos. En su nombre y recuerdo, si no en el de mi padre, quédate *conmigo*.

Sander traga saliva con fuerza cuando Thyra trae el espectro de su pareja amada y perdida.

–Te oigo, jefa –dice con voz ronca, luego se aleja en la oscuridad. Algo me dice que ahora él también necesita algo de tiempo a solas.

Thyra se pone en cuclillas junto a mí tan pronto como sus pasos se desvanecen. Sus dedos se deslizan por mi cabello, y mis ojos se cierran mientras atesoro el contacto de su mano.

–¿Que pasó? –pregunta suavemente. Presiono de nuevo la frente contras las rodillas.

–Nada. Solo estoy cansada.

Coloca su brazo alrededor de mí, acercándome a ella. Siento que sus labios rozan mi sien.

–Sé que has tenido que trabajar más duro que todos nosotros, y que tu carga es grande. Pero también sé que eres más que fuerte como para llevarla.

Mi garganta está tan apretada que no puedo respirar.

–Lo estoy intentando –mi voz suena áspera y quebrada.

Me toca el codo, cerca de la herida superficial en mi antebrazo, y me estremezco.

–¿En verdad te resbalaste en las rocas?

–¿Dudas de mí? –respondo con otra pregunta. Ella deja caer los brazos.

–No he dicho eso. Pero antes de que saliéramos del campamento del norte, parecías decidida a...

Suicidarme.

–Fue un accidente, Thyra, lo juro –murmuro, y ella me lanza una larga mirada interrogante.

–Como digas. ¿Y Aksel?

–Le perdí el rastro... debe haberse movido entre las rocas. No hay huellas. Volvamos al campamento –pero Thyra no me sigue cuando comienzo a caminar por el sendero por el que ella vino. En cambio, mira largamente la playa... justo cuando cambia el viento. Hace una mueca ante el hedor de la carne quemada.

—Ugh. ¿Qué es *eso*? —pregunta. Mi corazón se acelera.

—Oh, probablemente venga del campamento...

—No, está cerca —dice, dando un paso hacia el lugar donde se encuentra el cadáver de Aksel. La sujeto del brazo.

—Pero no es algo que tengamos que...

—Aksel podría haber sido lo suficientemente estúpido como para hacer fuego por aquí cerca —susurra ella. Libera su brazo y empuña su daga, arrastrándose hacia las rocas.

Me interpongo entre ella y la prueba de mi crimen.

—¡No está allí! Ya he mirado.

Sus ojos se estrechan, y luego oculta el rostro contra el brazo cuando el olor nos rodea, pesado y amargo.

—¿Qué está causando ese hedor, entonces?

—Es... eh... —hago una pausa demasiado larga, y su expresión se endurece. Se abre camino haciéndome a un lado, con su antorcha en alto, y estoy demasiado paralizada como para detenerla.

Mi estómago se retuerce cuando la oigo contener una arcada por la repulsión. Se vuelve hacia mí, escupe en la arena y luce como si estuviera a punto de devolver su cena.

—Tú hiciste esto —dice lentamente.

—¡No, lo juro!

—¿No? —su voz se eleva, igualando el brillo de sus ojos—. ¡Ni siquiera pareces sorprendida, Ansa! Sabes exactamente lo que hay detrás de esa roca.

Mis labios tiemblan de frío al darse cuenta de que me ha descubierto, que mi montaña de mentiras se ha desmoronado hasta convertirse en polvo en apenas un instante.

–¿Por qué hiciste algo así? –pregunta con voz ahogada–. Podría entender que lo enfrentaras espada contra espada, pero ¿por qué tuviste que...?

–¡Me atacó! –junto el coraje suficiente como para mirarla, y de inmediato desearía no haberlo hecho–. No quise hacerlo.

–Pero dijiste que podías controlar la maldición –me observa otra vez con esa mirada recelosa en sus ojos, como si yo fuera una extraña–. También mataste a Hulda, ¿verdad?

El sollozo brota cuando los ojos congelados de Hulda aparecen en mi memoria.

–Por favor, Thyra...

–No –el sonido de su voz me golpea como un látigo. Se aleja de mí–. Me has mentido, ¿verdad? Has estado mintiendo todo este tiempo.

–No quería que pensaras que...

–¿Que asesinaste a una esclava inocente a sangre fría? O, y esto me resulta difícil de creer, ¿te amenazó de algún modo?

–N-no –tartamudeo.

–Hulda era Kupari. ¿Lo hiciste como venganza, para devolverle a la bruja algo de lo que te hizo?

–¿Qué? –estiro los brazos, pero solo provoco que Thyra se aleje más. Parece asqueada, con el dorso de su mano apretado contra la boca–. ¡No tenía intención de hacerle daño a Hulda!

–Pero lo hiciste, ¿verdad? Solo que con hielo esa vez –su voz está muerta. Sin emociones–. Y ahora has matado a Aksel con fuego. ¿Realmente derramó tu sangre primero?

–Sí –grito con voz quebrada–. ¿Cómo puedes dudar de eso?

–Porque me has *mentido* –ruge–. ¡En mi propia cara! Sabiendo lo que estaba en juego, sabiendo adónde íbamos, sabiendo que *dependía* de ti, me mentiste a mí. A tu *jefa* –pone los ojos en blanco–. Y ni siquiera fue solo una ocasión. Una y otra vez, al parecer. Y me comí tus mentiras como un pastel de miel –su voz se estremece cuando añade–: Estaba tan deseosa de creerte.

–*Puedo* controlarlo, Thyra. Estoy mejorando cada día –insisto.

–¿Cómo puedes decir eso, cuando el cadáver rostizado de Aksel está a solo unos metros de nosotras? Su muerte tuvo que haber durado minutos, Ansa, no segundos. Fue cocinado, no devorado por llamas repentinas. O bien lo *estabas* controlando de la manera más malvada, o estuvo fuera de control por más tiempo del que hubieras querido. ¿Qué fue lo que ocurrió?

Malvada. Mi estómago se contrae y casi me desvanezco al recordar cómo Aksel se sujetaba el vientre mientras sus entrañas hervían. No tenía ni idea de cómo detenerlo: el enemigo dentro de mí tenía el control.

–No volverá a suceder. Lo juro por mi vida. Me mataré antes de dejar que suceda de nuevo. Por favor.

Doy un paso hacia ella, pero me quedo rígida cuando da un salto fuera de mi alcance. Y cuando las llamas de su antorcha flamean, ahoga un gemido y la lanza al lago, como si creyera que iba a usarlo contra ella. Las lágrimas calientes me queman las mejillas.

–Fuiste tú todo este tiempo –dice con voz quebrada–. Cuando estallaron los incendios. No fue solo el hielo en el pantano.

–Te ayudé –le digo con un sollozo–. He salvado a todos esos niños, a todos esos ayudantes. Habrían muerto en el pantano si no fuera por mí. No podrías haberlos salvado.

–Pensé que lo controlabas, pero ahora veo lo tonta que fui –me mira con un miedo helado–. Todos podríamos haber terminado como Hulda. Tenemos suerte de que no nos hayas matado a todos.

–¡Hice todo lo que pude para evitar eso! –Thyra asiente lentamente, sin apartar sus ojos de mí.

–Y estoy agradecida por eso. Pero no alcanza para borrar tus mentiras.

–Así que cometo un error –aprieto los dientes cuando arquea una ceja–, *dos* errores, uno de los cuales fue matar a un guerrero que me había emboscado con la intención de cortarme la garganta, ¿y ahora me abandonas?

–¡No estoy haciendo tal cosa!

–¿De verdad? –camino hacia ella, y retrocede.

–¡Nada de lo que hago es porque mataste a Aksel! Ni tampoco a Hulda –su rostro se ve solemne y exquisito bajo la luz de las estrellas que se refleja en el agua; es tan hermosa que hace daño–. Pero me has mentido, Ansa. No importa por qué razón. Estábamos solas esa noche en el bosque después de que Gry te acusó. Nadie habría oído la verdad. Éramos solo *tú* y *yo*, como ahora. Podrías haber confiado en mí. Podrías haber sido sincera. Y en vez de eso, construiste una pared entre nosotras, para protegerte a *ti misma*.

–Por favor –digo, con la voz ronca por el llanto, limpiando mi nariz en la manga–. Nunca lo volveré a hacer. No me hagas a un lado.

Su sonrisa parece difusa. Como una niebla en el lago.

–Cuando ya lo has hecho una vez, el camino se hace más fácil. Los senderos se abren, la vacilación se esfuma con las repeticiones.

Cyrill nos dijo eso, mientras nos preparaba para nuestra primera incursión. Estaba hablando de matar.

Nunca pensé que una simple mentira pudiera ser tan mortal. Excepto que no fue solo una mentira.

—Pero nunca antes te había engañado —digo en voz baja—. Es solo que con todo lo que estaba sucediendo...

—Cuando hay dificultades, tus decisiones son más significativas. Es entonces cuando descubrimos de qué estamos hechos.

Quiero aullar de rabia mientras ella cita a su propio padre, de pie en la cubierta de nuestro largo barco, poco antes de que saliéramos hacia el Torden. La noche gira con una ráfaga de aire caliente y frío. Thyra se tambalea hacia atrás bajo su fuerza, con una mirada de traición y sorpresa en su rostro.

Caigo de rodillas, con los puños apretados contra los muslos, temblando mientras intento mantener cautiva mi maldición.

—Mátame, entonces, si me odias tanto. No me destierres de la tribu.

Su expresión adusta se deshace.

—*Ojalá* pudiera odiarte —dice con voz tensa. La esperanza brilla caliente en mi vientre, como una llama en una noche ventosa, preciosa y frágil.

—Sabes que soy tuya. Sabes que nunca haría nada para lastimarte.

Ella se estremece, sus ojos brillan de dolor.

—Ya lo has hecho, Ansa —levanta sus manos mientras la busco con mis brazos, intentando una vez más alcanzarla a través del abismo—. Suficiente. No voy a desterrarte. Les diremos a los otros que Aksel huyó después de ser rechazado por Jaspar y por mí. Tú les dirás a todos que encontraste sus huellas a lo largo de la orilla, en dirección al norte. Yo diré lo mismo.

—Van a cabalgar tras él.

–No, no lo harán. Era uno de nuestros guerreros más débiles, y había demostrado ser imprevisible. Jaspar lo dejará ir. Está demasiado ansioso por llegar a Vasterut como para perseguir a un guerrero roto.

–¿Y el cuerpo de Aksel?

Da un paso adelante, con expresión tranquila. Fría.

–Lo sepultamos entre las piedras. No será visible desde los riscos si alguien baja la vista. Y luego volveremos al campamento, contaremos nuestra historia, dormiremos y nos levantaremos mañana como si nada hubiera pasado. No le dirás a nadie de tu maldición, y usarás cada gramo de tu voluntad para reprimirla. Esto es por tu seguridad y la de cada miembro de nuestra tribu. ¿Lo entiendes?

Entiendo tantas cosas, cada fragmento de conocimiento es una espada clavada dolorosamente dentro de mí.

–Sí.

Me mira fijo durante un largo momento, dejándome sentir el giro de su arma, la forma en que mi corazón cede bajo su voluntad.

–Bien. Pongámonos a trabajar.

CAPÍTULO
XII

No duermo en absoluto. Thyra se alejó de mí en cuanto llegamos al campamento. Me miró con frialdad mientras, lenta y deliberadamente, vertía agua sobre sus manos, las frotaba y las secaba en su capa. Tal vez fue solo para quitar el hedor a carne quemada de su piel, pero no pude evitar pensar que ella también se estaba deshaciendo de mí, de la forma en que me tocó, del vínculo que compartimos, de mi lugar a su lado. Cuando terminó, cruzó al otro lado del fuego moribundo y echó su manta junto a Bertel.

Me siento curiosamente entumecida cuando me levanto y enrollo mi manta alrededor de mis armas de repuesto y mi túnica machada de sangre. Mis músculos están doloridos por la fatiga, y camino con pasos pesados en fila detrás de Thyra y un grupo de guerreros leales a ella. Hoy, Sander está entre ese grupo, y Jaspar camina en la parte delantera con los guerreros de Vasterut. Sin embargo, parecen más una única tribu, con la distancia opacada por el viaje compartido, conversando y burlándose mientras avanzamos lentamente por un sendero arenoso que serpentea entre hierba, bosques y dunas. La arena está veteada de negro, y el Torden se ve calmo y azul mientras el sol se eleva sobre nosotros. El viento nos muerde las orejas y las puntas de las narices: la nieve vendrá en cualquier momento. En un banco de niebla, me pregunto si el clima es el mismo aquí que en nuestro campamento del norte. No he vivido allí toda mi vida, pero es el único lugar que recuerdo haber considerado realmente un hogar.

Al comprender que nunca volveré a verlo siento una nueva oleada de entumecimiento que llena mi cabeza de oreja a oreja. Así me sentí bajo las olas durante la tormenta de la bruja. Sabía que iba a morir, y solo me preguntaba cómo y cuándo. Me pasa por la mente la idea de simplemente decidirme y hacerlo yo misma, pero hay algo en mí ahora, duro e inamovible, que aplasta ese pensamiento tan pronto como se forma. Tal vez esa es la voluntad de la maldición. O tal vez es una minúscula chispa de esperanza. Thyra no me desterró, y estaba en su derecho a hacerlo. Tal vez, si soy lo suficientemente fuerte, puedo encontrar el camino de regreso a ella.

Ese es el pensamiento que levanta un pie y lo coloca delante del otro, que llena de aire mis pulmones, que levanta mi barbilla y apunta mi mirada hacia el oeste. En algún lugar está la península de Kupari, el hogar de quien intentó acabar con nosotros. Mi corazón ruge ante la idea de devolverles su asquerosa brujería otra vez a su umbral.

Alguien me golpea el hombro.

—Obviamente, estás muy ocupada soñando despierta en este momento, pero me preguntaba si querías ir a ver si podemos cazar algo para el mediodía. Varias manadas de pavos salvajes viven en los bosques.

Parpadeo ante Jaspar, que se ha puesto a la par conmigo.

—¿Yo? ¿Por qué? —pregunto. Jaspar mira a Thyra, que no se da la vuelta para vernos.

—Bueno —dice en voz baja—, es un poco aburrido cazar solo, y recuerdo que eras muy aficionada a la caza con arco.

–No he cazado en mucho tiempo –estaba concentrada en ganar mis premios y mi comida saqueando a presas de dos piernas.

Jaspar extiende un fino arco negro tensado con una cuerda de cáñamo. No es muy grande, y claramente está pensado para la caza de presas pequeñas y no para la batalla, lo cual es bueno, porque es el único tipo de arco que soy lo suficientemente fuerte como para disparar.

–¿Esto servirá?

–Tal vez –digo, tocando la cuerda tensa.

Jaspar señala su caballo, que ha sido liberado de la carga de raciones que acarreaba al principio de nuestro viaje. Se inclina para susurrar a mi oído:

–Vamos a salir de aquí, solo por un rato. Es nuestra última oportunidad antes de llegar a la ciudad, y hoy me siento afortunado.

Me sumerjo en lo amistoso de su tono como un girasol sediento de agua y lo sigo hacia su montura. Subo detrás de él y envuelvo mis brazos alrededor de su esbelta cintura. Puede que no sea un guerrero grande y musculoso, pero es sólido y seguro, y me aferro fuerte. Él se ríe entre dientes.

–O no confías en mi caballo, o me has echado de menos.

–Te dejaré adivinar cuál es la verdad –lo necesito demasiado como para soltarlo.

El pedido de Thyra de que me acerque a él resuena en mi memoria, y la miro por encima de mi hombro. Como hace tan a menudo, levanta la vista como si sintiera mi mirada. Pero hay una mirada solemne en sus ojos cuando se da la vuelta para decirle algo a Sander.

Combato el dolor en mi pecho con una esperanza: tal vez, si sigo su orden de convertirme en confidente de Jaspar, recuperaré su confianza.

–¿Te encuentras ansioso por volver a estar dentro de las murallas de la ciudad? –le pregunto a Jaspar mientras golpea suavemente los flancos de su caballo y lo conduce hacia un bosque a poco más de un kilómetro al sur.

–Sí y no. Echaba de menos dormir bajo las estrellas, pero es difícil competir contra una chimenea de piedra y pan fresco. Ya lo verás cuando lleguemos.

–¿Habrá suficientes refugios para todos? –pregunto. Él sacude la cabeza.

–Por esta noche, los ayudantes y muchos de los guerreros acamparán fuera de la ciudad. Mi padre se ha estado preparando para su llegada, así que habrá comida y mantas en abundancia. Ya lo he hablado con Thyra. Ella y sus guerreros más antiguos serán recibidos en el castillo. Espero que lo encuentres a tu gusto.

No estoy segura de que ella me considere dentro de ese grupo, pero no lo admito ante Jaspar. En lugar de eso, cierro los ojos mientras su cabello rubio que huele a humo de madera me acaricia el rostro, llevado por la brisa fresca. No sé si soy yo quien la provoca o no.

Jaspar conduce su caballo hasta el límite de los árboles. Asegura las riendas alrededor de una rama, y nos introducimos en la fresca humedad del bosque, pisando agujas de pino con las suelas de nuestras botas y sintiendo el aroma penetrante de la savia en el aire. Cuando llegamos a un claro dividido al medio por un arroyo borboteante, Jaspar me dice:

–Hoy llevas tu infelicidad como si fuera un velo, Ansa. Apenas puedo ver nada más cuando te miro.

–Tonterías. Solo pienso en lo que está por venir.

–Eres una pésima mentirosa. Siempre lo has sido.

Me froto la mano sobre el rostro.

—¿Qué quieres, Jaspar?

—¿Cómo ha recompensado tu lealtad, Ansa? Quiero saberlo. Hace unos días podría haberlo imaginado, pero esta mañana...

—¿Desde cuándo te preocupas por mí? —digo bruscamente. Él se vuelve, sus ojos verdes reflejan los colores de los pinos.

—Me hayas querido o no, yo siempre me he preocupado por ti, desde que uno de los guerreros de mi padre te trajo a nuestro campamento. Su ayudante no te quiso como esclava porque eras demasiado feroz, casi salvaje. Pero Lars y mi padre reconocieron que tenías espíritu de guerrera. Fue entonces que te dieron a Einar y a Jes para que te criaran. Fue entonces que te convertiste en una Krigere.

Toco mi cabello corto mientras recuerdo a Jes tomando su cuchillo y cortando los rizos enmarañados y mugrientos de mi cabeza.

—La primera vez que pusieron un arma en mi mano, no podía esperar para usarla.

Su sonrisa me dice que recuerda el momento.

—No estaría vivo si esa maldita daga no hubiera estado totalmente desafilada. Pero creo que fue el instante que nos unió para siempre.

—¡Traté de matarte!

—Tú me *elegiste*. De todos los que entrenábamos bajo un mismo techo para convertirnos en guerreros, viniste por mí. No por Sander. Ni por Aksel o Tue. Y tampoco por Thyra.

—Ni siquiera recuerdo quién más estaba allí —solo rostros borrosos con ojos brillantes, rodeándome, encerrándome. Una prueba de mi valor, pero no me sentía valiente. Me sentía desesperada. Había estado sola y asustada durante tanto tiempo que al principio no me di cuenta de que las cosas habían cambiado. Toco la vaina atada a mi antebrazo.

–Olvídalo si quieres. Yo nunca podré. Puede que haya sido un chico de apenas once años de edad, pero aun así supe que se trataba de algo importante. Y hemos tenido otros momentos después... no puedes negarlo.

Mi piel lanza destellos ardientes cuando veo la pasión en sus ojos, el mismo calor que sentí justo antes de que colocara su daga sobre mi piel y me marcara para siempre.

–No nos conocemos, Jaspar. Ya no.

–Sé que amas a Thyra. Eso, al menos, no ha cambiado –me lanza una sonrisa triste–. Eso no me impide ansiar tu felicidad y tu victoria.

–Seré feliz cuando sepa que nuestra tribu no está en riesgo de exterminio.

Él ríe entre dientes y sacude la cabeza.

–¿Por qué nos habríamos tomado la molestia de acompañarlos en este viaje si planeáramos matarlos? Por favor. Tenía suficientes guerreros conmigo para atacar el campamento. Pero somos una misma tribu, Ansa, lo quieras o no.

–Tribu –susurro. Sus palabras son un bálsamo que calma mi miedo.

–Mi padre los necesita. A ti y a todos los tuyos –se inclina hacia delante, coloca su palma en el árbol detrás de mí y acerca su rostro al mío–. Y tal vez especialmente *a ti*.

–¿Qué? –murmuro. La sangre se me hiela en las venas y el miedo regresa.

Señala la herida vendada en mi cuello, y la otra en mi antebrazo.

–Algo me dice que Aksel no se alejó de nuestro campamento –abro la boca para responderle, pero levanta un dedo–. Por lo que a mí respecta, has hecho un servicio a tu tribu. Thyra debería estar agradecida en lugar de tratarte como lo ha hecho.

No sé si ella preferiría que admita el asesinato o que continúe fingiendo. Nos hemos alejado lo suficiente como para que nadie se ofrezca como voluntario para recuperar el cadáver carbonizado de Aksel, pero no puedo estar completamente segura.

–Haya matado a Aksel o no, él se ha ido, y su madre sufre. No diría que es un servicio a nuestra tribu.

Jaspar aferra mi brazo, presionando su pulgar sobre mis marcas de muerte.

–¿Te hago otra cicatriz, Ansa? –pregunta con voz baja y áspera–. Porque al parecer, Thyra no se ofreció. Ciertamente parece que te la has ganado.

Mi respiración se vuelve entrecortada, áspera y fría.

–No hace falta –me suelto de un tirón.

–Sander ha venido a mí con una teoría muy interesante sobre la *partida* de Aksel. ¿Te gustaría escucharla? –dice con mirada astuta.

Busco cobijo bajo el brazo de Jaspar mientras la helada baja por mi cuello y recorre mi espalda. Detrás de mí, él se estremece. Pero si huyo de él ahora, es como asumir la culpa.

–Sander ha estado celoso de mí desde que tomé su oreja como trofeo –digo tan animadamente como puedo. Levanto la vista hacia el sol que se asoma entre las ramas de los árboles, celebro su calor y lo siento acariciar mi mejilla solo un segundo más tarde.

Me vuelvo y veo a Jaspar observándome.

–Sander es un buen guerrero, Ansa. Odia la idea de la derrota, y le diste una que nunca olvidará. Pero de alguna manera, y aunque nunca se lo diría, creo que está agradecido. Le enseñaste una lección importante ese día. Nunca le des la espalda a un enemigo que no estés seguro de que ha muerto.

–Entonces ¿te ha contado mentiras sobre mí para agradecerme? Por supuesto. ¿Cómo no lo adiviné? –me burlo.

–Ah. Estás negando todo aunque aún no sepas lo que dijo. Interesante.

Empiezo a caminar de vuelta hacia nuestro caballo.

–Si es por eso que me trajiste aquí, será mejor que volvamos. No soy lo suficientemente astuta para jugar tu juego.

Cuando paso a su lado me aferra el brazo.

–Dijo que la reina bruja te hizo algo y que estás tratando de ocultarlo –me sujeta más fuerte cuando sacudo el brazo para liberarme. Cuando busco mi daga con la otra mano, toma mi muñeca–. ¡Escúchame! ¡Por favor! –insiste mientras doy un paso atrás para golpear su entrepierna con mi rodilla.

–No estoy escondiendo nada –replico, con una voz que es apenas un gruñido.

–¿Recuerdas lo que dije sobre tu destreza para mentir?

Dejo de luchar contra el hielo que avanza sobre mis hombros, y comienza a buscar a Jaspar. Respiro cada vez más agitada. Ocultar la muerte de Aksel fue una cosa, pero si mato a Jaspar, toda nuestra tribu será asesinada para pagar la afrenta.

–Está bien –le digo–. Suéltame y te contaré.

Él libera mis brazos pero se queda cerca.

–Eso es todo lo que quería.

–Cuando volvimos a la costa después de la tormenta que desató la bruja, comencé a tener sueños. Sueños terribles.

–¿Y? –dice Jaspar mirándome fijo.

–Y... eso es todo.

–Sander dijo que te golpeó un rayo en el Torden y sobreviviste.

—Es un milagro que cualquiera de nosotros haya sobrevivido a esa vuelta a casa.

—Dijo que incendiaste dos refugios.

—Sí. Por la noche. Cuando me retorcía en sueños, debo haber pateado una brasa del fogón.

—Sander piensa que tú *creaste* el fuego.

Me concentro en la sinceridad de mis palabras con todas mis fuerzas.

—Claro que sí. Al dormir demasiado cerca, al parecer, y por esparcir cenizas sobre las mantas.

—Me dijo que lo atacaste, y el contacto con tu piel fue tan frío que sufrió una quemadura.

Sacudo la cabeza.

—Como todos nosotros, Sander está tratando de darle algún sentido a lo que sucedió, y lo que la bruja le hizo a nuestra tribu. ¿De verdad crees que puedo crear fuego y hielo a voluntad? ¿Qué tipo de brujería sería *esa*?

—El tipo que resulta útil —dice Jaspar con sencillez. Quedo boquiabierta.

—¿Así piensan en Vasterut? Porque entre nuestra gente, la brujería solo sirve para que te apedreen y te apuñalen en el círculo de combate. Y tal vez eso es lo que pretende Sander, verme derrotada de esa manera.

—No es así, Ansa. Solo quiere entender lo que ha visto, mantener a su tribu a salvo y vengarse de la reina bruja.

Levanto las manos en señal de acuerdo.

—¡Yo quiero lo mismo! A nadie tan malvado se le debe permitir vivir —afirmo.

–Pero ¿es posible usar una brujería como la suya para hacer el bien? He oído historias sobre sus poderes de la gente de Vasterut. Ella mantiene caliente a todo el reino Kupari en invierno. Sus jardines florecen incluso cuando el lago está congelado. Y mantiene los incendios forestales lejos de sus puertas. Maneja hielo y fuego para cuidar a su gente. Satisface todas sus necesidades.

–No es de extrañar que todos sean tan tiernos y felices. ¿Hacen algo por sí mismos?

–¿Aparte de acumular riquezas, quieres decir? Es realmente una pregunta excelente. Por lo que he oído, no hay ejército Kupari –dice–. Estamos casi seguros de ello.

–Unos minutos antes de que ella nos atacara ese día en el Torden, nos burlábamos de que no tenían una marina de guerra. Resultó que no la necesitaban.

–Pero si pudiéramos entender su magia, tal vez tendríamos la oportunidad de derrotarla –ahora sus ojos brillan con ansiedad–. Ese conocimiento sería muy valioso.

–Desearía poder ayudarte.

–¿Estás diciendo que Sander me ha contado cuentos?

–Estoy diciendo que Sander lo ha perdido todo. Su jefe, su guerra, su hogar, su orgullo. Al igual que yo, no tiene familia. Y su sueño de formar una murió con su compañera el invierno pasado, semanas después de que tú, su amigo más cercano, fueras desterrado junto a tu padre. Sander no tiene nada más que sus armas y su ingenio. Tal vez los está usando para contarte cuentos y ganar así tu confianza y mejorar su estatus con Nisse. Cuentos interesantes, pero que no dejan de ser mentira.

–Entonces ¿estás diciendo que no controlas el viento, o el frío en el aire? ¿No hiciste fuego?

Me río, tan aliviada que el hielo en mis venas se derrite.

—¿Has escuchado las cosas que dices? —comento alegremente. Me echa una mirada penetrante pero cordial. Luego sonríe, aunque juro que el gesto no llega a sus ojos.

—Por desgracia, sí. Sueno bastante desconcertado.

—Por favor, no hagas que Sander tenga que pagar por esto —le digo, rezando para que lo deje pasar—. Ha sufrido lo suficiente. Pero si puedes, anímalo a que se concentre en servir a su jefa en vez de contar historias infundadas. Si te preocupas por él como amigo, ayúdalo a mantener su cordura.

Jaspar da un paso atrás, su mirada sube desde mis botas hasta mi rostro.

—Podrías desafiarlo al círculo de combate por esto —ríe entre dientes—. ¡Tal vez puedas tomar su otra oreja!

No puedo tener su sangre en mis manos. No ahora.

—Como dice Thyra, necesitamos cada brazo armado —sonrío—. Y cada oreja.

—Mi padre sigue hablando muy bien de Sander —se aparta el cabello largo de la frente—. Le diré que refrene su lengua si vuelve a verme —me mira con tristeza—. Y hete aquí que estaba seguro de haber entendido por qué te veías tan pálida y miserable. Ahora otra vez me pregunto qué ha sucedido entre Thyra y tú.

—Nada —murmuro.

Lentamente, como si tuviera miedo de que saliera corriendo, Jaspar desliza la punta del dedo por mi cabello cobrizo, alisándolo contra mi piel.

—Aún sostengo lo que te dije. Te mereces tanto más a cambio de tu lealtad. Serías bien recibida en cualquier tribu.

–Thyra es una buena jefa –mi voz vacila cuando pienso en la frialdad en sus ojos esta mañana–. Soy su lobo.

Jaspar esboza una media sonrisa.

–Solo me estás dando la razón, Ansa –me mira, sus ojos verdes llenos de tantos sentimientos que no puedo descifrar uno solo. Se inclina, lentamente, hasta que su boca está a solo unos centímetros de la mía. Mi corazón late frenético mientras inhalo el olor a sudor, cuero y pino–. Y ahora... –susurra.

Parte de mí quiere rogarle que me bese, solo para hacerme olvidar el sabor de Thyra. Y parte de mí sabe que nada podrá borrarlo nunca.

–¿Ahora qué?

–Es hora de cazar –toma el arco que llevaba en su espalda, luego me sonríe–. ¿Qué creías que iba a proponerte?

Dejo escapar una risita aliviada y sacudo mi cabeza antes de seguirlo alegremente a través del claro. Por mucho que agradezco el espíritu desenfadado de Jaspar y su manera de provocarme, me niego a bajar la guardia.

Algo me dice que cazar es lo que ha estado haciendo todo este tiempo.

CAPÍTULO XIII

Mi primera incursión de asalto fue en un asentamiento en la costa noroeste del Torden. Una gran tribu de personas que se llamaban a sí mismos los Svalerne, recién llegados del oeste. No sabían que habían entrado en territorio de caza y se habían convertido en nuestra presa. Tenían refugios como el nuestro, de lodo y paja. Sin contar nuestro propio campamento, que crecía cada año con las diferentes tribus que se unían bajo el mando de Lars, era el grupo más grande de cuerpos que jamás hubiera visto.

Hasta hoy.

El sol se está poniendo cuando llegamos a las murallas de la ciudad de Vasterut. Hechas de piedra, madera y lodo, son más altas que tres hombres parados uno sobre otro, y no puedo ver dónde terminan. Tapan la visión de la orilla y el lago. Contemplamos con asombro hasta que Jaspar nos dice:

—No hay muralla entre la ciudad y el lago —ríe como si él mismo no pudiera creerlo: no tenían defensas contra un ataque por agua—. Kupari es igual, he oído. Solo los botes de pesca cuidan su puerto.

—Y una bruja que controla las nubes —le recuerda Thyra. Los guerreros de Jaspar gruñen, pero él simplemente sonríe.

—Todos los desafíos pueden ser superados con la estrategia correcta.

Llegamos a un lugar donde el sendero se encuentra con otro, lo bastante amplio como para que varios de nosotros podamos caminar hombro con hombro.

–Este es un camino –explica Jaspar–. Están hechos para carros y caballos, y el sur tiene muchos. Conectan sus reinos de esta manera, para poder comerciar.

Todos miramos el ancho camino de arriba abajo. Está marcado por las huellas de ruedas de madera.

–¿Nos darán senderos que podemos usar para asaltarlos? –dice Preben, su voz llena de diversión–. Ya me gusta este lugar –nuestra risa llega al cielo. Observo a Thyra, que esboza una pequeña sonrisa, pero su ceño está fruncido.

–Qué diferente es este lugar –comenta suavemente, a nadie en particular.

Jaspar señala la muralla, donde una enorme puerta se abre como una boca gigante.

–Y aquí estamos: bienvenidos a Vasterut, guerreros. La ciudad está a nuestros pies.

Marchamos hacia ella, y el corazón me late en el pecho como si quisiera escapar. Cuando llegamos a la puerta, los olores me abruman. Desechos humanos y animales. Hortalizas y pescado podrido. Junto a mí, Sander maldice con voz áspera y se tapa la nariz con la mano.

–¿Qué es este infierno? –murmura.

–Son doce mil personas que viven en cuartos cercanos como animales en un establo –explica Jaspar–. No confiamos particularmente en los lugareños, así que la puerta permanece cerrada. Nadie, salvo los Krigere, puede entrar o salir.

Nos aproximamos a la puerta, y mi estómago se retuerce. Parece que los doce mil habitantes de Vasterut se han reunido para ver nuestra llegada. Un misterioso silencio cuelga pesado en el aire, junto con el humo grasiento de las antorchas que bordean el muro de la ciudad y el camino. A ambos lados de nosotros hay refugios más altos que cualquiera que haya visto, y los rostros nos espían desde las ventanas, los espacios cubiertos de lodo entre los edificios, las puertas. Mucha gente de Vasterut tiene la piel oscura como Bertel, color café como la tierra en vez de la arena pálida, pero entre la muchedumbre hay tonos muy diversos. Tal vez sean como los Krigere, y acepten entre ellos a cualquiera que se gane su lugar, en vez de confiar en lazos de sangre y parecidos. La mayoría tiene cabellos y ojos oscuros que miran fijamente y con recelo nuestras dagas, hachas, lanzas y espadas.

Jaspar ha invitado a Thyra y a sus principales guerreros al frente a encabezar la fila, y yo camino un paso atrás. Ella no me invitó a acercarme, pero tampoco me pidió que me quedara fuera de la ciudad con los ayudantes y la retaguardia. Eso habría requerido que me hablara, algo que no ha hecho desde la noche pasada, cuando me dijo que mantuviera la boca cerrada y ocultara mi maldición a cualquier costo. Ahora soy como el humo, a la deriva, sin saber si me ve o no. Jaspar, sin embargo... él me ve. Me llama la atención cuando señala a la gente de Vasterut.

—Una vez que su milicia fue destruida y su rey y su familia ejecutados en la plaza, no se resistieron. Verás que no les importamos tanto. Los protegemos de otros asaltantes.

La mirada de Thyra se desliza de un rostro a otro.

—¿Eran amenazados por otros invasores? —pregunta. Jaspar le dedica una sonrisa astuta.

–Ciertamente no lo estarán ahora.

Sus guerreros ríen a carcajadas, y lucho contra una sensación de inquietud. Como Krigere, atacamos. Tomamos lo que queremos. Armas. Herramientas. Tantos caballos como podamos llevarnos. Ovejas y cerdos, y a veces un buey. Sacos de grano, reservas de trigo y cebada. La gente, si nos parece útil. Pero hasta ahora, nunca había visto a una tribu ocupando otra tribu.

De repente, me doy cuenta de que eso es exactamente lo que Lars tenía en mente para hacer con los Kupari. ¿Nos habrían mirado así? ¿Silenciosos y con ojos endurecidos? Nunca había pensado en ello. No había pensado más allá de la lucha, la victoria, la idea de ser yo quien los conquistara. ¿Es esto lo que viene después? Hay algo en sus rostros que hace correr un escalofrío por mi columna vertebral.

–¿Doce mil? –digo en voz baja. Si ellos se pusieran en pie y pelearan, solo por ser tantos, serían como una ola gigante del Torden.

–No son guerreros. Y Nisse tenía varios cientos –gruñe Sander.

–Más de mil, ahora que ustedes están aquí –anuncia Jaspar–. Y necesitamos a cada uno para cumplir el sueño de mi padre.

–Estoy ansiosa por oír sobre ese sueño –dice Thyra secamente, lanzándome una mirada interrogante.

–¡Y así será! –Jaspar señala el camino que serpentea por la ciudad callada y apestosa hasta donde el montón de rocas hecho por humanos más grande que haya visto bloquea el sol poniente.

Los refugios de la gente parecen llegar muy lejos mientras caminamos por una colina suavemente inclinada que se hace llana en la cima. La ciudad rodea el refugio rocoso por tres lados, como hongos alrededor de un tronco podrido.

–Este es el castillo de la torre –nos dice Jaspar–. Esta pared interna de estacas proporciona cierta protección, al igual que la zanja alrededor del perímetro.

–¿Cómo superó estas defensas el Jefe Nisse? –pregunta Preben mientras observa la torre, que se asoma como un enorme roble de piedra, alto como cinco refugios apilados uno encima del otro–. ¿Lo sitió?

Jaspar sacude la cabeza.

–Ellos pensaron que los riscos en la orilla del lago los protegerían, pero unos cuantos guerreros simplemente escalaron las rocas, se arrastraron dentro y ejecutaron a los guardias, que eran débiles y estaban mal entrenados, antes de capturar al rey y su familia. Era como si fueran cabras defendiendo a las ovejas.

Sonrío ante la imagen.

–Y luego abrieron las puertas para los demás. Lo tomaste furtivamente –dice Thyra, y le echa una mirada fría y acusadora a Jaspar–. Algo en lo que tu padre es particularmente hábil, según recuerdo.

–Él no es el único, ¿no es así, prima?

Thyra lo mira con furia, pero Jaspar no parece dispuesto a disculparse en absoluto. De hecho se para más erguido, demostrando su claro orgullo.

–Mi padre salvó las vidas de incontables guerreros con su decisión de atacar furtivamente. Vidas que se habrían desperdiciado en un ataque frontal. Perdimos menos de diez guerreros en la toma de todo este reino. ¿Podría haber hecho lo mismo Lars? ¿Podrías hacerlo tú?

–Bueno –los ojos de Thyra relampaguean ante el insulto–, mi padre prefería un maldito combate justo antes que una...

–Y aquí *estamos* –grita Jaspar, interrumpiéndola de golpe. Su sonrisa es como una espada, y con un movimiento cortante alza su brazo para señalar una abertura en la pared de estacas, presentándonos la entrada a este castillo–. Bienvenida a los dominios del Jefe Nisse, *Jefa* Thyra.

Sus palabras resuman pura advertencia, y ruego que las tome en cuenta. Ella luce muy pequeña entre Preben y Bertel, ambos fornidos y de anchos hombros, de pie bajo la sombra de este feo monstruo de piedra que está a punto de tragarnos. Aunque no se acobarda, ni muestra ningún signo de temor ante lo que está por venir. En cambio, le lanza una sonrisa impresionante.

–Muchas gracias. No puedo esperar para ver a mi tío de nuevo, cara a cara.

Jaspar hace un gesto sencillo para indicarnos que pasemos. Entramos en una amplia explanada cubierta a un lado por refugios claramente destinados para animales, y al otro por una enorme área marcada con trozos cuadrados de madera verde clavados al suelo, atados con cuerda gruesa, con mucho espacio alrededor de su perímetro para los espectadores, incluyendo un conjunto de bancas de madera elevadas.

Es un círculo de combate, pero el suelo es liso y sin rastros.

–¡Sobrina!

Un hombre que no he visto en un año aparece por la entrada de la torre de piedra; un hombre que nunca pensé volver a ver cuando salió de nuestro campamento del norte, deshonrado.

Su largo cabello rubio encanecido está peinado hacia atrás en una cola que lo aparta de su rostro, que es atractivo de un modo rústico, levemente parecido a Jaspar. Pero sus ojos se destacan del conjunto, y nos barren como si lo vieran y lo midieran todo. Como siempre me ocurrió cuando me observaba durante los entrenamientos o torneos, mi cuerpo parece empequeñecerse como para escapar de su evaluación. Contengo la respiración y espero a ver cómo saluda a Thyra.

Levanta sus manos llenas de cicatrices, extendiendo sus brazos musculosos a modo de bienvenida, con su amplia sonrisa que irradia triunfo y alegría.

–Thyra, pasé días creyendo que mi hermano y su heredera habían sido borrados de la faz de la tierra por la bruja de Kupari. No puedo explicarte mi alivio al escuchar que habías sobrevivido.

Thyra permanece inmóvil y tiesa mientras él se adelanta y la envuelve en un abrazo, aferrando su cabeza contra su ancho pecho, que lleva cubierto por un magnífico chaleco de cuero color café. Cuando la suelta, ella lo mira con una expresión sorprendida.

–Cómo quiero creer eso, tío.

Él la aferra por los brazos.

–El tiempo se lleva todos los reclamos. Le dije a Jaspar que hiciera todo lo que estuviera en su poder para ayudar a tu tribu en este viaje. Debemos estar unidos de nuevo.

–*Si* eso es lo mejor para mis guerreros. Aún no lo he decidido –ella no intenta alejarse de él, pero me doy cuenta por la tensión en su postura que quisiera hacerlo.

–No es momento ahora –coloca su brazo sobre sus hombros y la guía hacia la entrada de la torre–. Ven y deja que tus guerreros acomoden sus huesos. Esta noche festejaremos. Me contarás lo que ha sucedido y te contaré todo lo que he planeado –se vuelve hacia el resto de nosotros–. ¿Están listos para llenar sus vientres de carne fresca y pan caliente? –grita.

Jaspar y sus guerreros rugen, junto con varios de los nuestros. Mi estómago gruñe al pensar en el pan, a pesar del recelo en la expresión con que Thyra nos mira. Pero entonces ella sacude la cabeza hacia la torre, diciéndonos que entremos.

Yo obedezco, junto con todos los demás. Nuestra caminata hacia el sur ha terminado. Todos los guerreros Krigere están dentro de estas murallas o justo fuera de la ciudad, pero cuando veo a Nisse encerrar a Thyra en otro abrazo que ella claramente no desea, sé que nuestro viaje recién ha comenzado.

Dejamos nuestras mantas en una serie de pequeñas recámaras húmedas ubicadas a lo largo de una pasarela de piedra que Jaspar llama corredor. Mis hombros están encogidos junto a mis orejas todo el tiempo, pareciera que todo este lugar pudiera caerse y aplastarnos en cualquier momento. Todos nuestros guerreros parecen igualmente nerviosos, mirando las ventanas, las puertas arqueadas y las escaleras como si pensaran en escapar. Comparto una recámara con otros cuatro guerreros, uno de ellos Tue, el mejor amigo de Aksel, que se mueve sigilosamente como un perro azotado y me mira con resentimiento. Thyra se ha llevado a Sander, Preben y Bertel a su propia habitación, y parecía evitar deliberadamente mi mirada cuando hizo las asignaciones.

Una vez más, me pregunto si debería estar aquí. Mi maldición ha estado tranquila hoy, y no he hecho nada para llamar la atención sobre mí misma, tal como ella me pidió. A pesar de sus preguntas esta mañana, Jaspar parece haber creído mis mentiras, aunque buscó mi mirada muchas veces esta tarde. Sander no ha dicho una palabra ni me ha lanzado un solo vistazo sospechoso en todo el día. Las cosas son como ella quiere que sean, yo soy simplemente otro guerrero. No soy nada fuera de lo común. Pero ella no me ofrece ninguna ventana o puerta de regreso a su lado.

Las palabras de Jaspar se vuelven a repetir una y otra vez: ha tenido mi lealtad, y ¿qué ha hecho con ella? Me está tratando como a uno de sus guerreros secundarios en lugar de su lobo, que ha guardado su sueño y permaneció a su lado. Al que ella *besó*. Al que fue lo suficientemente cruel como para darle esperanza. Me ha desechado como un hueso. Me despojó de lo que era útil y arrojó el resto. El dolor arde en mí como el fuego de un herrero; bajo, caliente y completamente insaciable. No ayuda que los demás me miren con recelo, sin duda preguntándose qué ha cambiado.

Lavamos la suciedad de nuestras caras y manos, pero no en un arroyo o en el lago, sino con agua que proviene de un tubo de metal atascado en el suelo, que solo fluye cuando se mueve de arriba abajo una bomba conectada a su cabeza. Los otros tiemblan, me dicen que se siente como si el agua proviniera del corazón del invierno, pero de algún modo, solo la siento fresca. La piel de Thyra se vuelve de un color rojo brillante mientras la salpica sobre sus mejillas y cabello.

Los que tienen túnicas de repuesto se cambian, pero yo me quedo con la que tengo, porque la otra está manchada de sangre y huele a carne quemada, y prefiero mantener las heridas de mi pelea con Aksel bien cubiertas. Pican, duelen y apenas se han cerrado, por lo que aprieto mis dientes mientras sujeto las vainas en mis antebrazos. Todos mantenemos nuestras armas atadas a nuestras caderas, pantorrillas, brazos y espaldas por orden de Thyra. Hasta que esté segura de las intenciones de Nisse, quiere que permanezcamos listos. Todos sabemos que moriríamos si lucháramos, porque nos superan en número de tres a uno, y hay menos de cincuenta de nosotros dentro de las murallas del castillo. Pero nos llevaríamos a un número asombroso de guerreros de Nisse con nosotros, y obviamente Thyra espera que la amenaza sea suficiente como para evitar una posible emboscada.

Jaspar aparece mucho después de que el sol se puso y nuestros vientres han empezado a gruñir.

–¡El Jefe Nisse espera en el gran salón! –la mirada brillante en sus ojos verdes se suaviza cuando me mira, y luego frunce el ceño y observa a Thyra, que conversa animadamente con Bertel. Cierro los ojos y miro hacia otro lado. No quiero ver la confirmación en su expresión de que ella me ha abandonado.

Lo seguimos por el corredor hacia otro pasillo, y luego otro más. Este lugar me recuerda a los montículos de hormigas que solíamos excavar de niños, buscando a la reina para verlas revolverse y dispersarse sin ella. Ahora soy parte de un montículo así, y siento pena por esas hormiguitas perdidas en sus laberintos.

El camino está iluminado por antorchas, pero de todos modos parece sombrío y cerrado. Al menos hasta llegar a una gran puerta arqueada y entrar en una inmensa recámara. Diez largas mesas de madera con al menos cincuenta asientos cada una se alinean en su interior, y en la parte delantera de la habitación, sobre una plataforma elevada, hay otra larga mesa. Busco dónde nos sentaremos y me doy cuenta de que Nisse ya ha llenado muchos lugares con sus propios guerreros, pero ha dejado espacios aquí y allá para acomodar a los pocos guerreros que Thyra introdujo al castillo.

–Qué astuto –murmura Thyra mientras se da cuenta de lo que hizo. Al reunirlos con antiguos amigos y parientes que no han visto en un año, la lealtad de sus guerreros principales está a punto de ser puesta a prueba.

Jaspar comienza a caminar hacia la mesa principal, donde Nisse está de pie, esperando que nos unamos a él. La mitad de los asientos en su mesa están vacíos, para que Thyra lleve un número igual. Ella comienza a llamar por su nombre a los guerreros que ha conservado cerca. Sander, Preben y Bertel están entre ellos. Yo no. A medida que el grupo se acerca a la mesa, Jaspar camina de nuevo hacia nuestro grupo con una mirada dura en su rostro.

–Ansa, por favor, únete a nosotros.

Thyra voltea, y Jaspar le sonríe.

–Ansa y yo solo estábamos renovando nuestra amistad en el camino –dice–. ¿Supongo que no te importa si continuamos haciéndolo durante nuestra comida?

Puedo ver el conflicto en los ojos de Thyra. No confía en mí. No me quiere cerca. Tal vez tenga miedo de que accidentalmente prenda fuego el cabello de alguien o congele el vino. Tal vez me tiene *miedo*. Pero si rechaza la propuesta de Jaspar, no solo será grosera con él como anfitrión, sino que mostrará un rechazo abierto hacia mí, lo que la hará parecer débil y mezquina en un momento en que necesita ser fuerte, con una tribu unida. Todo el mundo nos mira, incluyendo a Nisse y sus guerreros más antiguos, que solían ser guerreros de alto rango en la tribu de su padre muerto.

Creo que Thyra se arrepiente de permitirme entrar al castillo, y otra punzada de resentimiento me revuelve el estómago.

–Por supuesto –dice con voz ligera–. Estaba a punto de llamarla.

Mentirosa, quiero gritar. Pero Jaspar solo sonríe.

–Por supuesto que sí.

Me fuerzo a mantenerme erguida mientras me uno al grupo que se dirige a la mesa de la plataforma, y el torbellino de emoción, hielo y fuego dentro de mí es temporalmente sofocado por el olor más asombroso. En el centro de la mesa hay un cerdo entero, bellamente asado y tumbado sobre un grueso lecho de verduras, con una manzana rosada en su boca abierta. Lo rodean cuencos de madera repletos de zanahorias humeantes, patatas dulces y muchas otras cosas que no puedo identificar pero huelen como imagino que debe oler el cielo. Grandes odres de vino, montones de piernas de pavo crujientes y hogazas de pan tostado; tantas cosas, que apenas puedo ver la superficie de la mesa. Alrededor hay unos cuantos asistentes vasterutianos, que permanecen encorvados contra la pared observando a Nisse con atención, respondiendo al más leve movimiento de su mano. Todos excepto uno, una mujer con las mejillas redondas como ciruelas y una mata de cabello negro que nos observa a los recién llegados con una mirada curiosa y audaz.

Me acomodo cerca de Jaspar mientras rodeamos la mesa. Nisse está en un extremo y Thyra está en el otro. Jaspar nos ha guiado hasta el centro, justo al lado de Sander, lo cual es bueno porque, a pesar de lo enojada que estoy con Thyra, no puedo abandonarla abiertamente ahora sentándome junto a Nisse.

Nisse señala el festín con un movimiento de su brazo y luego mira a los guerreros reunidos con una sonrisa de entusiasmo en su rostro escarpado y cubierto de barba rubia.

–¡Sangre y victoria!

–Sangre y victoria –repetimos todos, alto y fuerte, como lo hemos hecho desde la infancia.

Nisse toma la daga de su cintura y la hinca en el cerdo delante de él.

–¡Coman hasta hartarse, guerreros!

Con un grito de agradecimiento, clavamos nuestros propios puñales en la comida, antes de arrojar los panes y trozos de carne frente a nosotros. Podría estar equivocada, pero los vasterutianos parecen vagamente disgustados, aunque no sé por qué. Estamos sentados a la mesa, ¿no? Nunca había comido en una mesa, pero las había visto en otros campamentos y sé que el consejo solía sentarse frente a una. Decido que las gentes de Vasterut son ignorantes, y tienen suerte de estar vivos si acostumbran mirar así a los guerreros de Krigere. Pero es fácil ignorarlos después del primer bocado de comida caliente. Gimo mientras la corteza del pan cede bajo mis dientes y llena mi boca con su blanda dulzura y sabor a nuez.

–Envié a un centenar de asistentes para ofrecer a tus otros guerreros y ayudantes un festín similar fuera de las murallas –dice Nisse en voz alta, aunque no hay necesidad, ya que ninguno de nosotros habla. Estamos demasiado ocupados llenándonos de comida.

Thyra levanta la vista.

–Necesitarán un mejor refugio cuando descienda la helada. En el norte tenían techos sobre sus cabezas.

–Y tendrán lo mismo aquí. Mañana pueden elegir de entre los refugios de la ciudad. Los que ya han sido tomados por mis propios guerreros y sus familias están marcados con sangre en los postes de madera que hay por fuera, pero pueden tomar cualquiera de los otros.

–¿No están ocupados sus refugios? –pregunta Thyra frunciendo el ceño, y mira a los asistentes vasterutianos. La de mejillas redondas mira fijamente hacia atrás. Nisse asiente con la cabeza mientras hunde los dientes en un trozo de lomo de cerdo.

–Pero solo por gente de Vasterut. Simplemente díganles que se vayan, y lo harán.

–¿Ir adónde?

–Hallarán refugio en otras partes de la ciudad. No es problema tuyo –responde encogiéndose de hombros.

Thyra baja la vista al pequeño montón de pan, carne y verduras delante de ella, y Nisse ríe.

–Oh, vamos, sobrina. Siempre has tenido un corazón más suave que el resto de nosotros, pero yo sé mejor que nadie que tienes una columna de hierro cuando hace falta. No pondrás la comodidad de los conquistados sobre la de tus propios ayudantes.

Thyra permanece inmóvil a excepción de sus ojos, que se elevan para mirar a su tío con abierto desdén.

–¿No has tomado a los conquistados como tuyos? ¿No son tribu?

Las únicas personas que siguen siendo esclavos son las que se niegan a unirse a nuestra tribu, o al menos, así sucede cuando atacamos. Nuestros guerreros miran a Nisse con la pregunta en sus ojos. ¿Cómo funciona cuando ocupas las tierras conquistadas? Nisse no parece preocupado por la pregunta.

–Todavía estoy considerando aceptar la responsabilidad sobre ellos.

Los ojos de la asistente de mejillas redondas flamean, pero cuando me ve observándola inclina rápidamente la cabeza.

–Al parecer, fueron dignos de cocinar tu comida. ¿O esto fue preparado por tus ayudantes? –pregunta Thyra mientras se lleva una patata dulce a la boca.

La sonrisa de Nisse se vuelve tensa.

–Nuestros ayudantes se concentran en los jóvenes, como debe ser.

Me relajo al oír esto. Los ayudantes hacen muchas cosas, incluyendo fabricar armas y armaduras. Criar a los jóvenes es solo una parte de cómo se preocupan por nosotros. Quiero decir esto, pero no tengo el estatus necesario en esta mesa, y tengo miedo de que Thyra aumente su desdén hacia mí.

–Tus propios ayudantes viudos necesitarán elegir nuevos compañeros –dice el guerrero de cabello oscuro conocido como Sten, que está sentado a la izquierda de Nisse. Golpea con el codo al guerrero a su otro lado–. Muchos de ellos todavía son jóvenes. Tampoco son tan malos a la vista.

Bertel aclara su garganta y pone sus manos nudosas sobre la mesa.

–¿Así hablan de las viudas afligidas? –murmura.

Thyra mira las mesas del comedor.

–¿Tantos de tus guerreros quedaron sin pareja?

–No –responde Nisse–. Todos tienen compañeros. Pero dada nuestra situación, estoy seguro de que estarás de acuerdo en que cada guerrero debe tener más de una ayudante capaz de reproducirse.

–¿*Qué*? –la palabra de Thyra corta como una hoja a través de cualquier pretensión de cortesía–. Ese vínculo es sagrado. Las mujeres ayudantes no son ganado.

–Nunca dije que lo fueran –responde Nisse con una sonrisa paciente–. Son miembros valiosos de nuestra tribu, y se proveerá para ellas siempre que sean jóvenes que puedan procrear.

Thyra traga un bocado, aunque parece que se estuviera ahogando.

–¿Y los varones?

Nisse sacude la mano.

–Ellos podrán encontrar refugio en la ciudad, al igual que las mujeres mayores. Pero nos concentramos en las mujeres en edad reproductiva.

Pienso en los ayudantes masculinos, algunos de los cuales fueron emparejados con los guerreros varones, y otros con guerreras mujeres. Esos emparejamientos no pueden procrear, pero a menudo adoptan huérfanos o niños que surgen como botín de una incursión de saqueo. Eso fue lo que me pasó a mí: Jes fue emparejado con Einar, el consejero de guerra de Lars, y los dos hombres me trataron como si fuera de ellos. Me dolió la pérdida de Jes por una fiebre hace dos inviernos, sobre todo porque dejó a Einar sombrío y gris, pero de repente me alegro de que no esté aquí para sufrir esta indignidad.

Thyra se pone de pie.

–Esto es inaceptable. Mi tribu es un cuerpo, todas las partes son igualmente importantes. Gracias a tu hijo, a las viudas ni siquiera se les permitió llorar a sus compañeros perdidos, ¿y ahora esperas que elijan otros nuevos?

Sten también se pone de pie.

–Muestra respeto cuando hablas con nuestro jefe –ruge, mientras Nisse le coloca una mano sobre el brazo. Él se deja caer lentamente, mirando a Thyra con furia–. Jaspar toleró este tipo de conversación en el camino, pero en presencia de nuestro jefe, no será así. Ahora estás en Vasterut.

–Cuán bien lo sé –dice Thyra. Su mirada se dirige a Jaspar–. Aunque me hicieron creer que todos seríamos libres de expresar nuestra opinión.

Jaspar inclina la cabeza.

–Habías pasado por una terrible prueba. ¿Quién era yo para restringir tus palabras y acusaciones veladas, por infundadas que fueran?

–¿*Mis* acusaciones veladas? Cómo te atreves... –replica Thyra.

–Paz –grita Nisse, para que los guerreros de las mesas inferiores lo oigan, porque todos han dejado de comer y miran fijamente a Thyra–.

Discutiremos esto más tarde, en privado. Hablemos de las cosas que nos unen en lugar de las que nos dividen, ¿eh?

Suena tan divertido y condescendiente, que las mejillas de Thyra se ven sonrojadas cuando vuelve a sentarse.

–Propongo que hablemos de Kupari... –comienza a decir Nisse cuando ella vuelve a estar sentada.

Jaspar se inclina hacia delante, y él y Sander se dedican una mirada cómplice. Por alguna razón, eso me hace querer clavar mi daga en el dorso de la mano de Sander. Me inclino hacia delante entre los dos y lo fulmino con la mirada mientras Thyra vuelve a hablar.

–Si así lo deseas.

–La noticia de la derrota de Lars llegó a nosotros solo horas después de que sucediera, por un comerciante que estábamos acechando en la carretera costera. Lo convencimos de que sería de su interés volver a la ciudad y darnos información sobre lo que ocurría allí.

–¿Tienes un espía en Kupari? –pregunta Thyra arqueando una ceja.

–No tiene problemas para atravesar las puertas de la ciudad de Kupari si lleva mercancías para vender o intercambiar. Y nos trajo noticias de lo más interesantes unos días después de la catástrofe. Parece que la reina bruja tampoco sobrevivió al asalto.

Me quedo boquiabierta, al igual que Sander y Thyra.

–Pero se veía tan fuerte –digo, antes de poder refrenarme. Mi boca se ha secado y mi corazón late con fuerza.

Si su muerte no rompió la maldición, ¿qué lo hará?

La boca de Nisse dibuja una cálida sonrisa, haciendo que me arrepienta de haber hablado en voz alta.

–Pequeña Ansa. Recuerdo cuando apenas me llegabas hasta el codo, y mírate ahora. Una guerrera –le echa un vistazo a Jaspar–. Mi hijo ya me ha dicho que tú y el joven Sander estuvieron en la primera oleada. Tú también viste a la bruja, ¿no?

–Los tres la vimos –le respondo–. Estábamos en el barco principal –el recuerdo del rostro de la bruja y el cadáver carbonizado de Lars hace que mis entrañas se revuelvan con hielo, fuego y odio.

–Entonces puedes celebrar su caída. Sea lo que sea que les haya hecho, la mató a ella también.

Debería estar feliz, pero todo lo que siento es derrota. Su muerte no me liberó. Ni siquiera supe que había sucedido.

–¿Están sin un gobernante? –pregunta Thyra.

–Ahora es donde se pone interesante –dice–. No estamos seguros –inclina la cabeza hacia nuestros sirvientes vasterutianos–. Los ciudadanos de aquí saben mucho sobre Kupari y su particular brujería. Estaban llenos de historias de la reina. La llaman la Valtia.

–Ya lo sabemos –dice Thyra.

–Pero ¿sabes acerca de la Saadella y la línea hereditaria?

Inclino mi cabeza sobre la comida, con la boca llena de saliva. Conozco esa palabra. *Saadella*. Hulda la mencionó justo antes de...

–Puedo ver que no –continúa Nisse–. Es, en esencia, la princesa de Kupari. Ella hereda la magia de la Valtia después de que perece. Vive en su templo, la fortaleza de los Kupari en la punta de la península, y es criada por sus sacerdotes, todos ellos también portadores de magia. Porque así llaman a sus brujos.

–¿La reina no es la única Kupari con brujería... quiero decir con magia? –pregunta Preben. Su barba de hierro gris está metida dentro de su copa de vino, pero no parece darse cuenta–. ¿Cuántos de ellos tienen magia? ¿Son todos brujos?

–No, no, amigo mío. Solo unos pocos, y todos residen en su templo, protegiendo a la Valtia y a su heredera. Tendremos que encontrar una manera de aplastarlos si queremos tomar el reino. Si entrenamos y nos preparamos, ¡incluso podríamos hacer una incursión antes de que caiga el invierno!

−¡Sangre y victoria! −gritan a coro sus guerreros al oír esto, levantando sus dagas. Thyra espera hasta que regresan a su comida antes de hablar de nuevo.

−Tienes apenas mil guerreros y ya están ocupando un reino, cuyos ciudadanos *aún no han sido incorporados a la tribu*. ¿Atacar otro, especialmente tan pronto, no te dejaría demasiado corto de hombres? Por no mencionar que estos portadores de magia tienen poderes que no entendemos −me mira por primera vez, con las cejas juntas, y sé que está pensando en mi maldición−. ¿Por qué apresurarnos en atacar, si nuestra próxima derrota puede acabar con nosotros por completo? ¿Por qué no concentrarnos en consolidar la tribu y cuidar de su salud y bienestar?

Los ojos de Nisse parpadean con una especie de irritación fría, pero es Sten quien se pone en pie nuevamente.

−¡Suficiente! Has venido a nuestra mesa sin *nada*, jefa. Eres una mendiga en nuestra tierra. Traes guerreros hambrientos, una manada de viudas, una historia de traición ¡y una pila de cobardía! −hay un gruñido de acuerdo entre las mesas.

Thyra se levanta lentamente esta vez, pura intención, mientras incluso mi propio corazón llora de miedo.

−¿Me llamaste cobarde? −pregunta, con voz baja y letal.

Tal insulto no puede ser ignorado.

−Y una maldita conspiradora −salta Sten, con el cabello negro salvaje sobre su rostro sin afeitar−. He tenido la oportunidad de observar tu vacilación y tu debilidad en nuestro viaje aquí, junto con los intentos furtivos de ganar aliados. Ese no es el camino de un guerrero –escupe a sus pies.

–Esto no se puede... –comienza a decir Bertel, pero Thyra deja caer la mano sobre su hombro y su boca se cierra.

–¿Tú toleras este tipo de insolencia, tío? –pregunta ella–. ¿Cuál es tu respuesta a la acusación de traición y cobardía de Sten? –hay algo ardiente en sus ojos que me dice que esto es entre ella y Nisse, que es una invitación a una conversación completamente diferente. Cada guerrero en la mesa permanece perfectamente inmóvil mientras esperamos, y la tensión nos hace apretar los dedos sobre las empuñaduras de las dagas hasta que los nudillos se nos vuelven blancos.

Excepto Nisse. Él se acaricia la barba y mira a Sten.

–Ofrezco a mis guerreros la libertad de tomar sus propias decisiones. Estoy seguro de que, como jefa, tú lo entiendes –mi pecho se llena de hielo mientras Sten sonríe, evaluando a Thyra como si fuera una posible presa.

–Te reto –dice Sten en voz baja–. Necesitamos una tribu unida, y tú eres una enfermedad que tiene que ser eliminada.

Cada par de ojos está sobre Thyra, sin duda esperando que ella responda con indignación o protesta. En cambio, mira a su tío durante un momento largo y frío, y luego extiende sus brazos y le obsequia a su retador una reverencia burlona.

–Entonces, te invito a intentarlo, Sten –sus labios se curvan en una sonrisa exquisita y letal–. Y cuidaré bien a tu viuda cuando fracases.

CAPÍTULO

XIV

Nisse luce una expresión desconcertante cuando se levanta de su trono, con una media sonrisa y los ojos muy abiertos. No sé cómo interpretarlo, así que miro a Jaspar, que se ha levantado también. Él me echa una mirada firme y confiada y se dirige junto a su padre, que le dice algo en voz baja al oído. Jaspar asiente en respuesta sin modificar su expresión.

—Dada la gravedad de este desafío, creo que es mejor que lo llevemos inmediatamente al círculo de combate —grita Nisse sobre el rumor bajo y nervioso que llena la sala. Algunos de nuestros guerreros han saltado de sus bancas y están de pie en los corredores entre las largas mesas, mientras otros permanecen sentados con los guerreros de Nisse, mirando nerviosamente a los que estamos en la plataforma. Los asistentes vasterutianos permanecen congelados donde estaban cuando se lanzó el reto, pero Nisse hace un gesto a la mujer que me llamó la atención antes, la de las mejillas redondas y el cabello oscuro y rizado.

—Halina, escolta a la Jefa Thyra y los guerreros que elija a la recámara de combate para que se prepare.

La mujer asiente y hace señas a Thyra antes de dirigirse hacia una puerta en la parte trasera de la habitación. Me levanto, preparándome para seguir a Thyra. Ella luce una sonrisa de confianza que se ve muy mal en su rostro. Como una máscara que se ha colocado para ocultar lo que hay debajo. Y me gustaría saber qué es.

Sten está seleccionando a sus propios hombres, dos guerreros mayores que llevan marcas hasta abajo del brazo derecho y buena parte del izquierdo. Los recuerdo de torneos antes de que Nisse fuera desterrado: Elo y Flemming. Seguramente habrían formado parte de la primera oleada de Lars si no hubieran elegido a un traidor como jefe. Ahora están hombro con hombro junto al guerrero de cabello oscuro que quiere tomar la vida de Thyra. Me pregunto si creen las vagas acusaciones de traición que se han venido propagando como veneno últimamente. ¿Qué es lo que les ha estado diciendo Nisse a todos? Hace tan solo unas horas actuó como si estuviera contento de ver a Thyra, ¿y ahora le está permitiendo enfrentar un desafío con uno de sus propios guerreros?

Cuando me vuelvo a Thyra, ella se aleja escoltada por Preben y Bertel. Avanzo detrás de ella, el miedo y la rabia ardientes chisporroteando debajo de mi esternón, pero una mano me sujeta por el hombro. Me suelto y me vuelvo para ver a Sander, con la palma lista para aferrarme de nuevo.

—No hagas nada tonto, Ansa —dice, echando una mirada cautelosa a Nisse, Jaspar y Sten.

Mis ojos arden mientras veo a Thyra desaparecer por una puerta.

—Después de luchar contra Edvin, me dijo que quería que me mantuviera junto a ella.

—Puede cambiar de idea.

—Preben y Bertel no la conocen tan bien como yo —digo en un susurro ahogado.

Sander se aprieta a mi lado mientras los demás se levantan de sus asientos para dirigirse al claro que se encuentra fuera de esta horrible torre, donde está el círculo de combate.

—Como la *conocías*, querrás decir —responde. Luego deja escapar un suspiro exasperado al ver la expresión de rabia en mi rostro—. Ansa, piensa. En este momento, ella debe concentrarse. ¿Realmente debería preocuparse también por ti?

—¿Preocuparse por mí? Qué... —lo miro con recelo cuando recuerdo lo que dijo Jaspar acerca de las acusaciones de Sander sobre que soy una bruja. No parece ni un poco intimidado.

—Ella me dijo que cuidara de ti esta mañana, y eso es lo que estoy haciendo. ¿Y en cuanto a lo que *tú* deberías hacer? Si realmente te importa Thyra, quédate en tu lugar y déjala ganar este desafío.

Trago saliva, porque se me ha cerrado la garganta, pero me siento aliviada de saber que estuve entre en los pensamientos de Thyra esta mañana, y sé que Sander tiene razón. Le respondo con un rápido gesto de asentimiento, y juntos seguimos a los demás por la plataforma, hasta una gran puerta arqueada en la parte delantera de la sala, desde donde salimos hacia la noche. El claro está iluminado por decenas de antorchas, y van trayendo más a medida que centenares de guerreros se abren paso hasta el círculo de combate. Como la vez anterior, utilizo mi pequeño tamaño a mi favor, deslizándome entre brazos musculosos y hombros anchos, hasta que estoy justo detrás de la gente que forma la primera hilera rodeando el círculo. Hay dos áreas vacías a cada lado de las bancas elevadas, donde ahora se sientan Nisse, Jaspar y muchos de los hombres y mujeres que estaban en su mesa.

Halina, la criada vasterutiana, está de pie junto a una puerta de madera más pequeña que se encuentra en la base de la torre y, ante un gesto de Nisse, la abre. Thyra y sus elegidos caminan hacia fuera. Lleva una túnica de manga larga que cubre sus escasas marcas de muerte y un cinturón de cuero nuevo. Tiene una daga enfundada en cada cadera. Preben y Bertel se colocan de costado, mirando a Nisse y a su séquito. Él podría detener esta farsa en cualquier momento, pero parece que se instaló para observar el espectáculo.

De repente se me ocurre que esto es lo que él siempre quiso que ocurriera.

—Sangre y victoria, Jefa Thyra —aúllo, y mi grito es contestado por las voces de algunos de nuestros guerreros, que están esparcidos por la multitud. Estamos demasiado apretados para movernos, para poder reagruparnos en medio de esta guarida de rivales, y me pregunto si esto también es parte de la estrategia de Nisse, separar y conquistar. A pesar de su sermón de armonía y unidad, ¿así pretende aplastarnos?

Frunzo el ceño mientras Sten entra en el claro. Ha elegido una lanza para la lucha, y también tiene un gran cuchillo en la cadera. Como es de menor rango que Thyra, sus armas no son tan finas, pero luce una sonrisa confiada mientras saluda a un gran grupo de guerreros de Nisse, que lanzan una alegre ovación cuando lo ven entrar al círculo de combate. Nisse y Jaspar no se unen, pero sí ofrecen a Sten un ligero asentimiento cuando él se acerca a sus bancas. Balancea sus brazos, sus músculos se contraen mientras se afloja como preparación. Solo tiene unos años más que Thyra. Está en su mejor momento. No como Edvin, que era un guerrero experimentado pero no tenía la velocidad que necesitaba para derribarla. Un alboroto de inquietud helada me hace llevar una mano al estómago.

Thyra desenfunda sus armas y rota las muñecas, probando el peso y la sensación de las dagas. Bertel dice algo y ella sonríe, y no puedo evitar una punzada de celos. Debería estar ahí con ella.

Pero ya no confía en mí. Dejó que una pequeña mentira borrara de su memoria años de devoción. Suelto un suspiro tembloroso a medida que entiendo la verdad. Si eso fue todo lo que hizo falta para destruir cualquier sentimiento que haya tenido por mí, no deben haber sido muy fuertes en primer lugar.

O tal vez no soy la única que ha estado mintiendo.

La espina clavada de esa idea no me impide sujetar la cuerda que forma el círculo. Me aferro con nudillos pálidos mientras ella y Sten pasan la barrera e ingresan al círculo. La suerte está echada: solo uno saldrá. Y una vez que Thyra haya derrotado a Sten, espero que ella y Nisse se traten uno al otro como iguales. Tal vez esto realmente acabe con los rumores de traición. Tal vez él solo necesita ver en qué se convirtió ella para entender que debe escucharla y tomar en cuenta sus consejos al hacer sus planes. Tal vez también ella lo escuche, y entienda que una invasión a Kupari puede ser lo único que nos haga sentir enteros de nuevo. O al menos a mí. Yo no puedo evitar sentir la esperanza de que alguien de allí, tal vez uno de esos que llaman portadores de magia del templo, sepa quitar de mí esta maldición.

Sander finalmente llega a mi lado.

—Sten siempre ha sido demasiado confiado, y eso lo hace impulsivo —dice, observando al guerrero patear con sus botas la tierra dura—. Además, su lado izquierdo es débil.

Allí va de nuevo, mostrando todo lo que sabe. Pero en este caso, no le digo que se calle. En verdad resulta tranquilizador. A todos nos enseñan a manejar armas con ambas manos, pero no todo el mundo puede hacerlo bien. Thyra es de las que pueden. Ahora observa a Sten con la concentración de un depredador, una pierna hacia atrás para poder lanzarse con fuerza. Como siempre, su oponente es más alto y pesado, pero las mujeres guerreras estamos tan acostumbradas a esa diferencia que contamos con ella y sabemos cómo convertirla en una ventaja.

Nisse se pone de pie y alza los brazos.

—Como todos los desafíos al liderazgo de los jefes, este duelo será a muerte —baja la vista a Sten y Thyra—. Mientras ambos peleen con honor, tienen asegurado su lugar en el campo de batalla del cielo. Sin miedo.

—Sin miedo —ruge Sten, sus oscuros ojos brillan bajo las llamas de las antorchas mientras empieza a rodear a Thyra.

—¡Sin miedo! —responden los guerreros de Nisse, y luego comienzan los gritos y los cánticos, instando al guerrero de cabello oscuro a la victoria.

Thyra permanece en silencio. No exclama nada que sus guerreros puedan repetir, porque ya ha desaparecido adonde sea que va cuando pelea, un lugar donde reina sola. Empuña sus dagas mientras Sten aferra su lanza y da unos cuantos golpes a un lado y al otro, sin vacilar siquiera cuando él empieza a acercarse. Y cuando él ataca, bloquea fácilmente los golpes, usando la gruesa base de su daga para llevar la punta de la lanza de Sten fuera de la pista. Él retrocede y carga de nuevo, y Thyra lo desvía hacia la izquierda. Sten tropieza y se endereza de inmediato, pero por un instante deja expuesto su lado derecho y ella se mueve como un rayo y le hace un corte.

Sten gruñe cuando una delgada línea de sangre mancha su túnica rota, y carga contra ella, con el rostro retorcido de ira. Thyra retrocede rápidamente, bloqueando los golpes directos uno detrás de otro, girando y atacándolo cada vez que expone un blanco. Sten no le regala demasiadas posibilidades, pero son suficientes como para que después de unos minutos esté sangrando por tres heridas distintas. Los gritos de entusiasmo de los guerreros de Nisse disminuyen ligeramente al ver que no será tan fácil derrotarla. Cuando huyeron de nuestro campamento durante el invierno, Thyra no era una guerrera completamente formada aún. Todavía se estaba entrenando. Y siempre ha sido una guerrera reacia a combatir. Pero no es lo mismo que una guerrera *vacilante,* y la diferencia es crítica.

Thyra solo vaciló una vez. Yo estaba allí para tomar esa vida por ella, por lo tanto, no importó. Sin embargo, ahora no me necesita. Sus movimientos son suaves y controlados, y se la ve completamente en paz, incluso cuando Sten avanza pesadamente alrededor del círculo, mirándola con odio y exhibiendo los dientes entre sus labios retraídos en una fea mueca. Me pregunto si se da cuenta de que pronto va a morir.

Veo el momento en que ocurre. Acaba de lanzar otro golpe, y Thyra balancea su daga con tanta fuerza que la punta de la lanza golpea el suelo. En ese instante, ella salta pateando el eje, y el terrible sonido hace eco en la torre de arriba. Sten se tambalea hacia delante cuando su arma se rompe, sus ojos parpadean con miedo y sorpresa antes de hundirse ante su pequeña oponente. Ella lo esquiva mientras cae y aprovecha para clavarle su daga en el hombro. El arma se hunde muy profundo y hace brotar un grito estrangulado de la garganta de Sten, que se libera de Thyra. Cae a tierra y rueda para alejarse de ella, dejando un rastro de sangre detrás.

Ella no lo persigue. Simplemente espera y pasa con tranquilidad la daga que le queda a su mano derecha. Echo un vistazo a Nisse y a Jaspar: ambos lucen inexpresivos, no muestran nada. Pero los guerreros a su alrededor parecen frustrados y le gritan a Sten que se levante. Lo hace, con la daga de Thyra que todavía sobresale justo debajo de su clavícula del lado derecho. La herida sangra mucho, al parecer cortó un vaso sanguíneo importante. Mientras pienso que sería prudente dejarla allí, Sten la busca con su mano izquierda y, con un gruñido desgarrador, arranca la hoja de su carne.

Eso es un error. La sangre sale a borbotones de la herida, y él la mira fijamente como aturdido por la sorpresa. Se oprime la herida y vuelve a dirigir su mirada de odio a Thyra. Con otro rugido quebrado, estimulado por los renovados vítores de sus colegas guerreros, corre hacia ella, la daga sangrienta en ristre. En lugar de esquivar, esta vez Thyra también carga, pero se arroja al suelo al acercarse, haciendo una voltereta completa y aterrizando en cuclillas entre las piernas de Sten. Su hoja es un relámpago de plata. Todo sucede tan rápido que los gritos de la multitud vacilan, no pueden saber si Sten la golpeó a ella o fue al revés.

Pero cuando ella se pone de pie de un salto y gira, la respuesta es clara. Sten cae de rodillas. La sangre fluye por la cara interna de sus muslos, manchando sus pantalones hasta formar un charco en la tierra debajo de él. Está frente a Nisse y los demás, que permanecen sentados en sus bancas elevadas. Thyra se acerca por detrás mientras él se sostiene sobre sus manos. Observo su perfil mientras mira a su tío. Me pregunto si ella cree que él podría haber detenido esto. De ser así, no lo dice. Simplemente sujeta el cabello de Sten y le pasa la hoja por la garganta. Nada de gloria, ningún desafío o jactancia, ninguna oferta de misericordia, solo acción letal. Deja que Sten caiga de cara al suelo, y luego retrocede.

Nisse mira a Elo y Flemming, los dos hombres de Sten, y luego a Thyra. Se pone de pie mientras los guerreros amontonados a mi alrededor quedan repentinamente en silencio. Sander y yo no celebramos. Por alguna razón, hacerlo parece peligroso. Pero yo quiero. Puede que me haya hecho a un lado, pero se la ve tan magnífica en este momento que no puedo dejar de amarla con cada fragmento de mi cuerpo y alma.

—La Jefa ha ganado su desafío y retiene su trono —grita Nisse.

Thyra se inclina con una sonrisa pequeña y cansada en su rostro mientras camina hacia el límite del círculo; sus hombros se relajan después de la tensión del combate. Respira con dificultad, pero está completamente indemne. Sten ni siquiera pudo verter su sangre. Sonrío, tan orgullosa de ella que apenas puedo respirar por la emoción. Jaspar me ve y me lanza un pequeño asentimiento mientras Elo y Flemming entran en el círculo y llevan el cuerpo sangrante de Sten al otro lado, donde lo recuestan suavemente sobre un trapo rústico traído por Halina y otro criado de Vasterut, un hombre barbudo con la cabeza afeitada y tupidas cejas negras. Ambos parecen disgustados mientras observan cómo Elo cubre el rostro de Sten.

Thyra llega al límite del círculo y comienza a pisar la cuerda. Preben y Bertel le ofrecen sus manos, con grandes sonrisas en sus rostros. Nisse levanta los brazos de nuevo, con un brillo de extraña diversión en sus ojos.

—Y ahora...

—Yo la desafío —exclama Elo, y sus marcas de muerte brillan como la plata en la luz ahumada. Empuña su hacha desde su lugar junto a su compañero caído.

Thyra levanta la cabeza, sus ojos muy abiertos.

—Pero... —sus palabras se ahogan cuando Preben, Bertel y varios de nuestros guerreros comienzan a protestar ante la alegría de Nisse. Estoy tan asombrada que no puedo encontrar mi voz. ¿Un *segundo* desafío?

—Un desafío a un jefe no puede ser rechazado —exclama Nisse. Le dirige a Thyra una mirada de disculpa—. Lo siento, Thyra. No anticipé cómo se sentirían mis guerreros respecto de tu presencia aquí.

Ella retrocede lentamente hacia el centro del círculo. Sin apartar la mirada de su tío, se arrodilla y recoge la daga que Sten arrancó de su hombro. La limpia de un lado y del otro con dos golpes secos, y la sangre deja una gruesa marca roja en sus pantalones.

—Entonces ven, Elo —dice en voz alta, aún mirando fijamente a Nisse—. Solo recuerda que una vez que entres en este círculo, solo hay una manera en la que podrías retirarte. No tengas dudas.

Elo se burla mientras entra en el círculo sin vacilar.

—Yo luchaba contra mejores guerreros antes de que nacieras —dice con una voz profunda y retumbante. Su barba está surcada por hilos de plata, y parece casi tan viejo como Edvin, pero su estructura es más ligera y sus brazos están llenos de músculos y venas. Es un asesino experimentado, y sostiene su hacha, un arma de doble hoja con un mango corto y grueso, fácil y cómodamente. Un golpe sólido es todo lo que necesita para destruir a su oponente, y Thyra ya ha tenido una pelea esta noche.

—Esto es injusto —siseo entre dientes apretados.

Sander mira el charco de la sangre de Sten que está siendo absorbido por la tierra.

—No hay una regla que diga que a un desafío no puede seguirle inmediatamente otro.

–Pero no es correcto. Los guerreros no se tratan mutuamente de esta manera.

–Estamos en tierra extraña, Ansa –dice bruscamente–. Nisse no tiene que gobernar de la misma manera que Lars, y Lars no le dio la opción de permanecer en nuestra tribu.

–¿Dónde *está* nuestra tribu? –pregunto mientras miro a mi alrededor. Un montón de puños que se agitan indican dónde están los leales, pero no hay suficientes para hacer ninguna diferencia. La mayoría de los guerreros que nos rodean parecen deseosos de que ocurra esta pelea.

Me vuelvo hacia el círculo para ver a Thyra observándonos. ¿Puede ver que soy leal? ¿Sabe que nunca la abandonaría? Su mirada se suaviza por un momento cuando nuestros ojos se encuentran, pero luego su labio inferior tiembla y rápidamente mira hacia otro lado. Sujeta la daga con más fuerza, y su rostro pierde cualquier expresión: se ha ido de nuevo, y ahora está sola en ese círculo. Sus miembros se mueven con una gracia que hace que mi corazón palpite con anhelo y deseo. Pisa con seguridad cuando cruza un pie sobre el otro, dando vueltas mientras Elo comienza a acecharla. Él vibra de odio, aunque Thyra solo hizo lo que haría cualquier guerrero al responder al desafío de Sten. No entiendo qué lo impulsa.

–Eres una pequeña conspiradora, ¿verdad? –le dice–. ¿Crees que no sabemos lo que hiciste?

–¿De qué está hablando? –murmuro.

–No, Elo –Thyra ladea su cabeza–. *Sé* que no sabes lo que hice.

Busco a Sander con la mirada, pero su rostro es un espejo de mi propia perplejidad. Y no tenemos ninguna explicación, porque al instante Thyra ataca. Su daga refleja las llamas mientras se proyecta hacia delante, pero la hoja del hacha de Elo la derriba. Y entonces son un manchón confuso de metal y músculo, y Thyra tiene que retroceder rápidamente bajo la fuerza de los golpes de Elo. Su velocidad es su mejor aliada mientras salta hacia un lado. Sus muslos rozan la cuerda del círculo de combate mientras la cuchilla del hacha de Elo cae a solo unos centímetros de los pechos de los guerreros parados al otro lado. Todos gritan y se echan atrás, pero no hay dónde ir, porque la multitud está demasiado apretada entre la torre y la pared de estacas.

Thyra jadea y se limpia rápidamente el sudor de la frente cuando Elo vuelve a por ella. Es más estratégico que Sten, y más fuerte. Una astilla helada de miedo comienza a cavar su camino en mi estómago mientras ella detiene otro ataque. Su brazo se tuerce bajo su ferocidad y, aunque lo esquiva, su siguiente hachazo le corta el hombro izquierdo.

Elo ríe mientras ella se tambalea hacia atrás.

—Si te quedas quieta, terminaré esto rápido.

Ella recupera el equilibrio y baja la barbilla, mirándolo fijamente mientras la sangre mancha la manga de su túnica.

—No sabía que necesitabas un blanco inmóvil para salir victorioso —su voz suena quebrada por el desprecio, su tranquila frialdad se ha derretido bajo el calor del dolor y este desafío irrespetuoso e impulsivo.

Elo ruge ante el insulto y descarga su hacha en un golpe que le habría cortado la cabeza si hubiera permanecido quieta. Pero, rápida como el viento, ella se mueve hacia abajo y se introduce bajo su guardia. Elo gruñe, y el hacha vuela de su mano extendida. Los guerreros de las bancas se arrojan al suelo para esquivarla mientras pasa girando, y se detiene solo cuando la hoja se entierra justo donde había estado sentado Jaspar un momento antes. Nisse es el único que no se ha movido, y se limita a mirar el mango vibrante del hacha antes de levantar la cabeza para observar al guerrero que desafió a su sobrina.

Elo, como Sten antes que él, ha caído de rodillas, y está abrazando a Thyra, sus manos la oprimen por la espalda y ella se acerca más aún. El alivio casi me dobla al medio cuando entiendo lo que estoy viendo. La daga de Thyra está enterrada profundamente en su barriga. Ella está arrodillada frente a él y la retuerce mientras él deja escapar ruidos ahogados hasta que por fin saca la daga, derramando su sangre por la tierra. Con la respiración agitada, Thyra se levanta mientras él cae a sus pies. Su brazo izquierdo cuelga a su lado, el arma en esa mano cuelga apenas de sus dedos.

—Así que ahí está —le dice a Nisse con voz lenta y cansada—. Seguramente ya he probado lo que valgo.

Nisse coloca su bota en el mango del hacha de Elo.

—Impresionante, sobrina —le echa un vistazo a Flemming.

—Oh, cielos. Tenía esto planeado —murmura Sander justo cuando Flemming alza su puñal al cielo y grita:

—¡Yo la desafío!

—¡No! —exclamo mientras el fuego derrite el hielo dentro de mí, chamuscando mi corazón al surgir de mis entrañas. La mano de Sander aprieta mi muñeca pero retrocede al instante, sin aliento y sacudiéndose por el calor.

Preben y Bertel han desenvainado sus dagas y se mueven hacia Flemming, que se dirige al círculo de combate, pero la voz de Thyra acalla el ruido de la multitud, abriéndose paso en la noche.

—¡Atrás! —ordena, y luego me mira a mí—. Quédate atrás —repite, en voz más baja.

–Flemming –dice Nisse. Suena tan tranquilo, como si esto fuera simplemente un torneo en vez de una pelea a muerte–. ¿Estás seguro?

–Ella no sirve para liderar –exclama Flemming–. ¡Es una traidora y una conspiradora! Ella es la que debería haber sido desterrada.

–Mentiroso –grito, pero Thyra se da la vuelta y me echa una mirada tan feroz que mi boca se cierra de golpe.

–No me rebajaré a dignificar esas patéticas insinuaciones –dice con voz tensa–. Especialmente cuando es obvio que la verdad no tiene peso dentro de estos muros.

Jaspar nos mira a mí y a Sander mientras vuelve a sentarse junto al hacha de Elo, todavía clavada en la banca de madera. Su rostro inexpresivo solo alimenta las llamas de mi rabia.

–Nisse le dijo a todo el mundo que él no había intentado envenenar a Lars –consulto a Sander–. ¿Están dando a entender que creen que fue Thyra?

Él se encoge de hombros.

–Creo que la pregunta más importante es: ¿por qué ella no lo niega?

–Todo eso está en el pasado –le dice Nisse a Flemming–. Encontramos nuestra victoria incluso en la derrota, ¿verdad?

Sus guerreros gritan por sangre y victoria mientras Thyra se limpia la sangre de Elo en sus pantalones. Ahora hay dos franjas paralelas de rojo carmesí en su pierna. Pero su mano se estremece mientras adopta su posición de combate otra vez. La imagen hace que se me cierre la garganta.

–Hay que detener esto –susurro–. Si su enemistad verdaderamente quedó en el pasado, como él dice, ¿por qué no detiene esto?

–¡Qué plan tan listo! –dice Sander.

–¿Qué?

–Si hubiera ejecutado Thyra, o la hubiera asesinado, no podría haber ganado la lealtad de nuestra tribu. Así que deja que sus guerreros peleen esta batalla de una manera que todos debemos honrar, porque todos conocemos y respetamos las reglas básicas del círculo de combate. Todo lo que tiene que hacer es *nada*, y su victoria será completa.

–¡No hay honor en esto!

–Thyra es una jefa, Ansa. Los guerreros pueden rechazar una pelea como esta, pero los jefes deben defender el trono o perderlo.

Lanzo un grito cuando Flemming entra en el círculo, con su piel bronceada reluciente de sudor. Él no es más alto que Thyra, pero es duro y feroz, hecho todo de tendones y fuerza. Como ella, él lleva dos dagas. A diferencia de ella, él luce firme y calmo al acercarse.

Y por primera vez, Thyra parece ser la presa. Su pecho se estremece y el sudor gotea de su barbilla. Su hermoso rostro está retorcido de dolor, y su manga izquierda está empapada de sangre. Flemming no bromea ni se burla, pero la mirada decidida en su rostro es igual de mala. El calor flamea por mi piel incluso mientras el hielo corre a lo largo de mis huesos. Empiezo a temblar por el esfuerzo de mantenerlos dentro.

Flemming se abalanza, y Thyra se tambalea lejos de él. Sus dagas chocan entre sí, pero ella no es lo suficientemente fuerte como para retenerlo, y él se abre paso dentro de su guardia, con la punta de su arma dirigida hacia su garganta. Ella le conecta una patada en el estómago y él resopla, con los ojos muy abiertos, pero todavía es capaz de bloquear su siguiente golpe y hacerla perder el equilibrio de un empujón. Ella tropieza con sus propios pies y cae sobre su trasero. Cuando él se acerca, Thyra le arroja su daga, que lo corta a lo largo del muslo al pasar. Flemming salta sobre ella para aplastarle el pecho, pero Thyra se aleja rodando a un costado, por lo que él la apuñala con sus dos dagas. Una erra el blanco, pero la otra se clava en su costado, y no puede sofocar su grito. Ella lanza un golpe con su daga restante y envía a Flemming arqueado hacia atrás, y luego desvía otro ataque cuando él le lanza un daga volando.

Thyra se pone trabajosamente en pie, sujetándose un costado. La sangre fluye entre sus dedos temblorosos.

—No —susurro.

Flemming camina hacia ella sin prisa, despreocupado. No parece que se esté esforzando en absoluto mientras bloquea y desvía los siguientes ataques desesperados. Finalmente, ambos chocan sus armas, y la daga de Thyra vuela de su mano. Antes de que pueda ir a buscarla, él le da un puñetazo en el estómago, enviándola al suelo.

Ella cae de rodillas, justo delante de las bancas de madera.

—Esto es todo —susurra Sander, e incluso mientras los guerreros de Nisse gritan y celebran, lo oigo de manera tan clara que cada palabra penetra en mi corazón. Quedo paralizada por la incredulidad. Esto no puede estar pasando.

Thyra levanta la cabeza. Tiene que saber que Flemming está por detrás. Tiene que saber lo que viene después.

—Tío —dice, y todos callan. ¿Pedirá por su vida, aunque eso signifique el destierro?

Pide misericordia, pienso silenciosamente. Me iré con ella. La seguiré adonde quiera que vaya.

—¿Sí? —pregunta Nisse, poniéndose de pie.

Ella deja escapar un suspiro dolorido y cuadra sus hombros.

—Trata a mis guerreros y ayudantes con respeto después de que me haya ido.

Flemming sujeta en un puño el cabello corto de Thyra y le echa la cabeza hacia atrás, levantando la daga para cortarle la garganta. No puedo dejar que esto suceda. No *dejaré* que esto suceda. Mientras la maldición rezuma a través de mi piel, suplicando ser liberada, dejo de intentar retenerla.

En cambio, me entrego.

CAPÍTULO
XV

Todo el ruido de los guerreros se acalla, ahogado por la lluvia de fuego y hielo en mi mente, que golpea a lo largo de mis huesos; su rugido invade mi alma. Casi no me doy cuenta de que estoy entrando en el círculo, solo que de repente la cuerda ya no está allí. Sus cenizas revolotean en el aire a mi alrededor, como mariposas.

Yo soy la llama. Estalla de mis palmas mientras camino hacia Flemming, que se da vuelta, quizás al sentir el calor a su espalda.

–No la tocarás –digo, y mi voz es monstruosa; dientes, garras, cuchillas y odio hechos sonido.

Flemming se tambalea lejos de Thyra, con los brazos enroscados, boquiabierto en un grito silencioso mientras yo avanzo detrás de él, con fuego líquido en mis venas.

–¡Bruja! –exclama.

Es la última palabra que pronuncia. Arrojo las llamas, todo mi dolor y rabia alimentan un infierno que devora a Flemming al instante. Sus gritos son desesperados y estridentes, y ahora se ha ido y no me importa. No me detendré hasta que se vuelva ceniza a mis pies. Siento que es lo correcto, algo bueno y salvaje.

Levanto la cabeza ante el resplandor de la hoja de una daga, pero de solo pensar en el viento se produce un vendaval helado que la desvía, y su dueño es arrojado de vuelta a la muchedumbre de guerreros horrorizados, con los ojos abiertos de par en par. Me doy la vuelta en el sitio y miro con furia a la tribu que estaba tan ansiosa por matar a mi jefa.

–Desafíenme a *mí* –les digo.

Nunca sentí nada tan magnífico. Río cuando unos pocos guerreros me enfrentan y arrojan sus lanzas. Balanceo mis brazos, y el viento vuelve a cumplir mis órdenes. Las largas puntas afiladas pasan a mi lado a ambos costados y van hacia la multitud detrás de mí. Que todos mueran. No me importa que lloren. No me importa el terror en sus rostros. Hace un momento babeaban al ver a Thyra de rodillas, una jefa derrotada por una conspiración. No con honor. No en una pelea justa. Me doy cuenta ahora de que no hubiese importado que derrotara a Flemming: otro la habría desafiado, y luego otro, y otro, hasta que uno de ellos lograra un golpe de suerte, hasta que Thyra cayera de puro agotamiento. No sé qué clase de jefe nutre a una tribu que haría tal cosa, pero al pensar en ello, levanto la vista hacia las bancas donde Nisse estaba sentado con Jaspar y el resto de su leal séquito.

Pero Nisse se ha ido. También sus favoritos. Solo Jaspar continúa allí. Él se para en su banca, sus ojos están desorbitados.

–¿Lo sabías? –grito, mientras violentas ráfagas levantan mi cabello rojo y las cenizas giran a mi alrededor. El aire está lleno del aroma de la carne quemada, dulce y amargo.

Es gracioso cómo uno nota pequeñas cosas aun cuando el mundo se está desmoronando. La nuez de Jaspar sube y baja mientras traga. Su piel se ve resplandeciente de sudor y manchada de gris a la luz ardiente de mi fuego maldito. Sus puños se aprietan. Él sacude la cabeza.

Podría matarlo. Tal vez debería, por difundir los rumores que quebraron la fe de las personas y la confianza en Thyra. Mi corazón se contrae al pensar en él ardiendo delante de mí, pero ahora soy parte del fuego. Lo he aceptado como propio. Me lame la piel, dejándola roja y enojada. Hace surgir ampollas. El dolor aparece en mi conciencia, junto con una instintiva oleada de hielo para contrarrestar el calor. Me estremezco mientras mi sangre corre tan fría que parece que mis huesos se van a quebrar.

–¡No! –grita Jaspar, y alzo la cabeza para verlo saltar de su banca y aterrizar en el borde del círculo de combate, agitando las manos en alto mientras pasa corriendo a mi lado y grita a alguien por encima de nosotros. Me doy la vuelta en esa dirección: los arqueros de batalla se alinean detrás de un parapeto que rodea la torre de piedra hasta la mitad de su altura–. *¡No disparen!* –exclama, lanzándose hacia delante para ponerse entre las flechas y yo.

Vuelvo mis palmas al cielo, formando trozos de hielo que giran y se transforman en cuchillas. Sonrío ante la imagen. *Es* tan sencillo como pensar ideas frías. Y ahora tengo frío. Tanto frío que la idea de estas láminas de hielo penetrando la carne Krigere no puede derretirme. Se congelarán, caerán y morirán, y es lo que merecen. Lo que todos merecen.

–¿Ansa?

El sonido quebrantado de mi nombre me hace girar. El alivio hace que mis cuchillas de hielo se vuelvan una bruma mientras miro fijamente el rostro de Thyra, rojo por el beso del calor. Sus ojos azules están llenos de lágrimas. Da un paso lento hacia mí, su brazo izquierdo herido apretado contra el cuerpo, su túnica rota y manchada con la sangre de sus heridas.

–Por favor, detén esto.

–No puedo dejar que te maten –mi voz se quiebra. La agonía me hace oscilar, incluso mientras el fuego y el hielo rugen dentro de mí, buscando un objetivo.

–Pero es momento de que te detengas. Tienes que hacerlo.

Mi mirada se tiñe con un resplandor anaranjado. La miro fijamente a través de las llamas.

–Eres mi lobo –dice con una sonrisa trémula. Una lágrima escapa y se desliza por su mejilla–. Necesito que me escuches ahora.

–Tu lobo –susurro. Aprieto los puños, tratando de encadenar la enorme tormenta dentro de mí, junto con una creciente agonía que me está comiendo viva–. Nunca he sido otra cosa.

–Oh –dice ella, con voz alta y temblorosa–. Aquí es donde creo que te equivocas.

Parpadeo confundida. Hay un rugido en mis oídos que no se va.

–¿Qué quieres decir?

Ella me echa una mirada de dolor e inclina su cabeza, su brazo derecho se levanta para abrazarme.

–Eres mucho más que eso –está viva y me busca, y no puedo negarme. Me acerco más. Su brazo se desliza alrededor de mis hombros, y me empuja contra ella para que pueda olerla, fuego, sudor y un toque de dulzura. Su cuerpo entero está tenso y tembloroso.

–No me tengas miedo. Yo nunca te haría daño –digo.

–Lo sé, Ansa –dice soltando un sollozo. Su mano se desliza por mi espalda y por mi cabello–. Lo sé –me besa la mejilla, y mis ojos se ciegan ante la perfección absoluta de sus labios contra mi piel. Pero entonces su abrazo se estrecha y su cuerpo se tensa. Abro la boca para preguntarle qué está mal, pero antes de que pueda formular la pregunta, mi cráneo explota en un trueno de dolor, estrellas y oscuridad y me siento caer, un abismo sin fin que me lleva hacia abajo.

Ella yace en el suelo, la sangre empapa su vestido, sus ojos están llenos de dolor. Aunque las llamas la rodean, no les presta atención. Su mirada está fija en mí. *Nunca dejes de pelear.* Su boca no se mueve, pero oigo las palabras en mi cabeza, un lenguaje hermoso y verdadero. *Nunca.*

Quiero obedecerla, pero no puedo moverme.

"Mamá", grito. Necesito que se levante y venga a buscarme, que me alce del suelo y me sostenga en sus brazos, para reír y acariciar con sus dedos mi cabello. Necesito oler su aroma, que significa seguridad, amor y hogar. Pero todo lo que puedo oler ahora es humo.

Bajo la vista y me doy cuenta de que estoy en llamas.

—Quédate quieta —sisea una voz—. ¡No toques esas vendas! —mis párpados están cerrados, pero logro abrir uno, lo suficiente como para ver un rostro borroso flotando sobre el mío.

—¿Qué…? —mi voz brota como un crujido áspero.

—Si te quitas esas vendas otra vez, tendrás que arreglarlas tú misma —la voz pertenece a una mujer que habla en idioma Krigere, pero de algún modo suena extraño, como si hubiera bebido demasiada cerveza, o comido demasiada miel. Los sonidos emergen redondeados y tibios en vez del filo cortante al que estoy acostumbrada.

Un paño caliente me limpia los ojos, y parpadeo hasta poder abrirlos.

–Tú eres la del banquete –digo, estremeciéndome mientras las palabras abrazan mi garganta seca. La mujer se acomoda el cabello negro como el ébano salvaje con manos graciosas. Es más joven de lo que pensé, no mucho más grande que yo, y su mirada está llena de fino recelo.

–Halina –responde.

–De Vasterut. Lo recuerdo.

Ella suelta una risa incrédula.

–¿Lo recuerdas? Me pregunto si puedes siquiera formar un pensamiento.

Frunzo el ceño.

–¿Qué sucedió? –bajo la vista a mí misma. Estoy vestida solo con pantalones y una faja sobre el pecho, y mis brazos están vendados desde la yema de los dedos hasta los hombros. Puedo ver cada una de mis costillas. La conmoción me aprieta el vientre, y trato de sentarme, pero Halina me contiene. Su mano está envuelta en un grueso mitón de cuero, como el que algunos ayudantes usan cuando manejan hierro al rojo vivo. Me desplomo bajo la presión de su mano, débil y sin aliento.

–Pensé que tal vez no recordarías tu propio *nombre*, con ese golpe en la cabeza –gruñe ella, muy divertida–. Los Krigere no tenían ni idea de que hubiera un portador entre ellos –lanza un silbido–. Todo un espectáculo.

Un vago recuerdo surge en el fondo de mi mente y se abre paso hacia delante.

–¿Dónde está la Jefa Thyra?

–Viva y segura. Eso es todo lo que tengo para decirte.

Intento levantarme de nuevo, pero Halina mantiene su mano presionada contra mi hombro.

–¿Por qué? ¡Déjame levantarme!

–¡Shh! Tranquilízate –su piel brilla de sudor, y su voz suena alarmada–. ¡No uses ese fuego contra mí!

Mi cabeza se hunde en la almohada, siento un hormigueo en los labios.

–¿Qué dijiste?

Halina afloja la presión en mi hombro, pero ahora se pone a murmurar para sí en un idioma diferente, probablemente la lengua de Vasterut. Tiene el mismo sonido meloso que le imprimió a las palabras en Krigere. Me echa una mirada exasperada cuando me ve observarla.

–No quiero estar aquí. Sin embargo, nadie más se ocuparía de ti. Todos temen que los cocines o los conviertas en una estatua de hielo.

¿Cómo lo sabe? La sombra oscura en mi mente logra llegar al frente de mi conciencia. Y recuerdo. Fuego saliendo de mis palmas. Hielo arremolinándose en mis manos. Y mi odio, mi rabia y las mejillas de Thyra cubiertas de lágrimas. Me entregué a la magia y me devoró.

–Oh, no –susurro–. Pensé que podría haber sido un sueño.

–Más bien una pesadilla –se acaricia los dedos y emite un sonido chillón. Luego me mira a los ojos–. Pero si me quemas te perseguiré. Te volveré loca. Podría hacerlo.

Mis mejillas florecen con el calor de la humillación.

–No quiero quemarte. No estoy... –cierro mi boca.

Halina gruñe y se instala junto a mi cama. Estoy en una recámara de piedra, el aire es fresco, pesado y húmedo, y las paredes gotean. Una antorcha sujeta a la pared revela que hay una pesada puerta de madera, pero ninguna ventana. Siento como si la cosa entera fuera a derrumbarse y aplastarme.

–Tantos guerreros *valientes*, y me mandan a cuidarte –ríe entre dientes–. No son tan valientes como les gusta decir.

Bajo la vista a mis brazos, los levanto para examinar mis vendajes a la luz del fuego.

–¿Que pasa conmigo?

–¡Ah! Oh, tantas cosas, al parecer. Pero para empezar, tus brazos están llenos de ampollas –señala mi cabeza–. Y tienes el cráneo quebrado por la empuñadura de una daga.

Entrecierro los ojos, la cabeza me duele al tratar de recordar. Pero es como intentar levantar una roca pesada para ver lo que hay debajo. No soy lo suficientemente fuerte.

–Cuéntame.

–Te volviste loca, y la mujer guerrera te detuvo. ¡*Crack!* –imita el golpe de la empuñadura de una daga en su propia cabeza y luego pone los ojos en blanco y queda con la lengua afuera.

–Thyra –susurro–. Ella me golpeó.

–Mmm. Fue algo bueno. Habrías quemado el mundo, si no –me señala los brazos–. Tú misma incluida.

Trato de apretar los puños, pero siento como si mi carne se desgarrara. Jadeo, temblando de dolor.

–Todo el mundo sabe sobre mí ahora.

–¿Estabas tratando de esconderte? –ríe–. Si es así, debo decirte que no eres muy buena para eso.

–Fui maldecida –suspiro–. La bruja me hizo esto.

Ella chasquea la lengua.

–Eso no lo sé. Pero sé que eres una portadora. Una Kupari.

–No lo soy –replico, con el corazón pateándome el esternón.

–Oh, sí lo eres. Solo los Kupari tienen magia –su rostro redondo hace una mueca de desprecio–. ¿Quién sabe por qué? Ciertamente no porque se lo merezcan –murmura algo en la lengua de Vasterut.

–Puede que tenga... magia. O brujería. No sé qué es. Pero no es porque sea Kupari. Soy Krigere –mientras lo digo, el rostro de mi madre destella en mi memoria. Me estremezco y mi estómago se contrae.

Halina arquea una ceja mientras señala mi cabello.

–¿Has nacido entre los Krigere? Porque tu pelo me dice otra cosa. ¿Los Kupari? Tantos tienen cabello como el tuyo.

–No sé dónde nací.

–Entonces no me digas quién eres y quién no.

La miro fijamente, quedo aturdida al darme cuenta de la verdad. Sabía que fui botín de una incursión, pero siempre supuse que había sido tomada de una tribu del norte o del oeste. Nunca había considerado...

–Incluso aunque tengas razón, no soy una portadora. No he nacido así.

–No que lo sepas. Pero la magia puede surgir en cualquier momento –dice entrecerrando los ojos.

–¿Cómo lo sabes?

–Oh. Sé todo sobre los Kupari –su voz rezuma desprecio–. Permanecieron tranquilos y arrogantes mientras los monstruos treparon por nuestras paredes y mataron al Rey Dakila y su familia. Se negaron a ayudar incluso cuando les suplicamos. Se merecen lo que les espera ahora que el viejo Nisse irá a por ellos.

–Creí que lo odiarías. De hecho, creí que nos odiarías a todos nosotros.

–Nunca dije que no lo hiciera, pequeña guerrera roja –dice, y sus ojos oscuros brillan.

Veo la ferocidad en su mirada, y de repente recuerdo lo que Nisse dijo acerca de dejar que los vasterutianos se unieran a nuestra tribu. No estoy segura de que quisieran hacerlo, incluso si él se los ofreciera.

–¿Cuánto tiempo he estado aquí?

–El tiempo suficiente para que te mate un centenar de veces –dice ella ligeramente mientras se quita el mitón de cuero y empieza a limpiarse la suciedad de debajo de las uñas con un cuchillo pequeño.

–Dime cuánto tiempo.

–Días, pequeña roja.

–*¿Días?*

Ella coloca el cuchillo en una pequeña mesa al otro lado, donde hay un recipiente con agua y una olla de tintura grasienta.

–Semanas, en realidad. Tu cabeza estaba bien partida. Por un tiempo, creí que ibas a morir. Continuabas quemando los vendajes de tus brazos. Tuve que apagar las llamas unas cuantas veces –finge tomar un recipiente y volcar el agua sobre mí–. Te había atado, pero quemabas las cuerdas. Decidí que era mejor dejarte en paz, y entonces dejaste de prender fuego las cosas. Supongo que no te gusta estar aprisionada –su boca se curva en una sonrisa astuta–. No es que a nadie le guste, ¿verdad?

Me cuesta mirarla a los ojos. Por lo general, los botines de una incursión quedan intimidados y se comportan mansamente, pero no hay duda de que Halina está en ventaja por el momento.

–Dijiste que Thyra estaba viva y segura. ¿Y sabe que estoy aquí? –pregunto. Halina considera la respuesta un momento.

–Creo que sí.

–¿Pero no estás segura? ¿Qué le ocurrió a ella?

Halina usa esa sonrisa astuta como si fuera un escudo.

–Muchas cosas sucedieron. *Muchas* cosas. Todo el mundo aquí lleva una máscara –levanta un dedo en el aire y lo mueve contorneando mi rostro–. Mejor escoge la *tuya*.

Mis pensamientos están tan dispersos... Cierro los ojos e intento reunirlos en una imagen que pueda entender. Thyra iba a morir en ese círculo de combate, y la salvé. Pero ella es la que me golpeó...

–¿Y Jaspar?

–El príncipe está en la mezcla –dice–. Sí que lo está. Ustedes los Krigere –se ríe y sacude la cabeza, pero sus labios están retraídos en un gesto tenso y salvaje–. Vienen a dominar Vasterut. Creen que es fácil –ya no ríe más. Ahora solo está mostrando los dientes.

–Esas son palabras peligrosas, teniendo en cuenta que Nisse gobierna tu ciudad –controlo un escalofrío, pero no es el hielo dentro de mí. En este momento apenas puedo sentirlo. Me siento más débil de lo que jamás me he sentido, con los miembros de plomo y la piel desgarrada, aun más al saber que en cuanto me entregué de veras a la maldición y la liberé, trató de matarme.

–¿Son peligrosas esas palabras cuando te las digo *a ti*? Pequeña portadora Kupari. ¿Sabes cómo te llaman los Krigere? –se inclina hacia delante, tan cerca que siento su respiración en mis mejillas cuando me lo dice–. Bruja.

–No soy una bruja. Soy una guerrera.

–¿Como los que te robaron del lugar donde naciste? –la miro fijo y sin aliento.

Con una expresión satisfecha, se da una palmada en los muslos y se levanta, guardando con habilidad el cuchillo en su falda.

–Descansa un poco más. Bebe algo –señala una taza de piedra a mi lado–. Voy a informarle al viejo Nisse. Quería saber si despertabas.

Y si recuperabas la conciencia. No sabía si volverías a ser tú misma después de romperte la cabeza, pero se alegrará de saber que sí.

Me incorporo, ahora que está demasiado lejos para detenerme. El temor trepa por mi garganta, y trago para hacerlo bajar.

–¿Se alegrará?

Halina sonríe.

–Oh, sí. Creo que quiere saber por qué has asado o congelado a nueve de sus guerreros, pequeña roja –camina hacia la puerta balanceando las caderas–. Y creo que es mejor que pienses muy bien tu respuesta.

Capítulo XVI

Mientras espero saber cuál será mi destino, miro fijamente el techo e intento controlar mis pensamientos. Es agotador. Antes, debía reprimir la maldición. Ahora debo sofrenar los recuerdos. Solían vivir solo en mis sueños, vagos y horrorosos. Pero ahora se ciernen en los bordes de los momentos de vigilia, como depredadores que dan vueltas esperando el momento adecuado para saltar.

Nací Kupari. Debe ser cierto. Es por eso que el lenguaje de Hulda me sonaba tan familiar, por qué el sonido de sus palabras raspaba la armadura que cubre los crudos recuerdos de mi primer hogar. El hogar que tuve antes de que me lo arrancaran.

Los Krigere.

Aprieto mis músculos y otra vez alejo esa idea. Soy una guerrera, y soy Krigere. Soy parte de un pueblo fuerte. Soy parte de una tribu. Luché y maté para convertirme en uno de ellos, para volver a tener un hogar.

¿Sabes cómo te llaman los Krigere? Bruja.

Tal vez no soy parte de una tribu después de todo. Al salvar a Thyra, me condené a mí misma. ¿Y cómo recompensó Thyra mi servicio?

Fingió que me amaba para atraerme más cerca: ella era la carnada, y mi corazón fue la trampa.

Y luego trató de matarme.

Halina regresa por mí un tiempo después y me dice que he sido convocada a la sala del consejo. Mi boca está demasiado seca para que pueda hacer preguntas, y no estoy segura de que ella pueda, o quiera, darme una respuesta honesta. Pero la forma en que me mira, sus ojos oscuros y destellantes, su boca sonriente pero apretada... Es como si estuviera esperando algo.

Me siento como un manojo de varas dentro de una bolsa de piel mientras me ayuda a sentarme y desenrollar mis vendas. Mi garganta se cierra al ver los remolinos de cicatrices a lo largo de mis brazos, rojos y plateados, brillantes y frágiles. Nunca me he fijado mucho en mi apariencia, excepto por el número de marcas de muerte en mi brazo, pero de repente quiero esconderme. Parezco un monstruo.

Halina debe ver la sombra de vergüenza cruzar mi rostro.

–Solo en tus brazos, pequeña roja. Y no es tan malo como parece. Los he estado moviendo todos los días, sin dejar que se pongan rígidos, ¡aun puedes usarlos normalmente! El resto de tu cuerpo también está bastante bien. Excepto por esa zona en tu pierna.

Bajo la vista a la marca roja en mi pantorrilla derecha, con la forma de una llamarada, y suelto una risa ahogada.

–Eso no es una cicatriz. Es una marca de nacimiento.

Halina se inclina hacia atrás para que la luz de la antorcha llegue a mi pierna desnuda.

–¿De veras lo es? –pregunta en voz baja.

–Necesito un par de botas –digo abruptamente, ansiosa por cubrir la marca, aunque temo lo que venga después.

Halina me trae las botas junto con una túnica nueva, exageradamente grande, que cuelga de mi cuerpo delgado y me hace parecer una niña. Claramente Halina está intentado no reír mientras retrocede y me deja atar el cuello con dedos rígidos, doloridos. Las mangas largas cuelgan hasta las puntas de mis dedos, pero no me importa. Por una vez, quiero que mis brazos estén cubiertos.

Quiero un arma, también, pero parece absurdo pedir una. Tan pronto como estoy vestida, Halina abre la puerta de la recámara y se inclina hacia fuera.

—Ya está lista —dice en tono llano, tan diferente de la voz cálida y redondeada de hace unos instantes. Se vuelve hacia mí con los ojos tan llenos que no puedo discernir lo que hay dentro. ¿Curiosidad? ¿Pena? ¿Miedo? ¿Esperanza? ¿Todo eso junto?

—Sal al corredor —dice una voz familiar.

—¿Sander?

—Sal al corredor *ahora*, Ansa —repite.

Siento una bola de hielo en el estómago mientras obedezco. Además de Sander, otros tres guerreros me están esperando, incluyendo a Carina, la de la trenza larga y oscura. Todos ellos tienen sus dagas desenvainadas y me rodean cuando dejo la relativa seguridad de la recámara de piedra. Halina ha vuelto discretamente a la habitación, pero observa desde atrás de la puerta con una mirada penetrante mientras Sander presiona su cuchillo contra mi cuello.

—Si intentas quemarnos o congelarnos, te mataremos.

Aprieto los dientes, tratando de retener las lágrimas que me llenan los ojos.

—Nunca lo haría —murmuro. Carina suelta una risa desdeñosa.

—Todos vimos lo que hiciste, bruja. No finjas.

Miro a Sander y recuerdo lo que dijo Jaspar acerca de cómo él se siente supuestamente agradecido hacia mí, cómo me respeta. Pero ahora lo único que veo en sus ojos es un severo recelo.

–No voy a lastimar a ninguno de ustedes –digo.

Ni siquiera estoy segura de poder hacerlo, dado lo débil que me siento, pero temo pensar siquiera en hielo o fuego, por miedo a que surjan espontáneamente. Ya no lo siento como algo extraño dentro de mí. Me siento completamente temblorosa e inestable, como una tormenta lista para explotar en un día de verano. Ahora somos uno, la magia y yo. Me he convertido en mi propia enemiga.

–Perdónanos si no aceptamos tu palabra –dice Carina. Ella está a mi izquierda, y sostiene su daga apuntando a mi vientre, por lo que un golpe rápido derramaría mis entrañas por el suelo de piedra. Los dos guerreros restantes están del otro lado, con los cuchillos listos.

Sander pone su mano en mi hombro, pero me aferra de manera gentil. Tal vez Halina le habló de las cicatrices de las quemaduras. Me da la vuelta.

–Por aquí –sostiene el cuchillo contra mi garganta mientras me conduce por el pasillo. Quiero darme la vuelta y ver si Halina nos está siguiendo, o al menos si me observa, pero tengo miedo de moverme sin el permiso de los otros guerreros. No hay compasión en sus ojos, nada más que sospecha y odio.

Ya no me ven como uno de ellos, y la idea casi me estrangula. Mi respiración es un silbido que brota de mi garganta en ráfagas de miedo y tristeza. Aunque los recuerdos de lo ocurrido son como fragmentos de una hoja destrozada y distorsionada, mezclados con recuerdos de otras noches ardientes llenas de sangre, sé que he hecho algo terrible. Halina dijo que maté a nueve guerreros. Nueve. Y todo lo que recuerdo es a Thyra de rodillas y mi feroz deseo de venganza, lo suficientemente fuerte como para invitar a la maldición a ser mi compañera, a unirse a mis huesos y mi alma.

Esos pensamientos me hacen sentir que el calor acaricia mi espina dorsal, y contengo el aliento hasta que se me pasa. La mano de Sander en mi hombro se contrae, y su daga se desliza más cerca de mi garganta.

—Cuidado, Ansa —los otros se acercan más, preparados para abrirme al medio. El miedo se desliza frío y cruel a lo largo de mi espina dorsal.

—Por favor —susurro—. No hagas eso. No me lo hagas más difícil.

La punta de la daga de Carina se clava en mi costado.

—¿Que no te hagamos más difícil rostizarnos? Más bien es la *idea* —me pincha de nuevo.

—Detente —dice Sander bruscamente—. Deja eso, Carina.

Ella le lanza una mirada de resentimiento, pero le hace caso. Subimos por unas escaleras de piedra espiraladas, y el aire se hace más cálido a medida que ascendemos. La luz de las antorchas se refleja en las húmedas paredes de roca. No sé si es de día o de noche hasta que finalmente llegamos a una puerta que se abre a otro corredor, donde la luz del sol fluye a través de una alta ventana.

—Tuvimos la primera nieve hace unas semanas. Ahora forma una gruesa capa en el suelo —dice Sander.

—¿Qué ocurrió con los ayudantes y los guerreros que quedaron fuera de la ciudad?

—Buscaron refugio dentro de las murallas por orden de Nisse —responde Carina.

Desplazar a todos esos habitantes de Vasterut justo cuando más necesitaban refugio es algo que claramente molestaría mucho a Thyra. Quiero preguntar por ella, pero tengo miedo de hacerlo. Halina dijo que estaba viva y segura, pero ¿dónde está? Sander está aquí, pero los otros son guerreros de Nisse. No sé qué fue de Preben y Bertel, si se quedaron junto a Thyra o no. Halina dijo que habían pasado muchas cosas. He despertado como una extraña en tierra extranjera, con reglas tácitas y alianzas desconocidas.

No es la primera vez. Pero en esta ocasión, no estoy segura de que la ferocidad me gane un lugar de vuelta entre los Krigere.

Me guían por otra escalera más estrecha, hasta un angosto espacio que termina en una puerta abierta. Sander me empuja hacia adelante.

–Entra ahí.

Me mantiene firmemente sujeta por el hombro al entrar en una habitación llena de luz brillante y fría. Mi respiración es cada vez más agitada al luchar contra el pánico que me brota por dentro.

–¡Denle lugar! –ordena la voz de Nisse, que viene de mi derecha. Tengo miedo de darme vuelta y enfrentar la hoja de un cuchillo, pero ante la orden, mis cuatro guardias se alejan un paso de mí. Nisse se acerca lentamente, con su largo cabello rubio grisáceo arreglado en una cuidada coleta y su barba que roza la parte superior de su fino chaleco de cuero. Tiene una daga enfundada en la cadera y otra en su pantorrilla derecha, sujeta a unas gruesas botas de cuero forradas de piel. Inclina la cabeza y me echa una mirada penetrante.

–Ansa. ¿Vas a usar tu fuego para arrancarme la piel de los huesos?

–N-no –digo con el corazón sacudido por sus palabras.

–¿Vas a congelar la sangre en mis venas? –pregunta, con una media sonrisa.

–No, señor –susurro. Una vez, cuando era niña, uno de los guerreros enjauló a un lobo y lo trajo a nuestro campamento. El animal se encorvó, se encogió y mostró los dientes, mientras todos los niños nos reuníamos alrededor. El miedo y la curiosidad nos hacían acercarnos, inquietos. El lobo seguía girando en círculos, parecía odiar la idea de que lo sorprendiéramos por la espalda, pero nosotros lo rodeábamos.

Así me siento ahora, deseando poder encogerme en un rincón. Al menos entonces sabría de dónde viene el ataque.

Los otros guerreros me miran como si fuera ese animal, pero Nisse... Hay algo más en sus ojos. Algo brillante y peligroso.

–Déjennos –ordena.

–Eso no es para nada seguro –objeta Carina boquiabierta–. ¡Le estás dando la oportunidad que busca!

–No lo creo –dice otra voz. La de Jaspar. Estaba tan quieto en las sombras, detrás de la pared de luz solar que lo inunda todo desde la ventana grande y alta, pero ahora da un paso adelante y se hace visible–. Ella podría haberme matado ese día, fácilmente. Y eligió no hacerlo.

–¿Ves, Carina? –pregunta Nisse, agitando su mano grande y llena de cicatrices frente a mí–. Ansa no quiere hacernos daño –se ríe entre dientes–. Al menos por el momento. Thyra no corre peligro, así que es probable que nosotros tampoco. ¿Verdad, Ansa?

–Así es –respiro. Echo un vistazo alrededor de la habitación, con la esperanza de que ella esté acechando entre las sombras, tal como Jaspar. Necesito hablarle. Quiero que me mire a los ojos y me diga la verdad. ¿Ha recompensado mi sacrificio con odio? La incertidumbre me retuerce los huesos, no puedo tranquilizarme.

Pero ella no está aquí.

Espero hasta que Sander, Carina y los otros dos guardias salen, y cuando Jaspar cierra la puerta detrás de ellos, no puedo contenerme más.

–¿Donde esta ella?

–Ah –dice Nisse, juntando las manos en un aplauso silencioso–. Imaginamos que eso iba a ser lo primero que preguntarías.

–Está bien, Ansa –responde Jaspar–. Pero después de lo que pasó, pensamos que era mejor mantenerla protegida y custodiada, lejos de los otros guerreros.

–Entonces está prisionera.

Nisse alza las manos.

–De ningún modo. Ella cena con nosotros cada noche, y sabe todo lo que sucede. Es tratada con el mayor de los respetos. Pero queríamos asegurarnos de que estuviera a salvo mientras tú te recuperabas, y viva para cuando despertaras.

–Así que tienes lo que querías –le digo–. Has unido a la tribu a costa suya.

–¿Crees que *esto* es lo que yo quería? –responde frunciendo el ceño–. Nueve de mis mejores guerreros, destruidos frente a mis ojos, y otros dos masacrados por mi sobrina un momento antes. Varios otros heridos. Quemaduras. Muchos perdieron dedos de las manos, de los pies y hasta las narices por el hielo. Y los sobrevivientes... ah. Esperan la venganza como pago por su pena y dolor. Quieren apedrear al culpable en el círculo de combate, pero también estarían encantados de apedrear a quien lo provocó. Y Thyra, mi sobrina, mi sangre, es quien lo provocó.

La bilis se me sube a la garganta.

–No es culpa suya. Y no quería herir a tantos. Me han maldecido...

–Lo sabemos –dice Jaspar, apoyándose sobre una pesada mesa de madera. La parte superior tiene pintado un mapa, una península que se proyecta en el agua azul–. Sabía que estabas mintiendo aquel día en el bosque. Pero no imaginé que estuvieras *tan* fuera de control —me sonríe con tristeza—. Incluso considerando tus estándares habituales.

Mis mejillas arden.

—Todo fue desafortunado —dice Nisse—. Confieso que debí haber reprimido a mis guerreros. Pero su falta de confianza en Thyra se había estado gestando por varias temporadas, Ansa. Tienes que entender eso.

—Entiendo que ambos tienen una historia que contar —respondo mirando a Jaspar—, y que la desconfianza creció a partir de las semillas que *ustedes* plantaron.

—Te equivocas —Nisse se acerca a mí, amenazante, pero no a una distancia en que pueda atacarlo. Es casi como si supiera lo cerca que puede estar sin ponerse en peligro—. Te han engañado, Ansa. Todos los guerreros de Lars estaban encadenados por estas mentiras.

—¿Me has traído aquí para burlarte de mí, o para decirme tu verdad? —no debería ser tan audaz con este traidor, este falso jefe, especialmente porque él es el que manda. Pero hay una creciente tensión en su rostro que me hace creer que le importa lo que yo pienso.

—Te diré la verdad —responde Nisse—. Pero debes entender que la razón por la que estaba oculta fueron las vidas que salvó.

Lanzo a Jaspar una mirada interrogante.

—Mi padre está siendo honesto —me dice—. La verdad pudo haber desencadenado una guerra.

—Como mínimo, habría destruido a mi hermano —explica Nisse, mirando el cielo blanco con tristeza por la ventana—. Y eso es lo único que nunca podría hacer.

Siento que la creciente confusión me pone la piel de gallina.

–Pero ¿ahora me lo estás diciendo a mí? Solo soy una guerrera –digo. Nisse aleja la mirada de la ventana.

–Vamos a dejar de fingir eso, ¿está bien?

–Todo lo que siempre quise es ser una guerrera –le digo con voz ahogada, inclinando la cabeza.

–Lo recuerdo –comenta en voz baja–. Recuerdo el día en que te trajeron frente a Lars y a mí porque habías mordido a un ayudante y arañado a su niño. Podrías haber sido asesinada por esa ofensa, pero estaba tan claro que estabas hecha para ser una Krigere. Y en vez de ejecutarte, te hicimos tribu. De todas las personas, elegimos entregarte a Einar y a Jes. No había lugar mejor para una niña guerrera.

–Entonces ¿por qué...?

–Porque eres *más*, Ansa –dice, con los dedos extendidos, poderosos y vibrantes de energía–. Eres más. Y por eso voy a decirte lo que realmente sucedió.

Levanto la cabeza y lo miro a los ojos. Son verdes como los de su hijo, un color primitivo y profundo.

–Te escucho.

–Nunca habría herido a mi hermano –dice con sencillez–. Lo habría servido hasta la muerte. Y a su muerte, su hija se habría convertido en jefa, y yo la habría servido también.

Jaspar cruza los brazos sobre el pecho, pero permanece en silencio.

–Pero había un problema –continúa Nisse–. Muchos de los guerreros podían sentir que Thyra no estaba con nosotros. Discutía los planes de ataque. Dudaba de todas las decisiones de su padre. Y con el tiempo, los demás comenzaron a dudar de *ella* –suspira–. Algunos empezaron a susurrar, preguntándose si quizás yo debería ser nombrado jefe cuando Lars pasara a la eternidad.

—Lars nos dijo que Thyra sería una jefa fuerte –replico–. Él creía en ella.

—Él amaba a su hija –dice Nisse, obsequiándome una sonrisa triste–. Ella fue la única de sus hijas que sobrevivió y se convirtió en una guerrera. Adoraba a Hilma, por supuesto, pero veía destellos de sí mismo en Thyra, y trabajó muy duro para hacer que esas chispas formaran una llama plena. Y casi lo mató. Porque había creado *otra* cosa, sin siquiera saberlo.

—¿Qué?

—Tal vez fue porque ella no quiso invadir Kupari... ¡Lars estaba planeando eso incluso antes de mi destierro! O tal vez fue que ella se encontraba impaciente por estar al mando. O tal vez, solo tal vez, ella nació con el espíritu de una serpiente en lugar del de un guerrero. Tal vez simplemente no pudo evitarlo.

—Estás diciendo... ¿que Thyra estuvo involucrada de algún modo en el complot para asesinarlo? –siento que ya no estoy pisando suelo firme.

—Ella iba a envenenar a su padre, Ansa. Lo quería muerto antes de que el apoyo que me rodeaba se extendiera más allá del círculo interno. Lo quería muerto antes de que pudiera cambiar de opinión sobre la sucesión.

—Thyra nunca buscaría llegar al poder como una cobarde. Eso no es lo que pasó –digo, sacudiendo la cabeza.

—Volvía de cazar cuando vi a Thyra recogiendo las bayas venenosas y las hojas en la cañada al oeste del campamento. Recordarás que Hilma era hábil en el arte de elaborar cervezas y cataplasmas, y sabía que le había enseñado algo a su hermana. Esas bayas tienen un solo propósito –dice Jaspar, con el ceño fruncido–. Aunque traté de buscar otra explicación. Pero la noche siguiente llegó la noticia de que la copa que Lars usaba en las celebraciones había desaparecido. Me di cuenta de que Thyra planeaba hacer algo terrible, e inmediatamente le comuniqué a mi padre esos temores.

Nisse hace una mueca.

—Fue una agonía decidir qué hacer. Sabía de los sentimientos de mi hermano por su hija. ¡Yo también la amo! Pero su traición... —sacude la cabeza—. Ella es más hábil en eso de lo que jamás podría haber imaginado. Sabíamos que habría matado a Lars incluso si el veneno no lo hubiese hecho, todos conocíamos su desprecio por la política y las intrigas, y su preciosa hija había abrazado ambas.

—Pero el veneno, y la copa de celebración de Lars, fueron halladas en *tu* refugio —exclamo. Nisse asiente con la cabeza.

—Y hay solo una razón por la que pueden haber llegado allí. Thyra debió darse cuenta de que conocíamos sus planes... y decidió tenderme una trampa.

—¿Quién crees que envió a ese esclavo para encontrar la evidencia? —pregunta Jaspar con tono amargo—. Estaba bien escondida, ¡no teníamos ni idea de que se encontraba allí! Pero ¿de algún modo, ese esclavo tropezó accidentalmente mientras buscaba una capa olvidada y la encontró? Colocó una buena trampa —dice burlonamente.

—Mi propia duda me hizo caer —añade Nisse frotándose el rostro—. Tal vez debería haberle llevado la información directamente a Lars, pero las consecuencias...

—Esto es mentira —cruzo mis brazos arruinados sobre el estómago.

—Si hubiera envenenado a mi hermano, aun así Thyra lo habría sucedido —la voz de Nisse se ha endurecido como la tierra en invierno. No hay amabilidad ahora, ni suavidad—. La mayoría de los guerreros la apoyaban por ser su hija. Habría sido una tontería que intentara asesinarlo, incluso de haberlo querido. Y piensa lo que quieras de mí, pero no soy estúpido.

–Si todo lo que dices es cierto, ¿por qué no se lo contaste a Lars cuando encontraron el veneno en tu tienda?

–Ella corrió hacia él –dice, apretando los dientes–. Tomó al esclavo y la evidencia, y tejió una telaraña tan apretada alrededor de él que no le permitió ver ninguna otra posibilidad. Comió las mentiras de la palma de su mano.

–Si la verdad es tan importante para ti, hubiera creído que la compartirías.

–Quise hacerlo –dice Jaspar, lanzando una mirada frustrada a su padre–. Te lo supliqué.

–Y así revelas tu juventud, que te protege de todas las preocupaciones que un hombre mayor debe acarrear –responde Nisse, súbitamente cansado. Se acerca a la mesa y acomoda su gran cuerpo sobre una de las bancas. Su palma acaricia la descascarada pintura azul del lago sobre la mesa–. El corazón de Lars no podía permitirle creer que Thyra ansiaba su muerte. Si hubiera hecho una contraacusación, se habría visto obligado a elegir entre nosotros dos, y habría iniciado una guerra. Tenía suficientes guerreros detrás de mí para pelear, y habrían peleado. Hasta la muerte. Mi propia sobrina me había hecho parecer un cobarde conspirador, y me enfrenté a una terrible elección. ¿Qué iba a hacer yo? ¿Dejar que mis guerreros murieran solo para defender mi honor? ¿Dejarlos que mataran a cientos de guerreros de Lars en el camino? Habría sido una tragedia. Lars lo vio también. Es por eso que no me hizo ejecutar, y por qué los dejó irse conmigo.

–Quería decírtelo, Ansa –Jaspar se inclina hacia delante, su mirada aún chisporrotea de frustración–. Odiaba la idea de irme sin que supieras la verdad. Pero eres tan leal... y honrabas a Lars como tu jefe. No quería hacer las cosas difíciles para ti –se muerde el interior de la mejilla y se da la vuelta–. Y sabía que Thyra tenía sus garras hundidas profundamente en tu corazón. No me habrías creído.

–Y lo mismo ocurrió con tantos buenos guerreros –añade Nisse–. Porque ella los alcanzó primero, y porque sus mentiras sabían tan dulces como la verdad, Lars creyó que había intentado matarlo. Quise salvar vidas. Así que exigió que todos los que conocíamos la verdad la ocultáramos y nunca la dijéramos en voz alta, para evitar el derramamiento de sangre y sofocar más intrigas. Por lo que, teniendo que elegir entre la guerra y el secreto, nos fuimos en medio de la noche, con la verdad sofocada bajo un velo de silencio –gruñe–. Por supuesto, la verdadera historia logra abrirse paso a la superficie –me lanza una mirada curiosa–. Al igual que la *magia*.

–Tus guerreros dicen que soy una bruja –replico. La palabra me hace sentir un escalofrío.

–Tienen miedo de ti. Como debe ser –dice Nisse rascándose la barba.

–Tus guardias te llevaron por seguridad. Temían que te matara –y lo habría hecho, de ser honesta.

–Como jefe, tuve que permitir que me protegieran.

–Me miran como si fuera un monstruo –afirmo mientras observo a Jaspar, que se quedó allí.

–*Fue* monstruoso –murmura él–. Pero también fue algo trascendente.

–Tiene razón, Ansa –asiente Nisse–. Tamaño poder. Y un guerrero debe respetar el poder donde sea que lo encuentre, en cualquier forma.

–Yo no quería esto –me froto las manos por los brazos y hago una mueca al sentir las cicatrices. Una ola de calor se estrella sobre mí, y se siente como si mi columna vertebral se derritiera y me fuera a caer al suelo. Me tambaleo, y Jaspar se apresura a venir a mi lado y me guía a una banca sin apenas tocarme–. Nunca pedí ser maldecida –digo mientras me dejo caer en el asiento–. Haría cualquier cosa por librarme de esta maldición –aunque ahora tengo miedo de que sea demasiado tarde. Dejé que se convirtiera en parte de mí.

–Bueno... Quizás podamos encontrar una manera –Nisse mueve su brazo sobre el mapa pintado–. Aquí es donde se originó, después de todo.

Ahora lo veo: esta es la península de Kupari. En su extremo norte se encuentra la ciudad-estado, y la palabra "templo" está garabateada en un lugar cerca de la costa noreste, con letras de un pigmento negro.

–Ahora que ha llegado la nieve, ¿todavía planeas invadir?

–Todavía buscamos información sobre quién gobierna a los Kupari. Algunos dicen que la reina bruja ha muerto, pero he oído que se supone que otra debe surgir en su lugar. Sin embargo, esta nueva gobernante no ha aparecido en público. Hace un día envié un emisario.

–¿Un emisario? –pregunto sorprendida. Nisse sonríe.

–¡Diplomacia! En el sur se utiliza muchísimo, ¿y quién soy yo para violar sus tradiciones? –su sonrisa desaparece–. Pero solo quiero saber una cosa: si la bruja está en su trono. Si lo está, debemos ser muy cuidadosos. Si no, no veo ninguna razón para no viajar a su ciudad y diezmarla en pago por lo que les hicieron a Lars y sus guerreros –coloca su mano en mi hombro, amable pero pesada–. Y si lo hacemos, te quiero con nosotros, Ansa. Quiero que muestres a los Kupari tu ira. Que sientan lo que es tener semejante magia en su contra.

–¿Quieres que *use* la maldición? –una ola de amargura trepa a la parte de atrás de mi lengua–. No lo sé... No está bajo mi control.

–¡Tonterías! Deseaste la muerte de Flemming en el círculo ese día, y las llamas lo envolvieron como serpientes. Fue estruendoso, bello y mortal.

–Yo asesiné a tus guerreros –susurro, y los recuerdos que surgen ahora son lo contrario de bello. Nisse se me acerca.

–¿Y si pudieras repararlo? –lo miro a los ojos, y él asiente con la cabeza–. Si aceptaras atacar a los Kupari, a su reina, a su pueblo, aquí encontrarías el perdón. Entrega una victoria a los guerreros, y serás bien recibida dentro de esta tribu.

Mi último recuerdo aparece duro y brillante en mi mente. Thyra, con las lágrimas corriendo por su rostro mientras me suplicaba que me detuviera. Incluso si su amor era una mentira, su miedo a la magia (a eso en lo que me había convertido) sonaba verdadero.

–¿Sabe Thyra que me estás pidiendo que haga esto?

–Dada la naturaleza de las verdades que tuve que revelar, podrás entender que no está al tanto de todo.

Porque me ha dicho que ella es la traidora. No sé si puedo creerlo. No sé *qué* creer, y la confusión me está matando. Todo mi cuerpo se estremece.

–Necesito hablar con ella.

–¿Estás bien, Ansa? –pregunta Nisse, con un tono cargado de preocupación–. Te has puesto pálida como la nieve. ¿Te alimentó adecuadamente esa sirviente vasterutiana? ¿Te dio ungüento para tus heridas?

–Halina hizo un buen trabajo –digo, sabiendo que mi respuesta puede significar la diferencia entre la vida y la muerte para ella–. No estaría de pie frente a ti si no lo hubiera hecho –excepto que no estoy de pie ahora. Estoy derrumbada en una banca, con la cabeza palpitando, mi cuerpo agobiado por la enfermedad del último mes y todo lo que he escuchado en los últimos minutos.

–Pensé que nunca volvería a verte abrir los ojos –comenta Jaspar–. Thyra te golpeó tan fuerte que pensamos que podrías no despertar nunca.

Nisse mira a su hijo, y permanecen así un momento.

–Puede que tal vez fuera esa su intención.

–Se me había ocurrido –asiente Jaspar–. Estaba tratando de disuadir a nuestros arqueros y calmar las cosas cuando Thyra golpeó a Ansa.

–Thyra no... –la queja muere en mi lengua ante las sospechas–. Yo la salvé –murmuro débilmente.

Jaspar se arrodilla delante de mí, su cabello rubio brilla como el oro mientras se inclina hacia un rayo de luz.

–Y una vez más debo preguntar: ¿cómo ha recompensado tu lealtad? –dice. Yo cierro mis ojos.

–Necesito descansar. Por favor.

No me presionan más. Nisse llama a los guardias pero les dice que mantengan sus armas enfundadas mientras me llevan de vuelta a mi recámara. Jaspar me echa una mirada larga y dura antes de irme, coloca su mano sobre mi brazo y acaricia con su pulgar la marca de muerte que me hizo, como si se sintiera atraído por ella.

–Pronto hablaremos de nuevo, lo prometo –me dice.

No puedo mirarlo a los ojos. Dejo que Sander y los demás me lleven de vuelta bajo la tierra, y el monstruo de piedra me traga hasta que llego a su estómago, la pequeña tumba sin ventanas donde debo permanecer. Halina me está esperando cuando llegamos. Inclina su cabeza mansamente y asiente cuando Sander le dice que me haga la cena y se asegure de que estoy cómoda.

Sin embargo, tan pronto como me hundo en mi cama, busca levantarme.

—Ven conmigo, pequeña roja. La cena es por aquí.

Su tono no es divertido y jocoso como antes, pero tampoco es manso y asustado como en el pasillo. Suena urgente. Decidido.

—¿Dónde? Ahora no puedo estar con los otros guerreros. Todos me odian y me temen —si decido ganarme la posibilidad de regresar a la tribu, voy a tener que soltar fuego y hielo sobre Kupari. Miro mis brazos, llenos de cicatrices rojas y plateadas bajo las mangas. La maldición me habría comido viva ese día. Si vuelvo a desencadenarla, ¿me matará?

Halina sostiene la puerta abierta y mira hacia el corredor. Evidentemente satisfecha con lo que ve, vuelve dentro y me jala por la muñeca.

—Deja de dar vueltas en tu mente y sígueme —dice—. Puede que encuentres algo que te resulte nutritivo.

La fatiga me roe los huesos, pero el deseo de ver el cielo de nuevo me pone de pie, junto con la necesidad de estar al aire libre, fuera del peso de toda esta roca. No tengo ni idea de adónde me está llevando, pero la pregunta silencia temporalmente la tormenta de dudas que rugen en mi cabeza. Agradecida por el alivio de sentir curiosidad y tener un propósito, sigo a Halina por la puerta hacia el corredor.

CAPÍTULO
XVII

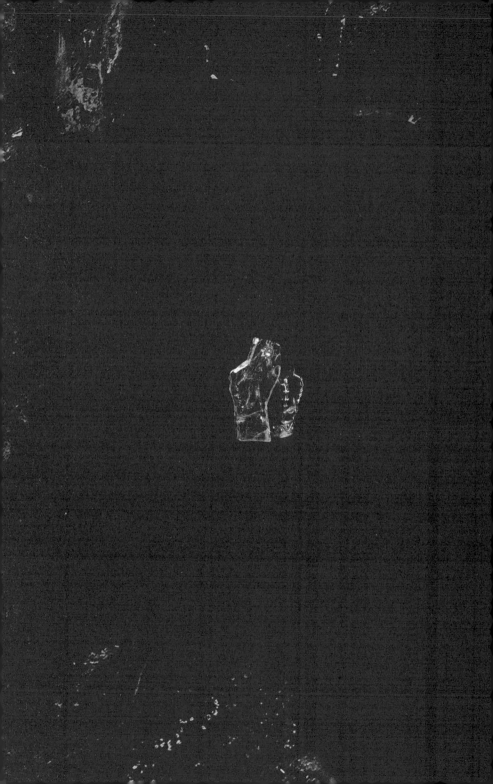

M i deseo de luz solar muere cuando Halina me conduce a través de una puerta de madera empotrada a una escalera que desciende más abajo en la tierra. Pero cuando me resisto, me jala más fuerte, implacable.

–Vamos *ahora* –susurra–. El tiempo nunca es nuestro amigo.

–¿Cómo sabes nuestro idioma? –pregunto mientras empiezo a seguirla de nuevo. Necesito algo para apartar mi mente de la opresión de la piedra y el aire húmedo mientras entramos en un túnel tan bajo que, aunque no soy muy alta, tengo que inclinarme para que no me golpee la cabeza.

–Soy buena para los idiomas –dice Halina–. Hablo además la lengua de Kupari. Y la de Korkea. También la de Ylpeys. Mi padre era comerciante y me llevó en sus viajes cuando era pequeña. Y el Krigere... Aprendí rápido por un sincero deseo de sobrevivir.

Ella me echa una sonrisa que los fantasmas en sus ojos hacen ver tensa. Me aclaro la garganta.

–¿Ylpeys? ¿Korkea?

–Las ciudades-estado de Korkea e Ylpeys se encuentran al oeste de aquí, a través del bosque de Loputon –ella echa un vistazo hacia atrás, y su mirada es cautelosa–. Aliados.

–¿Nisse sabe de estas ciudades-estado? –pregunto. Sus ojos se fijan en los míos.

–Bueno. No lo sé, pequeña roja. ¿Qué dijo su gran mapa?

Si ella se refiere a su mapa en la mesa de la torre, la respuesta es no. El área al sur y al oeste de Kupari estaba en blanco. Sin pintar.

–Lo descubrirá.

–¿Porque se lo dirás?

Repaso mis dientes con la lengua, la incertidumbre me llena de nuevo cuando todos los secretos revelados esta tarde se apilan unos sobre otros, tan altos como la propia torre.

–No lo sé –respondo. Ella me mira con ojos entrecerrados.

–Tal vez te ayude a resolver qué hacer. Debes saber que el viejo Nisse es cauteloso, a pesar de todo. No permite que los jinetes abandonen la ciudad, no desde que enviamos un mensajero a los Kupari para pedir ayuda después del ataque inicial. Nadie entró o salió, salvo los Krigere. Así son las cosas ahora. Las personas de Vasterut somos prisioneras en nuestra propia ciudad.

Pero teniendo en cuenta lo fácil que acabamos de salir de mi pequeña celda, tal vez las cosas no están tan cerradas como Nisse cree.

–¿Adónde vamos?

–No muy lejos –se apresura rozando las paredes del pasadizo, hechas de tierra sostenida con postes de madera, algunos todavía verdes, como si el túnel hubiera sido cavado hace poco, aunque semejante esfuerzo llevaría meses. Meses... Tal vez desde el comienzo de la primavera.

–¿Dónde están tus lealtades? –pregunto, mirando fijamente su espalda con una nueva sospecha.

–Qué pregunta.

–Qué respuesta.

Suelta un gruñido de risa.

–La lealtad es algo precioso, pequeña roja. Duro de ganar, duro de perder. Se da fácil, se traiciona fácil –abre una puerta, y de repente estamos fuera de la torre, fuera de la pared de estacas que la rodea...Y debajo de la colina en la que se asienta. Estoy en un callejón estrecho entre dos refugios altos, metida hasta los tobillos en la nieve que se derrite contra mis botas, como si tuviera miedo de mí.

Halina mira fijamente cómo se retira el hielo y susurra algo en su propio idioma. O, quién sabe, tal vez el de Korkea o Ylpeys. Es una caja de sorpresas.

–Oh. Ten cuidado con eso. Tus pisadas serán fáciles de detectar.

Estoy fuera de la torre sin permiso, sin que Nisse lo sepa. Sonrío a la nieve, una mirada amistosa y acogedora, espero. La helada deja de huir de mis tobillos y se acerca, transformándose de nuevo en hielo. Halina frunce el ceño.

–Y ahora están congeladas. Genial –dice ella con voz triste–. No voy a lamentar esto en absoluto –se apunta con el dedo–. Mejor recuerda que tienes tanto que temer de los Krigere como cualquiera de Vasterut.

–¡Solo dime adónde vamos!

Su boca se tuerce.

–A la casa de mi hermano. Porque a menudo tomo decisiones arriesgadas. Espero no arrepentirme de esto –aferra mi mano y me jala por el sendero nevado. El aire es fresco y amargo, pero las paredes están cerca e irradian calor. En algún lugar dentro de uno de estos refugios hay un bebé llorando. Alguien está cantando. Otros discuten. Todo en un idioma que no entiendo, aunque reconozco el sonido redondo como la miel de la lengua de Vasterut.

Halina avanza a través de un laberinto de refugios hasta que finalmente se detiene frente a un desvencijado juego de escalones de madera que conducen al segundo nivel de un edificio. La luz se derrama desde dentro.

—Ahí arriba —susurra antes de comenzar a subir.

Las escaleras crujen y rechinan mientras subimos, y una cabeza sale de la puerta de la parte superior, con una masa de rizos negros que enmarcan un rostro en forma de corazón.

—Mamá —dice el niño, que tiene quizás tres o cuatro años, y comienza a balbucear en la lengua de Vasterut. Halina responde con voz firme, y él desaparece dentro otra vez. Ella frunce los labios cuando ve mi expresión de sorpresa.

—Mi esposo era uno de los guardias del rey. Los guerreros del viejo Nisse le cortaron la garganta de oreja a oreja. El día que los Krigere llegaron a Vasterut fue el día en que me convertí en viuda. Yo hago lo que tenga que hacer para mantenerme viva... por *ese* pequeñito que está allí —no desvía la mirada mientras deja que sus palabras se asienten, y luego entra en el refugio conmigo pisándole los talones.

La fría habitación es pequeña y está llena de juguetes de madera y utensilios de cocina. Una mesa baja y un taburete son los únicos muebles. Hay tres figuras encorvadas junto al fuego, cubiertas por capas con capuchas cosidas por encima. El niño se ha retirado a un rincón, con los pies envueltos en un paño grueso. Viste una túnica de lana mal ajustada y sucia. Está acurrucado junto a una cesta que contiene un bebé de mejillas sonrosadas que duerme. Ambos niños tienen las caras redondas y la piel del color de la tierra.

Halina señala el fuego y dice algo en lengua de Vasterut, y dos de las figuras cubiertas, una mujer y un hombre, se bajan las capuchas. Uno de ellos es el hombre de cabeza afeitada y barba negra que servía con Halina en el gran salón. La otra mujer no me resulta familiar, pero también tiene cara redonda y cabello negro rizado, aunque el suyo está bien peinado y sujeto contra su cabeza.

–Este es mi hermano, Efren –dice Halina. El hombre barbudo asiente con la cabeza–. Y su compañera, Ligaya –la mujer hace un brusco movimiento con la cabeza.

–¿Y...? –pregunto, mirando hacia la tercera figura encapuchada y arqueando una ceja.

La tercera figura se baja la capucha con dedos pálidos. El aliento se me queda atrapado en la garganta y me tambaleo hacia atrás cuando Thyra se vuelve hacia mí, con aspecto preocupado, delgada y ansiosa.

–No te haremos daño, Ansa –dice rápidamente–. Debes mantener la calma. Estas personas no quieren hacerte daño.

–¿Qué estás haciendo? –susurro.

–Lo que sea que tenga que hacer, como siempre he hecho –sus ojos azules son profundos y están llenos de dolor.

Sus palabras me clavan una punzada por dentro. Hoy Nisse me habló de una Thyra diferente de la que yo creía conocer, una que le tendió una trampa para hacerlo pasar por asesino después de que él la atrapara conspirando para envenenar a su propio padre. Una Thyra astuta y despiadada.

Exactamente el tipo de persona que podría usar el amor y la confianza de alguien en su contra.

–Me han contado lo que *tuviste* que hacer.

–Sé quién ha estado murmurando mentiras en tus oídos –dice con una pequeña sonrisa. Mira a Halina y dice unas palabras entrecortadas en vasterutiano antes de agregar–: Por traernos aquí.

–Eres bienvenida –Halina coloca la capa que le ofrece sobre sus hombros–. Pero no lo hice solo para tu beneficio. Ahora quiero hablar de cómo nos ayudaremos mutuamente.

–¿Nos das un momento? –dice Thyra, y me echa una mirada de soslayo. Halina resopla, pero dice algo en vasterutiano a Efren y Ligaya, que se alejan de nosotros. Los tres se vuelven al rincón donde están los niños, hablando en tono bajo y redondeado. Cuando miro otra vez a Thyra, ella está más cerca del fuego, y mira fijamente las llamas.

–Estás demasiado delgada –comenta en voz baja.

–Semanas echada sobre la espalda con el cráneo partido hacen que una persona se marchite.

–Tenía que hacerlo, Ansa. Lo entiendes, ¿verdad? –dice inclinando la cabeza.

–¿Hacer qué? –pregunto suavemente, incluso cuando el fuego de la maldición despierta en mi pecho, con cenizas brillantes que arden–. ¿Intentar matarme?

Aprieta su frente contra sus manos unidas.

–Si hubieras estado en mi lugar, habrías hecho lo mismo –responde con voz queda. La miro conmocionada.

–Yo nunca te haría daño –no completo el resto, pero queda flotando entre nosotras: ella sí me lastimó. Tanto que apenas puedo respirar ahora que está tan cerca. Estaba en sus brazos. Pensé que me amaba. Y su corazón estaba frío como la piedra cuando golpeó la empuñadura de su daga contra mi cráneo.

El fuego en el hogar se hincha con mi resentimiento, y envía tentáculos que serpentean sobre las piedras como si esperaran mi orden. Thyra retrocede.

–Nuestros guerreros están en peligro –me dice–. Una buena

cantidad huyeron de la torre la noche que me desafiaron. Se unieron a los guerreros fuera de las murallas y se han atrincherado en un conjunto de refugios en el extremo este de la ciudad.

—Desplazando a un buen número de nuestra gente en el proceso —grita Efren desde el rincón.

Thyra le lanza una mirada llena de preocupación.

—Estoy trabajando para corregir todo lo que ha salido mal.

Ligaya se acomoda el cabello y hace un ruido escéptico con la lengua, pero luego los vaserutianos vuelven a murmurar entre ellos.

Frunzo el ceño mientras evalúo la difícil situación de nuestra tribu. Nisse no mencionó nada de esto cuando nos encontramos esta tarde.

—Nisse valora las vidas de los guerreros.

—Valora a su ejército —se burla Thyra—. Si valorara sus corazones y sus almas, me dejaría hablarles. En cambio, me mantiene encerrada por mi *propia seguridad*.

—Y, sin embargo, aquí estás. Libre dentro de la ciudad.

—Hay ayuda dentro de la torre, que se ofrece bajo un gran riesgo —Thyra sonríe y mira hacia los tres vaserutianos en el rincón.

—Para aquellos que desafían a Nisse —supongo—. ¿Qué estás *haciendo*? Si llega a descubrir...

—Si lo descubre —apunta su dedo hacia la espalda de Halina—, serán destripados en la plaza, y a sus hijos los dejarán morir de hambre, asumiendo que no decidan matarlos también —susurra ásperamente—. ¿Es eso lo que quieres?

—No quiero que mueran más *guerreros*. Quiero que nuestra tribu sea fuerte de nuevo —pero no puedo evitar mirar hacia el niño del rincón. No puedo dejar de pensar que tenía su edad cuando mi familia fue destruida.

Los dedos de Thyra se tensan sobre sus rodillas.

–Suenas como Sander. ¿Es importante el precio, Ansa? ¿Seguirás a alguien? –pregunta, y mi garganta se contrae.

–Te seguí *a ti* hasta que me di cuenta de lo que eras capaz. Me echaste a un lado y casi acabaste con mi vida, ¿y todavía reclamas mi lealtad?

Thyra echa una mirada nerviosa al fuego. Sus llamas están creciendo fuera del hogar, como zarzas de una vid buscando a quién abrasar.

–No quería hacerte daño, Ansa. Pero tuve que detenerte. ¿No puedes entender eso? ¿Recuerdas algo de esa noche?

–Recuerdo que Jaspar intentaba detener a los arqueros y tú... –*fingías preocuparte por mí para poder meterte bajo mi guardia.*

–Tú me salvaste –dice ella, y estira su mano para tocar mi mejilla.

Me inclino a un lado, fuera de su alcance, porque no estoy dispuesta a que me atrape otra vez. Su mano cae de nuevo al costado.

–Yo estaba tratando de hacer lo mismo por ti.

–Jaspar definitivamente lo hizo –replico–. Se interpuso entre el peligro y yo.

–Tú eras el peligro –su expresión se endurece–. ¿Se te ha ocurrido que él estaba tratando de salvarlos *a ellos*? Estabas a punto de matar a esos arqueros.

–¡No tenías que golpearme!

–No sabía cómo detenerte. Había fuego en tus ojos, y tus brazos estaban *en llamas*, tu túnica ardía negra y se desprendía de tu cuerpo, incluso cuando hacías malabares con cuchillos de hielo. Ni siquiera parecías consciente de que la magia te estaba devorando –se estremece–. No me arrepiento de lo que hice.

Todavía ve el monstruo cuando me mira, puedo darme cuenta.

–Entonces ¿por qué Halina me trajo hasta aquí? Pareces desear que nunca me hubiese levantado del suelo donde me dejaste.

Sus ojos brillan de sorpresa y dolor, y aprieta los labios. Se vuelve hacia el fuego, como si fuera a confrontarlo directamente mientras trata de acariciarla. No dice nada para defenderse, nada para evitar las llamas. Simplemente lo mira fijo, como si lo desafiara a tocarla. Y la imagen me recuerda a esa noche en el círculo de combate, la forma en que se enfrentó a Nisse, y en lugar de pedir por su vida, le pidió que respetara a sus guerreros. No es el acto de sacrificio que esperaría de un traidor.

Las llamas retroceden, tan confundidas como yo. Ella me mira por el rabillo del ojo.

–Necesito que les envíes un mensaje a nuestros guerreros. No saldrán de donde están si no escuchan de un miembro de nuestra tribu, si no confían en que las palabras vienen de mí. Se están quedando rápidamente sin víveres, y Nisse ha asignado una fuerte guardia para bloquearles todo acceso. Pero puedo confiar en...

–¿De repente *ahora* confías en mí otra vez? –chillo. Ella se estremece ante el sonido agudo de mis palabras.

–Lo siento, Ansa. Lamento algunas de las cosas que te dije.

–¿Es solo porque ahora me necesitas?

–No. Es porque he tenido mucho tiempo para pensar mientras me tenía prisionera un hombre que solo me mantiene viva hasta que descubra la mejor manera de usarme.

–Así que has encontrado la mejor manera de usarme *a mí*, como tu mensajera. Veo un aire de familia.

Aprieta los labios, como si estuviera tratando de mantener cautivas sus palabras.

–Mi tío necesita a nuestros guerreros si va a invadir Kupari –dice finalmente–. Somos casi un cuarto de los guerreros dentro de esta ciudad. Pero si Nisse invade Kupari mientras hay una gruesa capa de nieve en el suelo, nuestros guerreros irán directo hacia la muerte. Imagina lo que la bruja podría hacer con todo ese hielo y frío.

–Puede que esté muerta. Puede que no tengan un gobernante.

–Sí. Nisse ha enviado a alguien para averiguarlo –dice ella. Ahora sé que él dijo la verdad cuando afirmó que la había mantenido informada.

–Si la bruja ha caído, podríamos tomarlos.

Thyra hace un gesto hacia los vasterutianos.

–¿Como los tomó a ellos? ¿Ves lo que ha hecho aquí? Está sembrando las semillas de nuestra destrucción y ni siquiera lo admite, porque cree tan firmemente en nuestra superioridad. Está cegado por la arrogancia.

–*Veo* que nuestros guerreros duermen seguros en una ciudad cálida en lugar de congelarse en la costa norte.

–¿Estamos a salvo? –apunta hacia la puerta–. Estamos encerrados en un muro de piedra, junto con un número desconocido de personas que anhelan la libertad más que su propia seguridad, y otros muchos miles solo esperan una señal de que esa libertad es posible.

Halina alza la cabeza. Su hijo pequeño está acurrucado en su regazo con la cabeza contra su hombro, y sus brazos lo sujetan firmemente.

–El viejo Nisse puede habernos acobardado por un tiempo, pero eso no significa que nuestros espíritus estén aplastados. Vamos a recuperar nuestra ciudad –le echa a Thyra una mirada frustrada–. Y tú dijiste que la pequeña roja ayudaría.

–¿Dijiste *qué*? –me vuelvo hacia Thyra boquiabierta.

–Dije que serías una aliada –responde Thyra lentamente–. Me salvaste esa noche en el círculo de combate, Ansa. Eso hizo de nosotras un par de peligrosas marginadas dentro de la tribu de Nisse.

Pero Nisse me prometió el perdón, si solo hago lo que él pide. Me trago esas palabras. Tengo la sensación de que sé lo que ella respondería, y no estoy de humor para sus preguntas. Siempre levantan la tapa de cosas que pensé que estaban cerradas.

–¿Así que pensaste que me uniría a ti para ayudar a los vasterutianos a derrotar a los Krigere? –pregunto, con voz temblorosa–. ¿Y quién es la traidora ahora?

Thyra se estremece y le echa a Halina una mirada de disculpa.

–Los vasterutianos quieren las mismas cosas que nosotros, Ansa. No somos tan diferentes.

–¡*Somos* diferentes! Somos guerreros, y ellos no.

–Ahí está la arrogancia que ciega a nuestra tribu –dice–. ¿No tenemos todos la sangre roja?

–No es arrogancia, ¡es orgullo de lo que somos! Y nuestro jefe debe tenerlo en abundancia.

–Estoy orgullosa de lo que somos –frunce el ceño–. Pero no siempre puedo estar orgullosa de lo que hacemos. Amo a nuestra gente, y es por eso que debe detenerse otra invasión. Es una locura.

–¡Por lo menos Nisse está haciendo algo! Quiere dar a nuestros guerreros su venganza y devolverles su orgullo –exclamo. Toda mi duda y frustración por su negativa a vengar a nuestra tribu suben a la superficie una vez más.

–¿Así que has elegido de qué lado estás, pequeña roja? –pregunta Halina.

–¡No he hecho nada –le grito– excepto despertar de un letargo y encontrarme horriblemente enredada entre conspiraciones y mentiras! –miro a Thyra–. Pero quizás también lo estaba antes y sencillamente no me había dado cuenta.

Efren busca algo debajo de su capa, posiblemente un arma.

–Si alguno de ustedes hace un movimiento contra mí, lo lamentará instantáneamente –gruño–. No necesito fuego ni hielo para hacer sangrar a la gente –no me importa si estoy medio muerta de hambre y llena de cicatrices. Sé cómo volver las armas de la personas contra ellos.

–Ansa no le hará daño a nadie –le dice Thyra a Efren, y luego vuelve su mirada autoritaria hacia mí–. Es demasiado inteligente para eso.

–Todavía no me has dicho exactamente lo que estás planeando. Y no quieras conformarme con esa estupidez de "lo que tenga que hacer". No quiero oírlo. ¿Estás agitando algún tipo de rebelión?

–No necesitamos a ninguna de ustedes para eso –indica Halina–. Pero podrías ayudar a salvar vidas. De gente de Krigere y de Vasterut.

–¿Nunca has cuestionado nuestro modo de vida, Ansa? –suspira Thyra.

–¿Por qué lo haría? –digo entrecerrando los ojos.

–Vivimos tomando lo que es de los demás.

–Porque somos guerreros. ¿Qué más podemos hacer?

–Aquí en el sur, comercian entre sí.

–¿Y qué? ¿Por qué comerciar cuando se puede simplemente entrar y arrebatar lo que uno quiere?

–No tratamos a nuestros ayudantes de esa manera –su mandíbula se tensa–. O al menos, no deberíamos.

–Nuestros ayudantes son tribu.

–Pregúntale a Nisse cómo los está tratando la próxima vez que lo veas.

–¿A dónde quieres llegar? –digo, lanzando un gemido.

–Ansa, ¿alguna vez te has preguntado qué sucedió con tus padres? Tus verdaderos padres. ¿Los que te trajeron al mundo y te amaban?

–No. Y no quiero hacerlo –murmuro echándome hacia atrás.

–¿Por qué?

Porque es demasiado doloroso, pienso.

–¡Porque fueron víctimas! –me pongo de pie, el aliento brota de mi garganta como una nube de escarcha mientras la imagen de mi madre invade mi mente. Ella me busca con ojos llenos de amor mientras sangra, se quema y muere–. Porque eran débiles –digo con voz entrecortada. *Demasiado débiles para protegerme de los monstruos.*

Alejo esa idea otra vez antes de que la confusión me inunde. Cuando abro los ojos, Thyra se ha levantado para mirarme.

–Mírala –dice, señalando a Halina, que está encorvada para proteger a su hijo. Efren y Ligaya se encuentran frente a ella, interponiéndose entre los niños y yo, el enemigo–. ¿Es débil, Ansa? ¿Es una víctima? –Thyra se inclina hacia delante–. Todavía está luchando. Pero sin dagas ni hachas.

–Entonces ¿es como tú? –miro fijamente los ojos azules de Thyra–. ¿Lucha con veneno?

–¿Qué te dijo exactamente mi tío? –pregunta, con un destello de sospecha en su mirada.

–Que nunca intentó asesinar a Lars. Pero tú sí –la observo, esperando que ella estalle ante la ultrajante acusación. Pero se queda muy quieta.

–¿Y le creíste?

–Nunca lo habría hecho. Nunca –siento que se me cierra la garganta–. Pero ahora, después de esa noche en el círculo de combate...

–¡No tuve elección!

–Suenas tan virtuosa, Thyra. Creo que podrías convencerte a ti misma de cualquier cosa –y también a mí, tristemente. Pero no esta vez–. ¿Es por eso que le tendiste una trampa a Nisse para acusarlo de planear el crimen? ¿Porque no tenías elección?

Su rostro es como granito pulido, así de perfecto, así de inflexible.

–Vi la oportunidad y la tomé. Y si veo otra oportunidad, Ansa, voy a hacer lo mismo. Halina me dijo que te reuniste con Nisse esta tarde. El hecho de que sigas respirando solo confirma lo que sospechaba: él quiere usarte. Y eso significa que podrías ser la única persona que pueda llevarles un mensaje a nuestros guerreros atrapados.

–¿Qué hay de Sander?

–No he hablado con él ni lo he visto desde esa noche en el círculo de combate. Por favor, Ansa. Haz esto por nuestros guerreros. Diles que podemos liberarnos de esta ciudad y volver al norte. Nisse puede haber bloqueado las salidas de esta ciudad, pero con la ayuda de la gente de Vasterut podríamos salir. A cambio, los ayudaremos a recuperar su ciudad.

La miro con incredulidad, luego tomo aire profundamente, empujando el hielo y el fuego hacia abajo, abajo, abajo.

–Soy tan tonta –susurro, mientras mis dientes castañetean–. Realmente me sentí mal por mentirte sobre Hulda y Aksel. Tu cólera era tan aguda que me perforó el corazón. Y aquí estás, diciéndome cómo me has estado mintiendo todo el tiempo, y ni siquiera lo sientes –miro a Halina–. ¡*Ella* es la responsable de lo que pasó aquí! ¡Si no hubiese conspirado para desterrar a Nisse, nunca habría llegado aquí!

–¿No crees que Nisse ya estaba instando a mi padre a saquear este lugar? –pregunta Thyra–. El Torden mismo no podría saciar su sed de poder y dominación. Quiere convertir todo el sur en su dominio.

–Y tú se lo permitiste, y tu silencio impidió que todos supiéramos lo que tú habías hecho.

–¡Mi padre nos prohibió hablar de eso! Parece que soy la única que honró su deseo, sin embargo. Y en cuanto a ti... Tuve miedo, Ansa. No sabía cómo ayudarte, y estábamos casi a las puertas de la ciudad cuando mataste a Aksel. Sabía lo que me esperaba aquí, y tenía miedo de que al estar a mi lado te expusieras a más recelo y sospechas, justo cuando parecías más vulnerable. Tuve que mantenerte a distancia.

–Eres una mentirosa. Solo tratabas de *protegerte* a ti misma –lo digo imitando sus palabras en tono burlón–. Ahora sé honesta, porque sé lo que ves en mí. Solo me estás hablando porque quieres usarme. Pero todavía estás disgustada y horrorizada por lo que hice.

–Ansa, eso no es cierto –responde alzando las manos, como si intentara calmarme.

–Crees que soy un monstruo. Dilo. Odias lo que soy.

–Ya no sé lo que eres –grita–. Pero nunca podría odiarte.

Mis manos tiemblan cuando me las paso por el cabello para quitarme la escarcha que cuelga sobre mi frente. La observo caer como un polvo reluciente.

–Haces un buen espectáculo para demostrarlo. Pero bueno, hiciste un buen espectáculo para hacerme creer que me amabas, así que no debería sorprenderme.

–Ansa, por favor. Nunca quise que las cosas fueran así entre nosotras –su mano cruza la distancia hacia mí.

–*No* me toques –exclamo, retrocediendo. Mi hombro golpea el marco de la puerta–. No quiero hacerte daño –pero lo haré. Juro que si me pone las manos encima, algo terrible pasará.

–He cometido errores, y tú también –dice–. Pero te necesito como te he necesitado siempre. Nuestra tribu depende de nosotras. No me abandones.

–¡Tú me abandonaste primero! –grito, y los vasterutianos se estremecen ante el sonido de mi voz.

–Te escucharán –dice Halina–. Los guerreros Krigere y los ayudantes han tomado algunos de estos espacios para vivir, y los escuadrones de guerreros vagan por las calles para mantener a la gente asustada y aplastar cualquier indicio de rebelión. Por favor. No hagas esto aquí.

–Entonces no deberías haberme traído –replico mirándola fijo.

–Pensamos que podrías ayudar, por el bien de ella –dice inclinando la cabeza hacia Thyra–. Por lo que hiciste por ella en ese círculo de combate.

–No haré *nada* por su bien. No más –dirijo mi mirada helada a Thyra–. Primero quieres que entregue un mensaje, ¿pero luego qué? ¿Que utilice mi poder para quemar a Nisse en su cama? ¿Para congelar a Jaspar? Sería muy conveniente para ti, ¿no? ¿Cuántos Krigere más quieres que mate en tu nombre, *jefa*?

–¡Ninguno! ¡No quiero que uses magia en absoluto!

–Claro. "Resiste, Ansa. Contrólate, Ansa. Por una vez" –siento que el calor se abre camino por mis huesos.

–¡Estoy tratando de salvarnos! Quiero encontrar un camino para que nuestra tribu entera pueda vivir y prosperar.

—¿Pidiéndoles que luchen contra los suyos? –pregunto.

—Si puedo evitarlo, lo haré –mira a los vasterutianos–. Pero la libertad tiene un precio.

—Prefieres sacrificar a toda tu tribu antes que permitirles pelear junto a Nisse en Kupari. Prefieres que mueran por ti a que vivan por alguien más.

Thyra retrocede como si la hubiera golpeado.

—Parece que realmente te he perdido.

El dolor en su voz, la traición allí, hace que las chispas de rabia y confusión estallen y se enciendan dentro de mí. Mis brazos arden, se queman y hormiguean, y hay algo húmedo y pegajoso que baja hasta mis muñecas: el calor hizo estallar nuevas ampollas. O el frío. Ni siquiera sé qué fue, solo que estoy llena de eso, tan llena que se escapa de mí y me está comiendo viva. Halina se levanta y empuja a su hijo detrás de ella.

—Está perdiendo el control, Thyra.

Un grito lejano del laberinto de refugios que hay por fuera de la puerta hace que Thyra se cubra el rostro con la capucha.

—Esa es solo una de nuestras preocupaciones, la guardia de Nisse está llegando. Deben habernos oído.

—¿Qué vas a hacer? –pregunta Efren–. Tenemos que devolverte a tu habitación antes de que tus guardias despierten.

—¿También los envenenaste? –pregunto. Thyra no responde. Se dirige hacia la puerta, sus movimientos son calmos pero urgentes.

—Ganaré algo de tiempo. Si las atrapan a ti y a Ansa aquí...

Halina presiona la cabeza de su hijo contra su muslo, sus ojos brillan con lágrimas de terror que descargan una nota dolorosa dentro de mí, pero Thyra sacude las manos.

–No voy a dejar que eso suceda, Halina. Te hice una promesa.

–Pero si te descubren... –comienza a decir Efren.

–Por eso guardé las hierbas en mi propia celda y las metí en las copas de los guardias yo misma. Solo yo seré culpable –Thyra abre la puerta apenas lo suficiente como para deslizarse fuera, y luego oigo sus pasos que bajan al callejón. Me vuelvo hacia los vasterutianos.

–¿Qué está haciendo? –pregunto. Halina corre hacia la puerta.

–Tenemos que llevarte de vuelta a tu habitación –me guía hacia la noche con solo una breve mirada amorosa a su familia–. Si te descubren, será malo para todos.

Yo la sigo, con la capa ondulando alrededor de mis brazos palpitantes y mis pensamientos hechos un torbellino. Thyra quiere alinearse con la gente de Vasterut en contra de Nisse. Parece que no hay límite en lo lejos que está dispuesta a ir para mantener el control de nuestra tribu. Pero... Todas las razones por las que la he amado todavía laten dentro de mí, se niegan a derretirse o evaporarse por más ardiente que fuera mi furia. Sigo a Halina a ciegas, perdida entre la agitación y el desmoronamiento de la devoción y el engaño, hasta que alza el brazo y me cierra el paso.

–Shhh –mira hacia afuera, luego se retrae–. Oh... esto es malo.

–¿Qué ocurre? –pero ya oigo el ruido de una pelea. Empujo a Halina para ver más allá de las sombras.

Thyra está en el suelo, en medio de un ancho camino, rodeada por guerreros Krigere. Mis dedos arañan la pared de piedra de un refugio cuando uno le patea las costillas. Lanza un jadeo y se lleva las rodillas al pecho, enroscándose sobre sí misma. Por la forma en que sus miembros se estremecen de dolor y debilidad, sé que no es la primera vez que la golpean.

Quédate ahí, pienso.

Ahora rueda sobre su estómago y busca torpemente la daga enfundada en una de las pantorrillas de los guardias. Él le conecta una patada en el pecho y ella cae hacia atrás.

—Sé que no debemos dañarle la cara, pero si ella no se queda ahí abajo...

—Lo hará —dice una guerrera robusta mientras se arrodilla rápidamente detrás de Thyra y le pasa el brazo alrededor de la garganta. Thyra emite un sonido sibilante y ahogado cuando su rostro se vuelve carmesí. Se aferra débilmente a la manga de la guerrera. El aire que nos rodea comienza a llenarse de vapor mientras la culpa y el pánico hierven dentro de mí.

—Está llamando su atención para que no nos encuentren —susurra Halina mientras Thyra cae inerte—. No te delates ahora: se sacrificó por tu seguridad.

Los guerreros de Nisse jalan a Thyra por sus brazos. Está inerte, apenas consciente. Sus pies se arrastran contra el suelo helado mientras la llevan de vuelta a la torre.

Halina jala mi capa.

—Vamos —susurra—. Conozco otra manera de volver al túnel. Ven conmigo ahora si no quieres compartir su destino.

Siempre he querido compartir el destino de Thyra. Siempre.

Hasta hoy, cuando me di cuenta de que no la entendía en absoluto. Y ahora otra vez le pertenece a su enemigo.

Sin más palabras, me doy la vuelta y sigo a Halina hacia la seguridad de mi recámara.

Capítulo XVIII

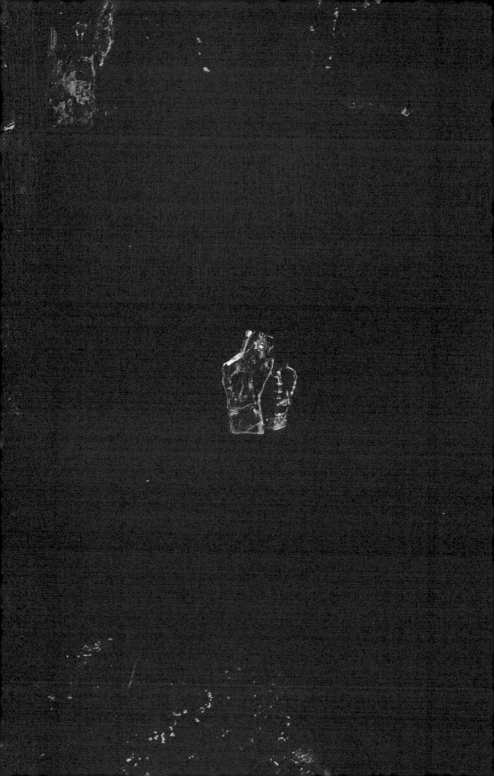

Halina se mantiene callada y nerviosa mientras me conduce de nuevo a través del túnel de tierra hasta la torre. Sigue lanzándome miradas sobre su hombro, como si se preguntara cuándo voy a llamar a los guardias de Nisse y decirles todo lo que acabo de oír.

No alivio su temor. Tiene suerte de que no la estrangule, aunque en mi estado actual es válido preguntarse cuál de las dos ganaría una pelea. Me ha puesto en una posición odiosa. Está conspirando con otra gente de Vasterut, y con Thyra. Y está tratando de arrastrarme dentro.

Halina me empuja de nuevo contra el túnel cuando llegamos al pasillo que conduce a mi recámara sin ventanas, pero cuando ve que el vestíbulo está despejado me jala de la muñeca. Gimo por el dolor de las nuevas quemaduras y me suelta, mordiéndose el labio mientras baja la vista a mi manga, salpicada de humedad.

—Yo me encargaré de eso —dice.

—¿Por qué lo harías?

Sus ojos se ven negros en la casi oscuridad del vestíbulo.

—Primero, porque eso es lo que me han dicho que haga, y si no lo hago, Nisse me matará —pone los ojos en blanco—. Y segundo, porque esto no es tu culpa, y sé que duele.

—Pero después de todo lo que acabo de decir... —respondo confundida.

–No importa, pequeña roja. No cambia quién soy *yo* –me obsequia una media sonrisa triste y toma la llave de la recámara de su bolsillo. Me acaba de meter en la pequeña habitación cuando suena un golpe en la puerta.

Cuando la abre, Sander está fuera.

–Vine para asegurarme de que Ansa esté... –me busca con la mirada–. Thyra acaba de ser capturada en la ciudad.

–¿Qué? ¿Cómo? Nisse me dijo que estaba bien custodiada –hago todo lo posible para lucir sorprendida.

Sus ojos son como llaves, sondeando cada cerradura que tengo.

–Lo estaba. Y lo está ahora otra vez. Pensé que podrías haber...

–¿Estado ayudándola? –le pregunto. Halina suelta una risita nerviosa.

–La pequeña roja ha estado aquí todo el tiempo, señor. Nunca la dejaría salir, no querría arriesgarme a hacer enojar al jefe.

Sander le dirige una mirada curiosa, pero ella se mantiene firme bajo el escrutinio.

–Te harán preguntas –le dice–. A todos los sirvientes vasterutianos. Thyra consiguió ganarse la amistad de los guardias que custodiaban su recámara, y deslizó algún tipo de hierba en su hidromiel que los dejó atontados. Nisse querrá saber cómo la consiguió.

–La vi juntando hierbas durante el viaje –digo rápidamente. Y aunque es una mentira, me doy cuenta con amargura de que este último acto contra sus guardias encaja con lo que Jaspar dijo de ella. ¿Qué pasa si solo estoy diciendo una mentira a medias, que en realidad contiene parte de la verdad?–. Puede haberlas conseguido antes de entrar en la ciudad. Sabes que quería estar preparada para cualquier cosa –y si Sander me cree, protegeré a Halina. No estoy completamente segura de por qué quiero hacerlo, excepto que no puedo librarme de la imagen de ella encorvada en un rincón, con los brazos alrededor de su hijito.

La línea tensa de los hombros de Halina se curva hacia el suelo.

–Nunca querríamos enfadar al viejo Nisse –dice con voz mansa e intimidada, como se supone debería sentirse.

–Bien –Sander permanece callado por un momento, lo suficiente como para que me retuerza de nervios. Y luego se aclara la garganta y dice–: Me pregunto si quieres estirar las piernas, Ansa. ¿Quieres caminar conmigo?

–¿Con una daga contra mi cuello todo el tiempo? No, gracias. En realidad, muero de ganas de acostarme en mi camastro y que Halina se ocupe de mis brazos.

–Sin daga. Solo quiero hablar.

–¿Acerca de? –digo mirándolo fijo.

–Cosas que solo se pueden discutir entre Krigere –responde con un suspiro impaciente.

Echo un vistazo a Halina, y ella abre la puerta de mi habitación y sonríe.

–Te esperaré, pequeña roja. Cuídate al volver –su voz es vacilante, rezuma miedo. Se pregunta si estoy a punto de traicionarla con Sander.

–Está bien. Estaré de regreso pronto –digo, y es todo lo que puedo hacer ahora para tranquilizarla.

–¿Pequeña roja? –pregunta Sander mientras caminamos lentamente por el pasillo. Suena divertido.

–Supongo que está bien –digo, tocando mi cabello–. Puede llamarme cabeza de estiércol si quiere, siempre que siga tratando mis quemaduras como lo ha hecho.

—¿Confías en ella? —Sander mira hacia la recámara.

—¿Por qué no? —es demasiado complicada como para confiar en ella... o para traicionarla en este momento.

—Es de Vasterut.

—¿Alguno de nuestros guerreros ha pasado el último mes ayudándome a mear en una cubeta?

—Es bastante justo —resopla. Pasamos más allá de las escaleras que conducen al resto de la torre.

—Hablando de confianza... No trajiste a Carina ni a los otros guardias.

—No sé en quién confiar, Ansa —dice bajando la vista a los escalones—. Sin embargo, contigo siempre supe dónde estaba.

—Jaspar me dijo lo mismo una vez.

—Porque es verdad. Y es un alivio. Cielos, lo que ha sido el mes pasado —inclina su cabeza, y puedo ver el cansancio tensando su boca y delineando su frente—. Estamos fracturados, Ansa. No sé si alguna vez volveremos a estar enteros. Y ahora que Thyra intentó escapar...

—¿Saben adónde se dirigía?

—No, pero lo sospechan. Preben, Bertel y más de cincuenta de nuestros guerreros se han escondido en la parte este de la ciudad, junto con sus ayudantes, y se niegan a cooperar hasta que Thyra les diga qué hacer. Están rodeados por un escuadrón de guerreros de Nisse para evitar que la rebelión se propague a la población, pero al escuadrón se le ha ordenado no atacar. Se dice que Thyra podría haber intentado llegar a ellos. Tampoco creo que Nisse se sorprenda al oírlo.

—Me pregunto por qué la ha dejado vivir.

—Todos esos guerreros dispuestos a luchar hasta la muerte, leales hasta el final... Encontrarán la muerte antes de jurar lealtad a un nuevo jefe, y Nisse lo sabe.

–Morirán de hambre, si están aislados como dices.

–Nisse les suministra comida y leña para sus fuegos –afirma. Pero Thyra me dijo que se les estaban acabando las provisiones. ¿Otra mentira para manipularme?

–¿Por qué les permite que se queden donde están?

–Quiere su lealtad, Ansa, no su sangre. Espera que algunos de ellos cedan. No le importa si gana a algunos o a muchos.

–Debería importarle, si quiere que invadan Kupari. Nosotros somos una fuerza lo suficientemente grande como para marcar la diferencia.

–Lo somos. Si solo pudiera averiguar quiénes somos *nosotros* hoy en día –se frota la nuca. Su cabello ha crecido en el último mes, y queda parado cuando su mano vuelve a caer a su lado–. Pero es por eso que Thyra sigue siendo importante. Nisse también está intentando conquistarla.

Abro la boca para decir que tal vez sus guerreros no recibieron ese mensaje: acabo de verlos golpeándola con ganas. Entonces recuerdo que se supone que estuve en mi habitación todo el tiempo.

–¿Te ha conquistado *a ti*, Sander? –pregunto. Él se detiene y se reclina contra la pared, golpeando suavemente su cráneo contra la piedra.

–Todo está al revés, Ansa. Ya no sé adónde pertenezco. No estoy hecho para las conspiraciones.

–Yo tampoco –y parte de mí odia a Thyra por obligarme a ser parte de esto. Pero otra parte de mí me odia por no haberla salvado esta noche.

–Lo sé –sonríe él.

—Creí que me odiabas.

—Odio lo que puedes hacer. Y tengo que hacer buenas migas con la guardia de Nisse. ¿Entiendes? De lo contrario, perderé mi libertad.

—Quieres ser libre para saltar en cualquier dirección –y probablemente por eso no está con Preben y Bertel en este momento.

—¿Y tú qué? –pregunta encogiéndose de hombros.

Me dejo caer contra la pared a su lado, exhausta después de tanto caminar hoy luego de un mes de no poner mis pies sobre la piedra. Mis tobillos están ampollados, pero no por el fuego, sino del simple roce del cuero y los calcetines de lana. Mi cerebro se siente ampollado también.

—No lo sé. Antes era tan sencillo –pero ahora no puedo dejar de pensar en quién era yo, quién soy, y nada es sencillo. Y eso sin que empiece a pensar en Thyra y quién es *ella* realmente.

—Creo que había más cosas debajo de la superficie de lo que jamás sospechamos.

—Tienes más razón de lo que crees –contesto. Ojalá no supiera ni la mitad.

—¿Qué hacemos, Ansa?

—¿De verdad me lo preguntas?

—Es importante. Y siempre has sido el lobo de Thyra. ¿Continúas siéndolo? –mientras habla se toca el borde irregular de su oreja mutilada.

La imagen brota como un chorro de agua: Thyra echada sangrando en la nieve, mientras los guerreros la golpeaban hasta dejarla medio muerta.

—No lo sé, Sander –susurro–. ¿Me llevas a mi cuarto, por favor?

Me conduce de vuelta con el ceño fruncido, sujetando mi codo suavemente.

—Entiendo. Créeme que te entiendo. Pero el mensajero volverá de Kupari en cualquier momento. Ahí es cuando Nisse tomará la decisión de invadir o no —cuando llegamos a la puerta entreabierta de la recámara, le echa un vistazo a Halina—. Y en ese momento, ya no tendremos tiempo. Ambos vamos a tener que decidir de qué lado estaremos —baja la vista a mis pies—. Pero hasta entonces, si valoras tu vida y la de esta vasterutiana, te aconsejo que limpies el lodo de tus botas.

Se aleja mientras mi sangre se hiela de miedo.

La convocatoria llega dos días después; dos días entre el silencio de Halina y su recelo. Le pido noticias de Thyra, de lo que está sucediendo en la ciudad, de cómo van nuestros guerreros, pero no me dice nada. Vuelve después de pasar horas fuera, con la piel húmeda y el cabello revuelto, y sé que ha sido interrogada por Nisse o sus guerreros, y aún entonces guarda silencio. Pero cambia mis vendajes, con tanta suavidad que apenas duele. Me acompaña pacientemente a caminar por el corredor para recobrar mi fuerza. Sander, que al parecer ha decidido no decirle a nadie sobre el lodo delator en mis botas, también obtuvo permiso de Nisse para acompañarme, siempre y cuando un guerrero custodie las escaleras. Supongo que aún no saben de la puerta oculta que lleva fuera de la torre, y no la menciono.

Si llego a insinuar que Halina ayudó a Thyra a escabullirse de la torre, o que está promoviendo algún tipo de resistencia, será ejecutada, a modo de ejemplo.

Debería hacerlo. Sé que debería hacerlo. Pero cada vez que lo evalúo pienso en el niño y el bebé, sus mejillas redondas y sus grandes ojos, su fe de que su familia puede mantenerlos a salvo. No puedo soportar la idea de quebrantar esa fe y llenar su mundo con más dolor y sangre. Y Halina... No se parece en nada a la madre que acecha mis sueños, a la pelirroja quemada por el fuego, con su sangre manchando la tierra, que me busca con ojos llenos de amor... Y sin embargo, a veces mi asistente vasterutiana toma su lugar, y veo la devoción que lleva a una persona más allá del miedo al dolor, a la oscuridad y a los monstruos que surgen del agua para llevarse todo tu mundo...

Me pregunto qué lleva a una persona más allá del miedo de saber que *es* un monstruo. Que *goza* de la violencia. La magia no me hizo así. Me entregué a esto años atrás.

Me entregué porque no podía soportar ser la presa, y mi única opción era convertirme en el depredador.

No puedo alejar estos pensamientos, son demasiado poderosos. Solía sentirme tan orgullosa de matar. Soñaba con tener marcas de muerte hasta las puntas de los dedos. Y ahora... He derramado tanta sangre que merecería tener marcas hasta el antebrazo, y no quiero ni una sola. Hulda, Aksel, Flemming, todos los demás que destruí... Siento que estoy al límite, no podría tolerar continuar así.

Aunque puede que no tenga opción. Ahora tendré que elegir un bando. Porque Nisse me ha convocado, y solo puede significar una cosa: hay noticias de Kupari. Halina me ayuda con mis botas y mi ropa. Sus manos se estremecen mientras sujeta las correas.

—No te voy a traicionar —digo, mientras estiro mi mano y rozo apenas sus dedos.

—¿Nos ayudarás? —pregunta, con los ojos muy abiertos.

—No he dicho eso —respondo irguiéndome.

—Entonces es lo mismo que traicionar —murmura.

–No lo es –le espeto–. Deberías estar agradecida.

–¿Debo estar agradecida por tu silencio, que permite que continúe la injusticia? –hace una reverencia burlona–. *Gracias* por no intentar evitar que mi gente sea expulsada de su hogar para morir de hambre en el frío. *Gracias* por no hacer nada mientras los invasores toman la mejor comida y el mejor combustible, mientras las personas que construyeron esta ciudad enflaquecen, se debilitan y desesperan. *Gracias* por ser parte del monstruo que nos aplasta. ¿Crees que porque no tienes un cuchillo en la mano, no eres parte de la matanza?

–Eres audaz. Demasiado audaz.

–Oh, lo siento, pequeña roja. ¿Debería ser tranquila y dulce todo el tiempo? ¿Eso te haría las cosas más sencillas? –alza las manos–. Lo he intentado. Aprecias el valor, pero solo entre los Krigere, creo. ¡Y desprecias la mansedumbre, pero me la exiges si te brinda más comodidad!

–Pero no le diré a Nisse nada de lo que hagas. No voy a causar tu muerte –mi corazón galopa entre la confusión y la frustración.

–Si Nisse decide invadir, ¿quién crees que llevará tus provisiones y hará tus fogatas? ¿A quién arrastrará al frío invernal para mantener a tus guerreros alimentados y sin sed?

Me aparto de ella y abro la boca para hablarle de los ayudantes, pero entonces me doy cuenta: los ayudantes siempre se quedaban en el campamento cuando atacábamos, esperando nuestro regreso. Pero esto, otra invasión...

–¿La gente de Vasterut? –pregunto con voz trémula. Ella asiente con la cabeza.

–Hombres y mujeres capaces, cuyas espaldas pueden soportar la carga, cuyas piernas pueden llevarlos lejos, a la tierra de la magia y la traición. Yo incluida. ¿Y quién se preocupa por lo que le pase a mi bebé? Después de todo, solo es un vasterutiano —se lanza hacia delante, tan rápido que caigo de nuevo en mi cama con ella inclinada sobre mí—. ¿Crees que voy a dejar que eso suceda? ¿Crees que no voy a luchar? —hace una mueca y retrocede—. ¿Crees que no voy a morir? —añade suavemente—. ¿Crees que no me mataste solo porque no hablaste en mi contra? *Gracias,* entonces.

—Detente —me acerco al borde de la cama y me levanto—. Nosotros no... Ni siquiera sabemos aún lo que va a suceder —me mira fijamente durante un momento largo, luego se ríe y sacude la cabeza.

—Claro. Muy bien —señala el pasillo cuando llega el sonido de unos pasos—. Estoy ansiosa por averiguarlo.

Todavía conmovida por su repentino atrevimiento salgo al pasillo, aliviada por la imagen familiar de los guerreros, incluso aunque algunos me miren con recelo. Sander me hace un gesto apenas perceptible de asentimiento cuando se coloca detrás de mí. Carina, por otra parte, mantiene sus dedos firmes alrededor de su daga enfundada mientras camina a mi lado. Es un viaje tenso hasta la cima de la torre. Me muero de ganas de preguntarle a Sander si sabe algo de Thyra, o Preben y Bertel y los guerreros de la parte este de la ciudad, pero sé que no es seguro hacerlo aquí.

Cuando llegamos a la recámara del consejo de Nisse, el guardia retrocede y me deja avanzar sola. Nisse y Jaspar levantan la vista de la mesa pintada cuando entro. Nisse sonríe.

—Nuestro jinete volvió de Kupari esta mañana. Su ciudad parece estar peor que la nuestra, aparentemente. No es la rica fortaleza que esperábamos.

—¿Eso significa que no hay reina bruja en el templo?

—Parece que sí, pero retrasaron su coronación —explica Jaspar encogiendo los hombros.

—¿Por qué?

—Su política es un misterio —responde Nisse, sonriendo—. Pero tal vez todavía podamos descubrir la verdad. Nos han invitado a presenciar su ascensión al trono.

—Pero ¿van a invadir o no? —pregunto, cruzando los brazos sobre el pecho. Odio los pensamientos que me vienen a la cabeza; Halina y los otros vasterutianos separados de sus hijos solo para proveer a nuestras fuerzas.

—No lo he decidido —responde Nisse—. Pero creo que, en este caso, seguiré el camino que mi querida sobrina siempre sugiere. Seremos cautelosos.

—Entonces ¿no invadirás? —pregunto arqueando las cejas.

—No en lo inmediato —sus ojos verdes están llenos de ansiedad—. Entonces... ¿qué dices?

—¿A qué?

—¿Quieres venir con nosotros? —pregunta Nisse—. Podrías ser nuestra arma secreta.

—Pero dijiste que no ibas a invadir.

—Todavía no, pero si vinieras con nosotros, tal vez podrías... —agita su mano hacia mí—. Estaremos muy cerca de la reina. Ella no espera que la magia pueda venir de uno de los nuestros. Si acaba de ser coronada, es probable que sea nueva, joven e inexperta.

—Quieres que la asesine. Con magia.

—Eso abriría el camino para nuestros guerreros y salvaría muchas vidas —sonríe él—. Todos quedarían en deuda contigo. Nadie recordaría lo que pasó en el círculo de combate.

–Y sería tu oportunidad de venganza –dice Jaspar–. Tal vez no de la reina que te maldijo, pero sí de su heredera.

Me vuelvo hacia el fuego, pensando en todas mis fantasías desde ese horrible día en el lago, acerca de entrar en la sala del trono de la bruja y hacer correr fuego por su blanca garganta. El calor recorre mis brazos, una poderosa corriente de magia maldita. Pero el dolor le pisa los talones, haciendo brotar ampollas que estallan y rezuman. Lanzo un grito, con lágrimas en los ojos.

–Algo está mal en mí –digo tomando aire entrecortadamente–. La maldición se ha vuelto contra mí. Me está matando.

–¿Qué? –pregunta Nisse con voz dura–. Te vi en el círculo de combate. Tú la controlabas por completo.

–Creo que me ha controlado a mí –digo sacudiendo la cabeza.

–No lo creo –interviene Jaspar–. Ansa, sabías lo que estabas haciendo. Los elementos obedecían cada movimiento de tus dedos.

–Es mi cabeza, entonces. Está...

–Thyra la golpeó tan fuerte que dañó su habilidad para manejar la magia –Nisse aprieta los puños.

–No la culpo –afirmo, pero ni siquiera estoy segura de por qué la estoy defendiendo, solo sé que no puedo evitar temer por ella cuando oigo el filo de la voz de Nisse–. Lo siento. Sé que te estoy decepcionando. Si tuviera un poco más de tiempo para recuperarme... –no quiero que la castigue por esto. Pero por otra parte, si no descubro cómo controlar esta magia dentro de mí, nunca volveré a tener un lugar dentro de la tribu.

Nisse deja escapar un largo suspiro.

–Por supuesto. Debes quedarte aquí y continuar tu recuperación. ¡Debemos cuidarte para que puedas ser la temible fuerza vengadora que vimos hace tan solo un mes!

–Lo siento –repito–. Sé que esta era una buena oportunidad para ir y evaluar sus capacidades.

–Oh, iremos de todos modos. Esto es demasiado importante, por muchas razones además de la oportunidad de utilizarte –llama a los guardias–. ¡Tráiganla!

Me vuelvo hacia la puerta mientras Thyra es conducida a la sala. Se ve pálida y camina rígida, aunque no está encadenada. La observo fijamente, preguntándome qué le habrán hecho en los últimos dos días. Aunque la desprecio por mentirme, por no ser quien siempre pensé que era, no me alegro al ver la expresión dolorida en su rostro.

–¿Thyra?

Su mirada se detiene en la mía por un largo momento antes de dirigirse a su tío.

–Qué bueno verte de nuevo, tío. Tus guerreros me han ofrecido fielmente y con frecuencia tus saludos estos últimos días –dice. Nisse responde con una sonrisa.

–Estoy tan contento de que hayamos logrado traerte otra vez dentro de nuestro círculo de protección, Thyra. Tienes suerte de que te hayamos encontrado antes de que te metieras en una parte peligrosa de la ciudad –se le acerca y ella se tensa, pero se niega a retroceder–. Y me verás mucho en los próximos días, al parecer –deja que considere eso antes de añadir–: Estamos yendo a Kupari. Nos vamos inmediatamente.

Los ojos de Thyra se abren de par en par mientras Nisse les ordena a sus guardias que la lleven de vuelta a su habitación y la ayuden a empacar para el viaje. La mano de Nisse se posa en mi espalda.

–¿Ves? A pesar de su traición y constantes intrigas, respeto a tu jefa –sin embargo, hay duda en sus ojos, como si se preguntara si todavía tiene mi lealtad.

–¿Ella es tu rehén? –le pregunto. Él se ríe entre dientes.

–Qué manera desagradable de ver las cosas. Simplemente mantengo a mi sobrina cerca, porque reconozco su importancia. Aunque también reconozco que puede presentar... Una tentación.

–¿Para mí? –pregunto. Trago saliva.

–Para muchos –sonríe y me palmea la espalda–. Bien. Vete a descansar. Estaremos de regreso en unos días, y quiero verte mejorar –la alegría en sus ojos desaparece, reemplazada por la firmeza–. Podrías ser nuestra salvación, Ansa. El tesoro de los Krigere. Espero que reconozcas lo mucho que significas para nosotros. No dudes de tu valor. Y no dejes que nadie más lo haga.

Llama a Sander y a los demás para que me escolten a mi recámara, y una vez más me alejo de la sala de consejo, con la cabeza llena de información y preguntas que no puedo analizar. *No dudes de tu valor*, dijo. Pero ahora mismo, con Thyra en camino a Kupari, con Halina observándome como si estuviera fallando en una prueba importante, con todo el futuro de los Krigere dependiendo de mi habilidad para controlar y manejar una maldita magia que no entiendo y que bien podría matarme, contra un pueblo al que una vez pertenecí... Dudo de todo.

CAPÍTULO XIX

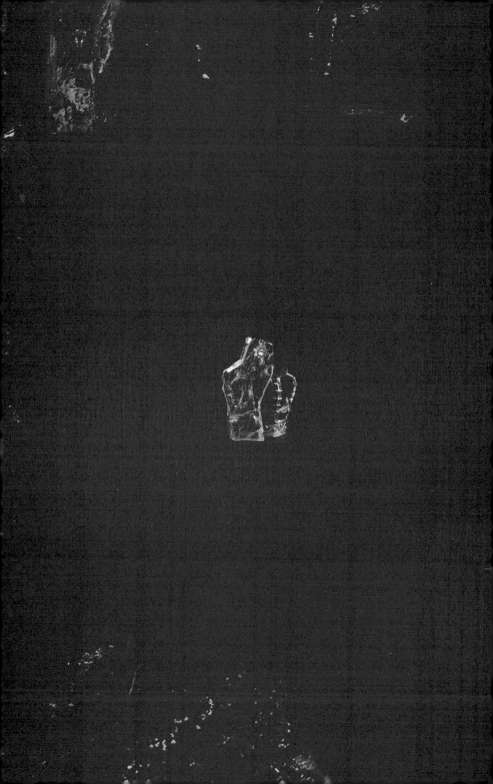

Me trasladan a una recámara en uno de los pisos superiores del castillo, justo a tiempo para ver a Nisse, Thyra y un pelotón de guerreros dejar la protección de la torre y la pared de estacas para atravesar la ciudad, camino a Kupari. A Thyra le han dado un casco y una nueva capa, así como una espada probablemente demasiado pesada para que pueda manejarla con destreza.

Pero Nisse quiere dar un espectáculo, sospecho, y por eso le da las armas que ellos temen, porque no nos entienden. Espero que funcione. Está llevando una fuerza muy pequeña hacia territorio enemigo.

Me quedo con todas mis preguntas, viendo el avance del cielo. Halina vuelve a estar tranquila y cautelosa, amable pero distante. Le digo que se llevaron a Thyra y no parece sorprendida.

No vuelve a pedirme que la ayude, y me alegro. Al conocerla, he llegado a desear que no le ocurra ningún daño a la gente de Vasterut. Pero no pueden ser mi gente.

A decir verdad, ya no sé quién es mi gente.

Encajo tan bien entre los Krigere, o eso me dije siempre. Me daba tanto placer cada vez que un verdadero Krigere me decía que yo era uno de ellos. Me llenaba de orgullo ser una vencedora, y la seguridad de ser parte de una tribu tan fuerte que nadie podría separarnos y llevarme lejos.

Como me habían arrancado de mi familia Kupari.

No sé adónde pertenezco ahora. La pérdida y la soledad me carcomen.

Jaspar viene a verme solo unas horas después de que su padre abandone la ciudad. Lo miro sorprendida cuando entra en mi habitación.

—Pensé que irías con ellos.

—Alguien tenía que quedar a cargo mientras el jefe estaba ausente —dice. Su sonrisa contiene un dejo de amargura.

—Pero tú querías ir —lo miro caminar hasta la ventana y observar hacia afuera—. ¿Extrañas dormir bajo las estrellas y participar de una incursión por la mañana?

—Ah. Me conoces demasiado bien —responde. Se inclina sobre el alféizar de piedra—. ¿Vamos a caminar? Creo que los dos necesitamos tomar aire.

Miro nerviosamente hacia la puerta.

—No estoy ansiosa por enfrentarme a más miradas de odio.

—Ven —me responde con una sonrisa cálida como la luz del sol—. Respirarás mejor cuando estemos arriba —como no me muevo, él va hacia la puerta y la abre—. Te sentirás como un pájaro, te lo prometo.

—¿Por qué...? ¿Me vas a empujar del parapeto?

—Solo si saltas sobre mi espalda y me muerdes la oreja —me guiña un ojo y se dirige al pasillo. Yo lo sigo, y me pongo alerta al oír la risa de los guerreros que proviene de una recámara en el mismo corredor. Pero Jaspar va hacia la escalera que se eleva en espiral y caminamos hasta llegar a una puerta directamente sobre nuestras cabezas—. Espera y verás —dice, abriendo la puerta.

Lo que veo es cielo, y me llama como un amante. Sonrío mientras él me hace avanzar al frío aire de invierno y luego se une a mí. Es un espacio relativamente grande, suficiente para que veinte arqueros se arrodillen cómodamente en un círculo. Me arrastro hasta la pared baja y me quedo sin aliento al observar el Torden, vasto y de un blanco grisáceo bajo las nubes dispersas de invierno. El frío me pellizca la nariz y los dedos, pero inmediatamente es alejado por el fuego que llevo dentro. Confundida, sacudo la cabeza mientras Jaspar se acomoda junto a mí.

–¿Qué ocurre? –pregunta.

–A veces esta maldición me protege, y a veces me hace agonizar. No me doy cuenta de lo que quiere o cómo complacerla –me muerdo el labio–. O cómo controlarla –sé que eso es lo que Nisse quiere.

Jaspar baja la vista a mi mano, donde las cicatrices se retuercen alrededor de mis nudillos.

–Lamento que hayas sufrido tanto. ¿Alguna vez te arrepientes de haber sobrevivido a la tormenta aquel día?

–Es una pregunta complicada –observo las olas, apenas ondulaciones en comparación con el agua embravecida que recuerdo. Jaspar sigue con la punta de su dedo un remolino plateado en el dorso de mi mano.

–Espero que algún día sea simple. Y que la respuesta sea "no".

–Yo también –susurro.

–Aunque no hay nadie más feroz o más fuerte que tú como para soportar semejante carga –continúa–. No tengo ninguna duda al respecto.

–Yo sí –río.

–Lo sé. Pero solo porque te han colocado en ese lugar.

–¿Qué quieres decir?

–¿Qué tal si tuvieras un jefe que amara lo que eres, en lugar de temerte o despreciarte?

–¿Estás aquí para convencerme de unirme a Nisse? –gruño. Estoy tan cansada de ser la cuerda en este juego de tira y afloja.

–No quiero convencerte de nada. Tomarás la decisión por tu cuenta. Solo te hago las mismas preguntas que me he estado haciendo desde que volví a verte, tan firme junto a mi prima... sin saber lo que había hecho o quién era en realidad.

–Ella no... –cierro la boca. Estuve a punto de decirle que no había negado la acusación cuando le pregunté, pero eso revelaría que hablé con ella–. No sé por qué no me dijo la verdad en primer lugar.

–Yo sí. Porque sabía que no habrías aceptado esa verdad, porque eres una flecha, Ansa. Vuelas derecho. Encuentras tu objetivo. No te doblas ni te tuerces.

–Ciertamente siento como si me hubieran hecho un nudo.

–¿Quién podría culparte? Debería ser más simple. Especialmente para ti. Si no puedes manejar tu magia por causa del golpe que te dio en la cabeza... o por la vergüenza en la que te ha sumergido simplemente por quién eres...

–Yo le mentí, Jaspar. Maté a esa esclava, una mujer que no me había amenazado. Fue un accidente, pero lo hice para mantenerla callada. No soy inocente. También maté a Aksel.

–Por necesidad, no tengo dudas –me mira, y no parece perturbado en absoluto–. Thyra nunca te ha aceptado como eres. Incluso antes de la maldición –suelta un gruñido de risa–. Ella no acepta nada. Siempre siembra la duda. Pero cuando debió beberse ese trago amargo ella misma, como ocurrió en nuestro viaje desde el norte, no le gustó el sabor. Y sin embargo, aún parece que tiene la intención de destruirnos.

–Eso no es... –frunzo el ceño–. No creo que sea lo que ella quiere. No tendría ningún sentido. Podría habernos ordenado que peleáramos hasta la muerte cuando ustedes llegaron al campamento: tenía valiosas razones para temer venir aquí. Pero en cambio, por el bien de los ayudantes y sus guerreros, vino en calma. Y cuando tuvo la oportunidad de suplicar por su vida en el círculo de combate, solo pidió por la seguridad y la salud de sus guerreros.

–Lo lamento, Ansa. Me cuesta ver más allá del daño que ha hecho. Y cuando te miro, puedo ver sus marcas en ti. Te veo luchando para esconder quién eres, conteniendo todo lo que está dentro tuyo para lograr su aprobación... –se coloca una mano en el pecho e introduce los dedos entre los pliegues de su túnica–. Me enfurece. ¿Por qué amas a alguien que no te ama como eres?

–Detente –digo con voz ronca. Las lágrimas me hacen arder los ojos y me alejo de él–. Basta.

–Mi padre y yo... nosotros podemos ver quién eres tú. Nosotros lo valoramos.

–Gracias –digo, cerrando los ojos. Su mano cubre la mía, cuidadosa y cálida.

–Espero que te ayude. Dudar de ti misma y de lo que puedes hacer... y de si debes ejercer el poder que tienes o no, no puede ser saludable para ti –asegura–. Y me pregunto si es por eso que la maldición te está lastimando.

–No había pensado en eso –resoplo.

–Lo sé –sonríe y me aprieta la mano–. Y por eso quería asegurarme de decírtelo. Y ahora, quiero preguntarte algo –empuja mi hombro con el suyo–. ¿Quieres entrenar conmigo?

–¿Qué? ¿Estás loco?

–¿Tal vez? Pero lo he echado tanto de menos –dice frunciendo los labios.

–Puede que me estés ofreciendo tu vida.

–Entrar en un círculo de combate contigo *siempre* es así –se incorpora y extiende la mano–. Probemos. Solo un poco de lucha cuerpo a cuerpo. ¿Por favor?

–¿Aquí? –dejo que me aleje de la pared.

–¿Por qué no?

–¿Estás seguro de que no estás planeando arrojarme por el parapeto? –pregunto en tono de burla. Mi corazón salta con un ritmo ansioso, feliz.

–Supongo que tendrás que confiar en mí –Jaspar se para con los pies bien abiertos, haciéndome señas para que me acerque a él.

–Bueno –mi risa es sonora, feliz y verdadera. Y luego cargo contra él.

Me acuesto en el suelo fresco de madera de mi nueva recámara, y observo las vigas del techo. Me duele todo, pero no son nuevas ampollas. Es un dolor puro, en cambio, uno que disfruto: he estado peleando con Jaspar cada tarde durante los últimos tres días. Puedo sentir cómo mi fuerza regresa. Siento la sencilla y despreocupada alegría de luchar solo con mi ingenio y mi velocidad. No estoy ni cerca de ser tan buena como solía, ni cerca de poder tumbar a Jaspar, pero puedo escapar casi todas las veces, y eso es casi igual de bueno: no puede inmovilizarme en el suelo. Y su sonrisa cada vez que me levanto me hace sentir una verdadera conquistadora. Me ha ayudado a mantener mi mente lejos de la misión a Kupari, de lo que podría suceder cuando Nisse y Thyra regresen... y el hecho de que se me está acabando el tiempo.

Halina acaba de llevarse los restos de mi almuerzo y sé que no volverá por un buen rato. Se quedará lavando las cosas y charlando con los otros asistentes en la cocina, donde ningún guerrero se molesta en ir. Me he dado cuenta de eso. No tengo ni idea de lo que están discutiendo los vasterutianos allí abajo, ya sea que piensen en una rebelión o un nuevo modo de fregar los platos. Alejo esos pensamientos, no es algo que importe ahora.

Todo lo que importa ahora es la maldición, y si puedo controlarla o no. Independientemente de lo que suceda, manipular este poder me ayudará. Cierro los ojos, buscando el fuego y el hielo dentro de mí. Se precipita hacia la superficie con ansiedad, como un niño que quiere un dulce, o tal vez solo para llamar la atención. Respiro lentamente mientras inunda mi pecho. Se siente enorme, como si estuviera en la cresta de una ola gigante, con un potencial mortal y un impulso imparable. Recuerdo que esta fuerza corrió en mi ayuda aquel día en el círculo de combate, y cómo brotó de mis manos y mis pensamientos. El recuerdo es a la vez seductor y terrorífico. ¿Es mi amiga o mi enemiga?

Extiendo mis palmas y las vuelvo hacia el techo. Muchas veces durante los últimos días he sofocado la magia, sabiendo que si le permitía llegar a mi conciencia traería más dolor y más quemaduras. Antes de liberarla esa noche en el círculo de combate, antes de entregarme a ella de manera tan completa, nunca me había lastimado. Pero una vez que la utilicé con intención, de algún modo se metió dentro de mí, arraigando dentro de mi médula. Ahora mis brazos son carne cruda, y hay puntos de dolor agónico a lo largo de mi torso y mis piernas. La enfermedad se ha extendido, y cuando Halina vio el daño, su expresión conmocionada me dijo exactamente lo horrible que era. Pero si puedo luchar contra la maldición y someterla, será la forma de volver con mi pueblo. Podré caminar entre ellos sin temer el golpe de un cuchillo o una mirada igual de aguda y letal.

Podría ser una Krigere otra vez. Podría olvidar todo lo demás.

Anhelo lo seguro y simple que suena eso.

Cuidadosamente, pienso en el hielo. No en una tormenta de nieve ni un vendaval, sino solo escarcha sobre las hojas y la hierba, un roce de frío en el aire quieto. Y siento que me acaricia la frente, muy suave. Brota y se arrastra delicadamente atrayendo mi mirada, y cuando doy vuelta mi cabeza veo el laberinto de cristales de hielo que crecen alrededor de mi cuerpo, resbalando lentamente hacia el suelo mientras mi aliento empaña el aire. Se siente tan bien. Esto no puede estar equivocado.

Suspiro y me acomodo, y ahora convoco al calor. Lo dejo emerger de donde estaba escondido para que salga a la luz. Está más hambriento que el hielo, pero también es más juguetón. Lenguas de fuego brotan sobre mí en espirales a mi alrededor hasta marearme. El fuego resplandece y derrite el hielo, aunque la helada se vuelve a formar un instante después, como si desafiara al calor.

Claro que puedo controlar esto. Seguro que esta magia no me hará daño. Parece como si me amara. Besa mi piel de un modo tan dulce que es como el alivio, como la alegría. Y lo necesito, después de tanto miedo y dolor. Me incorporo despacio, la esperanza arraiga dentro de mí. Aquí está la facilidad que ansiaba, que temí que nunca fuera mía. Esta maldición, entregada con maldad, tiene vida propia: ahora me pertenece a mí, y no a la bruja. No hace lo que ella le pide. Es mía.

Me levanto con las palmas hacia arriba. De un lado tengo una bola de fuego, del otro, un remolino de escarcha y frío. Les hago cosquillas con los dedos y bailan para mí. Jaspar tenía razón: ya no debería cuestionar lo que soy, aunque sí me pregunte adónde pertenezco. No debería hacerle caso a Thyra cuando me insta a dudar, cuando me dice que me controle.

¿Por qué amas a alguien que no te ama como eres?

Una oleada de resentimiento surge dentro de mí. No es mi culpa haber sido maldecida e invadida, quemada y congelada por la fuerza del fuego y el hielo.

De repente, la bola de fuego sobre mi palma es tan grande como un escudo. Jadeo y aprieto el puño, pero se convierte en un torbellino que se eleva hacia el techo.

El techo *de madera.*

—Detente —susurro—. Obedéceme —pero mi corazón late tan fuerte, lleno de miedo y enojo, que parece estar escuchando solo *eso.* Sujeto las llamas y ahogo un chillido mientras se aferran a mis dedos, mordiéndome demasiado fuerte. Llamo al frío para combatirlo, y las láminas de hielo se forman y giran en mi otra mano. Comienzan a apuñalar el fuego cuando un frío amargo desciende en la habitación, tan repentino y helado que mi rostro se entumece por un instante. Grito, y el fuego se eleva más y se extiende mucho, enegreciendo el techo y alcanzando mi cama.

—¡No! —grito cuando mi manta se prende fuego, y luego el colchón de paja que está debajo. Mi aliento se transforma en un rocío de escarcha mientras el fuego se vuelve contra mí.

Mi túnica se enciende y lanzo un alarido.

Un grito resuena en el corredor, seguido por un crujido, y Sander y Jaspar se abren paso en la habitación. Me agito con las mangas en llamas, mientras Jaspar toma el cántaro de la mesa auxiliar y me arroja el contenido. Mi espalda golpea el suelo y los gritos llenan mis oídos. Me arrojan más agua, y luego un paño pesado y empapado. Un cuerpo inflexible me presiona y me impide levantarme.

–Tranquilízate –resopla Sander–. Por favor. No me mates a mí también, Ansa. Por favor. Estate quieta.

Me desplomo bajo el peso del fracaso, la desesperación y el horror, y un dolor tan intenso que me hace retorcer y temblar. Las voces ladran órdenes por encima de mí, clamando por más agua, por vendajes, para que traigan a Halina, por medicinas, por un fuego en la chimenea, para que no enciendan ningún fuego en absoluto. Reina la confusión mientras deseo solo oscuridad y tranquilidad. Pero no se me concede tal misericordia. Estoy plenamente consciente cuando me levantan del suelo y me arrojan agua una vez más.

Sander le grita a alguien que le traiga guantes de cuero gruesos, y me doy cuenta de que debo estar quemándolo. Pero cuando deseo el frío, grita y me suelta, mordido por el hielo. Alguien, probablemente Carina, se ofrece a matarme, pero Jaspar le ruge que salga de la habitación.

–¡Mi padre la quiere viva! –le grita mientras se aleja.

Nisse me quiere viva. Soy su espada rota.

Las lágrimas corren por mi rostro y me echo a reír. Estoy arruinada, chamuscada y humeante. Ahora es toda mi piel, no solo mis brazos. El fuego y el hielo están rabiosos y locos, y no soy lo suficientemente fuerte como para controlarlos. Se deslizan en venenoso silencio otra vez hacia adentro, mientras permanezco acostada sobre una manta fresca en el suelo. Sander se inclina sobre mí.

–Viene tu asistente –dice–. Hará lo que pueda por ti –pero oigo el temblor en su voz, el tono de impotencia. Lo recuerdo de aquel día en el Torden.

–¿Voy a morir?

–No lo sé –nos miramos a los ojos, antes de oír un grito que resuena en el corredor.

–¿Estás seguro? –pregunta Jaspar desde atrás de Sander, con una jarra llena de agua en las manos, por si acaso. Cuando escucha la respuesta a su pregunta, asiente con la cabeza–. ¡Diles que se levanten inmediatamente, entonces! ¡Aprovecharemos cualquier ayuda que podamos conseguir!

–¿Qué está pasando? –susurro.

–Nuestra delegación ha vuelto de Kupari –dice Sander; suena perplejo. Me mira de nuevo, y veo mi propio rostro arruinado, reflejado en sus ojos oscuros–. Y al parecer han traído a alguien que puede ayudarte.

Tiemblo de dolor mientras las figuras oscuras se precipitan hacia la habitación.

–Mejor dense prisa –dice Jaspar–. Creo que está muriendo.

Thyra es la primera en llegar a mi lado, con el horror reflejado en sus ojos.

–Oh, Ansa –susurra–. Lo siento mucho. Pero pronto todo estará bien. Lo prometo.

–Cómo... –trato de fijar la vista en ella a través de mis párpados hinchados. Nisse se inclina y aparece en mi campo visual.

–Tiene razón, Ansa. Ahora intenta mantener la calma –levanta su brazo, dando la bienvenida a una tercera persona a mi lado.

Este tiene una oscura sombra de cabello negro alrededor de su mandíbula y sobre su cabeza, como si se hubiera afeitado todo pero ahora le estuviera creciendo de nuevo. Sus labios parecen hinchados, dos babosas gordas en medio de su rostro. Pero sus ojos están llenos de curiosidad. Dice algo en un lenguaje redondeado que reconozco como Kupari. Halina está arrodillada a su lado.

—Dice que debes tener una gran cantidad de fuego para haberte hecho esto —traduce en voz baja, apartando su brazo de Sander.

—Y de hielo también —añade Jaspar, y Halina traduce para el sombrío desconocido, que asiente con la cabeza, me sonríe y vuelve a hablar. Su voz es suave. Consoladora.

—Dice que va a sanarte —afirma Halina.

—Por favor —murmuro—. Duele.

El extraño mira a Thyra y Nisse y les indica con gestos que nos den más espacio. Luego hace una pregunta y Halina se vuelve hacia Nisse.

—Quiere saber si se han ocupado de su aprendiz.

—Le han asignado una recámara para que descanse —responde Nisse.

Una vez que Halina transmite esto al extraño, él sonríe y asiente, y luego me hinca los dedos en el cuerpo mientras balbucea cosas en su lenguaje ridículo.

—Quiere saber qué más te duele —traduce Halina.

El corazón. Pero eso no tiene sentido. No puede ayudarme con eso.

—Mi rostro.

—Entonces cierra los ojos —dice Halina mientras el desconocido habla—. Dice que no va a doler.

Obedezco, y casi inmediatamente después tengo la más extraña sensación en mis mejillas: jirones de fuego y hielo, hundiéndose en mi piel, haciéndola hormiguear. Es como un millón de agujas minúsculas que se clavan a la vez, y de algún modo me adormecen en lugar de causar más dolor.

–Increíble –murmura Nisse.

–Oh, gracias al cielo –dice Thyra, con la voz llena de lágrimas.

Permanezco inmóvil, aferrada a cualquier gota de esperanza, y me alivia que ya no haya temor en sus voces. La sensación avanza a través de mi cuero cabelludo, y luego baja por mi garganta, a través de mi pecho, mi torso, por cada una de mis piernas y luego por mis brazos... Me dan la vuelta y el cosquilleo comienza de nuevo en mi espalda.

El extraño le pregunta algo a Halina.

–Sí, las cicatrices en sus brazos son de hace más de un mes –ella escucha su respuesta, y luego sigue traduciendo–. Él dice que no puede arreglar eso. Solo heridas nuevas.

–Entonces debemos estar agradecidos de haber llegado pronto –responde Nisse–. Ya se la ve mucho mejor.

Abro los ojos cuando me vuelven a acostar sobre mi espalda. El dolor se ha ido. Bajo la vista a mi cuerpo, mis brazos marcados, el resto intacto... Y cubierto de trapos empapados y ennegrecidos. Me estremezco.

–¡Una manta, por favor! –grita Jaspar.

Sander avanza con una nueva manta de lana un momento después, y Thyra la extiende sobre mí. Parpadeo hacia la gente que me rodea. Uno pensaría que después de lo que ha sucedido tendría otras cosas en la mente más que vergüenza, pero igual es lo que siento. No me gusta que todos me observen con los ojos llenos de preguntas.

–Estaba tratando de usar la magia –explico mirando a Nisse, con la voz arruinada de tanto gritar.

–Aquí, obviamente, tienes a la guerrera de la cual te estaba hablando –dice Nisse mirando al extraño. Una vez que Halina traduce, el desconocido ríe como si eso fuera obvio.

–¿Quién es? –pregunto–. ¿Qué está sucediendo?

–Oh, perdónanos, Ansa. Solo estamos recuperando el aliento –Nisse hace señas hacia el extraño–. Este es Kauko. Era un anciano del templo de los Kupari.

–Tiene una historia que contar –añade Thyra, con la voz llena de sospecha.

–Y la escucharemos una vez que Ansa tenga oportunidad de *descansar* –dice Nisse con firmeza, mirándola fijamente.

–¿Cómo me curó? –pregunto, mientras levanto la mirada hacia Kauko, que lleva la misma túnica negra que usaban los sirvientes de la reina bruja.

Kauko me sonríe y responde lentamente, así Halina puede traducirlo.

–Él dice que maneja la misma magia que tú, pequeña roja –Kauko se inclina hacia delante mientras continúa hablando, acomodando sus grandes manos sobre sus muslos. Los ojos de Halina se abren de par en par mientras escucha, luego toma aliento antes de traducir–. Y dice que si lo dejas, te enseñará a usarla a ti también.

CAPÍTULO XX

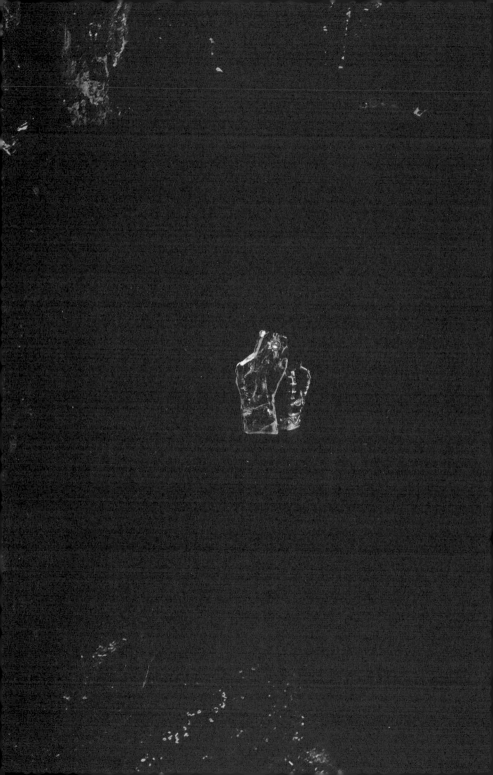

No sé cuánto tiempo he dormido, pero al despertar ya tengo una pelusa suave sobre la parte superior de mi cabeza. Mi cabello está empezando a crecer de nuevo después de haber sido quemado por la odiosa magia. Halina se sienta junto a mi cama con el rostro cansado, tiene círculos oscuros bajo los ojos. Probablemente ha estado haciendo de traductora, además de ser mi asistente, y parece como si no durmiera desde hace días..

De repente, me pregunto si habrá podido ver a su pequeño. Si él sabe dónde está su madre. Si llora llamándola en las noches.

—Buenas tardes, pequeña roja. Bienvenida.

Levanto la vista. Estoy en la pequeña habitación de piedra donde pasé la mayor parte del mes pasado.

—¿Soy prisionera otra vez? —pregunto.

—No —sacude la cabeza—. Pero esta habitación no tiene ni piso ni techo de madera. Es más segura. Ven. Ahora te llevaré con el viejo Nisse. De algún modo se consiguió un sacerdote Kupari —se estremece—. Y un fantasma de aprendiz.

—¿Qué?

—Ya verás —me obsequia una sonrisa tensa—. Me alegra que no hayas muerto.

—¿De veras?

–Me alegra bastante –dice entrecerrando los ojos.

Me ayuda a vestirme y me acompaña por el corredor mientras los guardias se agrupan a nuestro alrededor. Sander sonríe cuando me ve y pasa su mano sobre la suave pelusa de mi cabeza. Lo observo, no suele tocarme a menos que estemos entrenando.

–No me gustó verte arder hasta casi morir, ¿sabes? –dice en un susurro, inclinándose sobre mí.

–Gracias al cielo por eso –respondo con una sonrisa. Porque si él y Jaspar no hubieran entrado y me hubieran ayudado, podría haberme convertido en un puñado de cenizas antes de que llegara ese sacerdote sombrío. Marchamos hasta la sala del consejo de Nisse, y esta vez Thyra está presente, al igual que Jaspar. El anciano se sienta a la mesa pintada. Hay otro hombre en un rincón, joven y pálido, con los ojos oscuros color café y cabello muy corto, del color de la luz del sol en invierno. Kauko me ve mirándolo y sonríe, luego dice algo en el gracioso lenguaje de Kupari.

–Ese es su aprendiz –dice Halina–. Se llama Sig. Al parecer, ha pasado por una terrible prueba y tú debes perdonarlo.

–¿Por qué?

–Es probable que estés a punto de averiguarlo –dice Halina, poniendo los ojos en blanco. Murmura entre dientes algo en lengua de Vasterut, pero cierra la boca cuando Nisse le dirige una mirada fría.

Sig me mira fijamente con una mirada embotada e inexpresiva. Su rostro parece tallado en piedra: pómulos y mandíbula afilados, nariz recta. Sería francamente atractivo, salvo por el remolino de cicatrices de quemaduras en su frente y sus mejillas. Está vestido con una túnica y pantalones que no le van: cuelgan sueltos de su figura esbelta, claramente no son suyos. Tiene la frente perlada de sudor aunque esta habitación esté apenas entibiada por un par de antorchas y el fuego del hogar que busca expulsar el frío del invierno.

—Hola —le digo. Él inclina la cabeza y habla en Kupari con voz temblorosa. Halina suspira.

—Quiere saber si te dolió cuando te incendiaste.

—Hubiera pensado que él lo sabría —mi mirada sigue la línea de cicatrices que bajan por su garganta.

—Por favor, siéntate, Ansa —pide Nisse, atrayendo mi atención a la mesa. Thyra está de un lado, frente a Jaspar, que se sienta junto a Kauko. Nisse ocupa la cabecera.

Me siento en el extremo opuesto de la mesa, no quiero estar junto a Thyra. Las palabras de Jaspar aún resuenan en mi cabeza. Él asiente de manera reconfortante en mi dirección cuando tomo asiento, y Thyra se aclara la garganta y mira hacia otro lado. Halina permanece de pie junto a Nisse, traduciendo para Kauko en Kupari lo que se dice.

—Hemos tenido una verdadera aventura —comenta Nisse, rascándose el rostro. Noto un resto de barba chamuscada del lado derecho de su mandíbula, y él se ríe entre dientes—. Mi barba fue casi una víctima.

—Tienes suerte de que cualquier parte de tu cuerpo haya sobrevivido —dice Thyra—. Ambos la tuvimos —sus ojos parecen vacíos cuando me mira—. Dos de los guerreros que fueron con nosotros no lograron atravesar la experiencia.

—¿Qué sucedió? —pregunto.

—Nos dirigimos a la ciudad para ver la coronación de la nueva reina, la Valtia. O, al menos, eso es lo que *pensábamos* que íbamos a ver.

Kauko suspira y se remueve incómodo en su asiento, como si la banca fuera demasiado dura para su blando trasero. Thyra se vuelve hacia mí.

–Nos acomodaron en unos escalones –comienza a decir Thyra– que conducían a una plataforma. Primero trajeron a la pequeña princesa. La Sabkella...

–Saadella –corrige Kauko.

–Eso. Ella es la heredera de la magia de la Valtia –continúa–. Era muy pequeña, de cuatro o cinco años a lo sumo –por su expresión, parece que la idea le resulta repugnante–. Se sentó en un trono pequeño y llevaba una pequeña corona... –Kauko interrumpe y comienza a balbucear.

–Él dice que es un símbolo importante –traduce Halina.

–Nuestros únicos símbolos de poder son nuestras espadas –dice Jaspar. Kauko sonríe cuando Halina le traduce la frase, asintiendo como si hubiera hecho una broma.

–Como sea –sigue Thyra–. Entonces trajeron a su reina, en un trono elevado que trasladaban por las calles. Llevaba una bata que parecía hecha enteramente de cobre, un brazalete de cobre...

–Con marcas rojas –murmuro.

–¿Qué? –pregunta Nisse.

–Lo vi –dije, sintiéndome vacía–. Cuando llamó a la tormenta.

–También yo –afirma Thyra, cuya expresión se ha suavizado–. Y tenía la boca roja como la sangre y el rostro pintado de blanco como la nieve.

–¿Era pintura? –me estremezco ante el recuerdo repentino del rostro resquebrajado de la reina bruja. Supongo que tiene sentido, pero era una capa espesa como una máscara.

Kauko asiente y le habla a Halina, que gruñe.

–Dice que el pueblo Kupari espera esas cosas. Los reconforta.

–Entonces se sienten reconfortados por las cosas más absurdas –exclamo. ¿Realmente fui parte de ellos alguna vez?

–Kauko habla de ellos como si fueran niños –espeta Thyra–. Y parecían tan desesperados en esa plaza.

–Y tal vez lo estaban, sobrina –dice Nisse riendo entre dientes–. Ovejas que necesitaban pastores. Y ahora que hemos establecido eso, vamos a seguir contándole a Ansa lo que pasó, ¿verdad? –comenta en tono burlón. Las mejillas de Thyra se ruborizan.

–Así que sacaron a esta reina y la pusieron sobre la plataforma, y un grupo de sacerdotes vestidos de negro –agita su mano hacia el vientre redondeado de Kauko– le colocaron una gran corona en la cabeza.

–Y ahí comenzó el espectáculo –Nisse deja escapar un resoplido de diversión–. El fuego de las antorchas alrededor de la plaza se alzó y se entrelazó hasta formar una jaula a nuestro alrededor.

–¿Puede hacer eso? –echo un vistazo a la antorcha en la pared.

–Has hecho algo muy similar, Ansa –dice Thyra arqueando una ceja–. Solo no tan... enorme.

Por el rabillo del ojo veo a Sig inclinar la cabeza mientras Halina traduce, y me vuelvo para ver que una fría curiosidad ha desalojado la inexpresividad de su mirada. Susurra algo, su voz es apenas un silbido. Halina traga saliva antes de traducir.

–Dice que le gustaría ver eso.

Las llamas de la antorcha más cercana a él se alargan.

–Sig –ladra Kauko. La boca del muchacho se cierra y las llamas se aquietan, pero me quedo mirándolas con el corazón en la boca.

–¿Cómo escapaste, si las llamas te atraparon? ¿Así fue cómo te quemaron? –le pregunto a Nisse.

–No. Durante un breve lapso de tiempo, la Valtia parecía poder controlarlo –dice Thyra–. Ella alzó los brazos y las llamas subieron. Pero luego... –baja la vista a sus manos y sacude la cabeza.

–El fuego se volvió contra ella, Ansa –concluye Nisse–. Se arqueó sobre la plataforma y se estrelló contra ella, devorándola. Corrimos por nuestras vidas –se toca la barba chamuscada–. Casi nos come a nosotros también.

Sig ríe entre dientes desde su rincón. Casi todo el mundo en la mesa lo mira con receloso disgusto mientras ríe imaginando el peligro, pero Kauko simplemente le lanza una mirada de reproche antes de proferir un discurso.

–Kauko dice que ha estado al servicio de la magia de la Valtia durante más tiempo de lo que puede recordar –traduce Halina–. Y...

Sig comienza a reírse, todo su cuerpo tiembla de regocijo. Una lágrima corre por el costado de su rostro marcado. Murmura una pregunta, con una extraña luz parpadeando en sus ojos.

–Quiere que Kauko nos diga exactamente desde hace cuánto tiempo –traduce Halina frunciendo el ceño. El anciano se levanta lentamente de su banca, dirigiéndose a Nisse mientras Halina hace que sus palabras sean comprensibles–. Y ahora dice: "Temo que mi aprendiz ha quedado deshecho por lo que pasó". Se pregunta si usted podría llamar a sus guardias para llevarlo a su habitación. Preferentemente una que sea solo de piedra. Al parecer, es un peligro para sí mismo.

Kauko se acerca a Sig mientras las antorchas de la habitación flamean, y toma al joven por los brazos. Le murmura a su aprendiz entre dientes apretados, palabras redondeadas que suenan mal cuando son dichas en un tono tan bajo y amenazador.

Las cejas de Halina se elevan, pero no traduce cuando Kauko suelta a su aprendiz y le da un pequeño empujón hacia la puerta. Sig se aleja, deteniéndose solo para echarme una última mirada curiosa por encima del hombro, antes de desaparecer en el corredor, rodeado de guerreros que empuñan sus dagas. Thyra luce preocupada mientras observa fijamente el lugar que ocupaba Sig.

—Parece perturbado. Y peligroso, no solo para sí mismo.

—Aquí Kauko me asegura que estará bajo control —dice Nisse.

Jaspar arquea una ceja.

—Supongo que no tienen la misma regla que nosotros sobre desterrar a los guerreros conflictivos.

—Les das demasiado crédito —responde Nisse—. Pero permitamos que el sacerdote nos cuente su historia —sonríe y habla en voz alta—. Por favor. Cuéntanos lo que pasó después de que el fuego destruyó a su Valtia.

—Él puede oírlo perfectamente —dice Halina en voz baja, antes de traducir las palabras de Nisse. Kauko asiente y empieza a hablar, y Halina revela la historia—: "Nuestra verdadera reina murió en la tormenta que creó para derrotar a su armada. Y después de su muerte, su heredera, la Saadella, debía heredar su magia. Pero la Saadella no portaba ningún tipo de magia, y huyó del castillo antes de que pudiéramos ayudarla a extraerla de adentro suyo".

—¿Acaso quiero saber cómo iban a hacer eso? —pregunta Thyra estremeciéndose.

—Silencio —dice Nisse. Se ve totalmente abstraído mientras Halina traduce las palabras del anciano.

—"Buscamos en todo el reino a nuestra nueva Valtia, pero la chica se había escondido con una banda de criminales, algunos de los cuales eran bandidos que utilizaban magia para herir y aterrorizar a ciudadanos inocentes. Sin una reina que proveyera por ellos, el pueblo Kupari estaba en mala situación. Muriendo de hambre. De frío.

Necesitaban a su reina. Y cuando los ancianos recibieron el mensaje de los Krigere preguntando por la Valtia, sentimos que no teníamos más remedio que armar un ardid para proteger el reino. Vestimos a una sirvienta como la Valtia y usamos nuestra propia magia para crear la ilusión de su poder. Pero alguien..." –Halina se aleja mientras la rabia distorsiona la voz del anciano. Respira hondo y afloja sus puños cerrados–. "*Alguien* lo saboteó y causó la tragedia que casi los mata a ustedes, honorables guerreros. Al día siguiente, los criminales irrumpieron en el templo y se apoderaron de él, persiguiendo o matando brutalmente a todos los ancianos leales, sacerdotes, aprendices y acólitos, algunos de los cuales eran apenas niños. Los sobrevivientes se han dispersado en el bosque de Loputon. Mi aprendiz fue gravemente herido en el ataque, y a duras penas logré escapar con él en un bote".

Nisse parece encantado.

–Y los encontramos en la orilla, al borde del reino Kupari. El aprendiz tenía tantas quemaduras como tú, Ansa. No podíamos entender lo que estaban diciendo, pero pudimos ver que tenían magia. El aprendiz estaba muriendo por las quemaduras, y Kauko nos rogó que le permitiéramos sanar al muchacho.

–Así que lo dejamos hacerlo, y luego comenzó nuestro viaje de regreso –añade Thyra–. Parecía lógico que pudieran ayudarte –entrecierra los ojos–. O matarnos a todos.

–Siempre concentrada en el lado malo de las cosas, sobrina –ríe Nisse–. Lo lamento mucho por ti.

–Obviamente ayudó a Ansa –dice Jaspar, y echa una mirada significativa–. Parece que le fue mejor que al aprendiz.

Recuerdo los remolinos plateados de cicatrices en las mejillas de Sig y el fuego en sus ojos, y no puedo dejar de sentir curiosidad.

–Me alegro de que los hayan traído –digo, sonriendo a Kauko–. Te debo mi vida.

Él sonríe cuando Halina traduce mis palabras, y luego señala mi cabello y mi rostro.

–Dice que tienes hermosos cabellos de cobre y ojos azules como el hielo –responde Halina.

–Eh... Gracias –digo, mientras Thyra mira fijamente al anciano de vientre redondo con disgusto.

–¡Bueno! –Nisse alza las manos–. Creo que la gran pregunta es: ¿dónde está la verdadera reina? Halina, pregúntale dónde puede estar. ¿Podría estar muerta?

–Eso sería bueno –dice Jaspar–. Nada nos impediría entonces tomar el reino.

Halina le pregunta a Kauko; el anciano sonríe y sus ojos brillan intrigantes mientras mira fijamente mi cabello. Estaba quemada y calva la primera vez que me vio, pero ahora parece particularmente fascinado por él.

Halina frunce el ceño mientras traduce.

–Dice que la Valtia ha tenido muchos rostros diferentes a lo largo de los años, pero algunas cosas son siempre las mismas, y esas son las características que deben buscar para encontrar a la Saadella entre las niñas del reino –señala mi cabeza–. La Valtia siempre tiene el cabello color cobre y los ojos azul pálido.

Las cejas de Nisse se elevan mientras me observa, y mi corazón galopa. *Podrías ser la Saadella,* dijo Hulda.

–Pero seguramente no son rasgos tan raros –comento–. Hulda, la esclava Kupari, tenía este mismo color de cabello –señalo a Thyra–. Ella tiene ojos del color que él describe.

Kauko escucha a Halina traducir y asiente antes de responder, mirándome todo el tiempo como si fuera un suculento cerdo asado.

–Él dice que hay una característica más que ayuda a identificar a la Saadella, que se convierte en Valtia cuando la reina del momento muere. Cuando la magia deja a la reina moribunda y entra en el cuerpo de la nueva –dice Halina–. Ella tiene un... –se queda repentinamente callada, y parece agitada.

–Habla, Halina –indica Nisse, con tono de advertencia en su voz. Ella me echa una mirada brillante y asustada.

–Él... él dice que siempre tiene una marca. Una marca roja. Con forma de... de llama.

Nisse se queda perplejo, pero Thyra jadea. Al igual que Halina, ha visto mis piernas desnudas en más de una ocasión.

–Ansa –Nisse mira a las dos mujeres al darse cuenta–. ¿Tienes tal marca?

–No puede ser cierto. No tiene sentido –todo mi cuerpo tiembla. Mi piel se ha helado y mis dientes castañetean.

–Muéstrala –ordena Nisse, levantándose de su asiento mientras me encojo en el mío.

No puedo evitar esto. No hay escapatoria. Todos me están mirando. Los ojos verdes de Jaspar lucen tan abiertos y sorprendidos que debo apartar la mirada. Con dedos temblorosos, bajo el borde de mi bota por la pantorrilla. Kauko parpadea y se inclina, boquiabierto. La mira durante un largo rato, y en ese espacio ruego a los cielos. *Esto no puede ser. Esto no puede ser.*

Cae de rodillas ante mí, las palabras redondeadas brotan de sus labios gordos. Sus manos me sujetan las rodillas y me mira con lágrimas en los ojos.

–Valtia –susurra–. Valtia.

–Oh, cielos –masculla Thyra mientras sus ojos se encuentran con los míos.

Y en ellos veo la verdad.

No fui maldecida por la reina bruja ese día en el Torden.

Me *convertí* en la reina bruja.

CAPÍTULO XXI

Me levanto tan de repente que mi silla se vuelca, y luego tropiezo con sus patas y termino en el suelo. La escarcha se extiende por el piso de madera. Las antorchas de la habitación flamean cuando las llamas comienzan a crecer.

–Yo no... No soy... –balbuceo, retrocediendo mientras Kauko se acerca a mí. Busco los ojos verdes apagados de Nisse, porque ahora ni siquiera puedo mirar a Thyra–. Por favor. No soy... –*no soy el enemigo*.

Jaspar lleva a su padre al otro lado de la habitación, su mandíbula se ve rígida mientras observa cómo la helada se arrastra por los tablones hacia ellos.

–Ansa, mantén la calma. Nadie va a hacerte daño –Kauko me está hablando en ese lenguaje estúpido, débil y redondeado, que me llena de recuerdos más rápido de lo que puedo sofocarlos.

–¡Háganlo callar! –grito, cubriéndome los oídos, pero mis manos gotean fuego, y grito de nuevo mientras las llamas lamen mi cuero cabelludo. Las lágrimas se vuelven vapor al salir de mis ojos, y luego se convierten en escamas de escarcha que caen por el aire a mi alrededor.

–Está tratando de ayudarte –dice Halina en voz alta desde el otro lado de la habitación, con voz aguda y aterrada–. Por favor, pequeña roja. Deja que te ayude antes de que te hagas daño.

Kauko es el único aquí que no parece aterrorizado. Se arrodilla junto a mí, con la frente fruncida y amable preocupación. Mira por encima del hombro y le pregunta algo a Halina.

–Respira –responde ella. Él vuelve a mirarme.

–*Respira* –dice–. Respira –aprieta los labios y sus fosas nasales se agitan mientras inhala exageradamente, luego suelta el aire por la boca, y gesticula para que yo haga lo mismo. Le pide a Halina más palabras en Krigere.

–No tener miedo –dice mientras dejo escapar un jadeo tembloroso y helado–. No tener miedo.

–Mucho miedo –susurro, apoyando mi cabeza en el suelo mientras ruge la tormenta dentro de mí. Esto no es una maldición. Esto es lo que soy ahora, quién seré hasta que muera. La idea es demasiado dolorosa de aceptar.

Kauko extiende sus dedos, y la helada alrededor de mi cuerpo se derrite. Cuando intenta volver, se convierte en agua de nuevo, luego vapor. Él apunta hacia las antorchas, y sus llamas se contraen, volviéndose dóciles una vez más. Miro fijamente con envidia y asombro mientras controla las cosas que tan fácilmente me controlan a mí.

–Yo enseñar –dice, haciendo un gesto de agradecimiento a Halina por darle palabras–. Yo enseñar. No tener miedo.

Halina habla en voz baja con Nisse, que asiente con la cabeza. Thyra tiene su espalda contra la pared, los brazos cruzados sobre el pecho y en la boca una expresión de tensión. No se ve feliz de que no esté ardiendo hasta morir delante de ella, y eso resucita mi resentimiento. Aunque Nisse se coloca por delante un momento después, y me impide verla.

–Ansa, el Anciano Kauko ha enseñado a muchas Valtias cómo usar la magia.

–Yo no soy la Valtia –suplico–. Soy Krigere. Soy una guerrera.

–Por supuesto que lo eres –dice–. Eres parte de *mi* tribu, no importa de dónde hayas venido. Pero debes aprender a controlar este regalo que recibiste, así puedes utilizarlo a favor de tu gente. ¿Me obedecerás en esto? ¿Dejarás que este sacerdote te instruya?

Echo un vistazo a los otros. Jaspar parece decidido y esperanzado, Halina lleva su severa desconfianza como un velo, y Thyra se muerde los labios y mira el suelo. No alza la voz, no aclara que soy *de ella* y no de Nisse. Esta debe haber sido la última grieta en el hielo para ella. No solo no soy su amor ni su lobo, ni siquiera soy de su pueblo. Me siento desafiante, frágil, pero llena de energía.

–Sí –le respondo a Nisse–. Haré mi mejor esfuerzo para aprender rápidamente.

–Perfecto, Ansa –él y Jaspar sonríen, y en este momento se ven muy parecidos–. Sé que nos harás sentir orgullosos.

Pierdo la cuenta de cuántas veces Kauko tiene que curarme durante los días siguientes. Afortunadamente, es muy hábil, y como lo hace en cuanto el hielo o el fuego me hunden sus colmillos, mi piel se recupera rápida y completamente.

No me salva del dolor. Pero los guerreros pueden soportar el dolor.

Halina se queda con nosotros para traducir, pero Kauko aprende los conceptos básicos de nuestro idioma muy rápido y hace todo lo posible para hablar conmigo directamente. Trae a Sig a la recámara en la que practicamos, pero pareciera que lo hace principalmente para vigilarlo. El aprendiz perturbado por lo general se sienta en un rincón con la camisa abierta de par en par, revelando las cicatrices de su pecho pálido y sudoroso. Sus ojos arden mientras me observa. A veces parece divertido, ríe de bromas que solo él escucha; pero otras veces su mirada está tan llena de odio que juro que veo llamas en sus ojos. El anciano básicamente lo ignora, pero Halina le habla mientras Kauko trabaja conmigo, con voz suave y maternal.

En primer lugar, Kauko me enseña a respirar, porque aparentemente no sé hacerlo, al menos no cuando la magia crece dentro de mí. He estado conteniendo el aliento y dejándolo salir en ráfagas inestables y repentinas. Así que respiro, respiro y respiro mientras traigo el fuego y el hielo, poco a poco. Ayuda, pero todavía pierdo el control a menudo, y necesito que Kauko intervenga. Sig se sienta en su rincón y suda: creo que disfruta cuando mi hielo llena la habitación. Inclina la cabeza hacia atrás y suspira.

–El chico tiene fuego dentro de él –me dice Halina una mañana–. Y eso lo tortura. Día y noche.

–¿Te dijo eso?

–Pero ¿no es obvio? –dice, sacudiendo la cabeza.

Cuando vuelvo a verlo, me concentro en pensamientos fríos y los dejo ir hacia él, que me mira como si tal amabilidad lo sorprendiera.

Luego, Kauko me enseña a enfocar la magia.

–Si no, se extiende por todas partes –traduce Halina mientras el anciano coloca una fila de cuencos de piedra con agua a lo largo de una mesa–. Tienes que tener un objetivo.

Me ordena congelar el agua en determinados cuencos sin tocar los demás. Lo intento, pero cuando miro el agua, se convierte en vapor tan a menudo como en hielo, y por lo general todos los cuencos se ven afectados en lugar de solo uno. Pasamos varios días en esto, y logro escasas mejoras. Nisse viene a vernos una tarde.

—Estamos a mitad del invierno —me dice—. ¿Cuándo crees que podrías manejarlo como antes?

"Antes" fue *una vez*, una invitación que no pude rechazar, cuando arrojé fuego y hielo como lanzas... hasta que se volvieron contra mí.

—No lo sé.

Él sonríe y asiente, pero hay un impulso impaciente en sus pasos mientras llama a Halina y cruza la habitación para hablar con Kauko.

—Por favor, señor —dijo Halina, inclinando la cabeza mientras se para frente Nisse—. He tenido una idea.

—¿Ah sí? —Nisse alza las cejas, sus labios forman una sonrisa divertida. Ella gesticula en dirección a Kauko.

—Él ha dicho que muchos de sus sacerdotes y aprendices huyeron al bosque de Loputon.

—Sería un milagro si alguno de ellos sobreviviera. ¡Perdí dos guerreros allí, que fueron a cazar y nunca volvieron! Tiene el hedor de un lugar maldito.

—Conozco a unos cuantos tramperos que pueden moverse a través de él tan fácilmente como por las calles de nuestra ciudad —me lanza una mirada, y la astucia en sus ojos me da un escalofrío—. Con la pequeña roja todavía luchando, tal vez pueda buscar otras opciones —extiende las manos, con las palmas una frente a otra—. Dos caminos paralelos. Cualquiera llevará adonde quiere ir.

Pero solo uno me hará ganar de nuevo la aceptación de mi tribu. La miro fijamente, siento que la traición me cierra la garganta.

Nisse debe percibir el pánico en mi rostro. Su sonrisa es amable cuando le da una palmada en el hombro a Halina.

–Tengo mucha fe en... ¿cómo la llamaste? ¿Pequeña roja? –se ríe–. La gente de Vasterut y su gusto por los apodos. Es encantador.

Halina vuelve a inclinar la cabeza y traduce mansamente cuando Nisse empieza a hablar con Kauko sobre cuál podría ser el mejor material para mi nueva túnica y mi capa, para que me vea temible en la invasión: la versión Krigere de una Valtia.

El alivio y la gratitud me aflojan las rodillas. No está dispuesto a renunciar a mí... todavía.

Sig suelta una carcajada y me vuelvo para verlo observándome. Con una sonrisa maliciosa, señala la antorcha más cercana, y una pequeña llama brota de su centro y avanza por la habitación como una cinta. Me quedo boquiabierta al ver que serpentea elegantemente hacia mí. Sig agita su dedo y la llama obedece, siguiendo su movimiento con amorosa atención. Mira el fuego con devoción, y un melancólico deseo que me hace doler el pecho cuando lo veo.

–Ojalá pudiera controlarlo así –digo. Y es mejor que aprenda rápido.

Sig abre su palma, y el fuego salta hacia ella, formando una bola que crece hasta que es casi del tamaño de un escudo. Doy un paso hacia atrás mientras el sudor fluye por sus mejillas y su pecho, deseando frío para templar la llama. La bola de fuego se encoge un poco, pero mi viento frío llena toda la habitación y atrae la atención de los demás.

–¡Sig! –grita Kauko. Lanza su mano hacia delante, y Sig emite un sonido ahogado cuando su espalda golpea la pared de piedra, su rostro rojo cereza por el calor. A pesar de su aparente amor por el fuego, es muy sensible a él.

–¿Te lastimó, Ansa? –pregunta Nisse, corriendo hacia mí.

–No, no en absoluto –respondo, haciendo una mueca al ver las ampollas que cubren el atractivo rostro de Sig–. Creo que solo me estaba mostrando.

–Es impredecible –dice Nisse–. Kauko lo controla, pero no deberías acercarte demasiado.

–¿Qué le sucede? –pregunto–. Se lo trata más como prisionero que como aprendiz –o como un animal enjaulado, más bien.

–Cuando tomaron el templo, se cometieron muchas atrocidades –explica Nisse–. Y aparentemente, Sig casi termina quemado vivo cuando su magia se volvió contra él. Kauko lo salvó, pero no pudo curarlo durante horas, así que quedó cubierto de cicatrices. El anciano dice que esto ha afectado su mente y su memoria, y que ahora Sig no distingue amigos de enemigos. Aunque el anciano parece muy dedicado al muchacho –inclina la cabeza y habla muy bajo–. Y, al parecer, tiene magia de fuego en abundancia, y será un buen aliado cuando invadamos. Entre el anciano, este portador del fuego y tú, no hay ninguna posibilidad de que los forajidos portadores que ahora controlan el templo triunfen sobre nosotros. Han puesto una reina impostora en el trono, pero no tiene poder propio. Sin embargo, los portadores alrededor de ella son muy poderosos, y son los que enfrentaremos en el campo de batalla.

–Aún nos queda un mes de invierno.

–Pero no queremos darles tiempo de que se preparen para nuestro ataque. Hay rumores de que están creando un ejército, y eso significa que perderemos las vidas de algunos de nuestros guerreros si la victoria no es decisiva.

–Yo... –muerdo el interior de mi mejilla mientras miro el cielo gris por la ventana–. Oí el rumor de que hay muchos guerreros que se han amotinado en otra parte de la ciudad.

—Me pregunto con quién has estado hablando –la mirada verde de Nisse se vuelve decididamente fría. Pero luego suspira, y el hielo se derrite–. En verdad temo por ellos. Han estado encerrados durante semanas, y aunque les he proporcionado comida, no es todo lo que necesitan. Con tanta gente escondida en un espacio tan pequeño, sin desagües apropiados, temo que la enfermedad vaya a visitarlos.

—No –susurro, pensando en todos esos ayudantes y niños, todos esos guerreros. Un escalofrío recorre mi espalda–. ¿Aún se niegan a salir?

—Exigen hablar con Thyra. Le harán caso a ella, y solo a ella.

—¿Le has permitido algún contacto?

—Lo haría, pero me temo que lo que ella diga los condenará tal como su silencio –Nisse se rasca la barba, que ha cortado pero ya está volviendo a crecer.

—Crees que les diría que combatan contra ti.

—No creo que vaya a animarlos a que se me unan, ¿verdad? –dice. Sacudo la cabeza. Thyra estaba decidida a detenerlo y él parece saberlo, pero aun así le ha permitido vivir.

—Has sido generoso con ella –murmuro. Su boca se curva en una pequeña sonrisa sorprendida.

—Lo he intentado, aunque se resiste a cualquier intento de ser conquistada. Ni siquiera sale de su habitación, ni come las comidas que le proporcionamos. Al menos desde hace algunos días. Va a morir de hambre –hace una pausa y baja la mirada–. ¿No crees que deberías hablar con ella? Conoces y amas a esos guerreros tanto como ella y yo. Tal vez podrías convencerla de que les diga lo que necesitan escuchar –su risa es seca–. Incluyendo que no soy yo el que la está matando de hambre. Intenta hacerme quedar como un villano, y resulta que es extremadamente buena en eso. Pero si podemos convencer a todos los guerreros de que reunir a nuestra tribu fracturada es lo mejor para todos, seremos más fuertes que nunca. Y entonces, cuando logres controlar tu poder, estaremos preparados para marchar sobre Kupari como una única fuerza.

–Lo estoy intentando –digo, observando cómo Kauko se arrodilla junto a Sig, que se ha derrumbado en el suelo, con los ojos hinchados y las ampollas húmedas. La mayoría de los días terminan conmigo en el mismo estado que Sig ahora, o rígida por la helada. Pero no le digo eso a Nisse. Me ha aceptado en su tribu cuando pudo haberme apedreado como si fuera el enemigo. Tal como pudo haber ejecutado a Thyra. Pero en lugar de eso, le da una oportunidad tras otra–. Y hablaré con Thyra. Aunque no estoy segura de que me escuche.

–Gracias, Ansa –Nisse coloca su mano en mi hombro–. Eres una verdadera Krigere.

Sonrío mientras él sale de la habitación y continúo con mi lección. Sig permanece encorvado en el rincón, ahora con el rostro curado y atractivo de nuevo, pero el fuego ha desaparecido de sus ojos. Ahora está inerte. Aletargado.

Sin embargo, a pesar de mi esperanzada conversación con Nisse y mi nueva decisión de acelerar mi preparación para la guerra, mi control de la magia no mejora. Me esfuerzo toda la tarde y termino sudando bolitas de hielo por la frustración. Hasta Kauko parece desconcertado. Halina me da un paño para limpiarme la frente mientras traduce sus palabras.

–Dice que no tienes equilibrio entre el hielo y el fuego. Sin equilibrio, ninguno de los dos puede ser controlado. Se supone que Valtia tiene un equilibrio perfecto en su magia.

–Tal vez no soy la Valtia –digo.

–Oh, está seguro de que sí –frunce el ceño mientras lo ve arrastrar a Sig por el brazo y conducirlo hacia la puerta–. Él habla una y otra vez acerca de cómo *ella* tomó tu equilibrio.

–¿Ella? ¿La reina bruja?

–No, otra persona –dice sacudiendo la cabeza–. El impostor. No sé bien a quién se refiere.

–Pregúntale –pido. Halina llama a Kauko y lo interroga.

–Él dice que ellos... Interpretaron mal las estrellas. Dice que careces de algo que todas las otras Valtias tuvieron, y... –hace una mueca.

–¿De qué se trata? –observo a Sig, que regresa a la habitación mientras Kauko habla, y mira a su amo con esa extraña luz titilando en sus ojos oscuros.

–Kauko dice que la única otra manera de que adquieras el equilibrio es que te sangre –dice Halina.

–¿Que me sangre?

Ella asiente con la cabeza.

–Haría un corte en la vena y drenaría una cierta cantidad de sangre, para desviar la magia extra.

–¿Cómo podría ayudarme eso a lograr el equilibrio? ¿No me dejaría más débil?

Kauko ha extraído una pequeña navaja de un bolsillo entre sus ropas, y me muestra cómo haciendo un corte rápido en su codo mientras Halina lo mira con una mueca en sus labios fruncidos, como si estuviera tratando de ocultar su repulsión.

–Dice que siempre funciona, especialmente cuando se hace regularmente. Todas las Valtias fueron sangradas en algún momento para conservar su equilibrio.

Pienso en la impaciencia que vi en los pasos de Nisse, en el tono de su voz mientras hablaba de los plazos para la invasión, en la posibilidad de que esos portadores rebeldes de Kupari y su reina impostora se estén preparando para nuestro ataque.

—Lo haré.

Las antorchas de la habitación destellan cuando Halina le traduce a Kauko mi respuesta. Él sonríe y me conduce a una silla, luego toma una cubeta y arroja el agua por la ventana. Me hace un gesto para que levante el brazo y desliza la cubeta por debajo. Sig se acerca a la mesa con los ojos muy abiertos. Está temblando, y mira el cuchillo como si fuera una espada. Kauko no parece notarlo: está muy concentrado en mi brazo.

Aprieto los dientes mientras la cuchilla corta profundo y el dolor me recorre los huesos. Mi sangre fluye, brillante y segura, formando un pequeño charco en el cuenco después de un largo rato.

—¿Cuánto se supone que debo derramar? —pregunto.

Halina traduce mi pregunta, pero Kauko no parece oírla. Está totalmente absorto por lo que ve en el cuenco. Sus manos tiemblan cuando finalmente presiona un paño contra mi brazo.

—¿Es suficiente? —pregunto.

Kauko se relame los labios mientras levanta el cuenco de la mesa, pero luego grita de sorpresa y lo deja caer cuando el contenido comienza a echar vapor. El cuenco cae al suelo y se quiebra. Pero mi sangre no se derrama. Se vuelve un puñado de escamas secas en cuestión de segundos. Kauko se vuelve furioso hacia Sig, quien ríe nuevamente. Lo aferra por el brazo y lo empuja hacia la puerta, ladrándole sin parar en Kupari. Ambos se dirigen al corredor, y Halina y yo los vemos alejarse.

Finalmente, ella se vuelve hacia mí.

–Ese muchacho...

–¿Qué acaba de pasar? –bajo la vista al cuenco quebrado, a mi sangre seca.

–Sig hizo eso.

–¿Calentó mi sangre hasta secarla? ¿Por qué lo hizo?

–¿Es esa la pregunta correcta, pequeña roja? –dice enarcando las cejas.

–¿Qué quieres decir?

Recoge una mitad del cuenco quebrado, y mi sangre se convierte en una bruma color café que nubla el aire.

–Tal vez es mejor preguntarse por qué el viejo Kauko se molestó tanto.

CAPÍTULO XXII

Kauko no regresó después de llevarse a Sig de la sala de entrenamiento, así que mi brazo palpita con esta herida nueva y sin curar mientras camino junto a Sander hacia la recámara de Thyra. Está al otro lado de la torre, justo debajo del nivel principal.

–¿Qué has oído de nuestros guerreros? –pregunto–. ¿Cómo les va? A Nisse le preocupa que sufran alguna plaga.

–Sabrá que te he contado algo –dice Sander, y me echa una mirada nerviosa.

–No parecía molesto. Quiere que hable con Thyra al respecto.

–¿Y qué vas a decirle, Ansa? –inclina la cabeza–. ¿Has cambiado de bando?

–No me preguntes eso justo ahora –digo. Tomo aire profundamente. Por alguna razón me sonrojo, aunque no tengo motivo para avergonzarme. Sander me mira durante un largo rato.

–¿Lo has pensado lo suficiente? Todos los que fuimos botín de alguna incursión, crecimos sabiendo que veníamos de algún otro lugar. Eventualmente, todos tenemos que hacer las paces con esa idea.

Bajo la mirada hacia el suelo. Yo no estoy segura de haberlo hecho nunca.

–Aunque ninguno de nosotros descubrió que estaba destinado a gobernar ese otro lugar –añade.

–Eso no importa. Yo soy una Krigere.

–No voy a discutir eso. Lo único que digo es que no es todo lo que eres. Y creo que complicaría las cosas. Sobre todo si consideras ayudar a tu jefe, cualquiera que elijas finalmente... Me refiero a destruir al pueblo del que podrías haber sido reina, si no hubieras sido robada de niña.

–Ahora no, Sander –gruño. Demasiados pensamientos se arremolinan en mi cabeza, y amenazan mi control sobre la magia.

–Está bien –dice suavemente–. Supongo que tu elección pronto se hará evidente.

–¿Sabías que Thyra ha dejado de comer? –pregunto mordiéndome los labios.

–He visto a los guardias devolver los platos intactos al personal de la cocina –se frota la nuca, parece frustrado–. Esto no puede continuar por mucho tiempo. Algo, o alguien, se quebrará. Supongo que yo también tengo que tomar una decisión –me obsequia una triste sonrisa–. Aunque creo que la tuya es mucho más importante que la mía.

Esa verdad me provoca una fuerte amargura. Sujeto su brazo al entrar en el corredor donde se encuentra la recámara de Thyra.

–Solo quiero pertenecer a una tribu, Sander. Necesito ser parte de algo fuerte. De entre todas las personas, tú deberías entenderlo.

–Lo entiendo, Ansa, aunque mi opinión no tenga tanto peso –baja la vista a mi mano aferrada a su manga.

–Lo tiene para mí –le digo–. Hemos tenido nuestras diferencias, pero somos iguales en muchos aspectos.

Él asiente, aunque su sonrisa está empapada en tristeza.

–Entonces supongo... –suspira, mirando a los seis guardias apostados en el corredor junto a la puerta de Thyra–. Supongo que ese "algo fuerte" que elijas depende de cómo definas la fuerza. He estado pensando mucho en eso últimamente.

Siento como si algo inmenso estuviera empujando contra las paredes de mi cráneo, exigiendo una atención que no puedo darle ahora mismo.

—Hablando de fuerza... —ansiosa por alejarme del tema, me dirijo hacia los guardias, uno de los cuales está afilando su daga con una piedra—. ¿Es tan temible que necesita media escuadra para protegerla?

—Después de que Thyra escapó de su recámara, Nisse triplicó la guardia y amenazó con la muerte al que se durmiera en su puesto. No deja que se le acerque nadie salvo unos pocos guerreros muy bien escogidos —arquea una ceja—. Así que supongo que eso significa que ahora confía en ti.

Parte de mí siente orgullo y alivio por eso, pero otra pequeña parte, un núcleo minúsculo y tenaz de lealtad a Thyra, arde y duele.

—Solo hablaré con ella por el bien de nuestros guerreros. No deben sufrir por esta lealtad.

—A veces eso es lo que exige la lealtad —dice Sander, deteniéndose a medio camino en el corredor—. Y ahora debo dejarte. No me permiten acercarme más.

Los guardias se han puesto de pie y lo están mirando. Él saluda con la mano y ellos asienten mientras él se da la vuelta y se aleja.

—Nisse nos avisó que vendrías —dice uno de ellos, un joven guerrero de cabello color arena y una cicatriz que corta su ceja—. Buena suerte allí dentro. Si te ofrece algo de beber, te aconsejo que no lo aceptes.

Todos ríen mientras abre la puerta, y mi corazón galopa cuando entro. Thyra está sentada en un colchón de paja en el suelo, con las rodillas contra el pecho. Su cabello ha crecido estas últimas semanas, y se le riza en la nuca y en las sienes. Sus mejillas se ven hundidas y sus ojos están inyectados en sangre.

—Sé quién te envió —me dice con voz áspera. Se nota que hace mucho que no habla, y está débil.

—Está preocupado por nuestros guerreros.

—¿*Nuestros* guerreros? ¿A quiénes le son leales esos guerreros?

—¿Eso es lo que quieres discutir? —digo, lanzando un suspiro.

—¿Vale la pena que nos tomemos el trabajo de hablar del tema? —reclina su cabeza contra la pared—. La última vez parecías muy decidida a no escuchar ni la mitad de lo que tenía para decir —mira hacia el fogón apagado—. Y malinterpretar a propósito el resto.

—¿Malinterpretar a propósito? —tenso la mandíbula—. Tú eres la culpable de eso, Thyra, no yo.

—Habla, entonces, Ansa. Comparte tu sabiduría.

—Siempre fuiste la más lista de entre todos nosotros, ¿no? —me burlo.

Ella sonríe y sacude la cabeza mientras sus ojos destellan.

—No. Solo la que nunca pudo ver el mundo dividido en blanco y negro, sangre y victoria —me observa mientras se frota una manga sucia por el rostro—. Aunque lo intenté. Todo habría sido más fácil si lo hubiera logrado. O tal vez habría muerto mucho antes. No lo sé.

—Estás hablando con acertijos que no entiendo —le digo. Y además en voz tan baja que apenas puedo oírla. No sé si está quebrada o si es un gesto de desafío.

—Consideré convertirme en ayudante. ¿Lo sabías?

—Siempre fuiste una guerrera. Una buena guerra —digo enarcando las cejas. Ella asiente con la cabeza.

–Pero no el tipo de guerrera que mi padre esperaba. En ninguno de los roles encajaba realmente, pero no podía ocupar ambos –murmura. Me dejo caer en el suelo, y recuerdo cómo Lars le gritó que volviera habiendo ganado una marca de muerte o que no volviera.

–Tu padre solo quería que fueras fuerte.

–¿Eso es ser fuerte? ¿Tener la capacidad de perforar la carne suave con una cuchilla afilada?

–Lo haces sonar mezquino cuando lo describes así. Pero no hay mayor poder que el de tomar una vida –le respondo. Yo lo aprendí la noche en que mis padres fueron asesinados.

–¿Qué pasa con el poder de preservar la vida? –pregunta–. ¿Qué hay del poder de defender y nutrir a un pueblo?

–¡Pero es *así* cómo un jefe nos nutre! Nos encarga una misión, y si tenemos éxito cosechamos las riquezas. Nos dirigimos a cada incursión y a cada batalla sabiendo que somos fuertes, y que *nadie* puede derrotarnos –siento algo muy mal dentro de mí, me resulta agotador pronunciar cada palabra. Es como enarbolar una espada demasiado pesada, pero que antes era fácil de manejar. Y sin embargo, continúo, porque parar me obligaría a averiguar qué ha cambiado–. Si no crees eso, ¿por qué querrías ser jefa?

–Fui lo suficientemente estúpida como para creer que tenía algo que ofrecer –se estremece–. Estaba tan decidida a cambiar las cosas. Piensa en esto: cuando las tribus comenzaron a unirse en el norte, cuando comenzamos a construir nuestros barcos y refugios, teníamos tantas bocas para alimentar que las incursiones para conseguir comida nunca hubieran alcanzado.

–Y es por eso que navegamos hacia el sur –le recuerdo–. ¡Para atacar aquí, donde las riquezas son abundantes!

–Así que somos una peste –dice–. Como las langostas. Arrasamos un campo y luego vamos por otro.

–¿Cómo puedes hacer que suene patético y desagradable? –gimo.

–Es un talento, supongo –replica, y suelta una risa ronca. Se pasa las manos por el cabello ondulado–. Nisse estaba presionando tanto para invadir Kupari la temporada antes de convertirme en guerrera. Había convencido a mi padre de las riquezas que había en el sur, de lo sencilla que sería la próxima victoria.

–Y tú te opusiste desde el principio.

–Sí, eso hice, Ansa. No podía ver que eso tuviera un fin, y pensé que no era lo que necesitaba nuestra gente. También sabía que muchos inocentes morirían tan pronto como llegáramos a sus costas –sus ojos se encuentran con los míos–. Yo mato sin piedad y sin arrepentirme cuando no tengo elección. Pero la idea de matar a alguien que no era ni podía ser jamás una amenaza contra mi vida o la de mi gente... –sacude la cabeza–. No puedo. En verdad siempre me he preguntado cómo puedes tú hacerlo. Sé que tus padres murieron en una incursión. Solías llamar a tu madre en tus sueños.

–No –mi boca se llena de saliva.

–De entre todas las personas, eres tú quien debería preguntarse por qué vivimos de esta manera, y si deberíamos.

–De entre todas las personas, *yo* no puedo –grito, mientras el fuego trata de abrirse paso desde lo profundo de mi ser–. Y no puedes entenderlo.

–Entonces explícamelo.

–Tiene que haber estado destinado a ser así –sacudo la cabeza–. Yo estaba destinada a ser Krigere.

–Fuiste forzada a ser una Krigere, Ansa. Nunca tuviste otra opción.

–Suficiente –mi voz es pura advertencia. Mis manos tiemblan.

–Como desees. Pero me cuesta vivir sabiendo que arrancamos a los niños de sus familias, que matamos cuando no tenemos que hacerlo, que lo vemos como un motivo de *orgullo*. ¡Que marcamos nuestra propia piel para alardear de eso! –hace una mueca de disgusto–. Me enferma.

Recuerdo aquella noche en el bosque, cuando estábamos frente a ese anciano del pueblo que acabábamos de saquear. Corría, llevando un paquete de comida y nada más. No tenía armas, aunque trató de lanzar unos cuantos guijarros cuando nos acercamos. Fue patético. Cuando Thyra se negó a matarlo, vi debilidad. Le recordé lo que había dicho su padre. *Tal vez pueda hacerlo entender,* había susurrado ella. Pensé que había querido que él entendiera sus dudas. Pero ahora...

–La noche que maté por ti, la noche que esperabas poder hacerle entender a tu padre. No hablabas de un solo hombre. Querías que Lars cambiara de idea sobre nuestro modo de vida.

–Esa fue la noche en que me di cuenta de que no podía cambiar nada hasta que fuera jefa.

–¿Y por eso trataste de envenenar a tu padre? –pregunto, con el corazón en la boca. Ella no aparta su mirada de mis ojos.

–Ahora solo eres la trompeta de Nisse, tocando su melodía para quien quiera oírla.

–Vamos, Thyra... –una mueca de desprecio tuerce mi boca–. Lo admitiste esa noche en el refugio de Halina.

–No, no es cierto –se incorpora y se inclina hacia delante–. Admití que envié a esa esclava a buscar el veneno, le dije a mi padre que había tratado de asesinarlo Nisse. Soy culpable de engañar a mi padre, y de las conspiraciones que tanto odiaba. Pero nunca me propuse asesinarlo –sus dedos se aferran a la manta que cubre su colchón de paja mientras se balancea. Parece mareada e inestable–. Nunca quise asesinar a nadie.

–Conseguiste que Nisse fuera desterrado, junto con varios miles de guerreros. ¿No era eso lo que querías?

–¡Sí! –exclama–. Eso es exactamente lo que quería. Pero ¿quieres saber por qué, Ansa? ¿Me creerías si te lo dijera, o Nisse te ha ganado tan completamente que estás saturada de su versión distorsionada de la verdad?

–Esa es una muy buena pregunta, ya que él es el único que ha estado dispuesto a *contarme* la verdad –grito yo también.

–No –dice con voz temblorosa, poniéndose de rodillas–. Está dispuesto a contarte cualquier historia que te ponga de su lado, cualquier historia que te mantenga tranquila y útil.

Me pongo de pie de un salto.

–¿Y eso es mejor que usar el silencio con el mismo propósito? –espeto. Ella deja caer la cabeza hacia atrás y toma aire profundamente.

–He cometido muchos errores. Nunca dije que fuera perfecta. Pero yo amaba a mi padre y lo habría seguido hasta la eternidad. Tú me viste, Ansa, en la cubierta de ese largo barco. Después de enterarnos de que Nisse había invadido Vasterut, mi padre se decidió a invadir Kupari, y yo estuve allí a su lado. A regañadientes, sí. Pero fui leal.

–¡Dividiste nuestra tribu tendiéndole una trampa a Nisse!

–¡Yo dividí nuestra tribu porque Nisse trató de matarme! –grita–. Encontré el veneno en mi propia copa, Ansa. No lo bebí por pura suerte: un ratón se metió dentro y murió justo delante de mis ojos. Pero yo sabía que solo había una persona que quería verme muerta: un hombre que tomaría mi lugar como heredero y no equilibraría su deseo de guerra y muerte. Y tuve la opción de acusarlo públicamente y abrir la posibilidad de una guerra civil en nuestra tribu, o crear una situación en la que no tuviera otra alternativa más que alejarse en silencio. Robé la copa de celebración de mi padre y la puse en la tienda de Nisse, junto con el veneno que él había preparado para mí. Pero yo no ataqué primero. Cree eso.

—No sé qué creer —respondo después de permanecer un instante boquiabierta.

—Entonces somos extrañas —dice, cayendo sobre su colchón—. Es mi palabra contra la suya. Eres libre de elegir —su voz suena cansada y fría.

—¿Por qué debo elegirte cuando tú no me elegiste a mí? —espeto bruscamente. Ella levanta la cabeza.

—¿Qué? —parece sorprendida. Toda mi rabia y mi tristeza se abren paso, impulsando las palabras fuera de mi garganta.

—Desde que tengo memoria, Thyra, quise estar contigo. Nunca había visto a nadie pelear como tú, tan hermosa y letal —mi voz se quiebra, dolorida por el recuerdo—. Nunca te he entendido. Lo sé. Pero siempre hubo algo... —lanzo un bufido—. Algo que no podía dejar de anhelar. Eras un misterio, y yo quería ser la única que pudiera descifrarlo. Todo lo que siempre quise era que me miraras y me dijeras que era tuya. Sabía que no podía ser tu pareja, pero mi único deseo era ser tu lobo.

—Siempre has sido una fuerza por tu cuenta —responde—. A mí también me encantaba verte pelear. Tú tienes una ferocidad que me falta.

—Y tú tienes una gracia que no poseo —dejo escapar una risa dolida. El nudo en mi garganta hace que me resulte difícil hablar—. Pero si me admiraste tanto, ¿por qué me hiciste a un lado? Porque me mantuviste a distancia incluso antes de que fuera maldecida.

—Te dejé estar lo más cerca que pude, Ansa —sus ojos azules permanecen fijos en mí, aunque tiembla—. ¿No puedes ver eso? ¿Acaso tengo a alguien más cerca? ¿O lo he tenido alguna vez? Pero cuando eres como una extraña en tu propia tribu, cuando debes usar una máscara cada día para ser aceptada, ¿pueden culparte por estar aterrorizada de mostrar quién eres realmente? —inclina la cabeza hacia mí—. Especialmente a alguien que se adapta de manera tan perfecta. Sin importar cómo viniste a nosotros, siempre has sido más Krigere que yo —se ríe—. Incluso ahora, que has revelado ser la reina de una tribu extranjera.

—¿Tienes idea de lo mucho que te quería? —susurro. Ella asiente con la cabeza.

—También vi el miedo y la decepción en tus ojos cuando me negué a matar.

—Parece que ninguna de las dos puede aceptar a la otra —trago saliva—. Y no puedo controlar esta magia si no me siento aceptada, Thyra. Me has hecho sentir como si fuera malvada. *Dijiste* que yo era malvada.

—Dije que lo que habías hecho era malvado —una lágrima se desliza por su mejilla pálida y hundida—. Pero nunca pensé en ti como algo más que mi Ansa —seca la lágrima—. Eso no ha cambiado. Pero, ¿cómo usarás esta magia ahora que es una parte permanente de ti?

—Para traernos la victoria —suponiendo que alguna vez se decida a obedecerme.

—Así que serás la espada de Nisse en el campo de batalla —murmura ella—. Él te usará como le convenga.

—Él quiere que sea una buen guerrera —retrocedo hacia la puerta—. Me está dando una oportunidad, Thyra. Puedo ser aceptada por la tribu otra vez.

—Siempre te aceptamos.

—¡Porque luché! Esa es la única razón por la que estoy viva. Me lo *gané*.

—¿Alguna vez deseaste no haber tenido que hacerlo? —suspira—. ¿Alguna vez te has permitido sentir la ira que debes guardar dentro de ti, sabiendo que fueron los Krigere quienes te robaron de tu tierra natal, quienes mataron a la gente que...?

—Eso está en lo profundo del pasado —cómo me gustaría en verdad sentir eso—. Y con el presente tenemos más que suficiente como para mantenernos ocupados.

—Al menos estamos de acuerdo en eso —sus ojos brillan de esperanza—. Todavía eres parte de nuestra tribu, Ansa. Nunca fuiste desterrada. No actúes como si eso hubiera ocurrido.

—¿Dónde *está* nuestra tribu, Thyra? —pregunto, señalando la ventana—. ¡Se están muriendo en una madriguera de lodo y desechos, todo por serte leales!

—¿Y qué querría Nisse que les dijera? —los labios de Thyra forman una tensa línea gris mientras asiente lentamente—. ¿Qué quieres *tú* que les diga, ya que no les entregarás mi verdadero mensaje?

—Diles que se unan a nosotros —la interrumpo—. ¡Diles que vivan y mueran como guerreros, no como ratones!

—¿Y que ayuden a Nisse a destruir a otro pueblo, en otra tierra? ¡Justamente *tu* gente!

—¡No son mi gente! —mi voz se quiebra, negando sus palabras. Ella me echa una mirada cautelosa, tal vez ha visto el fuego en mis ojos.

–Como desees. Pero dime, ¿por qué Nisse tiene tanto miedo de lo que pueda decirles a nuestros guerreros que me ha cortado de cualquier comunicación con ellos? Si estaba tan preocupado por ellos, tan poco dispuesto a dejarlos morir, ¿por qué no permitir que Preben o Bertel vengan a la torre y me vean?

–No tengo por qué saberlo yo –digo, retrocediendo hacia la puerta mientras ella me quita la última posibilidad de controlarme.

–Ah, ¿entonces solo tienes que seguir sus órdenes ahora, sin pensar o hacer preguntas? No eres su lobo, entonces... eres su perro.

–Cállate –cierro los ojos mientras el fuego y el dolor me recorren los miembros.

–¿Confías en ese anciano que puso a entrenarte? ¿Crees la historia que cuenta? ¿Cómo sabes que no está conduciendo a todo el mundo a una trampa?

–Nisse confía en él –digo, porque no puedo decir que yo también confíe.

–A Nisse solo le importa lo que puedas hacer por él. No le importa que la magia te queme. No le importa que te duela, y yo puedo ver cuánto sufres. Incluso en este mismo momento.

–¡Por lo menos me da un lugar a su lado! –exclamo, mientras el fuego comienza a gotear de mis dedos sobre el suelo de piedra–. ¡Por lo menos me deja ser quien soy!

–¿Es *esto* quien eres? ¿Solo magia de fuego y hielo, controlados por la rabia y el miedo y una furiosa desesperación por pertenecer a una tribu, incluso a una torcida y corrupta? Porque entonces este poder se vuelve vicioso e imparable. ¿Lo has notado? Tienes una mente perfectamente buena, Ansa, ¡serías más poderosa si dejaras que *ella* te gobernara, en lugar de que te controlen la furia y el terror!

Respiro, respiro y respiro, pero el calor crece de todos modos.

–Te quiero, Ansa –dice Thyra sin aliento, su piel enrojeciendo mientras el aire se vuelve abrasador–. Te quiero *a ti*. Y esta magia es parte de ti ahora. Puedes matar... O mostrar piedad. Tú decides si la controlas o no –el sudor fluye por su rostro y hace una mueca de dolor–. Solo puedes... culparte a ti misma...

Se desploma contra la pared mientras golpeo la puerta con el costado del puño.

–Déjenme salir, por todos los cielos –exclamo, llamando al hielo mientras Thyra se desmaya. La puerta se abre y Carina asoma su cabeza.

–Escuchamos los gritos. ¿La mataste? ¡No se suponía que la mataras! –agita sus manos mientras salgo corriendo de la habitación, y hace una mueca de dolor cuando siente que el calor la alcanza.

–Traigan a Kauko para que cure a Thyra –ladro. El temor me recorre la espina dorsal. Thyra ya estaba débil y hambrienta. ¿Qué he hecho?–. ¡Tráiganlo ahora! –avanzo por el corredor sin saber hacia dónde me dirijo cuando Carina pasa junto a mí, yendo a buscar al anciano. Todo mi cuerpo arde por la magia... y las palabras de Thyra. Buscó dentro, derramó todos mis pensamientos y los esparció al viento, dejándome agitada y sacudida. Camino a ciegas, tropezando, y veo todo borroso por las lágrimas calientes y frías. Me estremezco y sudo. Tengo tanta necesidad de lanzar fuego. Quiero dejarme ganar por la furia. Quiero llamar a la magia y soltarla. Pero si lo hago, podría matarme. Con o sin sangrado, nunca me había sentido menos equilibrada que ahora.

Una mano se cierra alrededor de mi muñeca cuando alcanzo la parte más baja de los escalones espiralados, y me siento arrastrada a una alcoba. Mi mano golpea contra un pecho duro y sudoroso, y mi asaltante deja escapar un silbido de dolor cuando su espalda golpea la pared, seguido de una risa temblorosa.

—Sig —digo mientras se inclina hacia la luz de las antorchas—. ¿Qué estás haciendo?

—No. Más. Sangre —susurra, presionando su pulgar contra la herida en el ángulo de mi codo.

—¿Por qué? —lo miro fijo mientras las antorchas flamean, y no estoy segura de si lo está haciendo él... o si lo estoy haciendo yo. Él sacude la cabeza.

—No más —repite. Coloca una taza imaginaria bajo sus labios y finge beber.

—¿Bebiste demasiada hidromiel?

—¿Sangre? No —dice—. No más.

—¿Qué haces fuera de tu habitación? —no podemos entendernos sin Halina. Señalo el corredor, donde sé que está alojado. A través de la oscuridad, puedo distinguir dos figuras tendidas junto a una puerta abierta. Cuando intento alejarme de él, aprieta mi brazo más fuerte.

—No —su boca se tuerce de frustración mientras murmura algo en Kupari. Él señala mi mano—. Enseñar.

—Sí. Kauko me está enseñando. Aunque no parece estar funcionando —capta el tono frustrado de mi voz, si no las palabras. Su sonrisa es brillante y mortal.

—*Yo* enseñar.

—Um... —lo miro con recelo. Echo un vistazo hacia los guardias del corredor, y espero sinceramente que no los haya matado. Al mismo tiempo, no puedo convencerme de pedir ayuda o luchar contra él, porque no importa lo que haya hecho, y no importa lo gentil que haya sido Kauko conmigo, he llegado a odiar la manera en que el anciano trata a su aprendiz. Ojalá pudiera preguntarle a Sig lo que sucedió realmente, pero sin traducción no podemos entendernos. Aunque me estoy quedando sin tiempo para aprender a controlar la magia, y en algún momento Nisse se dará por vencido–. Está bien. Mañana.

–¿Enseñar? ¿Sí? –arruga la frente.

–Sí –asiento con la cabeza y coloco un dedo sobre mis labios.

Sig coloca su propio dedo sobre su sonrisa burlona. Y luego me suelta y se aleja por el corredor. Mientras pasa junto a una antorcha, me quedo sin aliento al ver las rayas horizontales de sangre marcadas en su camisa. Ha sido azotado.

Sig entra en su habitación y cierra la puerta sin dedicar ni una sola mirada a los guerreros caídos. Para mi alivio, comienzan a moverse. Lo que sea que les haya hecho, el efecto fue temporal. Tal vez los desmayó de calor, como yo hice accidentalmente con Thyra. Pero su poder queda claro: mantuvo controlado ese calor mientras se deslizaba por el corredor y hablaba conmigo. No entiendo cómo alguien con tanto control y poder puede permitir que lo azoten.

Me inclino contra la pared, tratando de entender las cosas. No sé en quién confiar. Nisse o Thyra, Kauko o Sig. Cada uno de ellos tiene sus propios objetivos. No soy tan ingenua como para creer otra cosa. Pero dos reinos y mil guerreros pueden depender de qué bando elija. Hace solo un par de horas creí que ya había tomado mi decisión.

Ahora me doy cuenta de que estoy congelada en medio del aire, y no tengo ni idea de qué lado voy a aterrizar.

CAPÍTULO
XXIII

E n cuanto mi espalda choca con la piedra levanto las piernas. Golpeo a Jaspar con el pie y ruedo antes de que pueda aferrarme el tobillo. Mi cabeza late con las secuelas de la caída cuando me pongo de pie de un salto, pero mi sangre canta. Jaspar se frota el estómago y ríe entre dientes.

–Eres incluso más rápida que antes.

–O te has vuelto más lento –me paso la mano por el rostro sudoroso, contenta de que por una vez el calor sea causado por el esfuerzo y no por la magia. Está acurrucada en la boca de mi estómago, tranquila por ahora mientras me concentro en el golpe de un cuerpo contra el otro, en esquivar sus ataques y caer sobre mis pies. O tal vez ardió hasta extinguirse anoche mientras me torturaba. Un destello del sueño me sacude: es Thyra, con la piel húmeda y enrojecida por el calor, su mano extendida... *Solo puedes culparte a ti misma...*

–Y claramente tus palabras siguen golpeando con fuerza –Jaspar se encoge de hombros cuando siente una ráfaga de viento. Estamos de nuevo arriba de la torre, y el Torden nos sopla besos helados y enérgicos.

–O tu piel se ha vuelto más delicada –lo digo rápido, me aferro a lo simple y animal de estos momentos con él, ansiosa por ahuyentar los temblores que me persiguen, aunque intenten abrirse paso hasta mi conciencia una vez más. *Por favor, contrólate,* susurró mientras su cabello se prendía fuego, mientras su piel rezumaba y se rajaba. *No puedo,* grité al verla morir delante de mí, tal como había ocurrido con Aksel.

—¿Estás bien, Ansa? —pregunta Jaspar, y vuelvo a este momento, parpadeando hacia la luz del día.

—Sí —respondo—. Aunque no dormí bien.

—Pensé que podría ser difícil para ti, después de hablar con Thyra —suspira.

—¿Por qué?

—Ella complica lo que debería ser sencillo —dice—. Te lo hace a ti también.

—¿Parezco tan fácil de manipular?

—Por supuesto que no —se da la vuelta, se apoya en el muro bajo de piedra y mira hacia fuera sobre la ciudad miserable—. Pero yo sabía que verla de nuevo te movilizaría —me mira de reojo—. Solo no sabía en qué dirección.

No puedo admitirle que tampoco yo lo sé. Todavía estoy enojada con ella, por lo que se está haciendo a sí misma, por lo que nos ha hecho, por cómo dijo que me amaba y por lo mucho que quiero creerle.

—Ninguna de las dos cambió de opinión —le digo a la ligera.

—Pero no porque tus sentimientos hacia ella hayan cambiado.

No, porque somos opuestas, y nos estrellamos una y otra vez y siempre terminamos en el mismo lugar. Ella me quita mi armadura y accede a lo que hay debajo. Una parte de mí lo odia. Y el resto no quiere que se detenga.

—¿Importan mis sentimientos, Jaspar? Ella tiene sus ideas nobles y extrañas para mantenerse caliente —suelto una risa amarga—. Y yo tengo la magia del fuego.

–¿Es cada vez más fácil de controlar? Has estado pasando horas por día con Kauko. Cada vez que vengo a buscarte, parece que fueras uno de los portadores de Kupari –me roza el dorso de la mano con la yema del dedo. Cierro el puño.

–Estoy haciendo mi mejor esfuerzo. Y creo que estoy mejorando un poco –cómo me gustaría que fuera cierto.

–Bueno. Porque tenemos que salir de aquí, Ansa. Hemos estado dentro de estas paredes demasiado tiempo.

Desde aquí, es posible ver la puerta por la que entramos hace seis semanas, el camino y, más allá, el bosque. Pero entre nosotros y todo ese espacio abierto no hay nada más que lodo, hielo y miles de personas que sufren.

–Estuviste aquí tres temporadas antes de que llegáramos. Si es tan terrible, ¿por qué quedarse aquí? ¿Y por qué nos atrajeron, para agolparnos más aun?

–Llegamos aquí al final del invierno, hace casi un año. Estábamos tan contentos con el calor y los refugios, que nuestra desesperación nos hizo más feroces, creo. Éramos algo horrible de ver, no tengo ninguna duda. Y en la primavera, el verano y el otoño, salimos a cazar y entrenarnos en los campos; recuperamos lentamente la salud y la fuerza. Así al menos podíamos salir de la ciudad. Pero ahora, con toda esa nieve, hemos estado atrapados en esta apestosa madriguera durante casi dos meses. Nunca imaginé cómo me sentiría. Dudo que alguno de nosotros lo haya hecho.

–Entonces supongo que nadie se encuentra conforme de estar entre estos muros. Y la gente de Vasterut estará encantada de tener su reino de vuelta cuando hayamos terminado con él, estoy segura –me pregunto si es por eso que Halina le sugirió a Nisse aventurarse a buscar a los portadores. Tal vez esté ansiosa por vernos derrotar a los Kupari y así deshacerse más rápido de nosotros, sobre todo porque su ilusión de que nuestros guerreros rebeldes se unieran a una fuerza vasterutiana de resistencia para recuperar la ciudad ha sido despedazada.

—Oh, no vamos a devolver Vasterut –dice Jaspar–. Mi padre dejará diez escuadrones para custodiar la ciudad, y los ayudantes permanecerán aquí. Muchos de ellos tienen niños, de todos modos. No deberían tener que marchar.

La noticia me sienta como una pedrada. Thyra me había dicho que preguntara cómo trataban a los ayudantes viudos, y recuerdo que Nisse iba a unirlos a sus guerreros, aunque los hombres ya tuvieran compañeros.

—¿Has oído algo de Gry?

—¿La ayudante de Cyrill? Fue reclamada por Kresten. Creo haber oído que ha sido bendecida con un hijo.

—No le dieron siquiera un mes para guardar luto por su compañero. No puede haber aceptado ese vínculo de buena gana –de solo pensarlo se me da vuelta el estómago.

—Estuvo lo bastante dispuesta al caer el invierno –dice Jaspar, encogiéndose de hombros. Es decir que lo aceptó para salvar a sus hijos del frío, y ahora va a tener otro.

—¿Así que una nueva generación Krigere crecerá dentro de las murallas de una ciudad?

—Crecerán como líderes –responde Jaspar–. Conocerán su lugar en esta tierra.

—Porque los vasterutianos serán el lodo bajo sus pies –murmuro, pensando en el agudo recelo de Halina, en el modo en que Efren y

Ligaya me observaron esa noche en la ciudad–. ¿Realmente piensas que estas personas estarán a favor de esto?

–No tendrán otra opción. Llevaremos a muchos de sus hombres y mujeres jóvenes a Kupari con nosotros, así que espero que se den cuenta de que cualquier rebelión se castigará con la muerte de sus mejores y más fuertes ciudadanos.

–Así que no son solo asistentes para los guerreros. Son rehenes.

–Salvarán muchas vidas –replica. No puedo sacarme de la cabeza al niño de Halina con sus cabellos rizados. Ni puedo olvidar sus palabras: *¿Crees que voy a dejar que eso suceda? ¿Crees que no voy a luchar?*

–Vidas de los Krigere, sin duda –acoto. Se vuelve hacia mí.

–Thyra te ha *confundido* –frunce el ceño–. ¿Qué te dijo? ¿Te ha avergonzado de ser Krigere?

–No. Pero gracias a ella y a Sander es imposible que crea que es todo lo que soy.

–Le dije a mi padre que era un error pedirte que hablaras con ella. Si lo hubiera hablado conmigo primero, yo habría...

–¿Por qué, Jaspar, crees que soy débil? –un hilillo de hielo sube por mi espalda, una advertencia.

–Nunca podría pensar que eres débil –me toma por los hombros, ignorando el peligro–. Pero creo que ella te avergüenza. Hace que te preguntes quién y qué eres.

–¿Nunca debería cuestionarme quién y qué soy, o las cosas que hago? –pregunto.

–¡Cielos, suenas como ella! No es de extrañar que no puedas controlar tu magia, tu fuerza está socavada por tantas dudas.

–Ojalá la gente dejara de decirme cómo arreglarme –grito y me alejo de él. Mis palabras son acompañadas por una ráfaga de viento helado que golpea a Jaspar contra la pared baja. Sus brazos se agitan mientras intenta mantener el equilibrio. El horror me atraviesa, y le sujeto la mano cuando está a punto de caer. Ambos nos derrumbamos desplomados en el suelo.

—Lo siento —dice, jadeando, sus manos sujetas a los costados de mi túnica—. Lo siento mucho. No sé cómo ayudar. Y quiero ayudar —su mano se acomoda en mi nuca, sus dedos resbalan en mi cabello—. Mi padre reconsideró la sugerencia de tu asistente acerca de enviar exploradores vasterutianos para buscar a los sacerdotes y aprendices Kupari que huyeron al bosque Loputon.

Me quedo muy quieta, tenso cada músculo para evitar que el miedo derrame hielo por cada uno de mis poros.

—¿Qué? —susurro—. ¿Cambió de opinión? —me alejo de Jaspar, que parece preocupado, como si lamentara haberlo mencionado.

—No, estoy seguro de que no lo ha hecho, no acerca de ti al menos. Piensa que eres muy importante. Es solo... el tiempo se nos acaba. Anoche recibimos la noticia de que la reina impostora de Kupari está organizando un ejército, incluyendo a los rebeldes de sus territorios. No sabemos cuán poderosos son, pero padre quiere todas las ventajas. ¿Y si fuéramos a marchar a Kupari con cientos de guerreros y decenas de portadores entrenados entre nuestras fuerzas? La batalla terminará antes de empezar, especialmente si actuamos rápido. El anciano pensó que era un buen plan.

El anciano. Las palabras de Thyra sobre él surgen espontáneamente en mi cabeza: *¿Y si nos está llevando a una trampa?*

—¿Te has preguntado alguna vez por qué nos está ayudando?

—Quiere expulsar a los rebeldes de su templo, me imagino —dice

Jaspar, retrocediendo para mirarme–. Parece ansioso por recuperar su lugar de poder. Y podemos ayudarlo con eso.

–Pero una vez que lo hagamos, entonces ¿qué pasará? ¿Crees que el anciano querrá compartir ese poder con nosotros?

–Espera... ¿crees que mi padre realmente confía en ese viejo? –dice Jaspar sonriendo.

–Por cierto que se esfuerza en demostrarlo.

–Oh, Ansa –ríe–. Kauko es un medio para un fin. Ahora lo necesitamos, pero no siempre será así. Y tan pronto como las cosas cambien... –lo miro fijamente, mi frágil esperanza tambalea y se quiebra como hielo sobre el pantano.

–Tan pronto como deje de ser útil, Nisse encontrará una manera de acabar con él.

–No me digas que sientes lástima por ese anciano –Jaspar me ayuda a levantarme.

–No. No siento lástima por él –le obsequio una sonrisa vacilante, la llama de una vela en medio de un viento cruel–. Pero llego tarde a su lección, así que será mejor que me vaya –me excuso. Prácticamente me arrojo por la escotilla que se abre a las escaleras–. Gracias por entrenar conmigo.

No oigo si me responde: la puerta se cierra encima de mí y salto varios escalones de golpe, torciéndome un tobillo al caer. Quiero golpear mi cabeza contra la pared para librarme de la mirada que había en el rostro de Jaspar, lo mucho que se parecía a su padre, y su completa falta de conciencia acerca de la verdad que acababa de revelar.

Kauko no es más que una herramienta para Nisse, para usar y descartar.

¿Qué me hace pensar que soy diferente?

Después de la cena, le digo a Halina que estoy cansada y necesito dormir. No le cuento que sé que Nisse ha seguido su consejo y enviado exploradores al bosque de Loputon para encontrar más portadores mágicos aliados para nuestra invasión, porque temo que eso despertaría mi ira y mi desesperación. Especialmente después de la mirada que me echó Kauko cuando fracasé una vez más en controlar la magia dentro de mí esta tarde; como un niño lamentándose por un juguete roto. Esta noche, el hielo y el fuego hierven bajo la superficie, y me suplican que los libere. Me siento como la noche pasada, cuando Thyra se derrumbó bajo el calor de mi fuego rabioso y necesitó que Kauko la revitalizara. Pasé la noche retorciéndome entre pesadillas que me hacían revivir la situación, cada vez más nítida, más caliente y más devastadora.

Sus ojos, fijos en mí. No me dejan ocultarme. Sus palabras. No me dejan culpar por mis crímenes a una maldición que nunca ocurrió. *Solo puedes culparte a ti misma...*

La culpa me pone enferma, y no necesito a Halina para empeorar las cosas. Pero tampoco confío en ella. Fue tonto haber confiado en ella en primer lugar.

—Tal vez podrías ir a ver al sastre y averiguar cuándo estarán listas mi capa y mi túnica nuevas —sugiero. Espero que discuta, pero tal vez percibe mi estado de ánimo, si no mi plan, porque inmediatamente se dirige a la puerta.

—Por supuesto —responde—. Sé que probablemente estarás contenta de tener algo de ropa de tu talla —sonríe, y le respondo con una mueca.

—No sabes cuánto —y yo tampoco, en verdad. En realidad no me importa. La saludo con un bostezo, diciéndole que planeo dormir como un oso en invierno. Pero tan pronto como el ruido de sus pasos se desvanece, observo el corredor y ruego que Sig no me haya abandonado como Nisse y Kauko.

Mi corazón late vacilante mientras troto por el corredor, a través del laberinto de piedra oscura y húmeda, hasta llegar al pasillo donde duerme Sig. Ambos estamos aquí, lejos de la luz del sol y de la madera. Antes de hacer dos pasos hacia su puerta, me rodea la cintura con un brazo y me lleva a una recámara vacía. Me apoyo instintivamente contra él, y ahoga un gemido de dolor. Cuando me vuelvo, veo que está levantando la tela de la camisa de su espalda, donde hace solo un día vi las marcas de un látigo.

–¿Kauko te hizo eso? –pregunto señalando su espalda.

Los ojos de Sig se cierran. Él asiente.

–Tú tienes poder –digo–. Fuego.

Su barbilla se levanta cuando oye la palabra familiar. Echa un vistazo a una antorcha apagada en un soporte en la pared, y estalla en llamas. Me alejo mientras el fuego revolotea hacia el techo.

–Entonces, ¿por qué permitirías que te azote?

No estoy segura de que entienda todas mis palabras, pero parece escuchar la pregunta, y adivina el significado mientras observo el fuego que trajo a la vida con un mero pensamiento.

–Solo fuego, no hielo –dice en voz baja, mirando hacia otro lado–. Kauko... ambos. Hielo y fuego. Como tú. Muy fuerte. Pero... tú más fuerte.

–Si lo soy, no importa. No puedo controlarlo –digo con un bufido.

–La Valtia es *fuerte*. La Valtia *es* magia –su acento Kupari enreda las palabras, pero habla lentamente, así que puedo entenderlo. Hay algo casi suplicante en su voz, y está teñido de frustración. Me doy cuenta por la forma en que me mira que hay mucho más que quisiera decir. ¿Quiere que lo ayude a escapar de Kauko?

–Seré más fuerte si me enseñas. Dijiste que podrías.

–Enseñar –arquea una ceja y señala la antorcha–. Haz oscuro. Con hielo.

–¿Estás loco? –él mismo me ha visto fracasar antes en ejercicios como este–. Llenaré toda esta habitación con una ventisca y haré que tu sangre se convierta en escarcha –e incluso entonces, probablemente la antorcha permanezca encendida. Se ríe y las llamas bailan en sus ojos.

–Prueba, *Valtia*.

–Llámame así de nuevo y te cortaré la lengua –digo, dándole un empujón.

Todavía ríe, como si quisiera decirme que no está impresionado por mi amenaza. O tal vez que no me entiende. Y luego señala con el dedo la llama de la antorcha, y una lengua de fuego se desliza serpenteando hacia mi rostro.

–Haz oscuro con hielo –repite.

Ya lamento haber corrido este riesgo solo para fracasar una vez más, pero aun así miro la llama, deseando un frío tan puro que no haya escapatoria. El hielo crece a lo largo de mis huesos, helando mi piel y haciendo que me estremezca, y mientras el fuego centellea alegremente, veo cómo a Sig se le pone la piel de gallina en su pálida garganta. Pero luego guiña un ojo y la habitación se vuelve más caliente.

–Más –susurra mientras la llama se me acerca, haciéndome estremecer. Está usando su fuego para contrarrestar mi frío. Combatiendo la súbita frustración, redoblo mi súplica al hielo.

–Vamos –murmuro–. ¡Ay!

La llama se encoge después de lamer mi mejilla, y Sig suspira. Dice una palabra en Kupari como si esperara que lo entendiera. Suena como *terah*. Lo dice una y otra vez, y finalmente me aparto de él, del calor que irradia y de la llama ondulante de la antorcha. Me están haciendo sudar a pesar de mi hielo.

–¡No tengo ni idea de lo que estás diciendo, idiota! –irritado, Sig hace un ruido con la garganta, luego se inclina y toma la daga de mi pierna, la hoja sin filo que usé para entrenar con Jaspar esta mañana. Olvidé quitármela en medio de la desesperación de alejarme de él. Sig la agita en el aire y señala la hoja. No se la arranco porque claramente no me está amenazando: recorre el borde con sus dedos diciendo la misma palabra una y otra vez.

–¿Hoja? –pregunto, tocando el borde de la hoja–. ¿Eso es lo que estás diciendo?

–¿Hoja? –repite. Cierra sus dedos alrededor del metal. Asiento con la cabeza, y él también–. Hoja *magia* –dice. Antes de que pueda moverme, apoya la daga en mi mano, luego se ubica detrás de mí. Coloca una mano en mi cintura y cierra la otra alrededor de la mía, levantando el arma y apuntándola hacia la antorcha.

Repaso con la vista todo el largo de mi brazo y el borde de la hoja, que ahora apunta directamente al centro del fuego. Si fuera mi enemigo, todo lo que tendría que hacer es atacar, y lo apuñalaría en el corazón.

–Oh, cielos –susurro. Esto lo entiendo. Esto sí sé cómo hacerlo.

–Hielo –murmura, estrechando un poco la mano y haciendo temblar la daga–. Hoja.

Me concentro en el hielo dentro de mí, lo traigo del pozo sin fondo donde se esconde. Y esta vez, en lugar de rogar, lo domino. Me imagino que se desliza a lo largo de mi brazo y por la hoja, y suspiro cuando siento la empuñadura enfriarse en mi mano. Siento la mano de Sig caliente y húmeda sobre la mía, pero él sonríe cuando mi propia piel se enfría, cuando un entramado de cristales de hielo comienza a crecer a lo largo de la hoja, dirigiéndose hacia la punta, que sigue señalando la llama. El brillo apagado de la ranura que corre a lo largo de la hoja atrae mi mirada, y me indica un camino hacia el corazón de mi objetivo. La alegría burbujea dentro de mí al ver que el metal se vuelve blanco y mi magia de hielo se mueve hacia el fuego. Eso es todo. Me puso una daga en la mano y fue todo lo que necesitaba. Empujo la magia con todas mis fuerzas, concentrada en un frío amargo y oscuro, y me deleito viéndolo avanzar por toda la hoja.

El arma se quiebra con un chasquido agudo, y las astillas de metal saltan contra las paredes y el suelo. Sig grita y se tambalea con las manos sobre el rostro, y cuando las retira, hay dos fragmentos oscuros en su mejilla, de los que brota sangre. Hago una mueca y los extraigo mientras él aprieta la mandíbula y los puños, obviamente tratando de no gritar. Hacen un ruido metálico cuando los dejo caer en un cuenco de piedra vacío. El fracaso hace que me ardan los ojos cuando Sig hace lo mismo por mí, retirando una aguja de metal de mi hombro. Presiona la manga de su túnica contra las heridas de su rostro y suspira.

–Mañana.

–¿Qué? ¿Viste lo que acaba de suceder? –señalo la astilla de metal que me quitó–. ¡Se puso tan frío que se rompió como cerámica! Podría haberte matado.

–Mañana –dice, incluso más alto, frunciendo el ceño–. Así, mañana –me ofrece la astilla–. Magia. Así –cuando ve la confusión en mi rostro, pone los ojos en blanco y señala uno de los fragmentos en el cuenco. Sus fosas nasales se agitan cuando lo apunta con el dedo, y observo con asombro mientras se pone rojo antes de derretirse, aunque el que está a unos pocos centímetros permanece gris e inalterado. Me muestra nuevamente la astilla de metal cubierta de sangre y hace un gesto como si la clavara en el cuenco–. Así.

Magia tan concentrada que su blanco puede ser del tamaño de la punta de una aguja.

–¡No puedo contra un blanco del tamaño de todo el cuenco, mucho menos algo más pequeño! –la única vez que estuve cerca de algo así, cuando los cuchillos de hielo danzaban en mis palmas, cuando lancé el fuego, fue en ese círculo de combate. Momentos antes de que la magia se volviera hacia mí como un lobo enloquecido–. ¡No puedo controlarla!

–¿Control? –sacude la cabeza, sudando de frustración–. ¡No controlar magia! ¡*Ser* magia!

–Ser magia –digo, imitando su acento. Me froto los ojos y río–. Gracias. Eso ayuda mucho.

–*Soturi* –susurra. Arroja la astilla de metal en el cuenco. Sus labios se curvan y escupe en el suelo a mis pies.

La palabra Kupari para guerrero. Excepto... Creo que me está diciendo que soy una cobarde. Enderezo mis hombros.

–Bien, si quieres que termine de llenarte de cicatrices, es tu elección –y si quiero tener alguna oportunidad de recuperar la confianza de Nisse, no tengo otra opción–. Mañana.

La sonrisa de Sig está tan teñida de sangre, tan brutal, que de repente se me ocurre que, perturbado o no, sería un excelente guerrero Krigere.

–Mañana –dice con esa voz ansiosa, vacilante.

Me saluda con una pequeña reverencia burlona y desaparece por el corredor, avanzando silenciosamente sobre la piedra.

Capítulo XXIV

Mientras me apresuro a volver a mi propia celda, mi mente se sacude como un barco en una tormenta. Estoy luchando tan desesperadamente por controlar este poder que es la magia de la Valtia, pero si tengo éxito... ¿seré más Krigere o más Kupari? Si uso esta magia para conquistar a los Kupari, ¿soy leal o soy una traidora?

Sé lo que siempre he querido. Pero ahora me estoy preguntando por qué lo quería. *Te obligaron a ser una Krigere,* dijo Thyra. ¿Amo a los Krigere porque realmente no tuve otra opción, o hay alguna chispa en ellos que siempre me ha llamado, que encaja con lo que realmente soy? Si hubiera permanecido entre los Kupari, ¿habría estado tan fuera de lugar entre ellos como Thyra lo está entre los Krigere, aunque haya nacido para liderarlos?

Aparentemente, yo también nací para gobernar, pero no a un grupo de guerreros. ¿Es mejor dirigir a un pueblo delicado y tímido o servir a una tribu fuerte y feroz?

Estas preguntas arden dentro de mí. No sé adónde pertenezco. Intentar averiguarlo me agota.

Cuando entro en la habitación caigo sobre el colchón, y entonces escucho pasos en el corredor. Apago frenéticamente todas las velas y permanezco en la oscuridad, fingiendo dormir mientras se aproxima otra cadencia de pasos, esta más rápida que la primera. Dejo la boca entreabierta y respiro lento y profundo mientras un rayo de luz del corredor golpea mis párpados. Aunque solo dura un instante, quien me haya mirado pareció quedar satisfecho al verme dormida.

–¿Entregaste el mensaje? –pregunta un hombre en cuanto se cierra la puerta, dejando apenas un atisbo de la luz de las antorchas. Reconozco el acento y el timbre profundo de la voz: es Efren.

–Sí –susurra Halina–. Pero el túnel es estrecho, apenas lo suficientemente grande para que yo pase. Será necesario ampliarlo si queremos que pasen todos. ¿Has visto el tamaño que tienen algunos?

–Pero funcionó.

–Sí, funcionó. Se abre a uno de los refugios, y yo misma hablé con el de barba de hierro.

Barba de hierro. Palidezco, y me doy cuenta de que debe estar hablando de Preben. Su grupo rebelde no ha cedido: han cavado un túnel para llegar a los guerreros leales a Thyra, ¡y están planeando sacarlos!

–¿Qué dijo? –pregunta Efren.

–Estaba agradecido por el mensaje de Thyra, y estarán listos cuando se les dé la señal.

Entonces Thyra no se ha dado por vencida. Solo ha renunciado a mí. Pero ahora encontró otra manera de llegar hasta sus guerreros. Sujeto fuerte el colchón.

–Bien –dice Efren–. Van a flaquear a los guardias y se dirigirán a la torre. Tomarán a los guerreros de Nisse totalmente por sorpresa. Pero tiene que suceder antes de que el grupo de sacerdotes y aprendices llegue a las puertas. No queremos que interfieran.

–Por eso tiene que ser exactamente el mediodía. Pensé que serían unos pocos, ¡pero está llegando casi un centenar! Si se unen a Nisse, la batalla terminaría demasiado rápido.

—Así que si no llegan a la ciudad antes de la señal, ¿crees que esa muchachita jefa realmente tiene una oportunidad? –pregunta Efren. Halina gruñe.

—Por supuesto que no. Está medio muerta de hambre, lo mismo que todos sus guerreros. El viejo Nisse les ha estado dando solo raciones de subsistencia, tratando de convencerlos de que salgan y se unan a él.

—Pero son leales a ella. Lucharán.

—Oh, sí. Lo único que debe preocuparnos es la señal mañana. Después de eso, dejaremos que los Krigere se destruyan unos a otros.

Y ahí está. El plan completamente expuesto, muy claro.

¿Ella *quería* que lo oyera? ¿O estos vasterutianos son lo bastante estúpidos como para hablar fuera de mi puerta sin pensar que podría oírlos? Hablaban en Krigere, ¿fue una trampa artera o es que han sido castigados por hablar su propia lengua dentro de las murallas de la fortaleza?

No sé si importa. De un modo u otro, son culpables de traición.

Cualquier confianza o afecto que haya sentido por Halina ha desaparecido. Si lo que dijo es cierto, ha elaborado un plan brillante, usando la terquedad de Thyra y la lealtad de nuestros guerreros como un arma contra Nisse, sin importar que mueran cientos de guerreros como resultado. Mi cólera es de fuego, y me estremezco cuando siento la piel febril. Si no controlo esta rabia, me devorará antes de poder salvar una sola vida. Así que por una vez, seguiré el sendero de Thyra y no dejaré que mi furia me domine.

Un instante después, Halina entra por la puerta. Trae vendas limpias dobladas sobre un brazo y una jarra de agua. Enciende una vela con otra que trajo del corredor, así que me incorporo y finjo bostezar.

–¿Qué averiguaste de mi capa? –pregunto, rogando que preste más atención a mi tono ligero que al calor abrasador de mi aliento.

–Capa... ¡oh! Oh, sí. Sí, estará lista para mañana por la tarde –dice, con una sonrisa amplia, inocente. Me pregunto si espera que para entonces estemos todos muertos.

–¿Te encuentras bien? –pregunto al notar el rubor en sus mejillas redondas y el desorden en su cabello, aún más salvaje que de costumbre. Bajo la vista al ruedo de su vestido. Está lleno de lodo, tal como esperaba–. Has estado en la ciudad.

–Solo necesitaba ver a mi hijo –responde, pero el temblor en su voz la traiciona.

–¿Y viste a alguien más? –intento mantener la calma, pero mi voz se vuelve cortante. Deja las vendas y la jarra y me mira sorprendida.

–No. ¿A quién diablos podría ver, pequeña roja?

–No tengo idea, Halina. Ni idea. Bueno, espero que hayas disfrutado la visita –me dejo caer en el colchón, hirviendo pero sonriente.

Sus manos permanecen inmóviles un momento; luego, se pone bruscamente en movimiento otra vez. Me remanga para buscar nuevas zonas ampolladas, aunque curiosamente no hay nada, a pesar de mi pequeño encuentro con Sig.

–Fue agradable estar ahí afuera en la ciudad –comenta en voz baja mientras me jala las mangas hasta las muñecas–. He pasado tanto tiempo en esta torre que siento que mi piel se ha vuelto del color de las piedras.

–Tal vez el viaje a Kupari no sea tan malo después de todo –respondo, observando su rostro–. Estarás al aire libre.

–Es así como dices, pequeña roja –murmura. Se queda mirándome, y en sus ojos veo un millón de preguntas. ¿Sospechará que la he oído? En ese caso podría arreglar que se cambie el momento de la señal, y lo que sé ya no serviría de nada.

–Gracias por cuidarme tan bien. Quiero que lo sepas: cuando estemos en Kupari, yo te protegeré.

–Lo aprecio mucho, pequeña roja –dice, inclinando la cabeza. Luego me obsequia una cálida sonrisa–. Yo haría lo mismo por ti de estar en tu lugar. Lo digo en serio. Puede que seamos de tribus distintas, como tú las llamas, pero te veo luchando por llegar a la luz. Creo que lo harás, un día.

Siento el dolor de su traición en mi pecho, aunque sé que no es justo esperar que me diga la verdad y esté de mi lado. Yo solo... Desearía que fuera así, eso es todo. Ella me gusta. La admiro. Sería una excelente Krigere.

O tal vez simplemente es una excelente vasterutiana.

–Lo estoy intentando –susurro–. Buenas noches –me vuelvo y cierro los ojos mientras ella me cubre los hombros con una manta, y se me cierra la garganta al pensar en lo que debo hacer.

Cuando amanezca mañana, seremos enemigas.

Estoy echada y despierta toda la noche, tratando de decidir qué hacer. Si Halina y Efren querían que los oyera, ¿no debería decirle nada a nadie, por temor a participar en su engaño? Pero si no querían que yo oyera, entonces debo decirlo, o el plan de los vasterutianos causará la muerte de todos los que me importan. La gente de Vasterut está intentando que nos enfrentemos entre nosotros. En lugar de rebelarse, quieren que simplemente matemos a los nuestros y resolvamos el problema por ellos.

Odio que sea un plan tan astuto.

Thyra no tiene ni idea. Ella los quería de aliados, pero en cambio le tendieron una trampa: no tiene otro modo de obtener información de la ciudad o los guerreros más que a través de ellos. Pueden haberle dicho cualquier cosa, haberle prometido una alianza que se disolverá tan pronto como los guerreros de Nisse lleguen para sellar la condena de nuestra tribu. ¿Por qué no puede verlo? ¿O es consciente de que será un verdadero desastre? Después de tanto hablar de proteger a nuestros guerreros de otra derrota, ¿por qué iba a pedirles que soporten esta?

Si la hubiera ayudado en lugar de darle la espalda, si hubiera sido yo quien entrara en contacto con nuestros guerreros, ¿todo esto habría sucedido de otra manera? ¿Podría haber salvado a la tribu?

¿Puedo salvarla ahora?

Para cuando llega Halina con mi desayuno, estoy sobresaltada y ojerosa, con dolor de cabeza y acidez de estómago. Coloca un plato de gachas frente a mí.

–No tengo hambre.

–Endulzado con miel. Sé que te gusta eso –dice, retrocediendo.

–¿Acaso no me has oído?

–Pequeña roja –habla lentamente, como si estuviera considerando cada palabra–. Creo que es mejor que comas. Necesitarás tu fuerza. Los sacerdotes llegarán hoy desde el Loputon. Nuestros exploradores los encontraron en el bosque y los están trayendo aquí. Deberían llegar después de la comida del mediodía.

–Y tengo que darte las gracias por eso –digo con voz monocorde.

–Es algo bueno. Más magia, menos presión sobre ti para lograr una victoria.

Cierro los ojos y me froto el rostro con las manos, tratando de reunir algo de energía. No sé cómo explicarle cuánto necesitaba ser yo la que conquistara la victoria. Cómo el deseo ha crecido en mí durante las últimas semanas, mientras el aislamiento hundía sus dientes en mi médula.

–Quería traerles la victoria por mi cuenta –susurro. Quería ser aceptada dentro de mi tribu otra vez, para saber quién soy sin más dudas. Ojalá Thyra no me hubiera hecho pensar en el costo.

–Quizás lo hagas –dice, empujando la bandeja de madera hacia mí–. Todavía hay una oportunidad.

Dejo caer las manos y levanto la vista hacia ella. Sus ojos color café me hacen doler, y las palabras que desearía poder decir me hacen sentir la lengua trabada y dura. ¿Qué haré cuando nuestros guerreros se enfrenten unos a otros en medio de esta traición que ha organizado? ¿Qué lado tomaré?

Si no intento detener la catástrofe, entonces no me merezco a ninguna de las dos tribus.

–Necesito ver a Nisse.

–¿Por qué? –pregunta enarcando las cejas.

–¿Acaso te importa? Necesito verlo. Arréglalo.

–Por supuesto –ante mi tono cortante, se aleja y se vuelve hacia la puerta.

Va y viene tan rápido como una liebre y, para cuando he tragado la última cucharada de mis gachas –porque ella tenía razón, hoy no puedo estar débil y hambrienta–, está de vuelta con unos cuantos guardias del séquito personal de Nisse. Les abre la puerta con la cabeza gacha, la Halina mansa que deja ver a todos los Krigere al parecer, excepto a mí. Los guerreros me llevan por las escaleras hasta la recámara de guerra de Nisse. Mi corazón late a un ritmo feroz mientras busco las mejores palabras... el modo de detener este choque entre los leales a Thyra y quienes pertenecen a Nisse.

Entro en la recámara de Nisse, sudando y temblando mientras mi magia atrapada se retuerce bajo mi piel. La desesperación la ha despertado. El recuerdo de mi triunfo momentáneo anoche, ese instante en que pude tomar el control, es solo eso. Se me acabó el tiempo. Hubiera rogado que me dieran un plazo más largo, pero ahora hay algo mucho más importante en qué pensar.

—¡Ansa! —Nisse me llama desde la enorme chimenea. Me vuelvo para verlo colocar una copa en la repisa—. He oído que querías hablar conmigo, pero de todos modos te habría llamado esta mañana. ¿Cómo está la magia?

—Mejor —respondo—. Quizás en un par de semanas...

—Ah —dice él, juntando las manos por delante—. Es tiempo que no tenemos. Es posible que hasta hace unos meses no tuvieran ejército, pero ahora, con cada día que pasa, la reina impostora acumula más poder y prepara a su gente para nuestro ataque.

Me miro las manos. Cómo me gustaría poder estar en la misma habitación con esa impostora fraude, aunque solo fuera por unos minutos. Sí, podría destruirme, pero creo que matar a la reina impostora valdría la pena. Después de todo, ese trono me pertenece legítimamente.

Parpadeo ante esa idea y levanto la vista para encontrar a Nisse con la cabeza inclinada, mirándome de cerca. Agradezco que no pueda leer mi mente.

—Entonces ¿has decidido marchar pronto? —pregunto. Él asiente.

–Dentro de dos días, una vez que estemos armados, preparados y listos. Recibí excelentes noticias esta mañana. Los sacerdotes que escaparon de la emboscada en el templo fueron encontrados por los exploradores de Vasterut hace dos días. Envié dos guerreros a su encuentro, junto con una gran cantidad de caballos para que pudieran llegar a nosotros más rápido. Estarán aquí esta tarde.

Tal como me dijo Halina.

–Estoy lista para ir contigo –le digo, y sonríe.

–Te daré la bienvenida a mi lado, Ansa –me echa una mirada tan cálida que me sorprende. Esperaba que se mostrara frío, que me descartara como planea descartar a Kauko, suponiendo que todavía pueda.

–Gracias –murmuro. Ahora debo decirle por qué he venido aquí. Ahora tengo que salvar las vidas de los guerreros sin usar magia–. Pero no he venido a hablarte de Kupari.

–Entonces, dime cuál es tu propósito –se sienta en una banca ante la mesa pintada. Tomo aire, vacilante. Seguro estoy haciendo lo correcto.

–¿Cómo están nuestros guerreros atrincherados al este de la ciudad?

–Todavía están todos vivos, por lo que sé. Como te dije, me he asegurado de que tengan raciones –afirma, *aunque solo las suficientes para mantenerlos vivos.*

–¿Han dado alguna indicación de cuándo piensan salir?

–Lo último que escuché es que se niegan a hacerlo, a menos que hablen con Thyra.

–¿Hay algún indicio de que hayan cambiado de postura? –porque por lo que sé, ya lo han hecho. Él se ríe entre dientes, una risa baja y pesada.

–Todavía no –dice suavemente–. Me preocupan sus guerreros, y por eso me temo que he tomado una decisión muy difícil. De hecho, ese era el motivo por el que te iba a convocar esta mañana, si no hubieras venido a mí primero.

–¿Sí? –mi estómago se contrae.

–Me temo que voy a tener que usar un poco más de fuerza para tratar de persuadir a Thyra. Necesitamos que esos guerreros se unan a nosotros, y ella solo los está conduciendo a la muerte.

–¿Más fuerza? –ahora tengo ganas de vomitar sobre sus botas.

–Tengo que hacerla entrar en razón, Ansa. Seguramente puedes entenderlo. Pero hasta ahora cada intento de persuadirla solo reforzó su resolución –suspira–. Sin embargo, todo el mundo tiene límites.

–Escuché algo –exclamo de repente, mientras las astillas calientes y frías me pinchan. Tal vez pueda proteger a Thyra de sí misma–. Y por eso vine aquí.

–¿Qué dijo Halina? –examina con desinterés sus uñas mugrientas. Sacudo rápidamente la cabeza.

–No fue ella. Por supuesto que no –a pesar de su traición, no puedo entregarla así, no después de todo lo que ha hecho, no cuando sé que tiene a ese niño en casa, esperando a su madre. *La lealtad es dura de ganar y dura de perder*, me dijo una vez, y tiene mucha razón–. Fue... Otro sirviente. He oído... Que los guerreros atrincherados en el este están inquietos.

–¿Inquietos? –arquea una ceja–. Todos estamos inquietos después de pasar un invierno encerrados dentro de estas paredes.

–Sí, pero... ¿Y qué si salieran de repente? –digo, aclarándome la garganta.

–¿Para desafiarnos?

–¿Y si lo hicieran? –me muevo nerviosamente en mi sitio. Sus ojos se oscurecen como una nube de tormenta.

–Depende de muchas cosas. Si sabes algo, debes decírmelo. Sé que amas a muchos de ellos, y esta es tu oportunidad de salvar sus vidas –asegura.

–Lo sé –susurro. *Pero ¿a qué costo?*

–Y de otro modo, no estarías aquí. ¿Qué está pasando?

–Creo que tienen una ruta de escape –le digo–. Van a salir y atacar.

–Y con más de ciento cincuenta guerreros, serían formidables –murmura Nisse–. Muy bien. Solo hay una solución. Cuando salgan de su madriguera, debemos estar esperándolos, con una fuerza tal que no puedan ni pensar en luchar contra nosotros. Han tenido a sus ayudantes y niños con ellos todo este tiempo, y seguramente no los pondrán en peligro.

–Se necesitaría una fuerza enrome para intimidarlos –agrego. Nisse asiente.

–Cuentan con que no estamos listos. Y con que la mayoría de nuestros guerreros estén en otra parte de la ciudad cuando salgan. Pero si los estamos esperando y podemos quitarles el elemento sorpresa, estarán tan sorprendidos que tal vez lo reconsiderarán –se pone en pie de un salto y se acerca rápido hacia mí, tomándome de los brazos. Su mirada es tan intensa que sus ojos verdes y apagados parecen estar en llamas–. ¿Sabes cuándo planean hacer este intento de fuga?

–Al mediodía, creo –le digo–. Pienso que habrá algún tipo de señal.

–Entonces los has salvado a todos. ¡Carina! –me aprieta los brazos y su voz sigue resonando cuando la guerrera entra. Debe haber estado esperando afuera–. Reúne a todos los guerreros que puedas encontrar y llévalos al este de la ciudad, adonde huyó la tribu de Thyra. Haz que rodeen el lugar. Quiero que cubran todo punto de salida.

–¿Y si salen peleando? –pregunta.

–Abrúmenlos. Desármenlos. Intimídenlos. Pero haz lo que puedas para evitar matarlos o mutilarlos.

–Gracias –murmuro. El alivio me afloja las piernas. Nisse se vuelve hacia mí y coloca su mano en mi hombro.

–Cada vida de un guerrero es preciosa. Bueno. La mayoría. Los que sean leales, tal como resultaste serlo tú –sonríe, y un escalofrío me atraviesa mientras su voz se vuelve fría–. En cuanto a los desleales... Tráeme aquí a esos traidores.

Halina entra por la puerta caminando muy rígida, con los ojos bien abiertos y el cabello desordenado. Sander está detrás de ella, con la mano en su hombro y la punta de la daga entre sus omóplatos. Pero cuando él se vuelve me mira fijo, con ojos oscuros e inescrutables. *Cambiaste de bando,* casi le digo... Pero entonces me doy cuenta de que yo hice exactamente lo mismo. Ahora debo vivir como pueda.

–Dije que no fue Halina quien me lo contó –digo con voz quebrada.

–Lo sé –asiente Nisse–. Pero dime esto, Ansa: si escuchaste algo y lo comprendiste, el mensajero debió haber hablado la lengua Krigere y no la de Vasterut. ¿Y cuántos sirvientes en este castillo lo hacen? Pero no importa. Ya tenía varias piezas del rompecabezas. Solo necesitaba el resto.

–Oh –siento como si toda mi sangre bajara hacia mis pies. Miro a Halina, que observa por la ventana. Querían que los oyera.

–¿Qué harás ahora?

–Darle una lección ejemplar. Pero no solo a ella –hace un gesto hacia la puerta cuando entra Thyra. Luce pálida y delgada, pero sus ojos están llenos de desafío mientras me ve ahí parada junto a Nisse. Jaspar la sujeta del brazo y lleva su daga desenvainada.

–Oh, no –susurro. Ella no puede haberme oído, pero tal vez pueda leer el horror en mi rostro.

–No es culpa tuya, Ansa –dice. Pero lo es. Sé que lo es.

–Ya es hora, Carina. Toma a todos los guerreros y vayan –ordena Nisse. Su voz resuena en los muros de piedra–. Cuando tengas a los guerreros rebeldes sometidos y desarmados, tráelos al patio.

Nisse cruza la habitación para estar frente a Thyra y Halina.

–Resulta que esta diplomacia del sur es inútil. Ahora haremos las cosas al estilo Krigere. Ahora le mostraremos a cada alma en esta ciudad lo que significa cruzarse conmigo –mira a Thyra de arriba abajo–. Encontramos los mensajes que enviaste a tus guerreros, sobrina. Tallados en los platos de tus comidas. Te matabas de hambre para mantenerlos cubiertos y que así tus amigos de Vasterut pudieran enviar tus instrucciones a tu tribu.

Thyra lo mira, pero sus labios se curvan en una sonrisa fantasmal. Miro sus mejillas huecas, sus hombros afilados, sus muñecas delgadas. Todo este tiempo tuvo un plan, y estaba dispuesta a destruir su propio cuerpo para llevarlo a cabo. Ella nunca pedirá piedad. Nunca se doblegará.

–Tus guerreros pensaron que limpiar mis platos no era su tarea –dice–. Se habían acostumbrado a que los sirvientes vasterutianos lo hicieran por ellos.

–Y cazaremos a todos y cada uno de esos criados. Los dejaremos que vivan lo suficiente como para arrepentirse de haberte ayudado

–replica Nisse mientras señala la puerta–. Lleven a estas dos al parapeto y espérenme allí. Vendré cuando hayamos reunido a todos nuestros guerreros y a los vasterutianos que viajarán a Kupari con nosotros. Serán testigos de la unificación de nuestras tribus.

Todo mi cuerpo tiembla, y conozco este sentimiento: ya lo he sufrido antes. Mi control sobre la magia se resquebraja como un hielo fino bajo una bota pesada, que es el peso de mi amor y mi miedo.

–¿Qué vas a hacer?

La mano de Nisse se cierra sobre la empuñadura de su daga cuando se vuelve hacia mí.

–Voy a ejecutar a Thyra y Halina por su traición, mientras sus compañeros rebeldes observan.

CAPÍTULO XXV

—¡No! —el fuego brota de mis palmas mientras un viento frío y amargo ruge por la habitación. Retiro mi brazo, solo pienso en salvar a Thyra y Halina, y me preparo para arrojar llamas a Nisse y sus guardias.

Pero los remolinos de aire a mi alrededor se entibian y el fuego desaparece tan rápido como se formó. Observo confusa mis manos, y las llamas brotan al instante, solo para desaparecer de nuevo. Dos pares de manos se cierran alrededor de mis brazos, calientes y frías. Grito cuando Sig y Kauko me alejan de Nisse, que inmediatamente es rodeado por su guardia personal.

—Suéltenme —exclamo, sacudiéndome de un lado a otro para tratar de liberarme.

—Tranquilízate —dice Kauko mientras sus dedos se clavan en mi carne. Cada vez que mi piel arde, sus palmas se vuelven heladas. Cada vez que mi piel se congela, sus manos se calientan como un día de verano. Sig me tiene igual de sujeta, genera calor mientras mi magia trata de congelarlo, pero maldice cada vez que mi piel se pone caliente, hasta que Kauko me enfría de nuevo. Están contrarrestando mi magia, y no tengo la concentración o el control como para luchar contra ellos.

Estoy indefensa.

—Impedirán que te hagas daño –dice Jaspar en voz alta–. Los tenía preparados. Sospeché que esta noticia te molestaría.

—Esto no tiene que ver conmigo –le grito–. ¡Nuestros guerreros no van a tolerarlo! ¡Los condenas a la muerte a ellos también!

—Serán desarmados –responde Nisse mientras Thyra lo mira con furia–. Y revelaremos toda la traición de Thyra.

—¿Su traición? ¿Qué tal la tuya? Esto es exactamente lo que querías, ¿no? ¡Primero intentaste matarla con veneno!

—¿Cómo *te atreves* a acusarme de algo semejante? –el rostro de Nisse se contrae de rabia.

—Trataste de matarla de nuevo con los desafíos en el círculo de combate –sigo gritando–. No pretendas ahora ser recto y honrado.

—Ella intentó matarme a mí acusándome falsamente de asesinato –grita, escupiendo de tanta furia. Toma su daga y señala a Thyra–. ¡Me costó mi tribu y mi familia! –sus fosas nasales se agitan mientras toma aire profundamente y envaina otra vez su arma–. He sido un ejemplo de misericordia y paciencia. Todo lo que pido es su lealtad. Su obediencia –me mira a los ojos–. Ponte a mi lado y sé el tesoro de mi tribu, Ansa. Traicióname y serás enjaulada como un animal por el resto de tus días.

—¡Solo iría a tu lado para cortarte la cabeza! –me lanzó hacia él, luchando contra mis captores.

—Kauko, es toda tuya –dice Jaspar señalando la puerta. Sus frías palabras me golpean directo al corazón.

—¿Cómo puedes hacer esto?

Echa una mirada a su padre, que se ha vuelto para mirar el mapa sobre la mesa.

—Porque no elegiste nuestro bando, Ansa –dice Jaspar con total simpleza. Le lanzo a Sander una mirada suplicante mientras Kauko y Sig me arrastran hasta la puerta.

—¡No dejes que hagan esto!

—Yo cambié de lado, Ansa —grita Sander justo antes de que la puerta de madera se cierre en mi rostro. Lo último que veo son los ojos de Thyra, claros y azules, duros y fríos.

Será la última vez que la vea. Esto no puede estar sucediendo.

Lanzo un grito agonizante, me arqueo, lucho, pateo y araño, pero estos dos portadores de magia me mantienen firmemente sujeta. En mis brazos aparecen ampollas y quemaduras de frío bajo la tela de mi túnica de manga larga. Me acarrean escaleras abajo con mis pies apenas rozando el suelo. Kauko habla en un tono redondeado que debe creer que es tranquilizador, pero cada sílaba hace trepar más mi rabia. Sig permanece silencioso y sombrío al otro lado, y su mandíbula está lo suficientemente afilada como para cortar piedra. No quiere enfrentar mi mirada furiosa.

Estoy destrozada, llena de ampollas y magullones para cuando me obligan a entrar en una pequeña recámara de piedra sin ventanas que reconozco como la habitación donde Sig ha estado durmiendo. Aunque no veo una cama. Ni antorchas ni velas, tampoco; la única fuente de luz proviene de las antorchas del corredor. La habitación contiene solo unas pocas cosas: una manta de aspecto sucio, un cuenco de piedra, un cuchillo... Y un conjunto de esposas de cobre atornilladas a las paredes de roca. Están cubiertas de sangre. Echo un vistazo a las muñecas de Sig, donde tiene tantas cicatrices, y luego a Kauko.

—Lo encadenas y lo sangras cada noche, y luego lo curas todas las mañanas, ¿verdad? —pongo tanto veneno como puedo en mis palabras, pero el anciano solo sonríe.

–Debo hacerlo –responde–. Para mantener el equilibrio.

Él y Sig luchan hasta colocar mis muñecas en las esposas, usando su magia para someter la mía. No puedo pelear contra los dos, y el dolor de mis heridas es tan intenso que apenas puedo pensar en otra cosa. También encadenan mis tobillos muy apretados contra la pared, lo que me hace imposible patear.

–No pelees –dice Kauko, acariciando mi brazo mientras lucho en vano para alejarme–. Te ayudaré.

Sig mira hacia otro lado, y es la última traición que puedo soportar.

–Pensé que *tú* me estabas ayudando –digo con voz ahogada–. Creí que estabas de mi lado.

–Sig es un chico travieso –comenta Kauko riendo entre dientes–. Necesita mucha disciplina –a modo de respuesta, Sig deja escapar una temblorosa bocanada de aire caliente.

»Sig –dice Kauko mientras me remanga, revelando lo que ya sabía. La piel de mis brazos está tan dañada y rota que es un milagro que todavía se mantenga unida. Luego dice la palabra Kupari que sé que significa "cuchillo".

Sig se arrodilla sobre el cuenco de piedra y el cuchillo, de espaldas a nosotros. Se mueve lo suficientemente lento como para que Kauko se impaciente. Le da a Sig una pequeña patada en el trasero y lo insulta en Kupari. En respuesta, Sig se vuelve hacia nosotros con el cuchillo y el cuenco de piedra, que le entrega al anciano. Kauko lo sujeta y luego tantea el interior de mi codo, mientras sigue charlando con su aprendiz, cuyo cabello rubio es tan pálido que casi brilla en la oscuridad cuando se acerca. Aferra el cuchillo con fuerza.

Kauko le está diciendo que me corte. Trato de alejar el brazo, pero la palma pegajosa de Sig lo presiona contra la piedra fría.

–Shhh –murmura. Su pulgar acaricia suavemente la tierna piel mi antebrazo.

–Me dijiste que no me dejara sangrar –susurro, poniéndome de puntillas para sisear contra su oreja–. Me dijiste que no lo dejara hacerlo.

–Qué travieso, Sig. Hazlo profundo –comenta Kauko, y ríe entre dientes.

Sig asiente. Sus ojos cafés se cruzan con los míos brevemente. Pero veo llamas en ellos. Aprieto los dientes cuando la hoja corta mi carne y lucho contra las náuseas mientras escucho la sangre que gotea en el cuenco que Kauko sostiene justo debajo de mi codo para no desperdiciar nada. Sig permanece cerca, me sostiene contra la pared mientras sangro. Lo miro fijo y él me sostiene la mirada, dejándome ver el fuego. Las llamas son fascinantes, la forma en que ondulan dentro de las oscuras piscinas sin fondo de sus ojos. Por qué, quisiera preguntarle. ¿Por qué estás haciendo esto?

Pero ¿por qué me sorprendo? Thyra me alejó de su lado. Halina se volvió contra mí. Sander se ha unido a Nisse. Y Sig está sirviendo a su amo, tal vez para evitar más azotes o cualquier otra tortura que el anciano lo haya forzado a soportar.

¿Y por qué estoy enojada? A medida que me doy cuenta siento como si una inmensa ola del Torden cayera sobre mí. No les he dado ninguna buena razón para estar de mi lado. He sido una pared que se desmorona, una espiga de trigo, un charco de agua turbia. No he defendido nada. Nunca me atreví, no realmente.

Estaba tan hambrienta de aceptación que me dejé seducir por todos los bandos. Serví a Thyra. A Nisse. A Kauko. A Jaspar. A Halina. A Sig. Si cualquiera se mostraba bueno conmigo, me balanceaba en su dirección. Mientras cada uno de ellos se mantuvo firme y en su lugar, ya sea por principios, por avaricia o hambre de poder, me arremoliné como una llama en la brisa. Me merezco cada traición; después de todo, yo los traicioné a todos primero.

Cierro los ojos y golpeo mi cabeza contra la piedra. Estos pensamientos están destrozando mi mente, me alejan aún más de lo único que podría salvarme, que es concentrarme en lo que estoy dispuesta a ceder y lo que realmente quiero. Si no puedo descifrar eso, merezco morir.

Kauko presiona un paño contra mi herida justo cuando mis labios comienzan a hormiguear. Bajo la vista y veo el cuenco lleno hasta el borde con mi sangre, parece negra en la recámara húmeda y mal iluminada. Da un paso atrás, solo tiene ojos para el contenido del cuenco. Es como si yo hubiera dejado de existir... o solo se hubiera interesando en mi sangre desde el principio.

La imagen surge en mi mente mientras Kauko se relame. La noche que Sig me dijo que no dejara que el anciano me sangrara, fingiendo beber de una taza. Pensé que estaba diciendo algo acerca de beber demasiada hidromiel, pero cuando Kauko levanta el cuenco lo comprendo todo.

Y cuando el anciano comienza a beber, la repugnancia me retuerce el estómago, y tengo que luchar para no vomitar esas gachas que comí en el desayuno. Miro a Sig, con la esperanza de verlo igual de asqueado, pero en cambio mira al anciano con la cabeza inclinada y una expresión inescrutable. Kauko levanta la cabeza y se estremece, con los labios cubiertos de mi sangre. Me mira y sonríe.

—Tanto poder —dice con voz baja y temblorosa antes de bajar la cabeza para beber otra vez. Emite unos sonidos húmedos que me hacen subir la bilis a la garganta. Bebe como un hombre muerto de sed.

–La magia, ¿está en mi sangre? –pregunto. Sig me mira por el rabillo del ojo y asiente con la cabeza.

–La sangre *es* la magia –se remanga su propia túnica y revela una cicatriz en el mismo lugar que la mía, confirmando mis sospechas. Ahora entiendo su palidez, los círculos bajo sus ojos, la forma en que su carne llena de cicatrices parece estar estirada sobre su cráneo como una tela delgada sobre un marco de ramas. Me pregunto qué tan poderoso sería si no hubiera perdido tanta sangre. ¿Lo suficientemente poderoso como para escapar?

El horror fluye como hielo a través de mi corazón, volviéndolo frío. Kauko tiene magia propia, pero la ha usado para dominar primero a Sig y ahora a mí, solo para tener más.

–¿También le hiciste esto a la Valtia?

La pregunta brota de mí sin pensar, tal como el recuerdo del rostro de la reina bruja. Apenas me he permitido pensar en ella desde el día en que se reveló que yo era su verdadera heredera, que a su muerte su magia había entrado en mí en lugar de entrar en la niña que los ancianos eligieron como la Saadella; la niña que se sienta ahora en el trono de Kupari, tratando de hacerle creer a la gente que es la verdadera reina.

–A cada Valtia –dice Kauko, y engulle lentamente un trago largo de sangre.

–A cada Valtia –repite Sig, con su mirada ardiente otra vez sobre Kauko.

–Se suponía que debías protegerla –digo con voz quebrada.

Ni siquiera sé de dónde viene esta ira, pero brota del mismo lugar donde sentí que la reina bruja me tocó ese día en el Torden: mi corazón. Ella no iba a dejar que sus sacerdotes me hicieran daño ese día. Me estaba protegiendo. De personas como Kauko.

—Eras su enemigo —digo—. ¿Este fue tu plan para arrebatarle poder y quedártelo tú?

—Los Krigere me ayudarán —los labios de Kauko, gruesos y sangrientos, se curvan hacia arriba.

Apostaría cada gota de sangre en mi cuerpo a que tiene la misma estrategia que Nisse: usa a sus aliados para conseguir lo que quiere y luego los descarta para sentarse solo en el trono. Nisse y Kauko usan a la gente como armas, como herramientas. No les importan la tribu, la familia o la lealtad. Solo se preocupan por sí mismos.

—Voy a matarte —murmuro. Kauko se ríe entre dientes mientras inclina el cuenco y deja que las últimas gotas espesas y carmesíes caigan en su lengua.

—No —replica—. Vas a alimentarme.

Lucho contra mis cadenas, siento cómo su plan se enrosca en mi garganta, ahogando cualquier palabra inteligible, nublando mis pensamientos.

El aire de la habitación se vuelve de un frío amargo, pero Kauko aleja el hielo con un movimiento de su muñeca.

—Hoy mueren los traidores —dice—. Y luego marchamos —sonríe como embriagado, revelando sus dientes manchados de sangre y la mirada ligeramente fuera de foco—. Matar a la impostora y recuperar mi templo. Voy a... gobernar... Kupari.

Mientras las esposas me cortan las muñecas, Kauko parpadea unas cuantas veces, como si estuviera tratando de aclarar su cabeza. Se sostiene contra la pared de piedra mientras se inclina para colocar el cuenco en el suelo. Desplaza las manos por la pared para volver a levantarse, y tiene la mirada más extraña al volverse hacia Sig.

—Tú... —dice débilmente.

Sig sonríe, ahora sus ojos brillan, son pura luz solar.

—Yo.

Sin pronunciar otra palabra, Kauko se derrumba en el suelo y cae hacia delante, con los ojos cerrados y las piernas flojas.

CAPÍTULO
XXVI

En cuanto la cabeza de Kauko golpea el suelo, Sig se arrodilla y rebusca en los bolsillos de la túnica del anciano. Vuelve con una pequeña llave de cobre, que usa para abrir las esposas.

–Colocaste veneno en el cuenco –digo, mirando al anciano que ahora ronca. Sig extrae un pequeño saco de tela de sus pantalones y me lo muestra. Siento el olor de algo que huele a una extraña combinación de muerte y primavera.

–De Halina –dice.

Presiono el paño contra la herida de mi codo, y Sig se acerca y me lo ata con fuerza. Mientras desenrollo mi manga para cubrirme el brazo, tanteo a Kauko con un dedo del pie.

–¿Vas a matarlo? –pregunto. Sig mira fijamente al hombre, y ahora puedo ver el odio total que ha estado ocultando durante tantos días.

–Sí –sisea–. Pero no hoy.

–¿Por qué?

–Quiero que él... –se aleja de Kauko, tembloroso. Murmura algo en Kupari y luego apunta dos dedos hacia sus ojos ardientes.

–Quieres que te mire a los ojos –conjeturo–. No lo matarás cuando esté dormido porque quieres que sepa lo que está pasando –lo quiere consciente, para que sienta cada segundo de dolor y sepa que Sig es la fuente. El calor de su odio llena toda la habitación y nos hace sudar a los dos.

Una sonrisa lenta y malévola decora las ruinas del rostro de Sig, que alguna vez fue atractivo. Acomoda el cuerpo inerte de Kauko hasta sentarlo y encadena sus muñecas rechonchas; lo deja apoyado contra la pared con los brazos extendidos en el aire, como si estuviera celebrando o suplicando.

–Ahora vamos –dice Sig mientras admira su obra.

–Tengo que llegar al parapeto –le digo–. Ahí es donde Nisse tiene a Thyra y Halina.

Voy a salvarlas o morir en el intento. Lo hago por ambas, pero también por Preben y Bertel, por todos los guerreros que creyeron en Thyra, y por ese niño que no debe ser arrancado de su madre. Y no solo por ellos: por la tribu de Nisse, que ha sido guiada en esta dirección mortífera por un hombre que ve a la gente como un recurso que puede usar en su propio beneficio. Que ve a las ayudantes como nada más que vientres con piernas, que ve a Kupari como otra tierra para asolar mientras su gente hierve con un odio que nos matará a todos. Tal como el odio que ha desarrollado la gente de Vasterut, que condujo a Halina y sus amigos a una guerra silenciosa para recuperar su libertad.

Thyra tenía razón, me doy cuenta. Tuvo razón todo el tiempo. Y mi necesidad de ser una guerrera, mi necesidad de pertenecer, mi necesidad de que *ella* perteneciera, me cegó.

Sig me conduce al corredor, pero se da la vuelta antes de llegar a los escalones que llevan al parapeto.

–Detente –susurro, jalando su muñeca, que aleja de mí como si le doliera. Retiro mi mano, pero señalo las escaleras–. Tenemos que subir.

–Astia –dice sacudiendo la cabeza–. Lo necesitas.

–¿Qué es un Astia? –pregunto. Él curva sus dedos alrededor de uno de sus antebrazos.

–Astia. Para el equilibrio –se da la vuelta y corre por el pasillo sin molestarse en comprobar si lo estoy siguiendo. Lo hago, diciéndome que si esto toma demasiado tiempo simplemente me iré a buscar un arma. El tiempo se me acaba. Una vez que den la señal y los guerreros emerjan de donde están atrincherados, aturdidos y desarmados, Nisse matará a Thyra y a Halina para quebrar el espíritu de sus partidarios y forzar la lealtad de todos. Pero Sig me ha prometido el equilibrio, y eso es demasiado tentador: ¿esta cosa llamada Astia me permitirá usar la magia sin hacerme daño?

Llegamos a una recámara, esta también sin ventanas, pero suntuosamente amueblada con una cama blanda coronada por gruesas almohadas y mantas, una mesa sobre la que se encuentra una jarra de vino y una copa de cobre, y un pergamino medio desplegado con un mapa parcial de Kupari. Un cofre abierto junto a la mesa revela un par de túnicas negras como la que Kauko lleva a diario.

–¿Es la recámara de Kauko?

Sig asiente y aferra el colchón, tirando de la parte superior y arrojándolo contra el extremo del marco de la cama. Hay un pequeño saco de tela en un hueco tallado en la madera, y Sig lo recoge. Se vuelve hacia mí y extrae un brazalete de cobre cubierto por una especie de escritura rúnica, que lanza destellos rojos a la luz de las antorchas. Me quedo sin aliento. Lo recuerdo.

–La Valtia llevaba eso cuando llamó a la tormenta –relucía rojo y cobre a la luz del sol. Brillaba mientras apuntaba su dedo al cielo.

–Para el equilibrio –Sig suelta un broche y el brazalete se abre. Me lo ofrece.

—Eso es lo que Kauko dijo acerca de sangrarme —Sig resopla al escucharme.

—Astia es para el equilibrio —dice con voz dura. Da un rápido paso adelante, y antes de que pueda protestar, me jala de la manga y lo sujeta a mi muñeca.

Un hormigueo caliente fluye a través de mi cuerpo, y levanto la vista para encontrar a Sig mirándome con aspecto satisfecho. El brazalete está fresco y se siente reconfortante contra mi carne lastimada, pero la sensación es de inestabilidad... Más poder del que puedo controlar.

—El equilibrio evitará que la magia me lastime —le digo—. Pero ¿me ayudará a controlarlo?

—No *controles* la magia —dice, frustrado conmigo otra vez.

—¿Debo ser magia? —aventuro. Él me guiña un ojo.

—Ser.

Desde algún lugar por sobre nuestras cabezas, un cuerno sopla una única nota. El sonido débil me golpea como un rayo.

—Esa debe ser la señal —grito, moviéndome hacia la puerta. Esta vez voy a la cabeza, y honestamente no estoy segura de que Sig me siga. Tengo que llegar al parapeto antes de que nuestra tribu rebelde sea conducida al patio.

Bajo las escaleras y empiezo a correr, mi aliento es alternativamente caliente y frío. El brazalete en mi muñeca me calma y me concentra, no es tanto una distracción sino un alivio, tal como los pasos de Sig detrás de mí. No estoy segura de qué hice para merecer la lealtad del muchacho extraño y cubierto de cicatrices. Tengo que preguntarme qué es lo que quiere de mí; pero en este momento me entibia la sangre en las venas.

Normalmente, estas escaleras están llenas de guerreros que residen aquí en el castillo o que han sido elegidos para trabajar dentro de sus paredes. Pero hoy Carina los ha reunido a todos y los ha llevado a la parte este de la ciudad, para acechar a los rebeldes de Thyra, para abrumarlos y poner fin al levantamiento antes de que comience. Salvará sus vidas, pero aplastará sus espíritus, y la ejecución de Thyra por traición hará que toda esa lucha no tenga sentido.

Miro hacia la amplia espiral de los escalones iluminados por el sol, sabiendo que el parapeto se encuentra a tres niveles sobre el suelo. Justo cuando se me está ocurriendo que debería desarrollar una estrategia (soy una pequeña guerrera que se enfrentará a Nisse, Jaspar y su guardia personal, que aparentemente ahora incluye también a Sander), Sig me detiene.

—Shhh —susurra.

Apenas pasando la curva de los escalones, oigo un zumbido de voces. No podremos pasar desapercibidos. Pero entonces Sig presiona algo suave contra mis manos. Es un cojín. Y una túnica.

—Sé Kauko —dice, mientras me doy cuenta de que él se ha colocado otra túnica. Sin hacer preguntas, tira de la cuerda que sostiene mis pantalones, y mientras los sujeto, él coloca la almohada bajo mi túnica, ata de nuevo la cuerda y deja caer la túnica encima, jalando la capucha sobre mi cabeza.

—Ciertamente eres un loco muy listo —comento, bajando la vista a mi vientre hinchado. Él se coloca la capucha sobre su propia cabeza y me hace un gesto.

—Ahora vamos.

Empiezo a subir los peldaños y, al girar la curva, veo que el camino está bloqueado: decenas de habitantes de Vasterut están bajando de los niveles superiores y son conducidos a la planta principal por unos cuantos guerreros armados y acorazados que los empujan hacia la salida que da al patio. Si tratamos de pasar por delante de ellos, sonará la alarma y Nisse sabrá que voy a por él.

Podría matar a Thyra en un instante. Un corte es todo lo que hace falta. Sé exactamente lo fácil que es.

Miro a Sig detrás de mí, y bajo la cabeza mientras salgo de las escaleras junto a la gente de Vasterut. Me acaricio la barriga. De pronto uno de los guerreros me habla.

—Pensamos que estabas abajo con la bruja —dice.

Sig estalla en una cascada de palabras en Kupari, riendo mientras imita a alguien encadenado a la pared. Echo un vistazo a las piernas como troncos de nuestros guerreros, firmemente plantadas pero no en una posición amplia de combate, y ruego en silencio que me confundan con el sacerdote viejo y gordo. El guardia guerrero ríe.

—No puedo entender una sola estúpida palabra de lo que estás hablando —le dice a Sig—. Entonces, adelante. Deben haberla asegurado bien si vinieron a ver el espectáculo.

Me bloquea la vista un momento después y se queda cerca mientras caminamos con los vasterutianos hacia el patio. Incluso a través de la gruesa túnica puedo sentir el calor que emite. Él mismo admitió no tener hielo para equilibrarlo. Simplemente fluye de él como una corriente en un lago, constante y poderosa. Me pregunto qué tan fuerte es en realidad, si tiene tanto fuego después de haber sido sangrado tanto tiempo. O su magia es un pozo muy profundo, o su espíritu es inquebrantable.

Entonces recuerdo la mirada en sus ojos cuando prometió matar a Kauko. Inquebrantable, tal vez, pero definitivamente rajado.

Avanzamos con la multitud de vasterutianos. Debe haber por lo menos un centenar de ellos, todos jóvenes y fuertes, todos murmurando en tonos bajos, tensos. Estos son los que serán llevados como rehenes a Kupari, para asegurar que Vasterut permanezca bajo control Krigere.

Cuando la luz del sol me alcanza, calentando el negro tejido de mi túnica, echo un vistazo. Sig se cierne oscuro y encapuchado a mi izquierda, y nos destacamos entre los vasterutianos, muchos de los cuales llevan túnicas y pantalones de color café grisáceo, y los pies cubiertos por botas de tela que apenas los protegen del frío y la humedad. Ninguno está armado, pero sus ojos oscuros tienen esa mirada aguda y cautelosa con la que me he familiarizado. ¿Saben lo que hicieron Halina y Efren? No veo al vasterutiano de barba negra aquí, y me pregunto si Nisse ya lo habrá capturado, si estará en algún lugar en las entrañas de la torre, encadenado y sangrante.

Por encima de nosotros está el parapeto, y levanto la capucha sobre la mayor parte del rosto al levantar la vista. Sander y Halina están a un lado de la pasarela de madera que rodea esa planta de la torre, y Jaspar y Thyra, al otro. Nisse está de pie en el centro, lleva su espada ancha y su casco, su cabello rubio grisáceo suelto sobre los hombros. Parece dominante y mortal, y sé que eso es lo que busca. Alza los brazos y sonríe mientras un cuerno suena fuerte y extraño en alguna parte de la ciudad. Un guerrero justo dentro del patio repite el sonido, soplando un cuerno curvo de oveja de montaña. Nisse sonríe.

–Mis amigos –exclama–. ¿Conocen ese sonido? Son nuestros aliados que llegan, los sacerdotes de Kupari –se inclina hacia delante y gesticula hacia Halina para que traduzca.

Está a punto de ejecutarla, y le exige que traduzca sus palabras para su gente prisionera. Solo hace que el odio crezca en lo profundo de mi corazón oscurecido.

Sander empuja a Halina hacia delante, y ella sujeta la barandilla del parapeto y le echa una mirada de resentimiento antes de volverse a la multitud. Grita unas palabras en su lengua, y ya no son sonidos redondeados y melosos; ahora suenan con una ferocidad que me hace estremecer.

–Tengo que detener esto –le susurro a Sig–. No puedo quedarme aquí y ver cómo las mata.

–Más cerca aún –murmura en respuesta, clavando sus dedos en mi hombro–. Espera.

–Abran las puertas de la ciudad –ruge Nisse levantando los brazos.

Halina sonríe de manera extraña y sombría mientras traduce sus palabras.

Cuando el guerrero toca el cuerno tres veces para hacer llegar la orden de Nisse a los pocos guardias apostados cerca de la puerta, una extraña oleada de energía parece correr a través de la multitud.

El cuerno de la ciudad suena con una sola nota aguda que se corta repentinamente.

La sonrisa victoriosa de Nisse se desvanece mientras mira el camino largo y ancho que conduce directamente cuesta abajo desde la torre hasta la puerta de la ciudad. Todos nos volvemos a observar lo que él ve. A casi un kilómetro por el camino fangoso, una larga procesión de jinetes vestidos de negro emerge sobre una colina. Cabalgan con la cabeza gacha sobre sus monturas, galopando a toda velocidad, no como se esperaría que se acercaran unos delicados sacerdotes.

Entrecierro los ojos mientras el sol del mediodía hace relucir el metal, es un brillo casi cegador dentro de la horda negra.

Todos los jinetes están fuertemente armados.

–Oh, cielos –susurro al comprender la verdad–. No son sacerdotes –y no sé quiénes son, pero supongo que estoy mirando a una fuerza de avanzada de las ciudades de Korkea y de Ylpeys.

Halina aseguró que eran aliados. Me dijo que los vasterutianos no habían podido conseguir jinetes de afuera de la ciudad desde que pidieron ayuda a los Kupari. Ella fue la que ofreció a los exploradores vasterutianos para ir a buscar a los sacerdotes refugiados, justo cuando Nisse estaba más sediento que nunca de aliados mágicos.

No me estaba traicionando a mí: lo estaba traicionando *a él*.

Algo me dice que esos exploradores cabalgaron sin detenerse a las otras ciudades-estado del sur. Y luego Halina difundió el rumor de que los guerreros rebeldes estaban planeando escapar, asegurándose de que casi toda la fuerza de Nisse estuviera ocupada con los rebeldes; y que muy pocos permanecieran aquí en la torre para proteger a Nisse. Se aseguró de que yo "escuchara" la historia. Solo reforzó lo que Nisse ya sabía.

–Tenemos que llegar hasta Thyra –grito, bajándome la capucha para tener una visión clara del parapeto.

Ya está envuelto en el caos. A medida que avanzamos, intentando abrirnos paso a través de la multitud turbulenta y gritona de vasterutianos (algunos de los cuales ya han cargado contra los pocos guerreros en el patio), Sander empuja a Halina hacia una ventana alejada del parapeto y voltea con su daga en la mano.

Nisse ve el ataque de Sander justo a tiempo y desenvaina su daga a tiempo para bloquear el golpe. Observo con ojos muy abiertos. Así que Sander cambió de bando. Simplemente no en la dirección que yo creía. El amor que siento por él late en mi pecho mientras lo veo enfrentarse a Nisse, luchando con una fuerza y un frenesí que conozco bien. Un grito de dolor atrae mis ojos hacia la derecha. Thyra ha aprovechado el momento. Tiene una de las dagas de Jaspar en la mano. Él toma otra de su bota, con una sonrisa rígida en su rostro.

—Cierren las puertas —ruge Nisse mientras los vasterutianos que nos rodean sueltan un grito de guerra desparejo y feroz. Patea a Sander en el estómago y retrocede unos pasos—. ¡Cierren las puertas! —pero en vez de tres notas rápidas, el cuerno suena en un tono largo, misterioso, que corta el ruido del motín en el patio. Echo un vistazo para ver al guerrero que antes tocó el cuerno tirado en el suelo, sujetándose la cabeza mientras una valiente mujer vasterutiana infla las mejillas y sopla el cuerno una vez más.

Hay un caos total a mi alrededor. Los guerreros del sur estarán aquí en minutos. Sander, Nisse, Jaspar y Thyra siguen luchando en el parapeto. Un vasterutiano aborda a Sig, que se estrella contra mí, pero luego lo enfrenta con bolas de fuego que estallan de sus palmas. Esto desata un tipo de caos muy distinto, con la gente de Vasterut luchando para alejarse de nosotros. Atrae la atención de los guerreros que están en el parapeto. La mirada azul de Thyra se fija en la mía. *Ansa,* dice. Su sonrisa es un alivio exquisito.

Pero la distracción le cuesta caro. Jaspar la golpea de revés, tan fuerte que su cabeza choca contra la pared de piedra de la torre. Al mismo tiempo, Sander abre un tajo en el brazo de Nisse, haciéndolo retroceder. Cae, y Sander desciende sobre él; hay determinación pura brillando en su rostro.

Eligió a Thyra. Mi compañero de combate eligió la misericordia, la lealtad y la fe. Él escogió romper con nuestro pasado brutal y confiar en un futuro frágil. *Supongo que ese "algo fuerte" que elijas depende de cómo definas la fuerza,* me dijo. Y ahora sé cuál fue su respuesta.

Su hoja brilla mientras la hunde.

Su fuerza y su impulso son tan poderosos que no tiene ninguna posibilidad de invertir el rumbo.

Los ojos de Sander se abren de par en par cuando la daga de Jaspar le atraviesa el estómago. El rostro de Jaspar al rotar su daga es monstruoso y animal. Después, envuelve con el brazo el torso de Sander y lo empuja hacia delante, haciéndolo caer por el borde del parapeto.

CAPÍTULO XXVII

Sander cae como si estuviera sostenido por una nube, lento y agonizante. Veo cada segundo, y sé que el grito que oigo es el mío. Empujo y me abro paso, llamando al viento para que lo alce, y un vendaval revolotea alrededor de nosotros, golpeando a la multitud. Su cuerpo disminuye la velocidad de la caída, pero no lo suficiente. Golpea el suelo en la base de la torre, y finalmente logro alcanzarlo. Me pongo de rodillas y lo envuelvo con mis brazos.

–¿Ansa? –dice débilmente, la sangre fluye sin control de su boca y sus ojos se ven negros y desenfocados.

–Te tengo –respondo, mirando a Sig, que está de espaldas a mí, con el fuego todavía asentado en sus palmas. Se asegura de que la muchedumbre no nos ataque en medio del frenesí. Mira por encima de su hombro, y me doy cuenta por su expresión de que no hay esperanzas para Sander. Siento que me aprieta el pecho, confirmando lo que ya sabía.

–He fallado –dice Sander, con la voz tan rota como su cuerpo. Increíblemente, sus dedos todavía están firmes alrededor de la empuñadura de su daga, como si no hubieran admitido aún la derrota.

–No fallaste. Luchaste hasta el final –presiono mis labios contra su frente ensangrentada–. Y Hilma te dará la bienvenida cuando llegues al cielo.

Cierra los ojos, y una lágrima se desliza por su mejilla, la única que lo he visto derramar. Pero cuando habla, no es sobre la compañera que ha perdido.

–Ve por Thyra –dice con voz titubeante–. Los guerreros extranjeros... No nos atacarán si es nuestra jefa. Ese fue el trato... que hicimos con la gente de Vasterut.

No quiero dejarlo. Estos son los últimos minutos de su vida, y no quiero que esté solo. Pero... Cierro mi mano sobre la suya, la que sostiene la daga.

–Dame esto ahora. Continuaré tu lucha –digo, con la voz quebrada por la pena–. Mi victoria será tuya.

–No elegiría a ningún otro guerrero para esta tarea. Sangre y victoria, hermana –sonríe apenas.

–Sangre y victoria, hermano. Devolveré tu arma cuando termine la batalla –murmuro, y suelto suavemente su cuerpo abatido. Un gran suspiro tembloroso es su último aliento.

Cuando me levanto del suelo, el brazalete alrededor de mi muñeca hace que mi brazo entero hormiguee, el poder desea encontrar un objetivo. Pero si libero mi magia ahora, impulsada por el dolor, destruiría cada alma en este patio. Miro el arma de Sander y ruego que sea suficiente.

–Tenemos que llegar a Thyra –le digo a Sig, y él asiente y empieza a caminar hacia adelante, con las manos extendidas, el fuego mortal bailando a sus órdenes.

Hay un ruido estruendoso abajo de la colina: son los combatientes extranjeros que se acercan a nuestra torre indefensa, y posiblemente toda la población sana de Vasterut les pisa los talones. Empoderados por sus nuevos aliados, tengo la sensación de que nos atacarán con martillos y guadañas, cualquier cosa que puedan manejar. Se trata de un pueblo encendido después de un año de dominación. Si no están dispuestos a honrar el trato que supuestamente hicieron –salvar a nuestra tribu si Thyra es nombrada jefa–, entonces todos seremos sacrificados. No importa que nuestros guerreros maten a cientos antes de caer. Sin un líder y con la ciudad envuelta en confusión, reinará el caos.

–Deprisa –digo, empujando la espalda sudorosa de Sig.

No sé si Nisse entiende lo que está en juego: la vida de sus guerreros puede depender de si mantiene a Thyra viva. La entrada al castillo está bloqueada por la gente de Vasterut, que pugna por volver a entrar. Al principio creo que están tratando de encontrar refugio y protección contra la horda de combatientes extranjeros, pero entonces oigo el nombre de Nisse, que suena una y otra vez. Están pidiendo su sangre.

–¿Puedes liberar la entrada? –le pregunto a Sig. Yo no confío en mí, debe haber cincuenta vasterutianos entre nosotros y la puerta arqueada, y la mitad está golpeando a muerte a uno de nuestros guerreros. Sus puños están apretados, sus ojos muy abiertos. No se les negará su venganza, ni su libertad–. Intenta hacerlo sin matar a nadie. Solo los enardecería más.

–¿Enardecer? –Sig ríe, una alegría temblorosa e inestable. Menea sus dedos, y los diminutos infiernos de sus palmas extienden lenguas de fuego que giran en espiral como vides hechas solo de luz solar.

–No matar –reitero, tocándole la espalda. Parte de mí no puede creer lo que estoy diciendo: hasta hace dos meses soñaba cada noche con más marcas de muerte. Pero ahora ese deseo parece insignificante ante todo lo que está en juego, y la posibilidad de poder salvar vidas.

Sig asiente con la cabeza mientras su fuego crece, moviéndose casi juguetonamente mientras se desliza sobre las cabezas de la gente de Vasterut. Su control me resulta aterrador, pero también lo extremo de su poder: su cuerpo está empapado de sudor. Fluye por su cuello y empapa su túnica. Su piel está sonrojada por el calor. Mi magia de hielo parece protegerme de ella, pero él no tiene nada de eso. Cierro los ojos y pienso en una brisa fresca, luego me inclino hacia delante y soplo mi aliento helado contra su espalda y cuello. Él se estremece y mira sobre su hombro, una pequeña sonrisa aparece en su rostro cubierto de cicatrices.

Luego se da la vuelta y empuja las llamas hacia delante. El fuego se arquea sobre la multitud y se dobla hacia atrás, deslizándose por la pared de la torre. La gente al frente grita mientras las llamas se deslizan por las paredes. Todo el mundo parece creer que la torre está en llamas. Se echan hacia atrás, y cuando los que están detrás de ellos logran ver algo, toda la marea humana cambia de dirección, huyendo a través del patio. No sé si regresan a la ciudad o simplemente buscan otra entrada, pero no tenemos tiempo para averiguarlo. Tan pronto como se abre un camino, Sig y yo corremos, deteniéndonos solo para arrastrar a un guerrero Krigere inconsciente a la seguridad de una pequeña alcoba cerca de los escalones que conducen a la entrada del castillo. Con suerte, los guerreros extranjeros invasores lo creerán muerto y no le prestarán atención.

—Volveré por ti —susurro mientras me levanto de su lado y salto de nuevo hacia los escalones.

Sig se para a un lado y me deja atravesar la entrada, luego convoca un fuego para quemar el marco de la puerta y disuadir a cualquier otro de seguirnos. El patio sigue siendo un caos, y los jinetes se están acercando a la base de la colina donde está nuestra torre. Solo tenemos unos minutos para...

Hay un choque y un ruido sordo, y volteo para ver a Sig caer inerte al suelo. Su fuego muere, y parpadeo en el repentino tono grisáceo de la luz del día. Jaspar se encuentra a su lado con un trozo de madera astillada entre las manos. La sangre de Sig decora el borde.

—Kauko lo quería vivo —me dice mientras se arrodilla junto a él y busca el pulso en su garganta.

Retrocedo, agitando la daga de Sander mientras Jaspar se pone de pie. Lleva una sonrisa que endurece su rostro y lo hace parecerse más a su padre.

—Qué disfraz encantador. La barriga es un detalle particularmente bonito.

Aprieto los dientes y mantengo mis ojos en él mientras me desprendo de la gran túnica negra y me arranco el cojín. Jaspar ríe mientras me observa sujetarme la cuerda alrededor de la cintura.

—Supongo que sería difícil pelear con los pantalones alrededor de los tobillos —dice, y luego frunce los labios—. Aunque depende del tipo de pelea que estemos hablando.

—Una que te deje sangrando a mis pies.

—¿Vas a matarme, Ansa?

—¿Como mataste a Sander? —la pena es un puño cerrado en mi pecho.

—¿Puedes culparme? ¡Sander se volvió contra nosotros!

—Él era tu mejor amigo —exclamo—. Y estaba sirviendo a su jefe.

—No importa —dice—. Tal como tú, él no eligió nuestro bando

—¿Dónde está Thyra? —pregunto, frunciendo el ceño ante el tono frío y monocorde de su voz. Él arquea una ceja.

–¿Estás imaginando que vas a rescatarla? –dice, arrojando el palo de madera a un lado y tomando su daga, todavía manchada con la sangre de Sander.

–No me lo estoy imaginando –replico, asumiendo mi posición de combate. Él sonríe.

–Ah, Ansa. Esto es lo que amo de ti. Siempre es tan simple. Luchar. Matar. Envidio eso.

Simple: luchar, matar. Ahora nada podría estar más lejos de la verdad.

–Supongo que he cambiado. No me conoces en absoluto.

–Pero quería hacerlo –ya no parece divertido–. Eso era real. Siempre lo ha sido.

–Mentiroso. Querías controlarme. Tú querías guiarme en cualquier dirección que les conviniera a ti y a tu padre. Me tranquilizaste y me consolaste... ¡trataste de *evitar* que pensara! No soy tu perro, Jaspar. No soy el perro de nadie.

–No fue así. Piensa en lo que compartimos –dice, moviéndose lentamente en círculo. Se coloca entre la escalera de piedra espiralada y yo.

–Estoy pensando *ahora* –por fin. Por fin puedo verlo claramente. En ese momento que escuché los pasos de Thyra en el bosque, el instante en que empujé a Jaspar lejos de mí, la mirada de triunfo en su rostro al verla allí–. Lo que pienso es que siempre estuviste tratando de hacerle daño. Me utilizaste para hacerlo.

–Un beneficio añadido –sonríe burlonamente–. Sin embargo, los besos fueron muy agradables.

–¿Sabías que tu padre iba a envenenarla? ¿Lo supiste todo el tiempo, incluso desde el principio?

Deja de dar vueltas, porque ahora está entre las escaleras y yo.

—¿Si lo sabía? —cierra los ojos y respira, luego exhala su verdad mortal—. Ansa, yo hice todo. *Yo* envenené su copa.

Un escalofrío me recorre la piel.

—¿Y Nisse?

—No lo sabe. Y no necesita saberlo.

Y durante el instante que me lleva asimilar mi nueva realidad, él ataca. Apenas logro frenar el golpe. Su puño choca contra mi estómago y me hace retroceder, pero me levanto a tiempo para patearlo lejos. Cuando me pongo de pie, aspirando con fuerza e intentando conseguir suficiente aire para mis pulmones, y la magia late dentro de mí, fuerte como mi corazón, Jaspar está esperando.

—Si mi plan hubiera triunfado, y si Thyra no hubiera arruinado todo —dice—, todo esto habría terminado hace más de un año. Mi padre habría sido el heredero de Lars, y la sucesión habría cambiado a nuestra línea.

—Y te viste a ti mismo como jefe algún día —mis palabras son amargas como la bilis—. Para lo que importa, para ti nunca se trató de un asunto de lealtad. Se trataba de tu sed de poder.

—¡El poder es lo único que vale la pena tener! Soy un verdadero Krigere. Mi padre también. Y también *tú*, Ansa.

—Todavía no sé lo que soy —admito—. Pero ahora sé por qué lucho —ataco la mano con la que empuña la daga, rápida como el rayo; la magia de fuego hormiguea tan fuerte dentro de mí que brotan chispas del borde de mi arma. Los ojos de Jaspar se abren al ver gotear las llamas de mi daga, y luego ríe.

—Cuidado, Ansa. No querría que te quemaras de nuevo.

Yo tampoco. Aunque el brazalete de Astia se siente cálido, pesado y confortante en mi brazo, no sé cómo usarlo, nadie me enseñó nunca. Y el temor por todas las veces que he perdido el control aún se cierne sobre mí. Incluso mientras la orden exasperada de Sig hace eco en mi cabeza, controlo la magia lo mejor que puedo. Sé lo peligroso que es, y no he tenido tiempo de practicar.

Jaspar carga de nuevo, no se siente intimidado en lo más mínimo: ha visto la magia voltearme una y otra vez. Chocamos, y esto no es una pelea amistosa: su mandíbula está tensa y sus golpes son despiadados, y pronto estoy luchando solo para resistir sus ataques y mantenerlos alejados de mis puntos más vulnerables. El fuego y el hielo crujen en mi pecho, como si se ofrecieran a tomar el control, y mi aliento forma una nube helada cuando me conecta un fuerte golpe en el costado.

Caigo al suelo y ruedo, desesperada por recuperar el aliento, y entonces escucho la voz de Sander en mi cabeza, casi como si estuviera a mi lado. La forma en la que siempre solía analizar las fortalezas y debilidades de un oponente, porque sabía que nunca me molestaba en tomar nota, solo luchaba por instinto. Siempre pensé que se estaba dando aires, pero ahora me doy cuenta... Estaba tratando de ayudar. Él era mi verdadero hermano. Mi verdadero amigo. *Jaspar es más débil en los antebrazos y las muñecas,* susurra. *Fuérzalo hacia los lados para que no pueda usar su pecho y hombros para dar impulso a los golpes.*

Me pongo de pie y retrocedo justo cuando Jaspar vuelve a avanzar, y mientras él me persigue, bailo apenas fuera de su alcance, esquivando y rozando con mi daga sus manos y sus dedos. Su sonrisa burlona se convierte en una mueca de frustración.

—Se te acaba el tiempo —dice respirando pesadamente—. Esos jinetes van a llegar aquí en cualquier momento y nos matarán a los dos. Probablemente Thyra lo tuvo planeado todo el tiempo –escupe en el suelo.

–¿Tú, de todas las personas, la acusas de ser una conspiradora?

–¿No lo es? Afirmas que te he usado, pero ¿no crees que ella ha hecho lo mismo?

A la distancia, en algún lugar cercano, suena un cuerno apagado. El lejano rumor de los cascos de los caballos nos llega vibrando a través de las piedras bajo nuestros pies.

–Tal vez lo haya hecho –admito–. Es una jefa, y ese es su privilegio. Pero creo que solo quería que fuera la mejor versión de mí misma –ahora la veo por lo que realmente es: humana, luchando, con aspiraciones, buscando más allá del poder para aferrarse a la luz, y esperando que los demás hicieran lo mismo–. Así que supongo que eso hace que deba escoger –hago una finta, y él se inclina hacia delante para bloquearla. Salto hacia un lado y bajo mi daga, abriendo un corte en el brazo en que lleva su arma. Él grita y cae al suelo, y me alejo mientras intenta aferrar mis piernas. Retrocedo: las escaleras están justo detrás de mí.

»Tenías razón. La elijo a ella –digo–. No soy el perro de nadie. Pero supongo que siempre seré su lobo.

Tengo otra opción ahora, mientras Jaspar jadea y se lleva el brazo al pecho. Podría continuar esta pelea hasta terminarla. O puedo ir a buscar a Thyra. Y no es solo a ella a quien intento salvar. Observo a Sig, que se retuerce contra la pared en la entrada de la torre. Si alguien quisiera entrar, está a salvo de ser pisoteado. Miro hacia la luz del día en el patio, donde un estruendo de gritos de guerra compite con los relinchos de los caballos. Y entonces mis ojos se encuentran con los de Jaspar, que brillan verdes y suplicantes.

Pero no siento nada por él. No hay amor. Ni arrepentimiento. Ni rabia.

–No somos tribu –digo–. Y si vuelvo a verte, no sobrevivirás.

Me alejo del aspirante a príncipe de Vasterut para hacer frente a la horda que se acerca y trepa los escalones.

CAPÍTULO XXVIII

Trepo con la daga de Sander apretada al costado. Incluso respirar me duele. Me estremezco y, al tocarme las costillas, mi mano queda húmeda de sangre. Me doy cuenta confusamente de que Jaspar debe haberme cortado, y tal vez ya solo me impulsan la magia y la voluntad. Si es así, caeré cuando haya cumplido mi tarea. Pero hasta entonces, no. Soy lo suficientemente fuerte para esto.

Mi amor por Thyra y mi fe en ella laten dentro de mí sin detenerse, tan fuertes como el hielo o el fuego. No sé exactamente qué quiere para nuestra tribu, pero sé en qué cree. Sé que ella ama a sus guerreros. Y sé que ella me ama, lo suficiente como para dejarme descifrar mi camino.

Cuando estoy por llegar al piso donde se encuentra la recámara de Nisse, un par de manos brotan del piso de abajo y jalan hacia un costado. Me tambaleo y levanto mi daga, pero dos grandes ojos cafés y una mata de cabello negro desordenado me frenan de golpe.

—Estás viva —digo estúpidamente.

—Gracias a Sander —informa tristemente Halina. Luego frunce el ceño—. Estás sangrando mucho, pequeña roja —se adelanta y oprime su delantal contra mi costado. La presión y el dolor me dejan si aire.

—¿Dónde está Thyra?

—El viejo Nisse la tiene en lo más alto —responde—. No sé qué va a hacer.

–¿Está herida? –la vi caer pesadamente.

–Realmente no lo sé. Después de que Sander me empujó adentro, me escondí detrás de un tapiz hasta que Nisse y el guardia se fueron. Pero están esperando en lo alto de las escaleras. No puedes ir por ahí.

–Tengo que intentarlo. Sander me dijo que los guerreros extranjeros y los rebeldes no atacarán a los nuestros si Thyra es nombrada jefa –le comunico. Halina asiente con un movimiento brusco.

–Efren esperaba a los jinetes del otro lado de la pared de estacas. Escapó por un túnel cuando los guardias de Nisse intentaron arrestarlo. Pero nuestro pueblo no puede ser apaciguado fácilmente, pequeña roja. Hay tantos hambrientos de sangre.

–¿Thyra sabe todo esto?

–Ella negoció el acuerdo. Sus guerreros también prometieron cooperar, no ponerse en el camino de nuestros combatientes.

–Toda la historia de que iban a salir por un túnel... Era una mentira, ¿no? Te aseguraste de que te escuchara, y creías que iba a llevarle la información a Nisse.

Tuerce la boca a modo de disculpa y se aleja de mí unos pasos, como si tuviera miedo de que la golpeara.

–Tenía que hacer que se lo creyera, pequeña roja. Y si además venía de ti...

–Lo sé. Está bien. Sabías que trataría de proteger a mi tribu.

–Eso sí –sonríe–. Siempre buscando tu camino a la luz. Todo lo que cualquiera de nosotros puede hacer –se frota las mejillas redondas, y veo los regueros de lágrimas–. Pero todo salió mal en el parapeto. Sander y Thyra pensaron que podían contra Nisse y Jaspar, pero esos dos...

–Ahora Nisse mantiene cautiva a la única persona que necesitamos para sobrevivir.

–Te ayudaré a llegar a Thyra –me aprieta el brazo, vacilante–. Tú eres la única capaz de hacerlo –toca el brazalete alrededor de mi muñeca–. Ese muchacho loco dijo que te lo traería.

–Está escaleras abajo.

–¿Muerto? –pregunta. Sacudo la cabeza.

–Pero sí herido –ella frunce el ceño.

–Muchos morirán hoy.

Mis mejillas arden, ella no dice todo lo que podría. Todas estas semanas se contuvo, tal vez por amabilidad, tal vez con la esperanza de que yo lo entendiera por mi cuenta.

Este es el precio de su libertad, recuperar lo que les fue quitado; por *mi* gente.

–Haré lo que pueda, Halina.

–Entonces yo también.

Mi cerebro baraja lo que recuerdo de los pisos superiores de la torre.

–¿Hasta dónde podemos llegar?

–Hay ventanas debajo de la cima, a la altura de dos hombres. Y los guardias están justo debajo de esa trampilla.

–¿Cuántos son?

–Seis. Y no tienen nada que perder.

Pero quizá también pueda salvarlos. No enfrentándolos, claro.

–¿Puedes distraerlos? –pregunto.

–Puedo probar –se muerde el labio.

–Eso es todo lo que cualquiera puede hacer. Vamos –regreso a la escalera con ella detrás de mí y empuñando la daga. Por debajo, imagino que puedo oír los gritos de los guerreros, pero quizás sea solo el rugido en mis oídos o la fiebre de la magia en mis venas. Lo necesito ahora. No puedo seguir sin eso. Pero eso significa que debo confiar en lo extraño dentro de mí. Debo aceptarlo como mío. Debo aceptarlo como *parte de mí*. Y de repente, la indicación de Sig cobra sentido. Mi corazón galopa cuando pienso en lo que estoy a punto de hacer, y apenas puedo respirar mientras nos deslizamos hacia el piso justo debajo del guardia. Halina me sigue en perfecto silencio, es un fantasma que me pisa los talones. Aferra mi muñeca mientras nos apretamos en el corredor junto a la escalera.

–¿Qué vas a hacer?

Envaino la daga de Sander y miro mis manos.

–Supongo que voy a trepar hacia la luz –y a rogar que siga viva cuando llegue. Camino hacia una ventana situada en la pared exterior.

Estamos dos pisos por encima del parapeto, y puedo ver gran parte de la ciudad desde aquí: las calles están llenas de gente, aunque me encuentro demasiado lejos para discernir si están huyendo o peleando, saqueando o celebrando. Miro hacia el este, pero la vista está tapada por un grupo de altos refugios. Solo puedo esperar que Preben y Bertel hayan mantenido seguros a nuestros guerreros mientras el mundo se derrumbaba a su alrededor.

Cautelosamente, me inclino y levanto la vista. A una distancia de tres veces mi altura, veo la pared redonda y plana que toca el techo de la torre. Es el lugar donde Jaspar y yo discutimos, el lugar donde él trató de envenenarme, no con polvo o bayas tóxicas, sino con palabras cuidosamente elegidas. Y ahora Nisse está ahí con mi jefa mientras se aproxima una catástrofe.

–Dame unos minutos –susurro–. Si mi cuerpo no cae como plomo por esta ventana, haz lo que puedas para mantener ocupados a los guardias.

–¿Y tú? –señala el brazalete. Lo levanto a la luz y examino las runas rojo sangre en su superficie–. En este momento, ¿eres Kupari o Krigere?

–Soy las dos cosas –respondo, y cuando me oigo tomo conciencia de que solo así puede ser, y que las cosas nunca serán sencillas otra vez–. A partir de ahora siempre seré ambas.

Sin dejar que el terror cierre sus dedos alrededor de mi corazón y mente, salto sobre el alféizar de piedra y clavo mis dedos en los espacios ásperos entre las rocas dentadas. Tendré ojos solo para el cielo. *Por favor*, le susurro a la magia, *no me dejes caer. Estamos juntos en esto.*

Una fuerte ráfaga de viento me golpea la espalda, empujándome contra la pared exterior de la torre. Creo que esa es toda la tranquilidad que voy a obtener. Con todo mi cuerpo apretado empiezo a subir, avanzando con cautela hacia la cima. No es terriblemente lejos, pero desde mi posición, aferrada a la pared de la torre, parecen kilómetros. El sudor perla mi frente y empieza a correr por mis sienes, pero el viento constante a mi espalda lo seca. No sé si es un regalo del Torden o la fuerza de mi magia, y no me importa. Toda mi concentración está en no caer hacia la muerte. Alzo la pierna y clavo los dedos de los pies entre las grietas, forzando mis dedos sangrantes en cualquier brecha que me permita un buen agarre. Ignoro el dolor palpitante en mi costado, el húmedo trazo de sangre que dejo mientras mi vientre se desliza hacia arriba.

Finalmente, cuando estoy justo debajo del borde del tejado, oigo el sonido grave de la voz de Nisse.

—A estas alturas, Jaspar estará en camino hacia nuestros guerreros —dice—. Has hecho un buen esfuerzo, pero como antes, no lograrás derrotarnos.

—Espero que tu arrogancia te consuele mientras mueres a manos de los invasores vestidos de negro —replica Thyra, y luego parece ahogar un gemido de dolor.

Aprieto la frente contra las piedras y contengo un sollozo de miedo y alivio. Está viva, y está a su merced. Y si subo allí ahora, la guardia personal de Nisse bajará por la trampilla y...

Un ruido terrible resuena desde algún lugar por debajo, seguido de un grito.

—Bruja —exclama Halina—. ¡Bruja! —suelta otro lamento capaz de helar la sangre que se corta de repente.

Posiblemente sea la persona más inteligente que haya conocido.

—Viene Ansa. Parece que tu portador mágico favorito no pudo mantenerla enjaulada —dice Thyra débilmente. Nisse maldice.

—No le permitan llegar —grita, presumiblemente a sus guardias—. Ella no puede controlar esa magia, si la mantienen a raya, ¡se le volverá en contra! ¡Vayan!

Estoy a punto de averiguar si tiene razón. Con un último esfuerzo, me elevo por el costado y caigo rodando por el suelo del tejado. Me incorporo en cuclillas, tambaleante. Nisse está de pie junto a la puerta, y Thyra está sentada a sus pies. Le ha enroscado sus gruesos dedos en el cabello, y ella sangra por una herida en algún lugar de su cuero cabelludo. Está pálida, pero su mirada clara hace foco en mí, justo un instante antes de que Nisse note mi presencia. Él maldice y la levanta a la rastra, manteniendo su espalda apretada contra el pecho, como un escudo.

–¿Así que tú también eras parte de la conspiración? –pregunta–. Jaspar dijo que no podías mentir ni para salvar tu vida. Otro error –con el rostro contraído por el miedo, empuña una daga y la aprieta contra la garganta de Thyra. Los ojos de Thyra se fijan en los míos.

–Ansa no sabía nada. Encontró el camino por su cuenta –su boca se curva en una sonrisa de dolor.

–Ella te usó, Ansa –dice Nisse–. Siempre te ha usado. Hizo que tu ayudante vasterutiana te hiciera escuchar la historia y...

–Ya sé todo eso –doy un paso adelante, con los dedos hormigueando–. Lo sé todo, y aun así he elegido.

–Vas a morir aquí con nosotros, entonces.

–Quizás. O podrías dejarla ir y permitir que nos salvara a todos. Tu hijo es el verdadero conspirador, Nisse. Trató de envenenar a Thyra: ella simplemente descubrió la trampa y la usó a su favor. La avaricia y los engaños de Jaspar fueron el principio de todo tu sufrimiento, y tu sed de poder te llevó a incrementarlo.

Los ojos de Thyra parpadean con repentina incertidumbre, lo mismo que los de Nisse.

–Eres mejor mentirosa de lo que jamás imaginé –dice.

–No, no lo soy. Déjala ir. No intentaste envenenarla. Puedes deshacer el daño que hizo Jaspar... para ella, para ti y para todos los demás.

–¿Tío? –pregunta Thyra con voz tensa. Él da un paso rápido hacia atrás, queda cerca de la pared baja.

–O podría esperar hasta que Jaspar reúna a todos los guerreros que fueron a la parte este de la ciudad. Una vez que rodeen este lugar, los combatientes del sur se verán obligados a negociar –exclama. Aprieto los puños. Fui yo quien permitió que Jaspar viviera.

–Los jinetes y los rebeldes de Vasterut han inundado las calles. Tendrá suerte si logra llegar a ellos.

–Jaspar encontrará el modo de hacerlo –sus ojos brillan con la fe y el orgullo de un padre por su hijo.

–Jaspar te ha destruido –dice Thyra–. Nos enfrentó el uno con el otro, nos tomó por dos tontos. Pero ahora podemos...

–¿En qué punto dejarás de conspirar? –Nisse clava apenas la daga en la garganta de Thyra, haciéndola sangrar–. Mi hijo es leal, y no me fallará. Tú, por otra parte, te has ganado con creces tu ejecución. Solo espero que Jaspar envíe la señal de que vuelve por mí.

Una señal que podría llegar en cualquier momento si Jaspar está decidido como yo sé que suele estarlo. Solo lo lastimé en el brazo, no en las piernas, y dado el tiempo transcurrido, si pudo escapar del patio, esa señal podría llegar en cualquier momento. Los guerreros extranjeros tomarán la torre porque no habrá ningún Krigere para detenerlos, pero con todos ellos aquí, no será difícil colocarlos bajo asedio mientras los guerreros de Jaspar puedan intimidar al pueblo de Vasterut para que se quede atrás.

Mi mente gira con todos los resultados posibles, pero luego Nisse se aleja otro paso, y por un instante me embarga un doloroso recuerdo: Jaspar lanzando a Sander sobre el borde del parapeto.

–No des otro paso –ordeno. Nisse sonríe.

–¿Por qué, Ansa? ¿Vas a detenerme? –presiona la hoja más fuerte contra la garganta de Thyra. Empuño la daga de Sander, y cuando la levanto, el brazalete de Astia brilla bajo la luz del sol directo sobre nuestras cabezas. Nisse hace una mueca–. ¿Qué es eso?

–Equilibrio –digo–. Un regalo del anciano Kauko.

–¿Ese sacerdote me traicionó? –Nisse se retuerce de rabia.

–¿No ibas a traicionarlo tú?

–Solo te quería a ti, ¡y te entregamos a él! –sonrío al entenderlo. Sin importar qué hubiera elegido, Nisse me habría traicionado. Él no es una víctima inocente, solo engendró una serpiente porque él mismo lo es. No pude ser utilizada como un arma porque no pude controlar la magia, y así él me hizo a un lado.

–Porque era valiosa para Kauko. O, al menos, mi sangre.

–Y parece que ahora estás derramando mucha. Me sorprende que sigas de pie –dice Nisse mirándome. Parece notar mis heridas por primera vez. Apunto la daga hacia él, me concentro en el pulso que late en su cuello.

–Deja que se vaya, o serás tú quien caerá al suelo.

–Pareces olvidar que te he observado durante semanas –ríe él–. Si apuntas tu magia hacia mí, también matarás a Thyra. Eres una tormenta, Ansa. Te llevarás a todo el mundo contigo.

Una helada gota de miedo se desliza por mi espalda mientras los ojos azules de mi jefa se encuentran con los míos. De repente, estoy en el círculo de combate un día de primavera, y estoy sangrando, herida y derrotada mientras Sander se aleja de mí, y la suya es la única voz que oigo gritando para que me levante. Tal como ese día, puedo leer la sencilla fe escrita en los planos de sus pómulos, grabada en la curva de su boca.

Un cuerno distante suena una vez y luego otra, moviendo los labios de Nisse en una sonrisa letal.

–Y ahora se nos acabó el tiempo –dice, depositando un beso firme contra la sien ensangrentada de Thyra. Levanta la daga, preparándose para cortarle la garganta.

–Te amo, Thyra –susurro, y luego suelto la magia, alimentada por la devoción, la determinación y toda la adoración que hay en mí, impulsada por la esperanza en el futuro y la aceptación, por último, de la persona en quien me he convertido. El hielo serpentea a lo largo de la daga de Sander, pero esta vez, en lugar de concentrarme en su avance, me concentro en mi objetivo. Es del tamaño de la yema de mi dedo.

La yugular de Nisse.

Cuando su arma desciende, lanzo mi arma hacia delante, aunque sé que el hierro nunca tocará su carne.

Nisse hace un gruñido estrangulado y su puñal se aleja de Thyra. Se aferra la garganta congelada con una mano mientras se tambalea hacia atrás, y suelta su daga mientras intenta desesperadamente aferrase a algo que le impida caer sobre el borde.

Sus dedos alcanzan la parte de atrás de la túnica de Thyra. Su boca se abre cuando ella se estira hacia mí, y yo me precipito hacia delante mientras ambos se tambalean y caen.

CAPÍTULO XXIX

Mis manos se cierran alrededor de sus tobillos. Un jalón desde abajo me arrastra hacia adelante, y por un momento sé que estoy yendo hacia el borde yo también, pero me niego a dejarla ir. Ella es mía, y yo soy de ella. Su lobo, su manta, su fuego, su daga. Y luego me detengo bruscamente, y al mirar encima de mi hombro veo el hielo alrededor de mis tobillos como un par de esposas, esparcido por el suelo de la torre, arraigándome allí.

Mis dedos se hunden en el cuero de sus botas mientras ella grita. En el patio, muy por debajo de nosotros, el cuerpo de Nisse golpea con fuerza, cayendo a solo unos metros de donde se encuentra inmóvil Sander, roto. Alrededor de ellos hay guerreros de túnicas negras, con las espadas desenvainadas, que nos miran fijamente. Tal vez esperando que también nosotras caigamos.

–Te tengo –digo entre dientes apretados. Ella suelta una carcajada. *Se ríe.*

–Lo sé –su carne se desliza bajo el grueso cuero de sus botas y grita de nuevo. Mis dedos la aferran con tanta fuerza que tengo los nudillos blancos, y el hielo crece por mis dedos, serpenteando alrededor de sus tobillos. Lo miro con asombro.

–Voy a subirte.

Con mis pies bien anclados y los tobillos de Thyra envueltos en hielo, ahora me toca llevar a mi jefa a salvo. Mi cuerpo está tan roto, un envase defectuoso y frágil para la magia que nos ha traído a ambas hasta este punto. Pero ha sido mi aliado por mucho más tiempo que el fuego y el hielo que ahora me han convertido en su hogar temporal. Tomo aire y tracciono con fuerza, ignorando la agonía de mis piernas, mi espalda, mis brazos, mi pecho. Jalo hasta que mi trasero se sienta en mis talones cubiertos de hielo, hasta que las rodillas de Thyra descansan en el borde.

—Ahora es tu turno, jefa. ¿Puedes sentarte?

Ella gruñe, y puedo sentir su esfuerzo cuando su tronco se levanta de la pared de la torre, mientras sube y se eleva, hasta alcanzarme. Como si entendiera lo que necesito, el hielo alrededor de mi mano derecha, el brazo que lleva el brazalete, se derrite al instante, y le sujeto la mano, entrelazando nuestros dedos. La jalo hacia atrás, y el hielo alrededor de mis tobillos se derrite y se convierte en vapor mientras aterrizo sobre mi espalda con ella encima de mí.

Es el mejor sentimiento del mundo, y hace que todo mi dolor desaparezca. Me acaricia el cabello.

—Pensé que estarías furiosa cuando descubrieras que Halina te había engañado.

—Merecía ser engañada. Me negué a ayudarte a llegar hasta nuestros guerreros. Hiciste lo que tenías que hacer —le digo. Ella me besa la frente, y la sensación de sus labios es el cielo mismo.

—No tenía idea de que Kauko iba a tomar tu sangre. Habría encontrado una manera de advertirte.

—Sig lo intentó.

—Gracias al cielo por él —dice ella. Pero espero que no esté justamente en el cielo ahora.

–¿Tus guerreros estarán a salvo?

–Eso espero –coloca su frente sobre la mía–. Les dije que se quedaran donde estaban y sostuvieran las barricadas. Con un poco de suerte, los encontraremos vivos. Y probablemente hambrientos.

–¿Serán capaces de ayudarnos cuando Jaspar y los otros guerreros sitien esta torre?

–Harán todo lo que puedan, no tengo ninguna duda. Han demostrado su lealtad una y otra vez. El recuerdo de mi padre claramente es algo poderoso.

–No es solo su recuerdo –indico, acariciándole la mejilla–. Les diste algo en lo que creer, por ajeno y extraño que sea.

–No tenía ni idea de lo peligrosa que era la paz, pero voy a luchar por ella de todos modos –responde sonriendo.

Por eso la amo. Por eso no me importa que realmente no estemos destinadas a ser una pareja. Es por eso que anhelo este momento como el agua y el aire. Es por eso que la atraigo hacia abajo y presiono mi boca contra la suya. Y cuando ella gime y abre sus labios, el sabor del cielo es mi recompensa. La magia se calienta y se estremece dentro de mí, atraída y enloquecida por la agitación del deseo que fluye a lo largo de mis huesos, pero con el brazalete de Astia alrededor de mi muñeca, la tormenta se calma, y nuestro beso es solo eso. Porque estamos reconciliadas, porque la magia ahora es parte de mí, tal vez la reconoce como alguien a quien nunca podría lastimar, alguien a quien moriría por salvar.

Las heridas que estropean mi cuerpo no son nada, no con sus manos sobre mí, no con su boca en la mía. Nuestro enemigo podría estar asaltando la puerta ahora mismo, y todavía sonrío y muerdo el labio inferior de Thyra. Todavía sonrío cuando sus dedos se enroscan en mi cabello. Todavía jadeo mientras levanta mi túnica y posa su palma en mi piel desnuda.

La trampilla se abre y nos hace saltar. Alzo mi cuello y veo el rostro boca abajo de Halina, sus brillantes ojos, su sonrisa.

–Todo el mundo está tranquilo ahí –dice.

–¿La guardia de Nisse? –pregunta Thyra.

–Se rindieron ante unas tres docenas de combatientes extranjeros. La torre está bajo nuestro control.

Thyra me da un último y breve beso antes de levantarse. Se estremece cuando levanta la cabeza y toma su lugar.

–¿Jaspar y sus guerreros? Debe haberlos alcanzado. Oímos la señal de que iba a sitiar la torre.

Me incorporo sobre mis brazos temblorosos, y Halina nos echa a Thyra y a mí una mirada preocupada.

–¿Tienes túneles que nos ayuden a enviar un mensaje a Preben y a Bertel?

–No hay necesidad, pequeña roja. Jaspar no viene. Tenía planes diferentes a los del viejo Nisse. Supongo que no era tan leal después de todo.

–¿Qué ha ocurrido? –pregunta Thyra, su voz se vuelve monocorde y aguda.

–Ha huido –dice Halina–. Todo el mundo estaba agrupado aquí en el norte de la ciudad, así que una vez que consiguió sus setecientos combatientes, ¿crees que vino aquí para enfrentarse a cientos de rebeldes vasterutianos, de Korkea y de Ylpeys que querían probar la sangre Krigere? No. Él se rindió. Los llevó al sur y escaparon de la ciudad. Robaron cualquier caballo que pudieran encontrar en el camino. Muchas de sus familias también huyeron.

–¿Hay alguien tratando de detenerlos? –pregunta Thyra. Halina sacude la cabeza.

–Queremos que se vayan, jefa –dice suavemente, con una mirada sombría.

Thyra me mira, y leo la preocupación en sus ojos.

La gente de Vasterut también quiere que nos vayamos. Ahora somos huéspedes aquí.

–Lo entiendo –dice Thyra lentamente–. Espero que nos den tiempo para recuperarnos de esta batalla.

–Por supuesto –Halina asiente con la cabeza–. Ahora los honramos como aliados. Podrán quedarse hasta que sepas dónde establecerán su nuevo hogar, ya sea en Kupari o en otra parte.

Thyra me echa una mirada especulativa.

–Déjame consultar aquí con mi consejera de guerra –dice, extendiendo su mano hacia la mía. Nuestros dedos se aferran con fuerza, sosteniéndose unos a otros–. Y luego te lo haremos saber.

Capítulo

XXX

Me curo más rápido que Thyra. Más rápido que Sig, también. Él me dice que es por la magia, y que si trabajo en ello, tal vez pueda incluso curar a otros.

—¿Como Kauko? —pregunto yo. La boca de Sig se hincha con disgusto.

—Conozco a otro que cura —responde—. En Kupari.

—¿Está en el grupo que te atacó y echó a los sacerdotes fuera del templo?

Halina le traduce. De algún modo, Sig y ella han formado un vínculo, y ella parece entenderlo mejor que nadie. Sabe que tiene una historia que contar, pero no la contará por él. Sig suspira y mira a otro lado, murmurando algo en Kupari. Halina le toca el brazo.

—Dice que este hombre era su amigo antes. Él dice que tal vez... Pero es todo lo que dice.

—Tengo que conocer esta historia, Sig. Necesitamos llegar a la reina impostora. La necesitamos para entender quién soy y lo que significa.

Thyra se coloca a mi lado y mira a Preben y Bertel, que están pálidos pero sanos después de su calvario en las trincheras del este. Todos estamos sentados alrededor de la mesa en lo que ahora es su recámara. Se niega a llamarlo recámara de guerra, pero todos miramos el mapa de Kupari pintado sobre la superficie de la mesa.

—Si ella pudiera hacerles entender que queremos la paz...

—Y un hogar —digo mientras Halina murmura la traducción a Sig. Porque aquí es donde Thyra y yo desembarcaremos: aparentemente, Kupari es una tierra inmensa, con la ciudad en un extremo de la península y el resto ocupada por un tramo de pantanos y minas en su mayor parte deshabitados. Hay suficiente espacio para nosotros. Podríamos establecer un hogar y averiguar quiénes somos ahora, y quiénes queremos llegar a ser.

Porque soy la legítima reina de Kupari. Todo lo que resta es convencer a la impostora de que dé un paso al costado.

—Elli —dice Sig, y continúa en Kupari.

—Él dice que la impostora se llama Elli —traduce Halina—. Que ella es la que lo llenó de cicatrices cuando trató de matar a Kauko.

—Puedo pagarle por ti —digo apretando los puños. La mano de Thyra se cierra sobre la mía, y me relajo un poco.

—Nuestro objetivo no es la venganza.

Sig murmura algo, y Halina frunce el ceño.

—Dice que no es una mera impostora.

Sig se inclina y toca el brazalete, que no ha dejado mi cuerpo desde ese día en la torre hace unas semanas, cuando me ayudó a salvar a mi jefa.

—Sig dice que es... esto —Halina señala el brazalete.

—¿Qué? ¿Tiene uno de esos? —pregunta Preben—. Creía que dijiste que no tenía magia. ¿De qué le serviría?

—No —dice Halina—. Ella *es* uno de estos. Y ella tiene un portador de hielo a su lado...Y él es tan fuerte con el hielo como Sig con el fuego.

—Como dos mitades —Thyra murmura, mirándome a mí y a Sig. Bertel se inclina hacia delante, y su barba blanca roza la mesa.

–Así que quizás tengamos una oportunidad. No está indefensa, pero nosotros tampoco –Preben asiente con la cabeza al escucharlo.

–Si podemos unirnos, seguramente podemos negociar un compromiso duradero que resulte en un hogar permanente para nuestra gente –acota.

–Mientras Jaspar y Kauko no interfieran –digo. Esta es la dura verdad: cuando nuestros guerreros bajaron para buscar a Kauko y detenerlo antes de que despertara, ya se había ido. Sus cadenas fueron cortadas, probablemente con una espada.

Suponemos que Jaspar lo rescató y se llevó al viejo y astuto portador cuando escapó de la ciudad. Y ahora están ahí afuera, posiblemente tratando de encontrar a los sacerdotes refugiados y sus aprendices, junto con cientos de guerreros. Los vasterutianos los siguieron hasta el bosque Loputon, pero fueron alejados por un fuego que los obligó a retroceder, con vientos procedentes del oeste. O tuvieron mucha mala suerte, o había un portador muy poderoso enviando llamas en su dirección para cubrir sus huellas.

–No sé qué quiere Jaspar ahora –dice Thyra–. Aparte de mi muerte.

–Entonces nunca se verá satisfecho –respondo, acercándome un poco más a ella. Thyra me mira, y luego mira a los demás.

–Déjennos solas, por favor –pide en voz baja.

Sig, Halina, Preben y Bertel se levantan y hacen lo que ella pide. Thyra se acerca a la ventana del otro lado de la recámara, que da a la ciudad. La sigo y coloco mi mano sobre su espalda, porque necesito el contacto. Puedo sentir cada una de sus costillas, pero ella se mantiene erguida, firme una vez más.

–No sé qué va a pasar –dice.

–Ninguno de nosotros lo sabe. Eso es lo molesto del futuro.

—Muy molesto —se ríe entre dientes y toca mi mejilla—. ¿Cómo van a ser las cosas, Ansa? Por ahora, soy tu jefa, pero si nuestro futuro se despliega como esperamos, serás reina de tu propia tierra.

Mi mano se desliza por su espina dorsal hasta acomodarse en su cintura.

—Podemos gobernar juntas —le digo—. Aunque no es que yo sepa mucho de estar al mando.

—Ninguno de nosotros sabe nada sobre las costumbres de estas personas. Estarán aterrorizados al descubrir que su Valtia es en realidad Soturi.

—Un Soturi sigue siendo una persona —digo—. Una Valtia es una persona.

—No solo una persona —susurra, inclinando su cabeza hasta que toca la mía. Cierro los ojos saboreando este momento, sabiendo que lo que viene nos pondrá a prueba.

—No me siento como una reina, Thyra —admito, con la garganta apretada.

—Shh —deposita un beso suave en mis labios—. Harás lo que creas que es correcto, siempre. Todo lo que debes hacer es recordar a las personas que sirves. Recuerda que lo que haces es para ellos —levanta la cabeza, y una sombra destella detrás de sus ojos—. No solo por mí, ¿de acuerdo?

Mis mejillas arden mientras ella marca el límite de mi devoción, mientras intenta quitarla de mis manos y colocarla en un estante.

—Pero yo soy tu lobo —murmuro. Ella me levanta la barbilla con los dedos.

—Prométemelo. Prométeme que si debes elegir entre proteger a tu gente, a nuestra gente, o protegerme a mí, los elegirás a ellos —cuando ve mis labios apretados, me hace un gesto de desaprobación con la cabeza y aprieta mis mejillas.

–Está bien –digo–. Como quieras –pero silenciosamente juro que nunca llegaré a eso. Thyra *es* mi pueblo, y yo seré su castillo, su espada y escudo.

–Está bien –sonríe y me besa en la mejilla–. Estamos de acuerdo.

–Lo estamos –murmuro, mirando más allá de las murallas de la ciudad, hacia la lejana línea de verde.

Los árboles están echando brotes. La primavera está sobre nosotros. Y con el tiempo más cálido viene el futuro, todo el remolino del misterio, toda la posibilidad, todo el peligro y toda la esperanza. Tenemos cerca de doscientos guerreros y unos cuantos miles de ayudantes para cuidar. No somos un poderoso ejército invasor. Solamente somos dos muchachas que llevan la responsabilidad de su pueblo sobre la espalda.

Pero con mis brazos alrededor de Thyra, el peso es más ligero, porque lo compartimos. Nos fijamos en el mundo más allá de estas paredes, un mundo que estamos a punto de explorar, el siguiente paso en nuestro viaje.

Kupari y Krigere, enemigos cuyo futuro está entrelazado.

Juntas, Thyra y yo los salvaremos a todos.

AGRADECIMIENTOS

Gracias al equipo de McElderry por todo su trabajo y esfuerzo, incluyendo a Justin Chanda y Natascha Morris, y particularmente a mi editora, Ruta Rimas, cuyo cuestionamiento sobre el arco y el carácter me empuja muchos kilómetros por el camino cada vez. Un gran agradecimiento también a Zlatina Zareva, que capturó a Ansa, guerrera y Valtia, con una poderosa imagen y diseño, a Leo Hartas, por diseñar el mapa del mundo más amplio de los Krigere, Kupari y Vasterut, y a Debra Sfetsios–Conover, por el hermoso diseño general del libro.

A mi agente, Kathleen Ortiz, ¿qué decir? Este es el libro número quince y seguimos siendo fuertes. Gracias por todo. Y mi agradecimiento también va al equipo de New Leaf Literary por todo tipo de asistencia, organización y apoyo. Además, gracias a Gaby Salpeter por recabar la carga en línea; estoy tan feliz de que me toleres.

Estoy muy agradecida por mis amigos (Lydia, Brigid, Amber, Sue, Claudine, Jackie, Paul y Jim) de diferentes maneras, cada uno de ustedes me eleva y me guía más cerca de ser mi mejor versión. Sin ustedes, estaría perdida. A mis padres y a mis hermanas, gracias por su amor incondicional. A mis hijos... Asher, gracias por tu entusiasmo y crítica mientras te leí este libro en voz alta. Alma, eres mi inspiración, chica guerrera.

Y a mis lectores, gracias por cuidar de mis personajes y mundos. Gracias por contarles a otros sobre mis libros. Gracias por contactarnos. Gracias por existir en el mundo.

SOBRE LA AUTORA

SARAH FINE es la autora de *Of Metal and Wishes*, *Of Dreams and Rust* y de la saga *Guards of the Shadowlands*. Su trabajo más reciente es *La reina impostora*, que es el primer tomo de una serie de fantasía.

Fine también coescribió con Walter Jury dos thrillers de ciencia ficción: *Scan* y *Burn*. Además, es la autora de varias sagas para adultos, entre las que se encuentran *Servants of Fate* y *The Reliquary*.

Cuando Sarah no está escribiendo, está psicoanalizando a alguien. A veces, hace las dos cosas al mismo tiempo.

¡QUEREMOS SABER QUÉ TE PARECIÓ LA NOVELA!

Nos puedes escribir a vrya@vreditoras.com
con el título de esta novela en el asunto.

Encuéntranos en

 facebook.com/VRYA México

 twitter.com/vreditorasya

instagram.com/vreditorasya

COMPARTE
tu experiencia con
este libro con el hashtag